吕铮
著

Double-edged Sword

北京出版集团
北京十月文艺出版社

我始终记住自己的身份,是一名人民警察,要对得起自己的制服和头顶的警徽。

董刃

目录

1 逃犯 / 1
2 悬案 / 19
3 名捕 / 35
4 目标 / 57
5 组队 / 79
6 追踪 / 103
7 大败 / 129
8 蛰伏 / 153
9 出事 / 173
10 审查 / 201
11 入局 / 221
12 表演 / 239

13 奇袭 / 261
14 较量 / 283
15 候鸟 / 311
16 坠楼 / 329
17 赃物 / 347
18 他杀 / 371
19 绑架 / 391
20 陷阱 / 417
21 对决 / 445
22 刀刃向内 / 469
23 刀尖向外 / 487
24 真相 / 505

1
逃犯

凛冬的傍晚，海城浓雾弥漫，能见度很低，整个世界像被覆了一层黑纱。街头行人寥寥，路灯忽明忽暗，唯有西郊的一处大排档里食客如云，人声鼎沸。

在大排档门前停着一辆黑色的轿车，在车里一个人正注视着灯火处。

对讲机刺啦刺啦地响着，"章队，里面的情况有些复杂，吃饭的人很多，没有抓捕条件。"那是刑警小吕的声音。

章鹏是海城市公安局刑侦支队的支队长，还不到四十岁的年纪，在海城警界已颇有话语权。他眉头紧锁，拿起对讲机问："能断定那人就是范军吗？"

"差不多吧，但这么多年了，跟身份证照片有差别，不能百分之百确认。"小吕回答。

"你悠着点儿，别给弄醒了，那孙子身上没准有家伙。"

"用不用先疏散群众？"

"别，一动就乱，要是那孙子狗急跳墙就麻烦了。"章鹏眯着眼想着，"你继续盯着，找机会拍个正脸儿，传给技术做人脸识别。

老徐、小谢，你们俩带人守住前后门，范军要是离开先别动手，挂外线跟着。其他人继续蹲守，记住，没我的命令绝不能轻举妄动。"

刑警们依次作答。章鹏放下对讲机，叹了口气。范军是网上追逃的重犯，曾经是涉黑头目刘涌的司机，这七年来海城刑警从未放弃对其的追捕，今天一役至关重要，必须确保万无一失，所以他才亲自出马。

章鹏望着面前的浓雾，还是觉得心里没底。他是个"老刑侦"了，知道无论计划有多缜密，不到最后一刻仍充满变数，当年刘涌专案的教训还不够惨痛吗？主犯失踪，证人潜逃，案子至今还挂在"账"上，他绝不允许再出现这种情况。但正在这时，他突然看见一个熟悉的身影径直走进了大排档。他心里一紧，赶忙抄起电台。

"哎哎哎，那是谁啊？谁进去了？"他慌了。

"董刃。"几个刑警不约而同地回答。

"什么？"章鹏大惊失色，"我不是没让他参加行动吗？"

"我们也不知道他是什么时候来的。"那是老徐的声音。

"妈的！又出幺蛾子！"章鹏气得摔了对讲机。

而此时此刻，董刃已经走进了大排档。他四十出头，中等身材，长着一张大众脸，属于那种扔人堆里找不着的类型，满脸中年人的麻木疲惫，一点儿没"刑警范儿"，倒像个"996"的"社畜"。他叼着小烟，把黑色双肩包反背在胸前，晃晃悠悠地凑到范军身旁。

范军坐在临近餐厅后门的位置，正在低头吃面，眼看就剩汤底了。他身材高大，虎背熊腰，右肩斜挎着一个棕色背包，里边鼓鼓囊囊的，不知揣着什么。

小吕正坐在相隔不远的位置，看董刃来了，一脸惊讶。董刃调皮地冲他使了个眼色。他环顾四周，没发现什么异常，便上前几步，一屁股坐在范军对面的位置。

范军一激灵，下意识地将挎包拽到胸前，面碗险些被打翻。而董刃却不慌不忙。

"哎哟喂，这不是军哥吗？您在这儿干吗呢？"他咋咋呼呼地问。

范军愣住了，眯着眼睛打量董刃，下意识地把身体往后靠了靠，"你是？"

"我是三儿啊！您忘了？"董刃嬉皮笑脸地说。

"三儿？"范军皱眉，"没印象了。"他摇头。但这么说就等于默认了自己的身份。

"嘻，想当年，北磨坊茬架，平桥砍人，我可都冲在前头呢。但我肯定不如您猛，一手拿'搂子'，一手拿'管插'，那才叫威风！"他手舞足蹈地比画着。

他说的北磨坊茬架和平桥砍人，都是当年刘涌团伙犯下的案件，特别是平桥砍人，为了和白老大团伙争夺盗采河沙，还闹出了人命。范军一听这话，撇嘴笑笑，做出不屑的表情，他想了想，似乎对这个"三儿"有点印象，"你在这儿干吗呢？"他问。

"我？"董刃贼眉鼠眼地左顾右盼了一下，把身体向前靠了靠，神秘地指了指自己胸前的黑书包，"这个点儿了，该散货了。"他轻声说。

范军明白了，轻蔑地笑了笑，"怎么干着这种下三路的事儿了?"

"没辙啊,军哥,经济下行,吃不上饭了。哎,试试吗?贼纯!"董刃坏笑。

"去你大爷的!"范军说着就抬手给了他一下,"光纯有个屁用,也没妹子。"

"有啊……"董刃拉长了声音,他冲门外努努嘴,"对面,西郊宾馆,有长包房。"

范军一听这话,眼神就变了,"哎,这天上不能掉馅饼吧?小子,你丫憋着什么坏呢?"

"哎哟喂,我哪敢跟您犯坏啊。老朋友见面,我可不藏着掖着,掏心窝子地说,这可都是'尖儿货',不愁没买家。您要是不玩,我散给别人去。"董刃说着就把屁股挪开,站了起来。

"哎哎哎,坐下。"范军一把将他拉住。他停顿了一下,审视着董刃,"你那长包房,安全吗?"

"当然了!老板是我'铁子',楼上有暗道,楼下有人望风。嘿,我办事儿您还不放心?"董刃煞有介事地说,"姑娘都是一水的盘正条顺,能陪着您嗨。哎,还犹豫什么啊?"

范军被他说动了,下意识地咽了口唾沫,"怎么去?"他问。

"门口有车。"董刃说着就往外引。

一拉开门,浓重的雾气就涌了进来。董刃抬眼一扫,就看到了埋伏在周围的刑警。特别是章鹏的那辆车,停的位置当不当正不正,贼显眼。他知道,要是让范军醒了,就有大麻烦了。

"车呢?"范军也叉着腰,眯眼向外看。却不料董刃突然动手,一个擒拿的手段就将他掀翻,撅过他的胳膊就想上铐。范军猝不及防,被摔了个瓷实,但他也不是白给的,身大力不亏,困兽犹斗。他用力挣脱董刃的束缚,回手就是一拳,打在董刃胸口,然后迅速拉开背包的拉链。董刃意识到危险,忍住疼痛猛扑过去,奋力将他压制,但无奈身高、力量都不占优,两人在浓重的黑雾中缠斗起来。

章鹏带着众刑警奔袭而来。但与此同时,范军将手伸进了书包。

"砰!"枪声划破了浓雾,所有人都傻了。

从范军的书包里搜出了两把枪,一把是顶着膛的"格洛克",一把是刚才响了的"黑星"。要不是董刃闪得快,估计就已经去见马克思了。董刃被打得鼻青脸肿,气喘吁吁地坐在餐厅的台阶上。章鹏站在他身旁,凝视着他。

"刀哥,你没事吧?"章鹏问。这是董刃的外号,岁数小的叫他刀哥,岁数大的叫他刀子。

董刃并不说话,无力地摆摆手。

范军趴在地上,戴着背铐。刑警已经搜身完毕,架起他就要走。

"哎,等等。"董刃用手撑住膝盖站了起来,走到范军面前,"你刚才是不是等人呢?"他看着范军的眼睛。

范军早就颓了,蔫头耷脑地摇摇头,"我就吃个夜宵。"

"扯淡!是不是等刘涌呢?"董刃给了他一下。

"谁?"范军装傻。

"装什么孙子！刘涌，你老大。还是在等乔四儿啊？"董刃诈他。

范军撇撇嘴，"哼，你演得挺像啊，我还真信了。"他答非所问。

"别废话，说！他们在哪儿？"董刃用力地推了他一把。

"警官，我哪儿知道啊？都这么多年了，那俩孙子活不见人死不见尸，估计是让谁给埋了吧。"

"跟我这儿装是吧？"董刃急了，猛出一拳，正中范军腹部。范军一个大窝脖，跪在了地上。

"哎，你干吗！"章鹏看不下去了，忙跑过来将他拦住。

"起开！"董刃粗鲁地推开章鹏，"王八蛋！我告诉你，要不说实话，我有的是时间折腾你。装孙子耍无赖，在我这儿没用！"他走过去一把揪住范军的脖领，将人提拉起来。

"你过了啊！"章鹏急了，喝止住董刃。他稳了稳神，把语速放缓，"刃哥，我知道你急，但这儿不是审讯的地方，回去再说！"他用命令的语气说道。

董刃侧过脸，瞥了章鹏一眼，"回去再说？你知道他在这儿干吗吗？知道他住哪儿吗？不趁热打铁，非等得黄花菜都凉了，就这么搞案子？"他俯身打开范军的书包，仔细地翻找，拿出一张门禁卡，"坤豪公寓。行，条件不错啊。说，几栋、几门、几号？"他问范军。

范军耷拉着脑袋，并不回答。

"查！"董刃把手一扬，将门禁卡抛给小吕。

小吕没接住，门禁卡掉在了地上。小吕犹豫着是不是去捡，看看董刃，又看看章鹏，表情尴尬。

"嘿！还愣着干吗？找物业、查系统、调监控、联系开锁公司，还用我教吗？"董刃大声说。

章鹏沉默了一会儿，冲小吕抬抬下巴，示意他照做。小吕这才捡起门禁卡，照方抓药。

"刀哥，聊两句。"章鹏自顾自地走到一旁。

董刃停顿了一下，也走了过去。

"你急于找到乔四儿的心情我理解，但案子不是这么办的。哎，你说刚才多危险，要是你没躲开，那……"章鹏摇摇头，没把话说完。

"该死卵朝上，出了事儿我自己负责。"董刃一点儿不领情。

"你怎么负责啊？范军是'刀尖行动'的重犯，我是这次抓捕的总指挥，轮得着你负责吗？别忘了，你是探长，我是队长！"章鹏绷不住了，有些气急败坏。

"哎哟喂，还真拿自己当根葱了？"董刃撇嘴，"我告诉你章鹏，我当重案队长的时候，你还在内勤组订卷呢，跟我这拔份儿，姥姥！"

"你……"章鹏一时语塞，"是，你是前辈，海城刑侦的'刀尖'，曾被称为'双刃剑'。劳苦功高，名震一时。但我也想问问，现如今呢？你干吗呢？整天摸鱼、泡病号，平时见不着，关键时候过来添乱，你还对得起曾经的威名吗？"章鹏也发作起来，将满心怨气都倾泻出来。

董刃的怒火被点燃了，抬手指着他，张开嘴却没说出话，脸色煞白，满头是汗。

章鹏见他这样，也有些心软，就放缓了语气，"我知道，乔四儿那事一天没结论，你就一天不踏实，换作是我也得起急。但你要知道，咱们干刑警的，不能因小失大，不能因为个人情绪而破坏了大局，给组织添乱……"

"扯淡！狗屁因小失大。"董刃一点儿不给他面儿，"都说海城刑警不灵了，根儿就在你这儿。"他一把推开章鹏，抬腿就走。但没走两步又转过头来，"记住，第一，查他的住处，刘涌、乔四儿的线索绝不能放过；第二，查他的手机，通话记录、短信、微信都要摸清；第三，查他的行车轨迹，看他去过哪儿、跟谁接触过，特别是刚才，是不是在等人……"他事无巨细地说着，最后，他抬手指着章鹏，"还有，以后要再跟我提什么'双刃剑'，无论当不当着人，我都干你！"他说完，头也不回地走了，留下章鹏在原地发愣。

要说董刃在海城警界确实算是个人物，省警校毕业之后就干了刑侦，在二十年的警界生涯里屡立战功。刚参加工作第三年就因破获系列持刀抢劫案荣立了个人二等功，同年荣升为探长，之后一路披荆斩棘，带领组员破获了多起重大刑事犯罪案件，在不到三十岁的年纪就牵头了刑侦支队重案队的工作，成为海城警界的一把尖刀，更与当年的搭档江锋并称为"双刃剑"，可谓风光无限、前途大好。

他的名字是父亲给起的。生他的时候是剖腹产，大夫"手潮"，下刀的时候动到了他耳朵，结果抱出来就贴了一块纱布，于是父亲就给他起名叫董一刀，后来又改名叫了董刃。曾有人说他名字里带"刀"不太吉利，恐命运曲折，但董刃却不以为然，还自嘲，干警察要先刀刃向内才能刀尖向外。这个名字恰如其分。

在南关派出所的所长室里，娄勤把一杯茶推到董刃面前。他三十五岁，人长得白白净净，看面相老实本分，但稍不留神一转眼珠子，那股精明劲儿就露出来了。"你总这么肚子疼可不是回事儿，得抽空去查查。空军医院在我管界，怎么着，明天上午有空吗？"他关心地问。

"该死卯朝上，没大事儿。"董刃随意地摆摆手。

"嘿，你这是怎么说话呢，身体是革命的本钱，你才刚过四十，正是干事业的好年龄呢。"

"好个屁，跟我唱什么高调儿啊……哎，娄大所长，我可不归你管，我在市局刑侦，可不在你的派出所。"董刃不耐烦起来。

"哼，幸亏不归我管，要不我得少活多少年啊。"娄勤摇头，"哎，我不是说你，你现在寄人篱下，得多少给章鹏留点儿面子，人家毕竟是支队长。"

"我够给他面子了。还怎么给？由着他在那瞎指挥？贻误战机？人要跑了怎么办？这是渎职，懂吗？"

"嘿嘿嘿，你是吃了枪药了吧，没说几句就蹿了。就你这脾气，难怪一辈子当探长。"娄勤撇嘴，"哎，你那房子怎么样了？"他转移话题。

"还那德行，停着呢。"

"那怎么住啊？都离了还跟顾晓媛住一块儿？"

"平时住单位，周末回去。怎么着，要不你给我个房子？"董刃撇嘴。

"行啊，所长办公室，现成的地方，咱俩搭个上下铺。"娄勤笑,"刀哥,我也想劝你两句,这都七年了,不能总把自己埋在那些陈芝麻烂谷子的旧事里,得出来透透气……"

"得得得,我来可不是吃饱了撑的听你做思想政治工作的。说正事儿,崔铁军他们是什么时候来的?"董刃单刀直入。

"这……"娄勤犹豫了一下,"刀哥,你要知道咱们的工作纪律,我要再往下透,就不对了。"

"别废话,身子都掉进井里了,耳朵还挂得住吗?说!"董刃用手点着桌面。

娄勤停顿了一下,苦笑着摇摇头,"那我直说,反正也是为了案子。这次不光是崔铁军他们,而且省厅的人也来了。"

"省厅的人?"董刃皱眉,"这案子跟省厅有什么关系?"

"我哪儿知道啊。"娄勤摇头,"他们摸得还挺细,乔四儿母亲的轨迹情况、社会关系、银行账户情况……我让一个副所长配合,弄了好几天了。"

"省厅哪个部门,什么人?"

"你的一个老相识。'双刃剑'的另一位,江锋。"

"江锋……"董刃愣住了。

"他现在在省厅刑侦总队借调,带了两个小伙子过来,我看那意思,他主事儿。"

董刃沉默了,下意识避开娄勤的眼神,思索着。

"你没听说吗?他借着老丈人的关系蹿到省厅了。那天聊了几句,还是那副德行,不阴不阳的,一脸正人君子。"

"你跟他说范军的事儿了吗?"

"当然没有。咱们海城的案子,轮得着他们省厅来掺和吗?"娄勤撇嘴,"但崔铁军他们知道,好在你手快,先把人拿了。"

"手快也没用,章鹏那孙子盯不住事儿,把人给移交过去了。"董刃叹气。

"应该是郭局的意思吧。毕竟你在刑侦支队,这事儿得避嫌。"娄勤说,"范军曾经是刘涌的手下,跟乔四儿的关系也不一般。崔铁军那老三位业务不错,好好挖挖,没准儿能出来什么线索。"

"嗯……"董刃点头,"章鹏他们太急,摘人太快了,要是能多跟两天,没准能摸出门儿来。"

"刀哥,我觉得你应该跟崔铁军谈谈,要是能打个配合,没准这案子能有转机。"

"先别说这个了,我问你,还有什么情况没告诉我。我不信这几天你没从崔铁军和江锋那儿套出什么情况来。"董刃盯着娄勤。

"哼……"娄勤笑了,"行,谁让你在'8·15'那案子上救过我一命呢。这所长我不干了,我还你人情。"他拍了一下大腿,"现在全国不是搞'刀尖行动'呢嘛,通过人像比对,那个乔四儿可能在汕州出现过。"

"汕州?"董刃一愣。

"哎,这是我知道的全部情况了。但刀哥,我还是想劝你一句,这事不能单打独斗,要想抓住乔四儿,澄清事实,得依靠组织。"

"行了,多谢娄大所长了。"董刃拱拱拳,"好好替我盯着,再有什么人来摸情况,随时报告。"

"嘿,你这是拿我当'预警机'了吧?"

"你是'预警鸭'。"董刃说着站起身来。

正值周末，按说到了董刃该回前妻家看女儿的时候。但他却有些犹豫，琢磨着这么晚了再回去方不方便。在他和顾晓媛离婚之前，用两人的全部积蓄贷款在海城新新家园购买了一套两室一厅的住房。但却没想到，到了交房日房子却烂尾了。钱花出去了，房子却住不进去，每月还得按时还贷款，这可能是这世界上最恶心的事了。后来两人都绷不住了，协议离婚，房子、孩子都归顾晓媛，他净身出户，但因为没地方去，仨人还一起挤在市南区那个四十多平米的老房子里。董刃觉得不合适，就平时住单位，周末回来看看孩子。

他站在楼道里撑了十多分钟，在被冻透之前，推开了家门。

这是一个狭小的一室一厅。上次装修是十多年前了，墙纸已经泛黄，门厅漏水的地方也没有修补。女儿俏俏还没有睡，刚学完奥数网课，见他回来了，就凑到他身边。

"爸爸，这道题怎么解啊？"俏俏拿着书本问。这个名字是顾晓媛起的，谐音是"鞘"，想用女儿来收起董刃的锋芒。

董刃眯着眼边看边读："两地相距45千米。上午8时，甲、乙同时从这两地出发，相向而行。甲骑自行车，速度是每小时10千米；乙步行，速度是每小时5千米。乙带着一条狗，当乙出发时，狗也开始向前奔跑，速度是每小时15千米。这只狗遇到甲以后立刻回头奔向乙，遇到乙以后又立刻回头奔向甲，如此继续，直到甲、乙相遇为止。这时，狗共计跑了多少路？哎，这道题不合理啊，45千米，谁没事步行啊？"他皱着眉说。

"那这道题呢？"俏俏又翻了一页，"甲、乙两个水管单独开，注满一池水，分别需要20小时和16小时。丙水管单独开，排一池水要10小时。若水池没水,同时打开甲、乙两水管,5小时后,再打开排水管丙,问水池注满还需要多少小时?"

"这……不瞎耽误工夫吗?一个注水,一个放水,多浪费啊。"董刃叹气。

"爸爸,你会不会啊?"俏俏不高兴了。

前妻顾晓媛听不下去了,走过去收了书本,"怎么这么晚?又加班了?"她问候的语气冷冷的。

"嗯。"董刃点点头。

"爸,还有最后一题。"俏俏仍不甘心,"一项工程,第一天甲做,第二天乙做,第三天甲做,第四天乙做,这样交替轮流做,那么恰好用整数天完工;如果第一天乙做,第二天甲做,第三天乙做,第四天甲做,这样交替轮流做,那么完工时间要比前一种多半天。已知乙单独做这项工程需17天完成,甲单独做这项工程要多少天完成?"

"不知道。"董刃摇头,"但我知道,人多了添乱,弄不好相互拆台。还记得我给你讲的三个和尚没水吃的故事吗?说的就是这意思。"

"记得,人越多越没人挑水。"俏俏点头,"这道题我刚才算对了,是8.5天。"

"你真棒!"董刃笑着竖起大拇指。他觉得在冷漠的世界里,唯有与女儿相处才能获得些许温暖。

"爸,你怎么总是这么忙啊?是在忙着抓坏人吗?"俏俏问。

"是啊,警察的职责就是抓坏人啊。"

"那如果警察犯了错,谁来抓呢?"

董刃愣了一下,"哦,有纪委来抓,有监察来抓,有……"

"行了,别跟孩子说这些了。俏俏,你该睡觉了!"顾晓媛结束了话题。

俏俏转头看着妈妈,表情落寞下来,"爸,你明天还会在家陪我吗?"她看着董刃。

"我……"董刃犹豫了一下,"我明天有事,得抓坏人去。"

"哦……"俏俏默默地点点头,走到董刃面前,一把搂住他,"我不想你走,我想你们和以前一样,和我在一起。"

一听这话,董刃有些绷不住了,鼻子一酸,险些失控,"快睡觉吧,那几道题的答案,我找人去问。"他努力露出笑容。

顾晓媛用复杂的眼神看了他一眼,搂着孩子去了卧室。董刃等卧室的门关了,轻轻地拿起包,离开了蜗居。

风很冷,嗖嗖的,带着尖锐的哨音,像无数把弓箭从耳畔射过,带着令人战栗的寒意,似乎要穿透身体直抵灵魂深处。他拉紧了衣领,浑浑噩噩地走在漆黑的路上。他觉得自己很失败,四十多岁了连个去处都没有。女儿刚才的那些问题萦绕在他脑海里,一条来回折返奔跑的狗,一个注水又放水的水池,还有两个磨洋工干活儿的人……哼,他妈的,这世界就像这些奥数题一样,荒谬至极。他走了好久,终于被冻透了,身体、牙齿都颤抖起来,但停住脚步竟发现自己到了那片烂尾楼,海城新新家园小区。

小区门口还悬挂着停工前的横幅,"一张蓝图幸福交付,从憧憬生活到品质兑现,众利集团,光荣承诺……"

他深一脚浅一脚地走进小区,前不久刚下完一场雪,坑洼的地面冻着积雪，湿滑，泥泞。小区一共有十五栋楼，他和顾晓媛买的是10号楼2单元1102室。他拿出手机，打开手电功能，借着微光寻找方向。走了一会儿，他抬头望去，发现在漆黑的楼群里竟有一户亮着灯，在这个冷夜里显得格外孤独突兀。他有些好奇，走了过去。

那是新新家园5号楼五层的一户。楼体已经建成，但单元门还没安装。董刃举着手机缓步上楼，脚步在空洞的楼体中发出回响。气温已降到零度以下，楼内像一个巨大的冰柜，仿佛能将一切冻住。终于，他到了那户门口，停顿了一下，迈步走了进去。

并没有门，门口只用一块石膏板挡住。董刃轻轻地挪开石膏板，试探地问："有人吗？"里面却并没有回音。

但这时，突然有一个黑影闪到他面前。他一惊，手机险些掉在地上。那个黑影也被吓到了，脚下一滑，就跌倒在地。

"妈妈！"那是个女孩的声音。

"谁！"一个尖细的声音撕破了寂静。一个女人从里面冲了出来。

董刃这才看清，倒在地上的是一个小女孩，也就三四岁的样子。她穿着一件嫩绿色的羽绒服，又脏又破，小脸冻得通红，一双眼睛在黑暗里闪着光。

那个女人年龄和自己相仿，蓬头垢面，眼神散乱。

"别误会，我不是坏人，只是过来看看。"董刃连忙解释。

女人搂住小女孩，两人蜷缩在一起，眼神像受到惊吓的动物。

"你们……怎么在这儿住啊？"董刃不禁环顾四周，"屋"里四壁空空、四面漏风，所谓的窗户只是几块残破的塑料布。

"这是我们的房子,我们的房子……"女人不停重复着,看那样子有些不正常。

董刃俯下身,蹲在母女面前,"这多冷啊,住在这儿还不生病?你家男人呢?"

"死了,死了……"女人叨念着,"他没福气,等不到住新房了。"

"那你们原来住哪儿啊?先回去住,等新房建成了再来。"

"这就是我们的家,我们的家……"女人低下头。

董刃站起身来,叹了口气,他拉开外衣,从内兜掏出警官证,取出夹在里面的几张钞票,递给那个女人。但女人不接,躲闪着他的眼神。

"给孩子添点儿衣服,太冷了,实在不行就找旅馆住几天。"董刃把钱塞在了她手里。

他走出了那一层、那栋楼、那个小区。时间已近凌晨,外面更冷了。他回望那片漆黑中的唯一光亮,心生悲凉。

2
悬案

次日清晨，董刃驱车来到了市局，他知道崔铁军肯定在单位，这老家伙跟自己一样，吃饱了全家不饿，光棍一条。

在崔铁军的办公室里，董刃给他点燃了一支烟。崔铁军有滋有味地嘬了几口，仰靠在行军床上用45度角瞥着他。

"哼，就知道你会来找我。"他开门见山。

"范军审得怎么样？"董刃问。

"轮得着我们审吗？让省厅给接走了。"

"省厅？"董刃皱眉。

"这不正搞着'刀尖行动'呢嘛，人家以这个理由提升管辖，我有什么辙。后续的就是给人家跑腿，打配合了。"崔铁军撇嘴。

董刃没想到会是这个结果，若有所思。

"他跟刘涌、乔四儿有联系吗？家里搜了吗？"董刃又问。

"该做的工作都做了。这孙子之前一直在外地'耍单帮'，去年在襄城得罪了一伙人，实在是走投无路，便潜回了海城。本想着干一票大买卖就偷渡出境，从此远走高飞，没承想刚回来就被你们给盯上了。"

"哦……"董刃点头。

"董大探长,还有什么想问的,我如实汇报。"崔铁军说。

"别,崔师傅,我感激不尽。"董刃由衷地说。

"我知道,刘涌那事你盯了好多年了,这次范军的线索也是你挖出来的。"崔铁军抽了口烟,坐正身体,"说实话,我们'三叉戟'也不愿意沾这事儿,但老郭发话了,赶鸭子上架,我们也没辙。"

"我懂,都懂。"董刃点头,"但崔师傅,我希望你们能往后撤撤,把协助省厅的后续工作交给我。"

"交给你?"崔铁军皱眉,"怎么交?我说了算数吗?刀子,这可不是我能决定的。"

董刃看着崔铁军,"您知道,这么多年了,我一直盯着这个案子。探组没了,人散了,家也没了。我现在活着,只为了跟这事死磕。"他交了底。

"你呀……不是我说你,这么做值吗?也四十好几了,怎么就迈不过这道坎儿呢?死钻牛角尖,最后只能逼死自己。"崔铁军一副恨铁不成钢的表情,"要说以前你也干得不错,和江锋一热一冷,打出了'双刃剑'的名号,虽然没少捅娄子吧,但案子真是破了不少。怎么七年前摔了个跟头就爬不起来了?你看你现在这德行,又轴又犟,浑浑噩噩,哪儿他妈还像个刑警啊?怎么着,当探长当上瘾了是吧?四十多岁了,还把着这个副科的现职,现在别说是市局了,就是在全省都数你年龄最大了!"

"我不是把着这个现职不放,我是要把那个案子办完。"董刃有些激动,打断崔铁军的话。

"明白,要不说你又轴又犟呢。"崔铁军抬了抬手,"但咱们干警察的要想破案，不能单打独斗，一个好汉三个帮，这个道理你不是不懂。哎，听说你跟章鹏也蹽了？"

"这事您也知道？"

"废话，好事不出门坏事传千里。你要是这么下去，连刑侦支队也待不住了。"他提醒，"刀子，你这么做不仅是逼自己，也是逼兄弟们啊。"

董刃没话了，知道崔铁军说得句句有理。他沉默了良久，点燃一支烟，狠狠地吸吮。

"我明白那案子是你的心结，乔四儿一天不落网，就一天无法证明你们几个的清白。黑锅都背了这么多年了，拧巴也正常。我也跟你明挑，乔四儿在汕州那事儿，是我透给小娄的。我知道他是你的'眼'，这么多年都帮你盯着那老太太呢。"

"您为什么要这么做？"董刃诧异。

"于公，这案子是你们'双刃剑'惹出来的，我们'三叉戟'就算接了，也得跟你们通气，还不如让你们直接办；于私，这事儿水深雷多，我们可不想替你们蹚雷。现在老郭用我们用顺手了，真拿我们当救火队了？姥姥！我们没多久就退休了，可不想倒在黎明之前。但是……"崔铁军停顿了一下，把烟捻灭，"你要想好，你要真想接着干，能不能再把队伍组织起来，得到老郭的同意。"他盯着董刃问。

"我……"董刃也心里没底。

"知道了吧？省厅也成立了专案组，组长是你的老搭档。"

"江锋？"董刃皱眉。

"嗯……"崔铁军点点头，"我们要是闪了，你就得配合他工作。"

董刃挪开眼神,望着窗外。

"听说那小子这几年可没消停,上蹿下跳的,从襄城又折腾到省厅了。他跟你不同,脑筋没都往业务上使,是奔着当官去的。前几天见了一面儿,走路生风、说话起范儿,哼,已经拿自己当领导了。"崔铁军摇头,"哎,你得琢磨琢磨,有没有实力跟他抢活儿。"

"谢您提醒,我心里有数儿了。"董刃点头,"但这个活儿,您怎么转给我?要是郭局执意让你们上呢?"

"嘻,跑肚、拉稀、掉链子,撤的方法多了。"崔铁军笑。

"谢了。"董刃腾地站起来,深鞠一躬。

崔铁军摇头苦笑,"你呀,这么多年都没变,一直活在自己的梦里。我知道,这案子是你的心结,心结只能自己解。但有句话我想提醒你,人啊,不能总活在过去,有时得放过自己,许多事情没有对错,看明白了,在水里扑腾一阵子,然后爬上来,隔岸观火,才是最高境界。"

"明白。"董刃点头。

"明白个屁,当初幸亏没收你当徒弟,要不还不气死我。你们四个呀,摸不透、养不熟、混不吝、合不来,瞧这人缘儿混的。"崔铁军摇头,"留神,注意,做事多想几步,别把自己再给玩儿进去,把你那刃刃给锈了。"崔铁军眯着眼,表情严肃。

董刃没出市局,坐电梯上了顶层,来到局长办公的楼层。在卫生间,他洗了把脸,对着镜子凝视着自己,整理着衣服。确实老了,皮肤干涩,眼神浑浊,再不是年轻时的样子。他拿起电话,拨打了几次对方才接通,但没说两句电话那头就挂了。他有些气急败坏，打开微信发了几句咒骂，才克制住情绪。他稳了一会儿，走向了郭俭副局长的办公室。

郭俭是主管刑侦的副局长，是海城老一辈的刑侦精英，一路从重案队长、刑侦支队长干起来。在他面前，没人敢"三分工作、七分汇报"。

好巧不巧，此时章鹏正在郭局的屋里，提起董刃，他鼻子不是鼻子脸不是脸，一百个不满意。

"郭局，不是我溜肩膀、吊腰子，这董大探长我是真陪不动了。"章鹏哭丧着脸说，"不光是我啊，兄弟们也受不了了。"

"什么意思？"郭局皱眉，"他不刚抓了一个网逃吗？范军，在逃多年的重犯，省厅非常重视，还说通令表扬呢。现在正值'刀尖行动'，省厅对各市是一周一汇报、一月一排名，刑侦支队本来就是主战场，有他这样能办案想办案的老同志，不是好事吗？"

"哎哟喂，郭局，他是能办案想办案，但案子就没他那么办的。独断专行，我行我素，一点没有大局观，跟同志们的关系也搞得一塌糊涂。我已经把他调出重案队了，但他还是不消停，上个月跟老徐干了一仗，弄得老徐都不想干了。"

"你想让他怎么消停？趴架了？躺平了？章鹏，这就是你用人的方法？"郭局问。

他这么一说，章鹏不言语了，垂头丧气地低下头。郭局停顿了一下，进行安抚，"我知道，他这些年有点怪。独来独往，没有朋友，做事儿也轴，特别是在案子上，偏执、较劲。但我当时把他留在刑侦支队也是有苦衷的，你说，他这个脾气，哪个基层单位接得住？七年前的那件事，不仅对他产生了极大的影响，还让他所在组里的民警受到了牵连。时至今日，这件事依旧没有个结果。让你盯着他，这是我对你的信任。你明白了吗？"

"明白。"章鹏点头。

"忘了我给你的任务了？业务、政工齐头并进，党建队建两手都要硬，不仅要办好案，还要管住民警。如果他违纪，就按规章制度处理，如果他有病，就让他去医院看病嘛。"郭局话里有话。

"我倒希望他泡病号呢，但他每天来得比谁都早，干起活儿来跟打了鸡血似的，天天加班，还裹着我们一起。"

"他是队长你是队长啊？在支队谁做主？"郭局不高兴了。

"您别说，他还真跟我提过这事，他说他当重案队长的时候，我还在内勤组订卷呢。"

"嘿，你小子跟我杠上了是吧？我说一句你顶一句？"郭局拍响了桌子。

"不敢，我可不敢。"章鹏装作无辜，"我今天找您汇报，主要是为了队伍的稳定，董刃近段时间的状态越来越不对，昨天抓捕的时候，枪都响了。要真捅了娄子，我怕给您添麻烦。"

郭局叹了口气，望着窗外。

"我知道，他曾经被称为'双刃剑'，打过一些漂亮仗。但这'双刃剑'可不是好词儿，立多大功就有多大漏，要不是您当年在刑侦支队镇着，他还不定出多大事儿呢。"章鹏不失时机地给郭局点上一支烟。

郭局喷吐了几口，"他呀，就是个轴人，最早让他和江锋搭档，也是为了让两人互补。董刃当时工作有干劲、有热情，但做事冒进，好大喜功，急于求成；而江锋呢，懂人情世故，会曲径通幽，智商情商都高，但却总在'临门一脚'时犹犹豫豫，缺乏刑警的豪气。而当这两人凑在一起的时候，就双剑合璧、形成互补了。所以大家才戏称他们为'双刃剑'。唉，我知道这不是个好词儿，但凡事都有两面性，只要能够抑制住他们的缺陷，发扬长处、避开短处，就能够做出成绩。后来董刃竞聘成了探长，江锋当他的主办侦查员，我又把赵阔和苏晓雅分到了他的探组。他们干得不错，'4·10''8·15'，还有周庆的专案，打了几个漂亮仗，但这几个小子却有些膨胀了，办事独来独往，与其他组合不来，也被起了外号，什么摸不透、养不熟、混不吝、合不来，并称'四大名捕'。这本来是挖苦他们的戏言，没想到他们却当真了。唉……幼稚啊。"

"董刃当年牵头过一段重案队的工作，要不是因为那案子，应该就能被任命为队长了吧？"章鹏问。

"是。"郭局点头，"只要能把刘涌的专案办好，他大概率能再往上走一步。但谁料命运弄人啊，就在关键时刻'临门一脚'之时，乔慕华逃走，案件搁浅。出了那么大的事，他自然升迁无望了。当然，那件事我也要负领导责任。"郭局摇头。

"您别这么说，那事我们都知道，是个意外。"

"是意外吗？"郭局反问，也像在问自己，"四个民警监视居住点一个犯罪嫌疑人，结果竟让嫌疑人跑了。而且这四个民警还说不清楚嫌疑人逃跑的细节。你说，谁能相信董刃他们没问题？谁能相信这是个意外？"

章鹏望着郭局，一时间也不知该说什么。他心里清楚，那件事一直以来也是郭局的心结。

七年前，海城市公安局刑侦支队奉命侦办刘涌涉黑团伙专案。

刘涌表面是海城涌江集团的老总，生意做得很大，但实际却是盘踞在海城的涉黑团伙头目。当年因为一个工程的竞标，外号叫"白老大"的白永平跟他竞争，结果刘涌用残忍的手段将其杀害，海城刑警以此为突破口，立即对刘涌采取了强制措施，但刑事拘留了37天，最后却因为没有直接证据而将其释放。刘涌长期混迹江湖，不可能直接对白永平下手，可行凶者却消失得无影无踪，没有留下任何痕迹和踪迹。最为关键的是，所有人都清楚白永平被害，但其尸体却不见踪影。就这样，案件成了无头案，警方拿刘涌毫无办法，就连白永平的手下也找不到理由对他采取行动。社会上有传言称，刘涌雇用了一帮心狠手辣之人，把"白老大"给"碎了"。当然，在未获取到证据之前，这都只是道听途说的传闻。

为了更深入地挖掘此案，郭局派遣当时牵头重案队工作的董刃负责这个案件。但刘涌的反侦查能力极强，被释放之后很快便人间蒸发。为了追查他的踪迹，进一步获取证据，董刃带队抓捕了涌江集团的财务总监、外号叫"乔四儿"的乔慕华，试图将其作为突破口，深挖涉黑团伙的内幕。不料在一个雨夜，乔慕华竟然逃离了监视居住点"华仁宾馆"，而当时负责看守他的董刃等人却毫无察觉。乔慕华这一跑，所有线索都断了，案件也因此搁浅。一周之后，刘涌驾驶的汽车被路人在东郊湖里发现，经过技术勘察，在车内发现了刘涌的血迹，可依旧未找到他的尸体。案件成了悬案，受此影响，董刃等人的命运也随之发生改变。由于看押失误、嫌疑人脱逃，几人难以证明自身的清白。于是纪委介入，对相关责任人进行审查。面对一轮又一轮的询问、讯问，甚至是测谎，董刃探组的四人不仅失去了办案的权力，还相继被降职、调离，离开了刑警岗位。最后唯有当年探组的主办侦查员江锋,因为当天有私事,向董刃请假,并未在场,虽然后期因脱岗受到了纪律处分,却没有被追究渎职的责任,得以全身而退。

"当得知要将他们四人调离刑侦岗位的时候,我曾多次向局党委反映,期望能再给他们一次机会。然而当时传闻四起,许多人怀疑是董刃探组的人'湿了鞋',故意放水,才致使乔慕华逃脱。法纪无情哪,领导经过综合考量,最终还是做出了决定。他们若不走,就无法避嫌、难以服众。后来,赵阔去了警察学院,苏晓雅去了派出所,江锋刚开始去了警务保障处,后来又去了襄城市局。唯有董刃这个轴人不认命,即便被分配到了派出所,依然没有放弃追查乔慕华的线索。三年前借着竞聘的契机回到刑侦支队,当了个层级最低的探长。哼,他如今不单在海城,恐怕在全省也是年龄最大的探长了吧。"

"我还是第一次听您这么详细地说这事儿。"章鹏说。

"这不是什么光彩的事儿,至今查不清,是咱们海城刑警的一个污点。"郭局叹气,"所以有时换位思考,我也能理解他,他之所以这么轴,还干着这个探长,也是在向所有人表明一个态度,就是自己问心无愧,没有'湿鞋',乔慕华不是他们放走的。"

"嗯,我理解了。"章鹏点头,"您知道江锋也介入此案了吧?"

"知道了,他是省厅专案组的组长。也是冲着乔慕华来的。"郭局说。

"我没跟他接触过,但听说风评不是很好,有人说他挺能贴的,到了襄城之后换了好几个单位,后来搭上了省厅办公室的劳主任,才被借调到省厅刑侦总队。"

"没影儿的事儿别瞎传,省厅让他牵头这个案子肯定是经过了通盘考虑。当然,江锋办这事儿也是把'双刃剑'。"郭局一语双关。

两人正说着,门被敲响了。董刃一推门,走了进来。

"哎哟,巧了,章支队长也在啊?"董刃咋咋呼呼地说。

"我……"章鹏有些不自然,看看董刃,又看看郭局。

"怎么着,这是跑领导这儿来诉苦了?"董刃撇嘴。

"刀子,你什么事?"郭局没好气地问。

"没什么事,就是来跟您反映情况的。"他一边说着,一边走到两人面前,"您上次召开全局大会的时候不是讲过吗?作为各单位的指挥员,要发挥兵头将尾的作用,主动参与、以身作则。然而在我们刑侦支队,章鹏队长却并非如此行事。"他边说边翻开自己手中的记录本,"今年8月10号,章队长安排刑侦支队全体人员加班备勤,可他自己却出门买了一捆芹菜、一捆蒜苗,还开着警车送回了家;8月15号早晨的全体会,章队长传达省厅刑侦会议的精神,五页纸的内容他只讲了不到十分钟,我在会后查看时,发现他故意跳过了文件中的好几个段落,导致文件精神未能全面贯彻;还有……"

"嘿,刀哥,您怎么还给我记小账儿啊?"章鹏绷不住了。

"你说发挥兵头将尾精神,咱们队老谢请病假,备勤少一个人,你作为支队领导替他备勤了吗?你自己定下的规矩,自己落实了吗?"董刃连连发问。

章鹏瞠目结舌,脸憋得通红,郭局赶忙解围,"刀子,你来找我,就是为了说这些事?"

"当然,还有别的。"董刃一副破罐破摔的架势。

"章鹏，你先回去，有事我再叫你。"郭局下了逐客令。

章鹏赶紧就坡下驴，脚底抹油地走了。办公室的火药味这才散去。

"你拿个破本想干什么！你不会也这么认真学习我的讲话，给我记小账儿呢吧？"郭局拍响了桌子。

董刃看着郭局，气势颓了下去，"郭局，我……"

"先坐。"郭局抬抬手，然后起身给他倒了一杯水，"你找老崔了？"

"是。"董刃点头。

"什么意思，想自己干？"

"是。"董刃又点头。

"怎么干？说说。"郭局坐到董刃对面，凝视着他。

"我……"董刃也没想好。

"知道当时为什么把你们调离原岗位吗？"

"知道，为了避嫌。但郭局，我们几个都被审查一溜够了，人、事、物、通话记录、社会关系、银行账户……连测谎都用上了，这还不够吗？还不能澄清吗？"董刃有些激动。

"你觉得呢？乔慕华一天不到案，这事就一天不能完。"

"是，只要抓不到乔四儿，就无法证明我们的清白。但郭局，现在乔四儿又有线索了啊，是来之不易的机会！"他加快语速。

"所以我才让崔铁军他们上的，他们都是老同志了，业务能力强，也懂得分寸。"

"明白。他们无论是业务能力还是政治素质都比我强，办案也肯定客观公正。但……"董刃急了，有些语无伦次，"但我还是想参与，实在不行，您把我调到他们组得了。"

"刀子，你忘了我之前跟你说的话了吗？要想客观公正地办案，必须摒弃私心，心无旁骛。你现在这个状态，能办好案吗？能不出问题吗？"郭局打断他的话。

董刃不说话了。

郭局拿起茶杯，抿了一口，"我知道，这些年你一直陷在这个案子里。职位没了、身边始终有风言风语，日子过得一塌糊涂，但作为一个老警察，我要告诉你，真正能让你跌倒的，只有你自己，能不能再站起来，与案件无关，也不取决于别人的评价，而在于你自己的内心。"

"我从没觉得自己跌倒了，我只是一直在努力完成尚未完成的工作。"董刃直视着郭局，"没错，在旁人眼中，我是个失败者，被调离刑警岗位，让兄弟们受到牵连，婚离了，家也没了，这么一把年纪还死皮赖脸地回到支队，占着个小小的探长职位……但我自己从不认为是失败，我只是坚定地相信总有一天能够抓住乔四儿，能够继续深挖其幕后的罪恶。白永平被害，至今都找不到尸体，主犯刘涌也是活不见人、死不见尸，所涉及的巨额资金也不见踪影。这个专案至今还敞着口，每年清理积案的时候都列在名单上。郭局，我作为主办此案的探长，有着不可推卸的责任，我恳请您，给我办案的权力，让我参与抓捕乔四儿的行动。"

这下轮到郭局沉默了，他又抿了一口水，"你知道省厅也成立专案组了吧？"

"知道。"

"你知道省厅专案组的负责人是江锋了吧？"

"知道。"

"人家现在要主控案件,要求市局予以配合。让你接替崔铁军他们办案,江锋是不会同意的。这些年他可是一直在举报你,说是你故意放走了乔四儿。"郭局说。

"那就明面上让崔铁军他们配合,暗地里由我去工作。"

"你这是坑我啊,出了事儿我这个副局长不当了?"郭局皱眉,"而且,就你一个人怎么办案?你知道崔铁军那老三位的脾气,能给你打下手?"

"我要是能说服赵阔和苏晓雅呢?"

"赵阔、苏晓雅……"郭局皱眉,"他们愿意吗?"

"我试试。"

郭局站起来,在办公室里踱步,"我之所以不想让你插手,也是为了保护你,我希望你能放下过去,重新开始。"

"您只有给我这个机会,我才能重新开始。"

郭局点点头,"那你就试试,能不能说服他俩,重新集结起队伍。"

"好,谢谢领导!"董刃激动地站了起来,正规地行了个礼。

"刀子,我提醒你,只有改掉你的冒进,收敛你的锋芒,摒弃私心杂念,心无旁骛,才能够客观公正地办理案件,才不会重蹈覆辙。不能只是在嘴上说明白,而是要真正做到入脑入心。"郭局提醒。

"您放心吧,我已经没资格再第二次跌倒了。这次再不行,我就主动辞职,脱了这身警服。"董刃一字一句地说。

3
名捕

时至午后，车窗外的景色转瞬即逝。大地一片灰蒙蒙，毫无生机，蜿蜒的高速路仿若永无尽头。人活着，总要在曲折的命运中奋力狂奔，恰似俏俏提及的那道奥数题，来回折返，即便明知是在做无用功，也要拼尽全力。气温稍有回升，可一旦摇开车窗，又会感到寒冷。董刃看看表，估摸着开到警察学院得过了饭点儿了。警院在山后，气温比城里低好几度，董刃调高了空调，琢磨着怎么去说服他。赵阔外号"混不吝"，性格敞亮、为人仗义，但眼里不揉沙子，是当年探组里侦查破案的好手。这次行动要是没有他的加入，力量必定会大打折扣，但他已经在警院当了七年的学生干事，想不想重回一线是个未知数。董刃一边琢磨，一边开车，途经南关派出所的地界，将车开到了辅路，从一个岔路口拐到储鑫路上，将车停在了一处宾馆门口。

这个宾馆位于一条步行街的尽头，是个死胡同。位置欠佳，人流稀少。董刃这些年已经数不清来过这里多少次了，起初几乎每个月都会来，近两年才逐渐减少。酒店的名字也几经变更，起初叫"华仁"，之后叫"红太阳"，如今改成了"天使恋人"。随着名字的更改，酒店的经营模式也改头换面。最早的时候，这个地块较为偏僻，客流量少，酒店生意萧条，所以才被他们用作监视居住点。后来，马路对面开了一条步行街，聚集了一些小商小贩，人流量才慢慢多了起来。但没过多久，步行街的大老板欠债跑路，生意黄了，小商小贩纷纷撤离，这里又恢复了冷清的模样。有人说，这宾馆处在死胡同里不吉利，迟早得倒闭。

"天使恋人"开业不到两年，装修风格大红大紫，晚上还会亮起带有英文的招牌，上面有个搔首弄姿的女郎造型。里面的房间也重新做了装修，门牌取得很有特色，诸如"甜心泡泡""镜子空间""激情冲浪""海洋沙滩"……这里是一家情趣酒店。董刃来到前台，领班经理知晓他的来意，便拿出一张门卡递给他。

"热情似火"套房没有客人入住，房间在一层的尽头。董刃刷开门，注视着里面。这是"天使恋人"最大的一间套房，面积约120平米，由一个客厅和两个卧室组成。董刃关上门，却并未开灯。他凝视着面前布置成粉色的墙壁和客厅里摆放的巨大玻璃，一时竟想不起来这里七年前的模样。他往前走去，推开了一间房门，走进大卧室。里面摆放着橘红色的高脚凳和红色的圆床，墙壁和屋顶都装饰着各种形状的镜子。他闭上眼，脑海中浮现出昔日的场景。靠窗的床铺应该铺着一床黑白花的床单，那是江锋自己买的，他爱干净，嫌酒店脏，出门也带上自己的床单和被套。旁边的床上应该是一套军绿色的被褥，那是赵阔从队里搬过来的，盖了几年都没见他洗过，味道可想而知。他又走到另一间卧室，那里没有窗户，漆黑一片。董刃闭上眼想象之前的场景。当年房间里应该摆放着两张单人床，一张靠在墙角，由嫌疑人乔慕华睡，一张靠在门口，由值主班的苏晓雅睡。苏晓雅最年轻,那时正在谈恋爱,电话多,经常会捂着手机到客厅去轻声细语,鬼知道他在和几个女孩交往。

他闭着眼在房间里摸索着,却左右磕碰,跌跌撞撞。他出了门,回到客厅。当年自己的行军床应该支在门口,他是探长,守大门的责任自然落在了他的肩上。董刃正回忆着,楼上响起了淋浴声,眼前的场景瞬间消失,他下意识地睁眼,看到的是粉红色的墙壁和对面镜子里的自己。他不想就这么放弃,再次闭上眼,试图让自己进入那个情景,但又被楼上男女的调笑声打扰。董刃叹了口气,摸了半天,才找到香烟,在黑暗中点燃一支,默默地喷吐起来。那天晚上的事儿,至今无法破解。赵阔为什么看电视那么入神?苏晓雅怎么就这么寸,在自己洗澡的时候,出门接了电话?江锋为什么要请假?还有乔慕华到底在害怕什么,要在雨夜中逃跑?这些年他去了哪里,为什么会在汕州出现?还有刘涌,是死是活,那些钱去向了哪里……这些疑问始终在他的脑海中盘旋、在他的心中憋闷,让他痛苦不堪,让他纠结不已,使他始终无法走出这个封闭的空间。他明白,唯有抓住乔四儿,才能获知真相,才能找到打开自己心门的钥匙。

这时,突然有人敲门,声音很轻却极有节奏,似乎是某种暗号。董刃顿时警惕起来,缓缓走到门口,轻轻拧开门锁。

门口站着一个穿着暴露的女人,留着齐耳短发,灰色的羽绒服领口敞开,露出胸前的肌肤。

"你住这屋?"女人问。

董刃看着她,没有作答。

"就一个人吗?"她往门缝里窥探。

"你什么事？"不知为何，董刃竟有些紧张。

女人笑了，笑容很妩媚，用手撩了撩头发，"一看就是新手，别紧张。"说着，她往里一挤，像条泥鳅般钻了进来，顺手关上了门。

"你想干吗？"董刃愣住了。

"我观察你好久了，开套房却不住，每次都待上好半天。哼，是不是心痒痒了？"女人在黑暗中问道。

"我……"董刃不知如何回答，当然，他不能暴露自己的身份。

"别怕，我懂你们这种人的心思，想要又爱面子，欲火中烧却还要克制，表面是正人君子，实则一肚子花花肠子。呵呵，我们都惧怕孤独，可又无法逃避，人本来就是孤独的，不是吗？"她说着便往前凑近。

董刃下意识地后退，隐入黑暗之中，他望着女人的眼睛，亮亮的，竟显得格外干净。

"我不是你想象的那样，我只是过来……看看。"董刃敷衍道。

"哦……失恋了吧？到这儿回忆和前女友的甜蜜时光？嘻……"她不屑地摆摆手，"看你一把年纪了，不会还相信当年的承诺吧？爱情不是灵魂，而是肉体啊，灵魂能够保持高贵，但肉体不行。如果有条路明知走不通，干吗还非要走呢？及时行乐才是聪明人的选择。"

董刃不想再与她啰唆，从内兜掏出几张钞票递给她。

女人犹豫了一下，接过钞票，"哎，就这几张可不够啊……"她边数边说。

"你走吧。"董刃抬手朝外指了指。

女人抬头看着他,笑了,"还是新手,太紧张。"她摇摇头,回身拉开门,"哎,这是我的微信号,人不能总往死胡同里钻,得学会解放自己,有需要的时候就找我啊,我专门为失恋男人做心灵疗愈。"她留下一张纸条,消失在门外。

赵阔没在警院,董刃多方打听才知道他带着刑侦系的学生们去进行现场教学了。于是董刃便驱车赶往东郊,到的时候,赵阔正叼着一根点儿八的"中南海",对着十几个孩子忽悠。他比董刃大两岁,皮肤黝黑,身材健硕,一看就是个练家子。

"范慧鹏,我问你,刚才蹲守的时候为什么左顾右盼?知道蹲守的要求是什么吗?"他质问一个身材不高表情懵懂的孩子。

"蹲守的要求是……全神贯注,不能有一秒钟的分心。"孩子认真地回答。

"知道为什么不做?我告诉你,蹲守不是磨洋工,有一秒钟掉链子,嫌疑人就可以溜走,工作就前功尽弃。"

孩子满脸通红,低下了头。

"还有你,陈悦蔚!"他又指着一个高个帅哥,"给嫌疑人搜身的时候呢,你干吗呢?就在一边晃悠?"

"赵干事,我没有办案权,只能观摩。"小帅哥不服气,据理力争。

"废话,我能不知道你没办案权啊?要有办案权,那孙子上午咱们就给办了。"赵阔皱眉,"我跟你说过没?在给嫌疑人搜身的时候,每个人都要各负其责。有人搜身,就得有人观察周边的动向,防止嫌疑人有同案,对办案人造成危险。你以为我让你过去是杵那儿旁观呢？事不关己高高挂起？你是个预备警察，不是逛大街的路人甲！"

小帅哥没话了，也低下头。

"还有你们俩，李倩、王维，你们躲什么躲？抓人的时候连手铐都不敢递。我告诉你们，以后要是当刑警，血里呼啦的现场少不了。要是怕，趁早退学，回家！"

他这么一说，两个女孩都挂不住了，低头抹泪。

董刃在一旁看着暗笑，看赵阔此时的样子，哪像一个学生干事啊，简直就是刑侦支队的重案队长。

赵阔用余光扫见了他，挤了挤眼，继续给孩子们讲解。最后，他把手一挥，"现在到了最后一步，初审犯罪嫌疑人，谁愿意当我的书记员？"

一听这话，孩子们纷纷举手。

"边波，你怎么不举手？"他指着一个椭圆脸的男孩问。

"我……打字太慢。"男孩唯唯诺诺地说。

"打字慢才更得练呢，赶紧去趟厕所，清理干净了，一会儿上了场，可别给我掉链子。要不……"

"要不又得打扫一个星期的厕所卫生。"男孩缓缓地接话。

"行，都会抢答了。"赵阔也忍不住笑了，"其他人拿好笔和本，记录审讯中的得失，回学校咱们开会复盘。"他又挥了挥手，像个猴王一般，带着蹦蹦跳跳的小猴子们朝着一辆依维柯走去。

董刃在车上足足等了一个半小时，赵阔才拉开了车门，坐进副驾驶。

"是什么风把'刀大探长'给吹来了？"赵阔阴阳怪气地问道。

"你这是啥套路，带学生来办案现场，我看是柳北队的案子，老邢他们都在呢。"董刃问。

"现场教学啊，就是让学员们亲身感受真实办案。不然我大老远跑这儿来干吗？"赵阔撇嘴道，"这是柳北队的'邢大眼睛'给我'做的菜'，是一起抢劫的案子。本来他们昨天晚上就要行动，结果我软磨硬泡，硬是给拖到了今早。从清晨5点开始，蹲守、跟踪、抓捕、搜查、审讯，这才叫全流程的现场教学。每一个流程我都安排学员观摩，同时用DV全程拍摄，哎，拍的可不是嫌疑人，而是参与工作的这帮学员。为的就是事后总结成败得失，让这帮孩子知道差距。你看刚才那小范，蹲守时虽说有点走神，但那可是个好苗子，平时话不多，做事较真，抓着只蛤蟆都能给攥出水来，是搞技术的料；那个小陈，不光长得帅，为人也义气，以后说不定能当个小领导；那俩姑娘虽说胆子小点，但都是学习的尖子，得让她们学以致用，以后才能发挥作用。最后那个小边，看着有点面吧？哼，他可是个棉中针，你是没见着刚才他跟我审讯，那小话递的，可顺溜了！他属于心里有主意，表面不显露的人，以后是干预审的好材料。"赵阔如数家珍。

"行，真行，摊上你这么个老师，孩子们有福。"董刃点头。

"狗屁老师，我就是个学生干事，每天带带学生，练练拳，踢踢球，属于半躺平状态。"赵阔伸了个懒腰，仰靠在座椅上。

"是啊，你现在的日子最舒坦。不用成天冲锋陷阵、抓人破案，也不用为绩效指标犯愁，每年还能休寒暑假。哼，给个神仙都不换哪。"董刃拖着长音说。

"学院马上就要改制了，听说所有的老师和干事都要脱掉制服，改成事业编。没准你下次来，我就不是警察了。"赵阔收起笑容，缓缓说道。

"我也听说了，这是大势所趋，省警院都已经改完了。那你有啥打算，是脱制服干事业编，还是离开警院再回一线？"

"我算过了，按照三十年退休的政策，再熬几年我就够资格了。我和李佳也没孩子，自由自在，到时候提前退休，找个房价低的城市彻底躺平。完事。"赵阔大大咧咧地说。

董刃不再说话，他也陷入沉默，两人就这么僵持了好几分钟。董刃摇开车窗，点燃一支烟。

"哎，老赵。甲、乙两个水管单独开，注满一池水，分别需要20小时、16小时。丙水管单独开，排一池水要10小时。若水池没水，同时打开甲、乙两水管，5小时后，再打开排水管丙，问水池注满还需要多少小时？"董刃问。

"什么？一个注水，一个放水，这不有病吗？"赵阔皱眉。

"哼，是我闺女的奥数题。干活也是如此，有人注水，有人放水，有人搭台，有人拆台。"董刃话中有话，"我来，是想告诉你，乔四儿出现了。"

"乔四儿？"赵阔一愣，下意识地坐正身子，"哪儿来的消息？"

"娄勤透露给我的，乔四儿他妈不是一直住在南关派出所的辖区吗？前几天市局、省厅的人都去摸排了。"

"哼，'捅娄子'还挺会办事儿啊。"赵阔撇嘴，"有具体位置吗？市局谁负责抓捕？"

"三叉戟。"

"那仨老家伙？能行吗？"

"说行就行，不行也行。怎么着？你想参与？"董刃反问。

"我看是你想参与吧？这就是你来找我的原因。"赵阔一语道破。

"是。"董刃点头。

"怎么参与？我是警院干事，马上就不是警察了，没有办案权了。"赵阔苦笑。

"你就真想在这山后躺平养老，结束警察生涯？昔日的'四大名捕'，连警服都不要了？"

"不然呢？怎样？去据理力争，去自证清白，去反抗，去愤怒，去说自己冤枉？得了吧！谁会信我？"赵阔突然发火。

"我信你。我信！"董刃说道，"你信我吗？"

"我……"赵阔停顿了一下，"当然，你这脾气，不像干那种事的人。"

"那你就再信我一次，回刑警队，给孩子们做一次现场教学。"董刃不失时机地说道。

"哼……"赵阔叹了口气，"下沉之后，市局给咱们都定了调，'两不'，不能有办案权，不能再参与那个案件。这都多少年了，我业务早就荒废了，除了在孩子们面前吹吹牛，提提当年勇，还有什么能跟现在的刑警比的？有时我在宿舍值班，一做梦就回到刚上班的时候，正挺着腰杆穿着绿制服冲国旗敬礼，满脑子都是惩奸除恶、维护正义的大梦想。可一醒，就发现自己老了，心里特别悲哀。"

"但我不服老，就算老，也得把没办完的事儿给办了。"

两人正说着，刚才那个帅哥小陈敲响了玻璃。赵阔摇下车窗，小陈递进来两碗泡面。董刃心想，这孩子确实会来事儿。

两人都饿了，稀里呼噜地吃起面条。

"你刚才说省厅也在查这事儿？"赵阔边吃边问。

"是，成立了专案组，负责人是江锋。"董刃回答。

"他？"赵阔感到意外，"我听说了，他借调到省厅了。"

"这些年他一直没闲着，这次也是冲着乔四儿去的。"

"他有什么资格查这个事儿。"赵阔放下泡面，"丫刚来的时候，之所以能调到市局，就是跟禁毒支队老田的闺女谈恋爱，现在借调到省厅，又是凭着老丈人的路子。这种人干什么警察啊？不如攀个富婆，靠脸吃饭，干吗祸害别人啊？"

"没影的事儿，你少说。"

"就因为我当时少说了，才让丫插进来的。哼，都说你们是'双刃剑'，要我看啊，你是那个朝外的刃儿，他是朝里的尖儿，专门祸害自己人的。有人说咱们之中有'内鬼'，是你吗？是我吗？还是哑巴？哼，我看就是他！"

"那件事儿审查多少次了，纪委上了，也测谎了，是个意外。"

"扯淡！世界上有意外吗？所有的事故都是故事！"

"你有证据吗？没有就少说。没凭没据的事儿我不爱听，有本事把乔四儿拿下，亲口问他。"董刃说。

"得得得，你少说我不爱听的话，也别跟我使激将法。"赵阔摆摆手，"这么多年了，我们都撤了，就你还死皮赖脸地在那儿杵着，守着个小探长的职位，不就是为了抓住那孙子吗？但就算现在他出现了，你想带着我们干，怎么干呢？刀子啊，我可不是刑警了，没办案权了！"他直击要害。

董刃看着赵阔,要的就是这个效果,"没办案权了可以申请,不是刑警了可以调动,只要咱们想干,就能干。"

赵阔看着他,眼神复杂,他摸出一支烟,缓缓地点燃,"行,不冲别的,就冲那个江锋,我干!"他做出了决定。

"好,那就好。"董刃点点头。

"哼,让他当专案组的负责人,省厅也够会玩儿的。谁不知道这案子是烫手的山芋,让他上也是个'双刃剑'。"赵阔撇嘴。

"崔铁军跟我透底了,省厅专案组几个人都是借调的,主要是为了避嫌。主管这事儿的是刑侦总队的尤副厅长,三个任务:一是抓住乔四儿;二是查出当年的真相;三是如果发现内部人员有问题就坚决查处。"董刃说。

"那就是奔着咱们来的。"赵阔点头,"得想想办法,名正言顺地获得办案权。"

"'哑巴'呢,还在安乐里派出所呢?"

"是啊,他一直没动地方。他过得好啊,住着大别墅,吃喝不愁,衣食无忧,钱也管够,人生巅峰了。"

"他媳妇还是那个演员吗?"

"是啊,去年海城电视台还播过她的戏呢。叫什么《大唐宫斗计》。"

"她演什么?"

"演皇上他妈,但不是皇后啊,是皇上的生母,刚开始跟王爷谈恋爱,后来狸猫换太子,把儿子调成了皇上。"

"都什么乱七八糟的。"董刃摇头,"都有这条件了,还在派出所耗着干吗?"

"你还不了解他？只要没人逼，他能永远窝在一个地方。去年'十一'我见过一次，养得白白胖胖的，跟那戏里的'阿哥'似的。"

"他呀，有心眼儿，看似漫无目的荒废人生，实则是揣着明白装糊涂地明哲保身。他是这个喧嚣世界的明白人啊。他不走的原因，也是为了那案子，这事儿谁先撤，谁有嫌疑。"董刃说，"有时我也想不明白，为什么有人挣了别人的钱，却不给别人应得的东西；有人花了一辈子的积蓄买房，却住不进去。好人受欺负，坏人得实惠，这不该是常态。"

"他们不明白，但咱们得弄明白。"赵阔说。

"对，得弄明白。"董刃也说。

苏晓雅外号"哑巴"，当年是通过社招入的警。他人如其名，表面上挺闷的，不爱跟人交往，但内心却有着丰富的世界。

安乐里派出所坐落在市北区的安乐里小区内，是全市规模最小的派出所。其辖区面积仅1.7平方公里，其中还涵盖了一个安乐里公园。辖区内的建筑大多是建于20世纪八九十年代的老旧居民楼，年轻人都走光了，平时能见到的基本都是些退休老人，是名副其实的"银发社区"。

苏晓雅是派出所综合指挥室的内勤，平时整整材料、打打文件，工作节奏很慢。他三十四岁，人长得眉清目秀、白白净净的，小时候让爹妈当姑娘养，在学生时代就没少被女同学追求。董刃见到他的时候，他正在休息室里喷云吐雾，一进屋都觉得呛眼睛。

"行啊，哑巴，都抽上雪茄了。"董刃笑。

"我媳妇说这玩意儿不过肺，健康。"苏晓雅随意地回答，"刃哥，你怎么来了?"他说着站了起来。

他曾是探组里最年轻的成员，从分局警务支援大队调到市局刑侦，是由董刃亲自挑选的。正因如此，直到如今他对董刃都毕恭毕敬。那时的他不爱言语，性格腼腆，做事慢条斯理像个大姑娘，于是被老赵起了个"哑巴"的外号。他的警务技术十分全面，做事更是细致入微，是探组里的技术高手。然而现今，他也显露出了老态。脸变圆了，头发稀疏了，尤其是那双眼睛，不再那么清澈透亮。但他身上的那种松弛感没有变。董刃觉得这是种能力，或者说是与生俱来的。起码自己再怎么努力也学不会。

"抽这特费钱吧，一根得好几百？"董刃撇嘴。

"没那么夸张，'人肉'带也就二百多。"苏晓雅说着转身拿过一个小盒子，取出一支，"尝尝看，D4。"

"好家伙，抽这玩意儿一个月得一万多吧。我可提醒你，别在单位抽，注意点儿影响。"

"注意什么影响啊，我媳妇从国外带回来的，合理合法。怎么着？他们还能把我降成副民警不成？"苏晓雅说着用雪茄刀剪开雪茄屁股，又用喷枪点燃，递给董刃。

董刃抽了一口，剧烈地咳嗽起来，"怎么……这么呛啊。"

"大哥，这玩意儿不能过肺。慢慢来，抽抽停停，主要品味儿。松弛，是对抗一切焦虑的武器。"苏晓雅笑。

"得得得，我没那富贵命，还是抽点儿八'中南海'吧。"董刃把烟递了回去。

"哎，考你道题啊？甲、乙两个水管单独开，注满一池水，分别需要20小时、16小时。丙水管单独开，排一池水要10小时。若水池没水，同时打开甲、乙两水管，5小时后，再打开排水管丙，问水池注满还需要多少小时？"董刃问。

"一个注水，一个排水……"苏晓雅默念着。他把雪茄放在烟缸上，转身拿出一张纸，用签字笔在上面划拉了几下，"需要35个小时。"他说出了答案。

"哎哟喂，真的假的？"董刃惊讶，他拿出手机，翻看答案，"行啊！哑巴。那还有一道，两地相距45千米。上午8时，甲、乙同时从这两地出发，相向而行。甲骑自行车，速度是每小时10千米；乙步行，速度是每小时5千米。乙带着一条狗，当乙出发时，狗也开始向前奔跑，速度是每小时15千米。这只狗遇到甲以后立刻回头奔向乙，遇到乙以后又立刻回头奔向甲，如此继续，直到甲、乙相遇为止。这时，狗共计跑了多少路？"

"这个简单啊，不用算。题目问的是狗跑了多少，不用考虑来回折返每个单程是多少。狗跑的时间就是两人出发到相遇的时间，再乘以狗的速度，一共是45千米。"

董刃翻看答案，"嘿，又对了！不愧是'211'毕业的，厉害！佩服！"他竖起大拇指。

"呵呵，你找我，不是为了考我奥数题吧？"苏晓雅笑。

"我找过老赵了。"董刃说。

"对那事儿还不死心吗？"

"什么叫不死心啊？案结事了，那案子还没完呢。"

"想让我加入？"

"你愿意吗？"

"我……不知道。"苏晓雅摇摇头，吞吐了一口烟。

"得跟媳妇商量商量吧?"董刃笑。

苏晓雅没说话,看着董刃,"你们是不是都觉得我是个吃软饭的,特没出息?"

"那不能够。能娶个好媳妇儿是你小子的福气,我要能像你这样,我也不干了。抓什么人啊,破什么案啊,我才不受那份累呢,辞职在家多好。"董刃说着反话。

"哼,你这是激我呢吧?"苏晓雅笑,"但也不怕你笑话,我刚到派出所的时候,也确实这么想过。你知道,我小时候家在农村,考警察就是为了解决海城户口。从小到大,总觉得自己低人一等。刚到分局警务支援大队的时候也受欺负,那帮同事给我起外号,叫我小白脸儿,更孙子的还管我叫'面首'。我都忍了。不是我不愿意跟他们争,是我没那个资本。后来被你选到刑侦支队,办了几个案子,我才慢慢有了自信。刀哥,你知道吗?咱们在一块拼的那段日子,是我人生中最幸福最快乐的时光。为生者权,为死者言,我觉得自己真的能做一番大事了。你和锋哥双剑合璧,并称'双刃剑',我和老赵也沾了光,对外叫'四大名捕'。那时多风光啊。"

"嘻,一切都过去了,好汉不提当年勇。现在我是咱们局岁数最大的探长,工作垫底,婚也离了,早不是什么'双刃剑'了,成一根儿老光棍喽。"董刃自嘲。

"不,你在我心里永远是这个。"苏晓雅竖起大拇指。

两人正说着,休息室的门被推开了。走进来一个三十出头的制服警,他方脸盘、薄嘴唇、小眼睛,刚想说话,看董刃在又闭了嘴。

苏晓雅仰靠在椅背上,用一个非常舒服的姿势凝视着对方。

"那……那什么,上午来那人的户口,为什么不给办?"方脸盘问。

"非直系怎么入户啊?"苏晓雅皱眉。

"不是……打过招呼了吗?"方脸盘不自觉地压低声音。

"跟谁打招呼了?跟你打了还是跟所长打了?你要让我违规操作,就得给我下文,要不这事儿我没法儿办。"苏晓雅硬怼。

方脸盘愣住了,脸一红,眉头就挤在了一起,但碍于董刃,并没发作,"这事儿到时候再说。哎,这休息室可不能抽烟啊,小心烟感报警。"

苏晓雅没理他,又吸了一口。方脸盘自讨没趣地退了出去,把门关上了。

"谁啊?"董刃冲门口努努嘴。

"无名之辈。"苏晓雅说。

"哎,你别跟人弄得那么僵,毕竟管你。"

"他让我难受了,我也不能让他舒服,得把这种情绪传导回去,这就叫能量守恒。要不天天看着那张扑克牌脸,得憋出癌症来。"

"哼,你小子,真变了。以前我们总叫你哑巴,现在成话痨了。"董刃笑。

"看见了吧?我到了这儿以后,是不躺平也不行了。那事儿查不清也查不明,人家都拿我当贼防着。只要轮到谈心谈话,我肯定首当其冲,但凡立功受奖,绝对与我无关。我刚开始也想忍,不愿意跟他们一般见识,像那时在警务支援大队一样装孙子当哑巴。但后来转念一想,凭什么啊?我这辈子难道就该永远矮人一头吗?我的尊严就要任人随意践踏吗?论技术,他们谁能比得过我?论见识,他们破过几个大案?所以我决定不当哑巴了,我不仅要说话,还要高声地呐喊。我要让他们清楚我和他们不一样。"苏晓雅情绪有些激动。

"也包括,抽这个?"董刃指了指他指尖的雪茄。

"对,就像您说的,我抽的不是雪茄,是松弛感。我就是吃软饭了,吃得特香特舒服,我媳妇就是有钱,凭自己本事光明磊落挣的,怎么了?"苏晓雅抽了一口雪茄。

董刃开始理解苏晓雅的状态了,默默地抽了口烟,"能保持这种松弛感,也是难得了。"

"不当回事儿就行,没追求就行,不拿人当人、不拿事当事就行,操着随时可以撤退的心态就行。"苏晓雅喷云吐雾。

这时,门外响起了三声短促的鸣笛声。苏晓雅笑了笑,"刀哥,我媳妇来了。"他刚才紧锁的眉头一下就舒展开了。

董刃跟着他走到派出所外,看到一辆金色的保时捷旁,站着一个烫着大波浪的曼妙女郎。她相貌出众,立体的五官,姣好的身材,白皙的皮肤,有点像影视演员马苏。

她看到董刃先是一愣,随即表情又转为职业的微笑,"晓雅,我没打扰你们吧?"她缓步走了过来。

"没有。哦,这位是刀哥,我跟你提过的。"苏晓雅忙说。

"弟妹好。"董刃点头。

她愣了一下,"哦,刀哥啊,晓雅总提起您,幸会了。我叫谢兰。"她礼貌地伸出手。

一凑近,一股高档香水的味道扑鼻而来,董刃也伸出了手。谢兰的手纤细、绵软且柔滑,两手相握之时,没想到她竟轻轻地捏了董刃的手两下。

董刃一愣，顿觉头皮发麻，然而表情却并未显露。

"我晚上有安排，跟你换个车。"谢兰对苏晓雅说。

"哦，那我把车开过来。"苏晓雅说着就拉开车门，上车将保时捷开走。

谢兰的无名指上戴着一枚六爪的钻石戒指，并不大，也就有30分左右，看上去切割的工艺一般，和她的穿着打扮并不相符。

谢兰端庄地站在董刃身边，董刃反而有些紧张。就这一照面，他就知道这女人不简单，也难怪当年苏晓雅为了她和前女友分手。

"刀哥，您找晓雅是有什么工作吗？"谢兰问。

"哦，没什么工作。就是好久不见了，聊聊天。"董刃并不直接回答。

"那件事儿是他的心结，这么多年了，他还没走出来。如果您找他跟那件事有关。无论他做什么决定，我都不会阻拦。"谢兰缓缓地说。

董刃停顿了一下，琢磨着该如何回答。

"实际上这些年他一直在犹豫该不该辞职，我也托朋友给他找了几个不错的去处。但最终他都放弃了。我明白那件事一天没有结果，他就一天无法安心。所以，不管他做出怎样的决定，我都会支持。"她诚恳地说。

"谢谢你。有你的支持，他才能过得这么好，才能一直保持松弛。"董刃由衷地说。

"嗐……能拿钱解决的事，都不算是事，但钱有太多解决不了的事。"谢兰轻轻摇头，"我能为他做的也就这些了，其他的只能靠他自己。我只是想让他放过自己。"

"你已经做得很好了。干我们这行的不光要出生入死啊，有时还会受到诱惑。记得我刚上班的时候，局里出过一个事。两个警察受贿，一个收了十万块钱，最后判了，一个收了邮票，被辞退了。但那个邮票的价格是远高于十万元的。所以有钱当然最好了，能解决许多事情，也能抵住很多诱惑。"董刃推心置腹。

两人有一搭没一搭地聊着，董刃觉得谢兰身上有种魔力，或者说是吸引力，她能让人在最短的时间觉得她亲近，想和她接触，甚至是跟她掏心窝子。那是种润物细无声的待人方法，肯定是在久经磨砺之后才能做得这么自然。每当谢兰谈起苏晓雅，那表情和神态就不像一个妻子，而像一个母亲。董刃知道这是个非常厉害的女人，但也不禁在心中怀疑，这么厉害的一个女人怎么就看上了"哑巴"。

这时，苏晓雅把一辆宝马X3开了过来。

苏晓雅下了车。谢兰上车之际，冲董刃点了点头，"刀哥，祝你们顺利。"她话里有话。说完就驾车而去。

"哎，你媳妇真不错，是个明白人。"董刃不禁说。

"她？"苏晓雅笑了一下，"还行吧，人挺好的。"

"那戒指是你买的？"董刃问。

"是，结婚的时候买的，才几千块钱，但她却不嫌弃，一直戴着。"苏晓雅说

"好好珍惜，来之不易。"董刃点头。

4 目标

在省厅专案组的审讯室里，范军被铐在审讯台对面的铁椅子上。他昂着头，直视着对面的两个年轻刑警，一副不认账的表情。

对面的两个刑警是省厅专案组的孔飞和张鸿。他们年龄相仿，都三十出头。孔飞毕业于中国刑警学院，来自襄城市公安局刑侦支队重案队，他留着寸头，眼神坚毅，眉宇间露出年轻刑警特有的英气。张鸿毕业于中国人民公安大学，来自孟州市公安局桥湾区刑侦大队，年龄虽然不大，但已经荣立了两次个人二等功，还被评为孟州市刑侦系统十大青年卫士，是个不可多得的刑警苗子。他们在一个月前被抽调到省厅专案组，负责配合江锋办理专项工作。同事们戏称他俩为"两把刀"。

"知道为什么要抓你吗？"孔飞做着开场白。

"我哪儿知道。"范军硬怼回去。

"你回海城干什么？"孔飞问。

"观光、旅游、度假、休闲。"范军冷笑，"怎么了，不行吗？"他反问。

"观光旅游？那你带枪干吗？"

"防身啊。现在社会这么乱,万一有人劫财怎么办?"

"你有财吗?"孔飞反问。

"没有。那劫色也受不了啊,都四十啷当岁了,身体不行了。"范军摇头,"哦,对,那个老警尿还诱惑我呢,说什么要带我爽爽。哎,两位警官,这算不算是诱导犯罪啊?"他撇嘴。

啪!张鸿听不下去了,拍响了桌子,"范军,我警告你!你现在是在看守所,我们是在对你进行依法审讯,你要为自己的言辞负责,为自己的前途着想!"

"哦,哦……"范军点头,"那您说,我到底犯什么事儿了,为什么要抓我?"他是老油条,摆出一副滚刀肉的架势。

在监控室里,一个身材高大的警官双臂环抱,凝视着监控器。他不到四十岁的年纪,浓眉阔目,刚毅的线条勾勒出脸庞的轮廓,眼神透着一股威严。他宛如一座山峰,高大的身材极具压迫感。他是省厅专案组的组长江锋,那个曾与董刃并称"双刃剑"的刑警。他知道,对待范军这种几进宫的老炮儿,光摆事实、讲证据是不够的,得戳其软肋才能打开突破口。

在审讯室里,张鸿继续开展攻势。

"我告诉你,我们是省厅专案组的,不是海城市局的!你这次进来,出不去了!何去何从,你要好好考虑。地库里停的车,出租房里的物品,我们都检查过了。你到海城想干什么,不用我们多说了吧?"张鸿质问道。

"什么车?什么房?"范军装傻。

"装傻是吧?行,那我告诉你,录像我们调了,指纹也对上了。你干了那么多的事儿,需要我们一件一件说吗?要是个爷们儿,就说人话,别装傻充愣。"他使着激将法。

"警官,我知道你们调监控了,但那又能怎样呢?就算开过车,住过房,但又能说明什么呢?你们说我干了那么多的事儿,也查了我的指纹、痕迹,那就一件一件说,我都干了什么?"

"你……"张鸿一时语塞。

"哎,我就直说了,我进局子也不是一回两回了,法律方面的事儿我也懂一些。你们警察不能光是拍桌子瞪眼啊,得摆事实、讲证据啊。只要证据衔接不上,做不到人赃并获,那就不能给我定罪吧,疑罪从无,这可是法律的进步哟。"范军竟然展开了反攻。

"范军,你别太嚣张。"孔飞也拍响了桌子。

"哎,警官,你看看,现在是你们嚣张,还是我嚣张啊?"范军坏笑着摇摇头,一脸蔑视。

江锋盯着监控,心里明白再这么下去肯定不行,于是深吸一口气,走出了监控室。

一进门,他径直走到范军面前。范军微微抬眼,瞧出来这是个当官的。

"来海城是观光旅游度假休闲是吧?"江锋仗着"海拔"优势,俯视着他。

"是。"范军点头。

"车开过,房子也住过,但无法证明你干过什么是吧?"

"是啊。"

"带枪是为了防身,不放心海城的治安?"

"对,没错。"范军与江锋对视。

"哦……"江锋微微点头,他往前上了一步,猝不及防地伸手,猛地掐住范军的肩胛骨。

他的力道很大，范军疼得叫出声来，"你这是……刑讯逼供！我要……控告你！"

江锋笑了一下，松开了手，"我让你牢底坐穿，你信吗？"他一字一句地说。

"我让你脱警服，你信吗？"范军也叫嚣起来。

"我不信。"江锋俯下身体，跟他脸对着脸，"我这人疾恶如仇，不怕有人跟我耍混蛋、玩儿硬的。干刑警这么多年了，像你这样的人我见得多了。狡辩，抵赖，企图钻法律的空子，甚至把黑的说成白的。但结果呢？没一个逃脱法网、全须全尾地出去的。我当然不会幼稚到指望你能自己说出事实。你之前干了什么？来海城什么目的？拿着枪想做什么大事儿？你现在不用马上回答我，但你自己要想清楚，你手里有几张牌能跟我打！如果你觉得自己能扛住，OK，那咱们就试试，谁玩得过谁。法律上的事儿你不是也懂点儿吗？不是说要摆事实、讲证据吗？行！那咱俩就在这儿摆摆。刑事拘留37天，只要我们没有充分的证据，检察院就批不了捕，到时候你就能抬屁股走人。要真是那样，算你有本事，我佩服你。但我明确告诉你，没戏！因为仅凭你持枪，我们就能装你几年。对吗？"

范军愣瞪着眼睛，并不说话。

"好，这个听懂了吧？就是说你即使扛住37天，你也出不去了！OK，那我就接着跟你摆我手里的牌。"江锋转身搬了把凳子，坐在范军面前，"你七年前跟着刘涌那帮孙子干的事儿，我这儿都掌握，没有那些事实，也无法给你办网上追逃。所以除了这次持枪，再加上七年前的事儿，检察院批捕、起诉，法院判决都不成问题，你是不是又得多在里面蹲几年啊？"

范军一听这话，移开了眼神，低下了头。刚才嚣张的气焰瞬间消散了。

"嘿，别躲呀，看着我。"江锋推了他一把，范军下意识抬头与他对视。

"记住我这张脸了吗？我叫江锋，是省厅专案组的。刚才我同事也说了，我们不是海城的警察，是省厅的。之所以会亲自弄你，就不是简单的事儿。你的事儿大了！"他突然提高嗓音，吓得范军一哆嗦。

"我今天把话撂这儿，只要我还当一天警察，你身上的事儿我就肯定一件一件地给你刨出来！刚才我说了，七年前的事儿加上现在的持枪最起码给你判几年，而且就冲你这态度肯定顶格判。无论你到哪个法院，我们省厅都会盯死了你，这是我对你庄严的承诺！还有啊，有一条法律叫'解回再审'，我不知道你清不清楚。解回再审什么意思呢？就是在你判决之后，只要发现了新的罪行，我们就可以接着把你提出来，重新侦查、取证，直到判决。你不是扛住了这一次吗？行啊，那就先以七年前的事儿和持枪给你判几年，然后等你快出来了，接着把你下个事儿再拿出来审判，到时候在监狱里的什么加分啊、减刑啊、提前释放啊，都统统与你无关。我一件事儿一件事儿地跟你聊、一次一次地弄你、一起一起地走诉讼，你要不怕把牢底坐穿，我就奉陪到底！"

范军有些慌了，"警官，我跟你无冤无仇，干吗做得这么绝呀？"

"废话！你跟我这儿装孙子耍混蛋，还指望我对你柔风细雨？

我告诉你,省厅的警察眼里不揉沙子,你要是跟我装,我就跟你干到底。"江锋一字一句地说。

范军叹了口气,点着头,"行,算你狠,我认栽。那如果我配合你,主动交代,能有什么奖励吗?"他谈起了条件。

"你不是懂法吗?甭管自己干过什么,也没杀人放火,只要主动交代、戴罪立功,数罪并罚也不至于牢底坐穿啊。进去之后好好表现,也没准几年就出来了。这些事儿你该比我明白。"江锋进行政策教育。

"明白了,我都说。"范军点头,"我回海城是想办一件大事儿,但还没动手,就被你们抓了。"

"什么大事儿?"江锋问。

"我在襄城得罪了一帮人,混不下去了,兜里也爪干毛净,就在边境买了枪,想回海城干一票大的。这几年海城发展得好,富人多,在这儿做事儿性价比高。"

"有盯上的人吗?"

"有。你们不是查了我的车吗?我去过哪儿、在哪儿踩过点儿,想必你们也清楚,我盯上的人是……"

"不用说,写在纸上。"江锋打断他。

孔飞拿来纸笔放在范军面前。

范军没有犹豫,在纸上写下了两个字。

"你跟这人认识吗?"江锋拿过纸,皱了皱眉。

"七年前认识的,当年他还是个小喽啰,没想到如今摇身一变成为企业家了。我这次来也没打算直接跟他来硬的,先礼后兵,能榨出钱财就大事化小,榨不出来,我就收拾他。"

江锋把身体靠在了椅背上,看着那个名字若有所思。范军供述的正是省厅"刀尖行动"的重点,"你知道刘涌在哪儿吗?"他问。

"我可不知道。哎,警官,我是实话实说啊。他失踪了这么多年,估计是让谁给办了。"

"谁会办他呢?"

"他得罪了这么多人,谁收拾他都有可能,但我感觉,最恨他的还是白老大那帮人,毕竟社会上一直有传言,说他雇人把白老大给解决了。"

"白永平是他杀的?"

"我没有证据。虽说在他身边,但他也从不许我掺和这些事。他是个好大哥,一直护着兄弟们,所以我手上至今都没沾过血。不怕您笑话,就前几天开的那一枪是我头一次开枪,我拿这两样家伙就是唬人的,我也不想杀人,只是为了活下去保条命。"

"那乔四儿呢,乔慕华,他当年是怎么跑的?"

"听说是……"范军犹豫了一下,"你们警察内部有人放水。你想啊,好几个人看他一个,怎么就会跑了呢?估计是涌哥使了银子。"

"范军,你别放屁!道听途说的事别瞎说!"张鸿知道江锋曾牵扯其中,拍响了桌子。

"没事,你让他说下去。"江锋抬抬手。

"哎,警官,我刚才说的那些事儿就是道听途说,你们要是觉得不中听,就当我没说,就当我放屁。"范军忙解释。

"没事儿,道听途说如果查实了,也算你提供线索。你说有人放水,具体是谁呢?有传言吗?"江锋打破砂锅问到底。

"那肯定是海城刑侦的那个'双刃剑'啊,是他们主办的案子,也是他们看押的乔四儿。哎,我说的可是海城的刑警啊,跟你们省厅无关。"

江锋凝视着他,不再发问。审讯室顿时陷入沉寂之中。

"你刚才写在纸上的那个人,跟刘涌和乔四儿有关吗?"江锋问。

"有点关系,但关系不大。"

"怎么讲?"

"他不是涌哥的兄弟,是给涌哥办事的。我跟他见过几次面,不过没啥往来,也没有个人恩怨,这次找他只是想弄俩钱儿花。"

"还有谁盯着他吗?"

"有一个。"范军说,"是……说出来,还是写在纸上?"他问。

"写纸上吧。"江锋把手中的纸递了过去。

范军又写下了一个三个字的名字。

江锋拿过来仔细查看,点点头,"行,有这个态度就好。范军,我跟你挑明了说,只要配合工作,我们会在最大的限度内给你机会。把握好了,别让自己把牢底坐穿,明白吗?"

"明白。"范军点着头,"哎,还有个情况,但我不是特别确定。"

"什么?"

"我知道白老大的尸体埋在哪儿。当时有一次给涌哥开车,他无意中提到过一个地方。哎,这要查实了算立功吗?"

"查实了就算。"江锋说。

范军主动拿过纸笔,在上面唰唰唰地写下了一行地址。

江锋仔细地看着,眉头紧锁。

天空开始飘雪,细细密密的,是弥漫的雾气凝结成了雪花。起初,这些细雪如同轻纱般缥缈,缓缓地落在树枝上、屋顶上,覆盖在地上,随着时间的推移,细雪渐渐变得密集起来,在空中旋转、飞舞、徘徊、飘落,让远处的山峦、近处的房屋都变成白色,让整个城市都陷入一种难得的沉静。

今天是周日,按照惯例董刃还要回家去看看孩子。他到家的时候,俏俏正坐在电视机前看着纪录频道,董刃依照顾晓媛的习惯先到卫生间洗了手,然后换上睡衣裤,和俏俏坐在了一起。

纪录频道播放的是《完美星球2》,一群撒哈拉银蚁在沙漠中觅食。撒哈拉银蚁是沙漠里最能承受高温炙烤的动物,在烈日下,它们必须在几分钟之内完成觅食活动,否则将凶多吉少。它们依仗的秘密武器是身体上的"防护层"银色细毛,可以反射阳光、避免过热,在发现食物后通过群体协作拖回洞穴。

"爸爸,撒哈拉银蚁可真厉害。"俏俏边看边说。

"是啊,蚂蚁之所以厉害是因为它们的团队协作,团结就是力量,这是不变的真理。"董刃不失时机地说教。

"我是说它们的银色细毛厉害,能躲过阳光,进行伪装。"俏俏转过头。

"哈,你看出重点了,不错。"董刃抚摸着俏俏的头,"它们的目标就是那些食物,有了食物才能生存,不然就会面临死亡。"

"蚂蚁有目标,那我们有吗?"俏俏问。

"当然了,你的目标是好好学习,让自己变得更好,以后考上好学校,找到好工作。"

"那你的目标就是抓住坏人,帮助好人。"

"嘿嘿,真聪明。"董刃搂住女儿,但这时却突然发现她脸上有一块瘀青,"哎,你这脸是怎么了?"

"让英语班的同学弄的。"顾晓媛从卧室里走了出来,"那孩子有点儿多动症,老师已经批评过了。"

"俏俏,你可不能让人欺负啊。来。"董刃说着就把女儿从沙发上抱了下来。

"当敌人扇你嘴巴的时候,不要躲,要用反手击他的手腕。这样……"董刃比画着,"明白了吗?"

俏俏似懂非懂地照着做了一下。

"记住,遇到比你强的敌人,不要怕,要迎难而上。这样……"他又比画了一招。

"但爸爸,小佳不是我的敌人,是同学。他碰了我一下,就是坏人了吗?"

"那倒不是,只要不是故意的,就不是坏人。"

"那什么才是坏人呢?"

"坏人是……"董刃犹豫了一下,"是违反法律和规则的人。"

"违反法律和规则的人就是坏人。"

"也不全是。"董刃把自己给绕进去了,"也有好人,好人也会办坏事。"

"那什么是法律和规则呢?"俏俏好奇心挺强。

"嗯……我举个例子吧。"董刃想了想,"过马路,红灯停、绿灯行,红灯没有停,就违反规则了。"

"哦……我懂了,闯红灯的人都是坏人。"俏俏点头。

"哎，你别教俏俏这些乱七八糟的。"顾晓嫒听不下去了，"我都说了，那孩子不是故意的，就是多动症。而且，他以后也不会再来学习班了。"

"为什么?"董刃问道。他突然感到一阵腹痛，忙用手捂住肚子。

"他准备转学了，到北郊的国际学校上学，听说一年要二三十万呢。我今天跟他爸聊，说因为孩子有多动症，上课不集中，在学校没少挨老师批评，弄得孩子很不自信，也不合群儿，所以就给他换个赛道。其实俏俏跟他挺好的……"顾晓嫒没看他，自顾自地说着，但一转眼，董刃已经去了卫生间。

过了许久，董刃才从卫生间走出来，表情痛苦，脸色煞白。顾晓嫒查出异样，去卫生间一看，就吓坏了。

"马桶里……怎么有血迹啊? 董刃，你怎么了?"她忙问。

"没事。"董刃敷衍着，用手撑住茶几，坐在沙发上。

"都尿血了还说没事? 你快去医院看看，挂急诊，我跟你去。"顾晓嫒回手就拿起外套。

"我不去，真没事，多喝点儿水就好了。"董刃连连摆手。

"不行，要是肾的问题就严重了。你刚四十多岁，后面的日子还长呢。"顾晓嫒坚持。

"我说了不去，肯定不去。明天还有事儿呢。"董刃提高嗓门。

他这么一嚷，俏俏吓坏了，靠在顾晓嫒身边。

顾晓嫒不说话了，蹲下搂住俏俏，"是，我没有资格要求你，咱俩已经没关系了。但董刃，你到底要怎么样啊? 自己有病还在逃避，你到底要逃避到什么时候?"她声音颤抖。

董刃一时无语，一种寒冷从心底升起，他不想和顾晓媛争吵，特别是不想当着女儿的面。他木然地披上衣服，离开了家。

巨大的轰鸣声在耳畔响起，说不出是风声、车流声还是什么。董刃猛地睁开眼，发现四周一片漆黑，自己置身于一片旷野之中。风很大，呜呜作响，脚下软绵绵的，似乎踩在枯草或是泥土上。不远处有个人在拼命奔跑，面容模糊不清，那样子仿佛在拼命求生。他感觉大脑一片空白，怎么也想不起这是何时何地。后面骤然响起嘈杂的声音，似乎有人在喊："抓住他，别让他跑了！"他惯性地迈开双腿，茫然地追了上去。但那个人跑得很快，他怎么追也无法赶上。无奈之下，他只得咬紧牙关，甩开双臂，加快奔跑的速度。可没跑几步，突然脚下一空，他就栽了下去。

董刃猛地醒来，气喘吁吁，发现窗帘的缝隙中已透出阳光。单位宿舍只有他一个人，其他两张上下铺都空着。他抹了一把头上的汗水，咕咚咚地喝了一大缸子水，才穿上衣裤来到公用卫生间。看里面没人，他小心翼翼地在便池前小便。还好，这次没有尿血。董刃呼了口气，自欺欺人地觉得踏实了一些，但腹部的疼痛却若隐若现。他用冷水洗了把脸，看着镜子中憔悴的自己，突然心生悲凉。顾晓媛的话始终在他耳畔回响，如果真是肾出了问题，那就真的要完了。董刃不敢去想，也不愿去想，他不想向命运屈服、去谈条件，他清楚此时自己活着只有一个目标，那就是抓住乔四儿，让案件真相大白。

在东郊的一处垃圾填埋场里，数辆警车闪着警灯，从很远的地方便能闻到阵阵恶臭。几辆挖掘机正在作业，多处冻土被刨开，黑色的土地变得千疮百孔。雪水融化，满地泥泞，刑警的日常便是由无数个这样的场景构成。

董刃找了半天才看见章鹏。章鹏穿着一身冬季作训服，裤子上沾满了污泥，见董刃来了，神情有些意外。

"听说白永平的尸体找到了？"董刃问。

"是。"章鹏点点头，并没多说。

"尸体呢？能确认是他的吗？"董刃追问。

"只找到一些残碎的枯骨，已经让法医取走了，得找他的家人进行DNA鉴定。"章鹏说。

"枯骨？"董刃皱眉，"其他肢体呢？躯干，头颅？"

"都没找到，应该是很早以前就让人碎了。钢锯、破壁机一类的。"章鹏对他的态度不冷不热，所以在执行挖掘任务的时候，也没通知他。

"怎么发现的地点？"董刃打破砂锅问到底。

"喏，"章鹏冲不远处的几个人抬抬下巴，"是人家发现的，咱们只是协助配合挖掘，打下手。"

董刃抬头望去，看不远处正站着三个大高个，为首的正是江锋。他犹豫了一下，琢磨着是不是要过去，没想到江锋却主动走了过来。

"哎哟，这不是董大探长吗？怎么着，百忙之中亲自莅临指导来了？"江锋一副趾高气扬的样子。

董刃知道不能躲，一躲气势就输了，于是迎着他上前几步。但无论是身高、气势，还是此时的级别、地位，都与江锋相差甚远。

"是不是该叫你……江组长了？听说被提拔到省厅去了，任了什么职务啊？支队长？"董刃知道他是借调，故意给他难堪。

江锋笑了笑，并不与他计较，"哎，看见没有，这就是海城刑侦系统最著名的神探、名捕，董刃同志，外号'双刃剑'。"他转头冲着身后的人说。

后面站着的正是省厅专案组的"两把刀"，孔飞和张鸿。两人面无表情地冲董刃点了点头，以示礼貌。

董刃并不想和他多纠缠，直入主题，"埋尸的线索是范军供出来的吗？"

"是。"江锋点头。

"能判断出死亡时间吗？"

"刚挖出一截胸骨，其他的肢体还在挖掘当中。据范军供述，七年多前他曾依照刘涌的指示去过东郊，把一个皮箱交给了一个戴口罩的男人。他推测，皮箱里装的应该是现金。具体为何给钱刘涌没讲，他也没敢询问。在回程的时候，刘涌电话通知范军去东郊的青石洼村转一转，看看是不是有个垃圾填埋场。他说的地方正是这里。"

"那个戴口罩的男人有其他线索吗？"

"没有。"江锋摇头，"应该是专门干脏活儿的，拿钱的时候一句话都没说，藏得挺深。"

董刃皱眉，琢磨着，"范军怎么知道死者就是白永平？"

"感觉吧，没有真凭实据，但在那之后，白永平就人间蒸发了。怎么着？你被调到'三叉戟'探组了？"江锋问。

"我？没有。"董刃摇头，"我是……过来找郭局。"他敷衍道。

"听说你找过崔铁军了?"江锋问。

董刃没说话,看着他。

"董刃,我提醒你啊,乔四儿的事儿你别插手,这是我们省厅的任务。"

董刃轻笑,扭头就走。

"董刃。"江锋在后面叫住他。

董刃停住脚步,转头与他对视。

"我警告你,别妨碍我们办案,这事儿都七年了,这次我必须得要个结果。谁挡我的路,我跟谁没完!"江锋一字一顿地说。

"我也警告你,这是海城地面上的事儿。你们省厅的大领导,动动嘴,指导指导就行,别插手太深。你已经不是海城的人了。"董刃也针锋相对。

"你!"江锋被噎住了,还想说些什么,董刃却已经走了。

在垃圾填埋场外面,董刃见到了郭局。郭局正倚在车旁抽烟,双眼浮肿,眼内布满血丝,一看就是熬了整夜。章鹏和几个刑警正围着他汇报工作,董刃在一旁等了片刻,几个人才散开。

"有事吗?"郭局冲他招招手。

董刃走过来,抬眼看了一下身边的司机小李。

"我们单聊会儿。"郭局冲小李说。

看小李走了,董刃才张口,"郭局,我想申请下沉。"

"下沉?"郭局一愣,刚想追问,电话就响了。

"喂,我在现场呢。对,挖出尸体了,还不能确定就是白永平的,我让法医马上找死者的家人做DNA比对,您放心,结果出来,第一时间向您汇报……"郭局的表情十分严肃,来电人应该是省厅的领导。他又汇报了一会儿,才挂断电话。

"章鹏带人弄了一天,刚挖出部分残肢,还不能确定是白永平的。我让他们继续扩大战果,看看还有没有其他可疑的骨骼或者尸块。一会儿省厅刑侦总队的领导也要过来,估计得连轴转了。哎,你别误会啊,没通知你来参与是考虑到你的身体状况,听说你最近老是肚子疼,赶紧去医院瞧瞧,有什么问题尽早治疗。"郭局找了个借口,"你刚才说啥?什么下沉?"他皱起眉头。

董刃知道,一旦省厅领导来了,一时半会儿就轮不着自己汇报了。于是便抓紧时间,言简意赅,"我想换个赛道。"昨天顾晓媛的话给了他启发。

"换个赛道?"郭局不解。

"您看我工作这么多年了,缺少基层工作经验,我想下沉到派出所,历练历练。"董刃说。

"你之前不是在派出所干过吗?哼,你小子又憋着什么鬼主意呢?"

"我想下沉到南关派出所工作。"董刃直给。

"哦……"郭局点头,明白了,"光你一个人去吗?赵阔、苏晓雅,不去?"

"他们也去。"董刃点头。

"你有现职,副科级的探长,可以平级调动。但他们俩,按照什么政策?"郭局问。

"赵阔现在在警察学院工作,警院马上就要改制了,所有老师和学生干事都要转成事业编,他想保住这身制服,不想转制。所以想回到一线。"

"回到一线可以，但你要给我个理由，为什么要去南关派出所。"

"这……"董刃语塞。

"苏晓雅有理由吗？"

"市局现在还有'阳光工程'的政策，民警可以到离家近的单位工作。苏晓雅在南关派出所辖区的南关逸墅有套房，随时可以把户口转过去，这样就符合规定了。"董刃说。

"哎哟，南关逸墅，那可是高档别墅区啊，看来苏晓雅的爱人名不虚传，确实财力雄厚。"郭局点头，"如果想把赵阔调到南关派出所，也不是不行。现在正在'刀尖行动'期间，基层办案单位警力不足，正缺像他这样既有实战经验，又有理论研究的人才。可以让南关派出所行个申请，希望请警院的老师随警作战。只要警院批了，我这就好办。"他指明道路。

"明白，我马上就办。"董刃点头。

"这件事不是你马上就办，而是要他们自己决定。"郭局说，"你知不知道这意味着什么？那件事已经过去七年了，你们每个人的现状都相对平稳，如果重新开启，势必得抛弃这种稳定，而且一旦上阵就没有回头路了。我了解你，你能舍弃一切，但他们呢，他们能行吗？董刃，你没有决定别人生活的权力，懂吗？"郭局问道。

"我懂，我会说服他们的。"董刃点头。

"那就是还没说服。"郭局皱眉，"我跟你直说，现在虽说在汕州发现了乔四儿的踪迹，却并没有'手拿把攥'的线索。省厅专案组已经成立有段时间了，由江锋牵头，手下的两个小伙子也是能干的好手。而且有省厅的支持,汕州市局的支持力度也很大,没准你们还没出发,人家就把案子破了。你和江锋搭档过,该清楚他的工作能力。"

"所以,我希望能尽快获得办案权,堂堂正正地办案。"董刃抢话。

"如果我没记错,乔四儿的老家在南关辖区,监视居住的宾馆也在,你是打这个算盘吧?"

"是。还有,派出所能独立办案,开手续找分局领导就行,您这么忙,我也没必要总给您添麻烦。出了问题,也由我们自己承担。"

"哼,你倒是挺替我考虑的。"郭局摇头,"这是你嘴上说的,可实际呢,你小子想的是将在外君命有所不受吧?南关所的小娄是你的晚辈,分局主管刑侦的副局长李俊峰跟你是同一届的,你以为我不知道吗?"他一语道破。

董刃不说话了,尴尬地看着郭局。

这时,几辆黑色的帕萨塔轿车从远处驶来。小李跑到近前,"郭局,省厅刑侦总队的人来了。"

"先让他们等等,五分钟。"郭局抬抬手。

"如果你们仨都想清楚了,两天之内,到南关所报到,两周之内,把人给我带回来。有把握吗?"郭局问董刃。

"没把握。"董刃如实说,"七年都没抓着的人,我不敢打包票。"

"省厅领导给了江锋一个月的时间,刚才我跟他聊了聊,应该明天就出发。"

"我全力以赴。"董刃点头,"我想申请一些装备,听说市局进了一批新的吉普，我想要一辆，还有，我们都有持枪证，想领几把枪。"

"这些都没有，别忘了，你们去的不是重案队，是派出所。到了南关所，找娄勤，他们有什么样的装备，你们就用什么样的装备。"

"好吧。"董刃点头。

"你既然要带头干事，也不能稀里糊涂的，得有个职位。这样吧，南关所还缺个副所长，也是副科级，你平调过去。最后，我还要提醒你，做事务必要深思熟虑、瞻前顾后、如履薄冰，不能再像年轻的时候那样冒进、冲动，不要和省厅专案组发生冲突，不要惹祸上身。希望我做的不是一个错误的决定。"郭局说着背过身去。

"谢谢郭局。"董刃抬手，庄重地敬礼。

5
组队

两天之后的下午，阳光很好，南关派出所调来了三名新民警。在欢迎会上，娄勤带领全所民警对新民警表示欢迎，同时宣布，依照市局政治部的调令，董刃同志被任命为派出所的副所长，主管案件打击工作，赵阔和苏晓雅同志也被分配到了派出所的打击队。这就意味着，三人重新拥有了办案权。

到了晚饭点儿，娄勤冲董刃递了个眼色，两人就换上便服出了门。

在一处烟火气十足的小食摊里，四人分别落座。

"'捅娄子'，你小子行啊，官气十足，下午的会上确实有领导的样儿了。"赵阔笑着说。

"您就别挖苦我了，我在你们仨面前算什么啊？你们都是重案队的元老，要不是被人才输出了，肯定跟柳局一样，都是各路刑侦的大拿。"娄勤赔笑。

"扯淡，狗屁人才输出，我们都是被踢走的。"赵阔撇嘴，"但要说你小子呀，也确实是人才。我记得当时咱们搞那个'7·8'专案吗，从嫌疑人那扣押了一大包现金。刀子，还记得那事儿吗？"

81

"记得，那事儿能忘吗？扣押单都填了，但回来一清点，坏了！钱对不上了！"董刃说。

"可不，结果往上一报，领导都急了，督察、纪委推门就进，问咱们怎么回事啊？到头来一清点，扣单填的是十二万三千八，清点的结果是十二万五千一百三十零五毛。嘿，这钱怎么还下崽儿了？"赵阔笑。

"那是怎么回事？我当时还没来吧。"苏晓雅边吃毛豆边问。

"你问他，娄大所长。"赵阔冲娄勤努努嘴。

"嘻，我当时在内勤组，看桌子上有一个袋子，以为是我们组长的呢。正好队里民警的药费报销回来了，我就给放进去了。"

"结果……咱们队的药费愣是一个多月拿不回来。就因为这事儿，娄大所长被起了个外号，叫'捅娄子'。"赵阔大笑。

"还不是你挑的头。"娄勤给了赵阔一下，"行了行了，你们也别一唱一和地给我来个下马威。我知道你们这三位大神来我这小庙的目的，我直说吧，配合没问题，但得符合规定。所里有政委和其他副所长，不是我一个人能做主的。"他说着拧开一瓶豆奶，倒满四杯，"工作期间不能喝酒，来，我敬你们。"

四人举杯，将杯中的豆奶一饮而尽。

"刀哥，你明示，下一步该怎么办？"娄勤问。

"郭局给我们两周时间，我们想立即出发。娄子，所里有什么装备吗？"董刃问。

"装备有啊，警棍、手铐、喷灌、八大件……"

"有枪吗？"赵阔问。

"只有一把，但要用得分局领导批。"

"够了，有八大件儿就行。"董刃说。

"哎，我也好奇，你们俩怎么这么快就来了？原单位的工作都交接完了？这么快就放人了？"娄勤问。

"没人拦我，刑侦支队巴不得我走呢。一听调令，连东西都帮我收拾了。"董刃苦笑。

"你也不能怪人家章鹏，要是我也得盼着你走。你在那儿戳着，资历、经验都比他硬，还不服管，你让人家怎么带队伍啊。"娄勤摇头。

"我刚提出申请的时候，主管警长压着不批、拖着不给办，还想让我给他那些烂事擦屁股。我早就受够了。这孙子私心太重，老是借着领导的名义公器私用。我就在开晨会的时候，跟他彻底闹翻了，把他那些脏的臭的一股脑全抖搂出来。哼，估计我走了，这孙子也待不长。"苏晓雅撇撇嘴。

"哎哟喂，那人得多孙子啊，把哑巴都给逼说话了？"娄勤笑。

"嘿嘿嘿，看不起人是吧？你不知道哑巴的身价吗？南关逸墅的业主。"赵阔竖起大拇指。

"是吗？那你可是大资本家啊。"娄勤夸张地扬起脖子。

"刃哥，我早想好了，这事无论能不能办利落，我都不干了。人抓住了，我辞职；人抓不着，我也辞职。"苏晓雅不像说笑。

"辞职后干吗去啦？给你媳妇当经纪人？进娱乐圈？"董刃皱眉。

"干什么都比窝着强，我同学在千度海城分公司干监察，一直想拉我过去呢。"

"悠着点儿，给老板打工更不好干，大厂35岁是个分水岭，内卷更严重。"娄勤提醒。

"嘻……人活一世，舒心最重要。与其浑浑噩噩，不如重新开始。"赵阔叹气，"我走的时候，那帮孩子也不知道怎么得到信儿了，乌泱乌泱地来了一帮人过来拦我，问我为什么要走。我告诉他们我要回一线办案了，现在坏人太多，我得多抓几个，少让他们在社会上祸害。那帮小子不争气，还掉眼泪，弄得我也挺难受。后来我跟他们掏心窝子，说我这次去，是要追回自己警察的荣誉，要给他们打个样儿，让他们知道真正的警察该怎么干活儿。"他有些动情，拿起豆奶倒满一杯，一饮而尽。那豪迈的架势不亚于一口干了白酒。

"得得得，怎么还把自己给感动了。都说美人迟暮英雄白头，你们可还没老呢。"娄勤打圆场，"我记得当年你们几位，干起活儿来风风火火，每天一上班就找我争钥匙，有事没事也不在单位待着，月底考核报表，抓人、破案、批捕、起诉、扣押赃款，名列前茅，哎……'双刃剑''四大名捕'，可不是浪得虚名啊。但现在呢，你瞧瞧支队那帮小孩儿，就会耍嘴皮子，遇到案子了还美其名曰下来指导，结果一张嘴就露馅，全是书本上的东西。听吧，瞎指挥、走弯路；不听吧，人家还不高兴。"娄勤摇着头说。

"好汉不提当年勇，既然决定要干了，就活儿上见。"董刃举起杯。

"对，咱们不来虚的，活儿上见！"赵阔也举起杯。

"呵呵，就算当条来回折返跑的狗，也得跑得有意义，按科学家说的办！"苏晓雅也举起杯。

"都……什么乱七八糟的。"娄勤犯晕。

"祝顺利！成功！"四人满饮。

正说着，小食摊那边传来了争吵声，几人望去，好像是几个食客跟老板发生了纠纷。

娄勤转头看了看，见没大事，继续发问："还有个问题。你们要以什么理由去汕州抓捕呢？汕州可不归咱们南关所的辖区。"他面带难色。

"这个我早想好了，当年乔四儿逃跑的时候，骑的是华仁宾馆一个住客的自行车。车后来在三道弯那条路被找到了，住客当时报了案，也做了笔录，那个案子还没破吧？"董刃问。

"还有这么个案子？我到时查查。但一辆自行车的价值，按盗窃走会不会过了追诉期？"娄勤皱眉。

"如果算抢夺呢？就过不了追诉期了。"苏晓雅说。

"算不了抢夺，当时笔录都做了。"董刃说。

"就算过了追诉期，咱们到汕州取证也不违规啊。再说了，乔四儿是网上在逃的犯罪嫌疑人，只要发现踪迹，全国的警察都有权将他抓捕归案。"赵阔说。

"你们的意思是，以盗窃自行车的由头出差，然后到了地儿再以网逃的名义抓人。"

"对，就这意思。"董刃定调，"一会儿回去咱们就准备手续，明天一早我去分局找李俊峰。"

"行，我都听你们的。但还有句话我也得讲，刀哥，你既然当了副所长，主管打击工作，在办这个案子的同时也得抓些小鱼小虾，破几个其他的案子，现在正开展'刀尖行动'呢，不出点成绩我跟班子成员没法交代。"娄勤说道。

几人正说着，那边的争吵声越来越大了。

苏晓雅撇嘴笑笑,"嘿,那不是数儿吗?"他说着站了起来。

他走过去的时候,一个虎背熊腰的食客已经揪住了老板的脖领子,"嘿嘿嘿,让你交点儿'卫生费'这么费劲吗?我还告诉你,你要是装孙子,我们也跟你不客气。从明天开始,我招一帮兄弟,桌桌都坐满,一桌一盘花生米,看谁耗得过谁!"

苏晓雅一瞥,就知道这几位是什么路子。他脸色一变,凑上前去。

"哎哎哎,几位大哥,有话好好说。"他表情谄媚,低声下气。

老板认识娄勤,知道他们是警察,看到苏晓雅这副样子,一头雾水。

带头的混子昂着下巴打量着苏晓雅,"你是干吗的?"

"我是管钱的,有事儿跟我说。"苏晓雅赔笑。

"行,早这么痛快不就得了。"混子松了手,"说,转账还是现金?"

"听您的,怎么着都行。"苏晓雅说。

这下轮到混子犹豫了,他回头瞅了瞅身后的几个人,小声嘀咕了几句,"一千,现金。"他壮着胆子说。

"一千?"赵阔凑了过来。

"怎么?还嫌多啊?"混子皱眉。

"我听你们刚才说,要是不给钱就不让老板开店了?"赵阔拦在苏晓雅面前。

"你说呢?"混子反问。

"我就想知道,如果不给钱,会有什么严重的后果。"赵阔推波助澜。

"砸了这家店,让你们永远开不了!"混子见到吓人压不住火,威胁升级。

"我的天,砸店,不会还要打人吧?"赵阔就坡下驴。

"你想试试吗?"混子往前走了一步,逼在赵阔面前。

"那一千……够吗?"赵阔眼神躲闪。

"不够!"另一个混子起范儿了,也凑到赵阔面前,"刚才是我们大哥给你机会,说了个小数儿,现在涨了!每月五千!"

"五千了?"赵阔张大了嘴,转头问,"哎,这数额够了吗?"

"够了。"一个声音传来。

几个混混这才发现,又有两个人凑到了旁边。说话的正是董刃。

他掏出手机,操作了几下,回放视频,"砸了这家店,让你们永远开不了!""现在涨了!每月五千!"……

"'捅娄子',这算案子吧?敲诈勒索,数额较大了。"董刃问娄勤。

几个混子愣了,觉得不对。与此同时,董刃等人都亮出了工作证。

南下的列车,轰鸣前行。车外是一片萧瑟景象,干枯的树枝在风中颤抖,田野被厚厚的积雪覆盖。车身周围的雪花被卷得飞舞起来,形成一道道白色的旋涡。但车内,却洋溢着温馨的氛围。

赵阔跟乘警混熟了,拉着两人到了餐车,方便面、火腿肠、自热锅、罐装啤酒,摆满了桌子。

"老赵,我是真服了你,自来熟,几句话就搭上了。"董刃笑。

"得搭上啊,要不咱们这手铐、甩棍、喷灌,怎么带上车啊。

还得填表，太麻烦了。"赵阔摇头，"来来来，车上不算备勤，整一口儿。"他说着开了一听啤酒。

"就凭这些装备，咱们能扛得过省厅专案组吗？他们有装备、有资源、有领导支持，我们呢？"苏晓雅把头靠在车窗上，缓缓地问。

"我们有你啊，警务支援专家。怎么了，刚出征就不自信了？嘿，你的松弛感呢？没了？"董刃撇嘴。

"他们干这活是领导指派，都是借调人员，有热情有心气儿，但配合不默契，衔接不通畅。架势倒是挺大，但一干上活儿就得层层汇报，势必造成反应慢，船大难掉头。"赵阔抿了一口啤酒，"咱们呢，干活是凭自觉，虽然没资源，没经费，没领导支持，但配合默契啊，而且将在外军令有所不受，碰见急难险重的事儿，自己就能做决定。这都是优势。咱们仨凑一块儿，别说诸葛亮了，连吕布也不在话下。"他也给苏晓雅"话疗"。

"你倒是挺自信。哎，你怎么知道省厅专案组都是借调的？"苏晓雅问。

"嘿，你以为这么多年我窝在警院就武功全废了？告诉你，老关系都没断。兵法云：知彼知己，百战不殆。不摸清咱们对手的情况，怎么能轻舟已过万重山啊？"赵阔笑，"省厅专组一共三块料，两个小孩儿，一个来自襄城，一个来自孟州，带队的你们都知道了。"

"江锋选两个年轻的，也是为了好管理。老赵，你可别小看对手啊，人家年纪轻轻的，工作热情高、执行力强，被称为'两把刀'，已经抢在咱们前头了。"董刃说。

"什么'两把刀'啊，我看是棒槌和榆木疙瘩，'两大面'吧。"

赵阔不屑。

"你都听谁说的啊？"苏晓雅笑。

"消息不问出处。哑巴，破案抓人可不能光靠胳膊根儿，得靠这儿。"赵阔指了指自己的脑袋，"再说了，我估摸着那仨面瓜上赶着借调，也不都是为了案子吧，肯定每人心里都打着小算盘呢。哼，拿借调的机会当跳板，想留在省厅，职务、级别、提拔、升迁，然后背着手去吆五喝六。没劲没劲，不像咱们，心无旁骛，无欲则刚。"

董刃并不说话，把餐桌上的方便面、火腿肠、自热锅摆在了不同位置。

"老赵，那天你的位置在哪儿？"他问。

"我的位置？"赵阔瞅了瞅他，又瞅了瞅餐桌，明白了，"我在这儿，在靠西的卧室里看电视。"他指了指方便面。

"看什么电视？"

"足球啊，中超，申花对泰山。"

"比赛几点到几点？"

"晚上七点半开始，九点半结束。不，应该是八点开始，那天晚了。"

"到底几点？"

"嘿，刀子，什么意思啊？审我？"赵阔皱眉。

"复盘，配合一下。"董刃说，"我想知道，乔四儿到底是几点跑的。"

"不是有定论了吗？九点二十左右，从华仁宾馆门口偷了一辆自行车，奔着三道弯的方向去的。"

"你当时没听见动静？"

"没有，比赛正热闹的，二比二，点球大战。就……大意了。"赵阔叹气。

"如果八点开始比赛，九点二十就点球大战了？"董刃皱眉。

"那……就是我记错了？还是七点半开始的？"赵阔挠头。

"你到底有没有谱？"董刃用指关节敲着桌子。

"都七年了，我哪记得住啊？再说笔录也做了，测谎也测了，按照当时说的算呗。"赵阔不耐烦了。

"我在这个位置。"苏晓雅抬手把自热锅挪到餐桌最南侧，"我脱岗了，在宾馆外打电话。出门的时候是九点出头，二十多分钟后，回去就发现人不在了。"

董刃凝视着苏晓雅，"你出门的时候乔四儿在干什么？"

"在睡觉。脸朝里，一动不动。"

"你出门打电话，没跟老赵支应一声？"

"支应了，但他可能没听见。"

"你听见了吗？"董刃问赵阔。

"没听见，当时魂儿都被球赛勾走了。"赵阔摇头。

"你跟谁打电话呢？"董刃问苏晓雅。

"跟谢兰。那时刚认识，每天那时候都会发微信或者通话。"苏晓雅说。

"嗯……"董刃默默点头。

"刀哥，你当时洗澡的时候也没听见声音？"苏晓雅问。

"没有。"董刃把火腿肠放在东侧靠下的位置。

"这事儿跟你没关，是我们俩的责任，交接不好，酿成大错。"

赵阔叹气。

"但我也觉得奇怪，怎么就这么巧呢？刀哥洗澡，老赵看点球，我接电话，这之间的时间差也不过几分钟。乔四儿怎么能精准找到这个间隙呢？"苏晓雅自言自语，"哼，我倒想起你说的那道题了，甲、乙从两地出发，一只狗在中间折返……"

"是意外吗？如果是意外，为什么恰巧江锋不在，他请假干什么去了？"赵阔看着苏晓雅。

"不知道。当时对咱们的审查都是背靠背的。"

"对江锋审查了吗？测谎了吗？没有吧。"赵阔皱眉，"我记得纪委就给他捋了一堂，就放他走了。"

"这么多年了，你还怀疑他？"苏晓雅问。

"咱们得摆事实、讲证据，如果他心里没鬼，会托人吗？犯得着找禁毒支队的老田帮他说情吗？我可记得，你当时说出门的时候，把东边房间的门给反锁上了。"

"我当时……应该是给反锁了。"苏晓雅说。

"确定吗？如果确定，那就是说，乔四儿手上应该有房门的钥匙。"

"我……"苏晓雅犹豫了，"应该是锁了，但……"

"那就是说也有没锁的可能。"赵阔说。

"我当时边打电话边往外走，记得……"苏晓雅有些慌，"应该是锁了，起码我当时跟纪委是这么说的。"

"如果你锁了，那他就是有钥匙。而那钥匙肯定是咱们四个人当中的某一个给他的。"赵阔说。

"哎，别瞎猜了。在没抓到乔四儿之前，一切猜测都没意义。"

董刃用手一扒拉，把餐桌上的食品弄乱。

"你难道不觉得他有问题吗？越是不在现场的人，嫌疑往往越大。"赵阔不依不饶地说，"这件事受影响最小的就是他，不过是背了个处分，后来还撤销了。但为啥这么多年，他也一直揪着这个案子不放？调到襄城，巴结上省厅办公室的劳主任，借调到省厅，他是不忘初心吗？扯犊子吧！我看他是怕乔四儿先落到咱们手里，露了底，想抢先把人给处理掉。"

"哎，无凭无据的，不能这么说。"董刃提醒。

"这话可不是我说的，大家都在怀疑。这孙子，肯定有猫腻！"

"行了行了，不讨论了。"董刃摆摆手，下意识地捂住了腹部。

"我看你啊，就是东郭先生，心太软，所以才'灯下黑'。这可不是什么推功揽过的事儿，如果真是他干的，我他妈跟他没完！"赵阔一脸正色。

"哼，我还记得在被测谎的时候，他们是怎么问我的。你与乔慕华有经济上的往来吗？你收受过乔慕华的贿赂吗？你为乔慕华提供过帮助吗？如果这次真能抓到他。我也想给他测个谎，问问他，到底是谁跟他有经济往来，谁收受过他的贿赂，谁给他提供的帮助。"苏晓雅说。

董刃脸色有些发白，撑住餐桌站起身来，跌跌撞撞地往车厢外走去。

"刀子，你怎么了？"赵阔在后面问。

"没事，没……"董刃摆摆手，"去趟厕所。"

赵阔看看他，又看看苏晓雅。

苏晓雅自顾自地喝着啤酒，"这么多年，咱们始终没走出那个房间。"

"哎,我听刀子说你有句至理名言,说什么,'不当回事儿就行,没追求就行'?"赵阔问。

"不当回事儿就行,没追求就行,不拿人当人不拿事当事就行,操着随时可以撤退的心态就行。"苏晓雅撇嘴。

"通透!大智慧啊!这就叫无欲则刚!"赵阔竖起大拇指。

在卫生间里,董刃痛苦地捂住腹部,整个身体不停地颤抖着。他低头一看,便池里又出现了一摊血。他费力地撑起身体,面对着镜子,大口喘着粗气。他不清楚未来将会发生什么,也不知道自己究竟该如何去应对。但在此时此刻,自己只有这一条路可走了,正如这趟列车一般,轰鸣着向前,再也无法回头。

天昏昏暗暗,世界摇摇晃晃。董刃在漆黑的梦里随波逐流,感觉身体像一片树叶一样,渺小、无助、迷茫、彷徨。也许这就是"放下"的感觉吧。在命运面前低头,与过去切割,用松弛感去麻痹自己,当什么都没发生过,或者姑息危险的到来,一死了之。唉……活着太累了,终生都在解决问题,一个接着一个,越来越难,永无止境地升级打怪。但当他睁开眼,却总能见到那个在前面奔跑的人影,他知道,如果不能追上他,自己就永远无法逃离过去,逃离那个房间。轰隆隆,一阵巨大的轰鸣声将他拖回到现实。他睁开眼,打开手机看表,刚过清晨四点。

他披上衣服,走到车厢外抽烟。不一会儿,赵阔也走了出来。

"做噩梦了?"他问。

"没有。"

"没有你喊什么?"

"我喊了吗?"

"哼,你心事太重了。"赵阔摇头,"别担心,我们俩来不是放水的,也不是拆台的,这次行动一定能成。"他给董刃打气。

"要是有一天,这案子真破了,不光乔四儿,连刘涌也抓住了。你会干什么?回警院,还是去一线。"董刃问。

"没想过。这些年,我从没离开过那个案子。"赵阔摇头,"但哑巴挺明确,办完了就撤,脱衣服,走人,无牵无挂。"

"他要真那么做了,会后悔的。"董刃说,"他现在靠一口气撑着,等真离开了警队,那口气没了,他就不再是自己了。"

"嗐,人各有命,有时错的也是对的,对的也是错的。"赵阔说完,就捻灭了烟蒂。

汕州是个港口城市,人口五百多万,依山傍海、气候宜人,许多北方人来这里旅居。三个人换下了厚外套,打了辆车,直奔市局。没想到起了个大早还是赶了个晚集。

在市局刑侦接待室里,各地公安排起了长队,正值"刀尖行动"期间,各地公安都奔这儿来了。

董刃拿了个"16号",挺吉利,但估摸轮到他们的时候,得直奔晚饭点儿了。他索性打开一包烟,直接朝前面挤去。

"哎哎哎,干吗呢,都在这儿排着呢,怎么就你特殊啊?"一个东北口音的警察质问。

"我这案子急,帮帮忙。"董刃赔着笑递烟。

"我这儿是'部督'的案子,金额八千万,你有我急吗?"东北警察接过烟说。

"那……我加您后面儿。"董刃说着就往他后面坐。

"你是哪儿的?"后面一个穿着立领T恤的警察问。

"我?海城的。"

"我是上海的,B级通缉令,追了十多年了。有我急吗?"上海警察问。

"哦,那我加您后面?"

"我后面是北京市局的,京官儿都得按规矩排队,你们地级市的,也得按规矩来。"上海警察说。

董刃哭笑不得,尴尬地坐了回去。

赵阔见状,拿起电话出了门。

晚上六点,聚仙楼酒店的一帆风顺包间里,烧鹅、卤味、白切鸡满满地摆了一桌。汕州刑侦支队的老高坐在主位上,不停地张罗着。

"哎,董所长啊,来我们汕州,别的可以不吃,这生蚝必须得吃。大补啊,女人的美容院,男人的加油站。"他操着一口浓重的汕州口音。

"高队,我们这案子特别着急,可得麻烦您了。"董刃说着端起茶杯。

"不是高队啦,现职交了,换了个'二调'。这事老赵都已经叮嘱我了。我们是老朋友,心里有数,有数的。"老高点头,"哎,那个小伙子,你坐,你坐。我已经结过账了。"他抬手拦住苏晓雅。

"嘿,你看你,我们求你办事,不能你来啊。"赵阔坐不住了。

"按照规定,咱们是办案单位和配合单位的关系,是不能一起聚餐的。但这个酒楼是我太太开的，咱们是朋友关系，算是家宴。你说，家宴能让你们结账吗？"老高笑着问。

苏晓雅一听这话，也只能客随主便了。

"要说我和老赵，那真是过命的交情。2012年清网行动的时候，我到海城抓捕，就是他配合的。当时我们抓捕一个涉嫌故意伤害的嫌疑人，叫……阿辉，对，阿辉。往门里闯的时候，我没想到他会有枪，结果一下就撞到枪口上了。要不是老赵推了我一把，我就去见马克思喽。"老高摇头。

"我当时也吓得够呛，那孙子有毛病，判不了几年，居然还弄了把枪。后来我们俩给丫一顿暴揍。"赵阔说。

"不光是伤人啊，我回来一审才发现，那把枪也是他抢的。海城只是他的中转站，他是想去上海办大事呢。"老高说。

"哎哟喂，这事儿你怎么没跟我通报啊？要通报了，我也能报个功啊。哎，高庆富，你实话实说，自己是不是捞着功了？"赵阔指着他问。

"呵呵，一点点啦，个人一等功啦。"老高笑了。

"那这顿饭是得你请。瞧瞧，还过命的交情呢。不仗义，不仗义啊。"赵阔摇头。

"认罚，我认罚。"老高端起茶杯，"来来来，祝你们工作顺利，早日凯旋。"

几个人碰杯。

"哎，你们查的到底是什么案子啊？数额多大？"老高给董刃夹了一块白切鸡。

"数额……不算太大。"董刃含糊其词。

"什么性质的？杀人，抢劫，故意伤害？"

"侵财。"董刃咬了一口白切鸡，确实细嫩滑润。

"侵财，什么东西？"

"自行车。"

"啊？"老高一愣，"为辆自行车，你们跑这么远抓人？"

"嗐，这事儿挺复杂，表面上是自行车，但实际上呢，不止一辆。"赵阔赶忙找补。

"哦，明白了，连环盗窃。串并案、破加发。"老高点头，"有嫌疑人的情况吗？"

"有。"董刃放下筷子，转手从包里拿出上网追逃表，递给老高。

老高眯着眼，仔细地看着，"乔慕华……嘿，这个名字我怎么觉得那么熟呢？"

"熟？"赵阔皱眉，"你是有什么消息吗？"

"不是，这人……"老高琢磨着，"哎，对了，对了！"他说着就站了起来，"你们等等啊。"他转身就出了门。

不一会儿，一个高个的中年人端着茶杯走了进来，老高赶紧介绍，"哎，这是海城刑侦的朋友，董所长、老赵、小苏。这是我们支队的林峰大队长。"

董刃等人见状，赶忙起身举杯。

"不好意思，现在我们配合协查的任务很重，'刀尖行动'以来，全国各地的公安都拥到这里了。我们这里，你们明白的，参与电信诈骗的多，不好搞啊。"林峰大队长苦笑。

"理解，理解。"董刃点头，"林大，我们的任务很简单，就抓一个人，您找个兄弟配合一下就行了。"

"没问题,刚才老高主动请缨了,就他配合你们。"林大挺痛快,"要说也巧了,今天我也在请外地的兄弟吃饭,也是你们省的。来来来,咱们凑一桌吧,那边的包间大。"

一听这话,董刃心里咯噔一下,有种不祥的预感,但还是禁不住盛情邀请。老高让服务员把菜端了过去。董刃和赵阔一对眼神,也只得前往。

天时地利包间,一张十人台旁,坐着三个便衣刑警。坐在主位的就是江锋,身旁是孔飞、张鸿"两把刀"。都说冤家路窄,董刃没想到在这儿碰上了。

一见到董刃,江锋一愣,但随即又恢复了表情。

"哎,你们都认识吧?这三位是你们省厅专案组的。"林大抬手介绍。

苏晓雅拿眼一瞟,便知道赵阔又在瞎忽悠。看江锋身边那两人仪表非凡,可不像是面瓜。

"哎哟喂,这不是神探、名捕,江大组长吗?"赵阔撇嘴。

江锋并没站起来,昂着头看着赵阔,"老赵,你们是来查案的?"

赵阔就看不上他那道貌岸然的样子,"废话,不来查案来旅游啊?嘿,我说江大组长,这些年你挺能折腾的啊?上蹿下跳,嘿,换了几个老丈人了?"他越说越不客气。

"哎,老赵。"董刃忙拦住他,"江锋,我们来汕州办一个小案子,今天刚到。"他打着圆场。

"办什么案?你们不都被沉到基层了吗?还能办案?"江锋被赵阔给激怒了,特别是当着两个下级,说话也不客气起来。

"我们能不能办案,关你屁事啊!少在这儿指手画脚,咸吃萝卜淡操心！"赵阔啪的一声拍响了桌子。

孔飞和张鸿见状，呼啦一下都站起来了。

"哎哎哎，你们这是……"林大和老高有些发蒙，站在两拨人中间手足无措。

"嘿，这两位行啊！一看就是精兵强将！"赵阔一变脸，换上一副笑模样，"江大组长，你不给介绍介绍吗？"

"这是孔飞，毕业于刑警学院，是襄城市局刑侦支队的探长；那是张鸿，公大毕业的，从孟州借调到省厅的，去年被评为孟州市刑侦系统十大青年卫士。"江锋傲慢地说。

"哎哟哎哟，失敬失敬，敢情你们就是大名鼎鼎的'两把刀'呀。"赵阔双手抱拳作揖。

一见他这样，孔飞和张鸿不能失礼，也双手抱拳。

但赵阔这是憋着坏呢，"那我也自我介绍一下啊，我叫赵阔。是海城警校毕业的，后来上的公大，哎，跟你同学校，但是继续教育学院，人称公大'野鸡'学院。咱们公安讲的是什么啊？养小不养老，一辈接一辈就像'砌墙'，新的摞在老的上。哎哎哎，两位天之骄子，老赵佩服至极，给您倒酒。"他说着从桌上抄起一瓶洋酒，拧开了盖。

两个年轻人有些不知所措，坐也不是，站也不是。江锋知道他是在犯坏，但伸手不打笑脸人，也没法明说。

赵阔满满地倒上三杯酒，递给两个年轻人。两人端着酒杯，显得有些战战兢兢。刑警出门办事讲规矩、立人设，他们就算是省厅来的，对赵阔也得尊敬几分。

这时，赵阔拿过一个扎啤杯，端端正正地摆在桌上，接着把洋酒倒了进去。随后又拧开一瓶红酒和一瓶啤酒，咚咚咚地一通倒，弄了个"三盅全会"。他冷眼瞧着两个年轻人，端起扎啤杯，"怎么个情况？就我一个人喝啊。刑警学院的、公大的，不，两位省厅的大领导，不行吗？"

见他这般，孔飞和张鸿都傻眼了，刚才的那股气势也消散了一半。

"什么意思？认怂了？嘿，那不行啊！要想摞在老的上面，得起范儿啊，要不就白瞎了！后浪得把前浪拍在沙滩上，要拍不了就甭在这儿吹牛。哎，你们不来我先来，给你们打个样儿。"赵阔挺硬，说着拿起酒杯一仰头，咚咚咚地都干了下去。

他干完把酒杯往桌上一蹾，气势一下就起来了。

"两把刀"面面相觑，手足无措，也无奈端起酒杯，眼看着就要被赵阔裹挟。

但江锋却站起身，将他们拦住。

"老赵，你这是什么意思？叫板？拔创？"

"是！"赵阔重重点头，直视江锋，"明说了，我就想看看你的兵，行不行，是不是随你了，是孬种。"

一听这话，孔飞不干了，端起酒杯就要干。

"放下！"江锋提高嗓音。

"怎么着，这就怕了，哦，那以后就别起范儿，老老实实地把尾巴夹紧了。"赵阔冷笑。

"工作期间不能饮酒，他们还没向我报备。"江锋说。

"干刑警的都是'用胃握手'。天下刑警是一家，讲的是肝胆相照，能把后背交给对方。看这意思，江大组长到了省厅之后，就没这个传统了是吧？哦，一切按程序办，倒也没错！业务不行那就别出错呗，小孩打醋直来直去，倒也没什么不好。"

"赵警官，我们看你岁数大，一直让着你，但你也别蹬鼻子上脸！"张鸿年轻气盛，绷不住了，一下拍响了桌子。

"这轮得着你说话吗？"苏晓雅用手指住张鸿。

两边剑拔弩张起来，矛盾升级。

"哎哎哎，天下刑警是一家，有话好好说，有事好商量。"林大赶忙从中调和。

江锋压了压火，冲"两把刀"使了个眼色，示意他们坐下。毕竟他们是省厅派来的，得留些体面。

"你们来查什么案子？"他问董刃。

"案子不方便跟你透露，咱们井水不犯河水。"董刃说。

"哼，我知道了，刚听高处说过，来了几个查盗窃自行车的，就是你们吧？"江锋撇嘴。

"案子不分大小，破小案、保民生，也是上级领导要求的。"苏晓雅插话，"锋哥，我们为什么被沉到基层，你最清楚，犯不着当着这么多人让我们出丑吧？"

江锋一看苏晓雅，心也软了一些。当年在探组里，他俩的关系最好。

"董刃，办案背靠背，咱们各办各的，井水不犯河水。但我丑话在先，要是你们插手我们办的案子，我绝不答应。"江锋一字一句地说。

"案子不是你的，也不是我的，当警察办案，凭良心、讲职责，就看谁有本事吧。"董刃冷冷地回嘴道。

"凭良心？哼，你对得起自己的良心吗？你敢说当年那事儿，与你无关？"江锋步步紧逼。

"你装什么孙子！"赵阔急眼了，啪的一声拍响了桌子，"我还告诉你，我们就是冲你来的，七年前的事儿到底是谁干的，该有个结果了！"

"行，那鹿死谁手，咱们走着瞧。"江锋昂着头说道。

董刃知道话不投机，再聊下去只能越来越僵。他没说话，转头就走。赵阔和苏晓雅也纷纷离席。

"哎，我提醒你啊，办事按规矩来，要是违规，我一定会向上级报告。"江锋在三人背后说道。

"向谁报告？省厅办公室的劳主任吗？"赵阔头也没回，撂下一句。

三人阴着脸出了聚仙楼。一出门就看见路旁停着一辆海Ａ开头的大吉普。

董刃让赵阔给老高发了微信致歉，在门口点燃了一支烟。

他喷吐了一口，"哎，这就是你说的俩大面瓜？"他问赵阔。

"不面吗？戳在那儿屁都不敢放，哪有刑警的样儿啊？"老赵撇嘴。

"挺面的，就算他们有装备、有资源、有领导支持，也扛不过咱们。"苏晓雅也说。

"对，八大件儿用好了比枪好使。那就试试，鹿死谁手。"董刃声音大不，却掷地有声。

6
追踪

根据高庆富透露的消息，乔四儿被监控拍到的位置是在汕州人民医院门前。汕州人民医院乃是一家三甲医院，人流极为密集，拥有多个进出口，目前尚无法确定他是否去看病。其一，在医院的就诊系统中未查到乔慕华的名字，当然，他极有可能使用了化名；其二，在医院内部的监控里也未发现他的身影，据调查得知，医院内部的监控设备老旧，或许无法精准识别。更为关键的是，在医院门口拍到的究竟是不是乔四儿，也不能百分之百地肯定。董刃心里清楚，如果依照一般流程进行调查，无非就是摸排、调查、询问、走访之类，那必定会与江锋他们的工作重合，所以便想着能否采用逆向思维，反其道而行之。

在一辆老款的GL8上，三个人喷云吐雾。

"哎，咱们出来侦查，老高不跟着啊？"苏晓雅问。

"他多贼呀？昨天拿眼一照，就知道这事儿有雷了。能给辆车就不错了。"赵阔说。

"这事不能按照一般的流程调查，得从手机通话记录、轨迹行动方向、银行账号情况入手。但咱们这案子的案由，人家根本就不可能给上线。"苏晓雅说。

"还记得我给你出的那个奥数题吧,一条狗来回在甲、乙之间折返。"董刃说,"只要定下了乔四儿的点位,再向周边扩散,就能摸到更多的线索。"

"是什么时候发现了他?"赵阔问。

"是……"苏晓雅眯眼看着手里的材料,"一周前,下午3点。"他说着把材料递给董刃。

董刃看去,上面有一张模糊的照片,拍摄下一个长发男子。那样貌只能说大致和乔四儿近似,但却比七年前消瘦了许多。

"就凭着这张照片能确定是他吗?"董刃问。

"人像识别抓取的不光是外表,还有双眼瞳孔以及颧骨间的距离。如果报警了,应该大差不差。"苏晓雅说。

"那问题是为什么只有这一个监控报警了?他如果在汕州生活,应该每天都暴露在监控之下啊。"

"应该是摄像头的问题,在海城也不是每个都能报警的,只有升级到高清的探头才能有效抓取。"苏晓雅说。

"还有,看他的手上。"赵阔提醒。

董刃仔细看去,发现图片上的男子手中,似乎挂着一个白色的物品。

"是……口罩吗?"

"对,逃了这么多年了,他应该非常小心。出门大概都戴着口罩。如果不是医院门口的摄像头升级为高清,估计也拍不到他。"苏晓雅说。

"老赵,你确认一下咱们的推测。"董刃说。

赵阔点点头，拿手机拨打电话。

"哑巴，咱们现在的手续能让汕州的警务支援部门配合吗？"董刃问。

"够呛，案件标的就一辆自行车，排队都排不上。再说了，昨晚这么一闹，估计汕州这边也要往后缩了。"

"嗯……"董刃点头。

"我一会儿买张地图，咱们先自己确定好点位，再说下一步。"苏晓雅说。

按照高庆富的回复，不出所料，正如苏晓雅所判断的那样，汕州医院位于老城区，监控探头正在分批更新，所以能够进行人脸识别的只有医院门口的那几个。董刃当即将行动组一分为二，他和赵阔负责摸排，以医院门口的点位为中心向外辐射进行侦查；苏晓雅负责依照地图指挥。

"汕州医院在高新区，以此为中点，向东西南北四面辐射，在三公里内会有四个大路口，九个小路口。"苏晓雅把汕州地图展开在车里，边看边说。

声音传到了董刃的蓝牙耳机里，他骑着一辆共享单车，正在向北骑行。

"刀哥，向北500米，应该有个药店，你看看那门口有没有高清监控。"苏晓雅在电话里说。

董刃左右查看，果然看见了一个"康健大药房"。"好的。"他立即回答。

"哑巴，我在向东骑行，这儿一马平川，没有自行车道。如果他走这里，肯定是开车。"赵阔在耳机里说。

"明白，你注意一下车道上的探头，发现高清的，就标记下来。"苏晓雅说。他拿出手机，发起共享位置，"你们都打开共享位置，我就能精准掌握距离了。对，这样就直观了。老赵，你再骑700米，会有一个十字路口，那里肯定有交管探头。"

"得嘞。"赵阔猛蹬几步。

三个人分兵配合，只用了一个上午的时间，就摸清了3公里内的高清探头情况。

但汇总以后，需要重点回放的点位就多达15个。

"刀哥，再往下查，就不能光靠咱们自己跑了。你看，这儿，这儿，都是重点路口，一个一个查，耗时间不说，还得接触多个部门。咱们绕不过当地的警务支援。"苏晓雅说。

"要是让老高找找人呢？"赵阔问。

"别，告诉老高就等于告诉林大了。现在咱们和江锋是在背靠背地查案，不能让他们知道咱们的意图。"董刃说。

"那怎么办？"

"哼，听说过撒哈拉银蚁吗？"董刃说。

"银蚁？什么玩意儿？"

"它们是沙漠里最能承受高温炙烤的动物，之所以能承受高温，是因为身上有银色细毛作为'防护层'。"

"你的意思……不透露咱们的身份？"苏晓雅问。

"试试看。"董刃说着启动了车。

在汕州市高新公安分局警务支援大队的办公室里，董刃说明了来意。

接待的民警是个高颧骨的小伙子，不到三十岁，长得虎头虎脑的。"海城的？你们不是前天刚来过吗？"他说的应该就是江锋他们。

"是，但上次没查清楚，今天还得再麻烦你一下。"董刃笑容满面。

"别客气，刑侦支队的林大打过招呼了，说你们的案件很重要，让我们全力配合。但上次配合你们的民警到襄城出差了，可能得换一个人。"

"哦，那没关系。"董刃下意识地与赵阔对了个眼色，心想正求之不得呢。

"不好意思，我还得看看你们的警官证。"小伙子说。

"好。"董刃点头，和赵阔、苏晓雅一起亮出工作证，但却不约而同地用拇指遮住了海城市公安局的那个"市"字。

小伙子瞥了一眼，没有识破。

"这案子涉密性强，你可要注意保密啊。"赵阔煞有介事地说。

"哦，那是肯定的。这是我们最基本的工作纪律。"小伙子说。

"咱们汕州的监控头什么时候能升级完毕啊？人脸识别有好多盲区。"苏晓雅开始打岔。

"这就要看市财政和区财政了。哎，等了好久，资金一直不到位，巧妇难为无米之炊啊。设备不升级，我们的工作也很难做……"小伙子不禁诉起了苦。

看打岔成功，董刃直入正题。他拿出一张汕州地图，铺在桌子上，地图上用红笔标记了多个点位，"我们需要这些点位的监控回放。"

与此同时，一辆黑色的大吉普正在路上飞驰。江锋坐在后座上，看着手机上的电子地图。

"孔飞，汕州警务支援那边有消息吗？那几个重点点位有乔慕华的线索吗？"他问。

"还没有消息，负责的民警到襄城出差了，说得回来再继续查。"孔飞边开车边回答。

"等不了了，你一会儿给林大打电话，让他协调一下，换个人把工作捡起来。咱们不能落到市局那帮人的后边。"江锋皱眉，"张鸿，人民医院保卫处怎么说？"

"保卫处的郭处长把各科室都摸了一遍，医护人员还未识出嫌疑人的模样。"张鸿回答。

"嗯……"江锋点头，"乔慕华逃了这么多年，防范心理很强，早就成了惊弓之鸟。估计在看病的时候也戴着口罩，很难被人认出来。这样，把拍摄到的图像多印几份，咱们自己去找人辨认，集中在当日下午出诊的医护人员。"

"明白。"张鸿点头。

"还有，晚上咱们组局，回请林大。我在公安部刑侦局有个同学，正在汕州挂职副局长，晚上我也把他叫来，加加力度。"江锋说。

"锋哥，您和那个董所长，是不是……有什么过节啊？"孔飞试探着问。

"过节？"江锋笑了笑，"我们曾经是一个探组的，他是探长，我是主办侦查员。"

"啊？你们共过事？"张鸿诧异，"那怎么一见面，跟仇人似的？特别是那个老赵。"

"嗐……一言难尽啊。"江锋摇头，"那个老赵你们看着挺难搞吧？其实人还不错，热心，仗义，干起活儿来不要命，特别是抓捕的时候敢拿命往上冲，外号叫'混不吝'。那个苏晓雅，就是长得白白净净的那位，之前是警务支援部门的，做事缜密，滴水不漏，查案子能平地抠饼、掘地三尺，外号叫'合不来'。他们都是优秀的刑警。"

"那董所长呢？外号叫什么？"张鸿好奇。

"他叫'摸不透'，做事不按常理出牌，经常出奇兵，一招制敌，像你们这个年龄的时候就已经牵头重案队的工作了，曾经是我的上级。我呢，哼，他们叫我'养不熟'，说我油盐不进、独来独往，所以……"他停顿了一下，"我在七年前的那件事上才能全身而退。"

孔飞和张鸿不说话了，他们自然知道江锋指的是什么。

"哎，你们俩还有几年到35岁？"江锋问。

"两年""三年"，两个分别回答。

"知道调到省厅的规定吧？35岁以下，全日制本科以上。你们俩琢磨琢磨。"江锋说。

"锋哥，需不需要我们找找关系，据说留下很难，我们局有个借调五年的，最后都回去了。"张鸿试探着问。

"找什么关系啊？借调到省厅的哪个没关系？要能凭关系就留在省厅，干吗还苦哈哈地出来干活儿？"江锋反问。

一听这话，张鸿闷了。

江锋停顿了一下,"人也得找,案子也得办,得双管齐下。活儿不干漂亮了,你怎么让领导为你说话?更重要的是,咱们干活儿,得把自己'擦亮',让人'看见'。"

"擦亮?看见?"孔飞不解。

"就算你是宝马,也得让伯乐看见。你的能力、才干,如果不能被看见,就等于没有。所以工作是一回事,能让谁'看见'是更重要的。你让一个科长'看见'和一个厅长'看见',能是一个效果吗?"

"明白了,谢谢锋哥点拨,那破了这个案子就是最好的被'看见'的机会。"孔飞通透了。

"不要被平庸埋没,不要被胆怯埋没,更不要被时间埋没,要勇敢地站出来。表现给重要的人看。而当你能踏上更重要的岗位,才能施展更多的才能,创造更多的价值。咱们好好干,弄个一鸣惊人,就没人能挡住咱们前进的道路。不要学昨天的那三位,他们一直活在过去的世界里,大浪淘沙,终会被淘汰的。"江锋像对他们说,也像对自己说。

查监控是最费时耗力的事儿,不仅要全神贯注,一刻不能疏忽,还要有上帝视角,能按照嫌疑人的思维和逻辑去摸。这活儿赵阔显然干不了,他没盯多久就受不了了,一会儿出去抽根烟,一会儿上个厕所,还不够他忙叨的。而出身警务支援部门的苏晓雅干这活则是长项,她左手铺着纸质地图,右手操作电脑,将十多个视频回放窗口铺满屏幕,然后以乔四儿出现的位置为中心点,进行扩散。他只要认真起来,就真成了"哑巴",沉浸式工作,一言不发。

董刃在旁边观战,起身给他端来一杯水,"哑巴,有什么发现吗?"

"汕州医院的东侧是一条行车道,三个高清探头都查了,没有发现他的踪迹。"

"他要是戴着口罩或者背对探头,怎么查?"赵阔问。

"他能背对着探头,但能脱了衣服裤子吗?"苏晓雅反问,"看,浅色上衣,深色裤子,白色旅游鞋。"他说出了玄机。

"哦……"赵阔恍然大悟。

"但西侧和北侧我查了,也没有发现,这两条都是步行小路,只要他从这儿走,肯定能有影像。而且从他被拍摄的照片看,他应该是刚出医院。"

"嗯,也就是说,他只要从西侧和北侧走出这个区域,咱们就能找到。如果这些探头都查完了,还没有他的踪迹,那就是他乘车离开的。"董刃也分析着。

"也不一定。"苏晓雅说,"如果他的住处就在咱们设定的范围以内,那这些外围的探头也拍不到他。"

"对对对,这个思路好。从外围开始查起,逐渐缩小包围圈。"赵阔点头。

"哼,就你后知后觉,人家'哑巴'是一直按照这个思路查的。"董刃笑。

"但我觉得,他不会暂住在这个范围里。"苏晓雅说。

"明白。医院附近人群密集,距离火车站太近,人多眼杂。"董刃说。

"是的,附近的高清探头比较多,如果他住在附近,不可能只被拍到一次。"苏晓雅说。

"你的意思是,他的暂住地应该是在比较偏僻的地方?"董刃问。

"对。"苏晓雅点头。

时间一晃而过,这一查就到了深夜。高新警务支援大队的同志们非常配合,不但专门安排值班人员协助,还给三人从食堂打来了夜宵。赵阔跟人家咋呼着,拍着胸脯说,以后海城有事尽管说话,天下公安是一家。这等于是拿江锋他们的面儿办了自己的事儿。董刃冲他使眼色,生怕他漏出底细,于是赵阔刻意强调了几次"省厅"。

苏晓雅争分夺秒地"开着挂",烟蒂插满了手边的烟灰缸。他好久没这么认真地干活了,确切地说,是好久没这么认真地干自己擅长的工作了。时至凌晨,手酸了,眼睛涩了,脑子也木了,但他依旧没有停下的意思。这次重装上阵,他再次找回了昔日在重案队的感觉,也寻到了自己存在的价值和活着的意义。他不必再用那些外在的东西去证明自己的与众不同,也不必再怨天尤人或自怨自艾,只要能心无旁骛地工作、争分夺秒地搜索,如果能一辈子当这样的"哑巴",也是幸福的。

一个身影突然在"B-3"画面上一闪而过。苏晓雅停住了手,下意识地揉了揉眼睛。他将那个画面放大,然后一帧一帧地回放。

浅色上衣,深色裤子,白色旅游鞋……就是他!

"找到了。"他迫不及待地说。

董刃和赵阔立即凑了过来。

"看。"苏晓雅指着屏幕说。

在定格的"B-3"画面上,那个"乔四儿"正打开一辆轿车的车门。

"汕BJCC26。"董刃默念着。

在GL8里,苏晓雅边看材料边说,"经过高新警务支援的摸排,这辆车的车主是一个叫张洪军的人。张洪军是汕州市民政局的工作人员,住在汕州市弘阳区民政局宿舍。妻子在税务局工作,孩子上小学。名下有两辆车,一辆是白色的丰田,一辆就是这辆汕BJCC26的黑色尼桑。"

"民政局的工作人员……会是窝藏乔四儿的人吗?"赵阔思索着。

"不排除这种可能。但是……"苏晓雅皱起眉头,"这辆黑色尼桑的行车轨迹很混乱,一方面每天有规律地出现在弘阳区和民政局之间,一方面出现在上城区。而且存在同时间不同轨迹的情况。你看,这几条。"

赵阔拿过材料仔细看着,"11:30,星火路大鸭梨餐厅;11:44,上城区小南庄路口;16:30,汕州第一小学;16:35,汕深高速第二入口……"

"一个国家工作人员就算窝藏一个在逃嫌疑人,会明目张胆让他开自己的车吗?"董刃问。

"大概率不会,除非遇到了急事。"苏晓雅说。

"咱们做两步工作。第一,明天到张洪军家摸一下,看看那辆车的情况;第二,让警务支援再滚一下信息,看有没有更多相同时间、不同地点的轨迹。"

"你怀疑乔四儿开的是一辆套牌车?"赵阔问。

"一切先不妄加定论,以调查结果为准。"董刃说。

"那如果真是套牌车呢?让汕州警方上控,拿人?"苏晓雅问。

"拿了人会给咱们吗?"董刃反问。

"嗯,那就只能自己摸了。"苏晓雅点头。

第二天下午4点,赵阔带回了消息。张洪军的那辆黑色尼桑虽然车牌是汕BJCC26,但与拍摄到的画面有细微不同。车的牌照外加了牌照架,车的四边加装了防撞条。这下就能认定乔四儿驾驶的是一辆套牌车了。

同时苏晓雅通过高新警务支援的反馈,大致判断出了那辆车的"落地位置",就在上城区的小井路一带。三人没犹豫,直奔而去。

上城区是汕州的远郊,紧邻汕深高速。出了市区之后,要经过漫长的城乡接合部才能到达。夕阳渐坠,余光映射出树木的剪影,让人觉得清冷凄凉。收音机里放着一首老歌,是卡朋特的《昨日重现》,三个人都不说话,沉浸在这安静之中。

"刀哥,要是这条路一直没有尽头,咱们能一直开下去多好。"苏晓雅开着车,轻声地说。

"不吃不喝啊?"赵阔插嘴。

"最好还有杯威士忌,再加根儿你的雪茄。"董刃笑。

"我是说真的。这么多年了,我总觉得有口气憋在心里,上不去也下不来,特难受。但这几天跟你们重新开始办案子,我觉得气儿顺了,舒服多了。"

"哑巴,你别犯诗人的毛病,路肯定有尽头,案子也早晚会破,一切都会有个结果。咱们不能总这么自欺欺人。"董刃说。

"你说得好听,你走出来了吗?要能走出来,你还这么死乞白赖地把着探长的职位?"赵阔摇头。

"我记得有个诗人说过。沉默与庸常像沙堆,能把每个人都渐渐淹没,但唯有不灭的憧憬才是灰颓中的光亮。"苏晓雅说。

"行了,咱们仨就你小子有退路。年纪轻,又有钱,只要想换赛道随时可以重新开始。不像我呀,再耗几年就五十了,土埋半截儿的人喽。"赵阔摇头。

"别这么说,你要想干还有的是机会,瞧人家'三叉戟',都这么大岁数了还折腾呢。"董刃说。

"要我说呀,他们仨就是有病,没想明白。看明白的人早就功成身退了,特别是那个大喷子,整天被人说名提、名提的,就不觉得烧得慌吗?表扬、嘉奖、立功,不就是吊在骡子面前的胡萝卜吗?"赵阔说。

"你光说别人了,你自己不现在也撅着屁股在这儿忙活呢吗?"苏晓雅说。

"那不一样,我是给自己干活儿。"赵阔说,"往远了讲,经侦的那个小吕,刚多大岁数啊,就已经是探长了。往近了看,'捅娄子'都副处了,哼,我还跟着瞎起什么哄啊。"

"其实娄所长人挺好的,咱们这么折腾他都能包容。"苏晓雅说。

"他人倒是没有坏心眼儿,就是脑子不太好使。"赵阔摇头说道,"记得他刚上班的时候,市局督察抽人去暗访。他当时在内勤组,整天就擦桌子、扫地、订卷、报药费,眼神空洞,满脑子糨糊。督察给他派活儿，让他去查执勤脱岗的情况。结果这小子特认真，晚上小西服一穿，沿着执勤路线溜达。结果没走多久，就让执勤的民警给拦住了，问他是干吗的，你猜他怎么回答？"赵阔笑着说，"他说，我是一位过路群众。哈哈哈哈……"

老赵这么一说，不光苏晓雅，连董刃都笑了起来。

"哎，你说的这是真的吗？不是糟改人家的？"苏晓雅问。

"我糟改他干吗啊？你说，连这块料都能当所长，这还有天理吗？"

"你是总拿着放大镜，放大人家的缺点，看不到优点。小娄干事稳，就凭这一点，他就能提拔。"董刃说。

"是啊，宁可无功也别有过。像咱们几个，风风火火半天，栽一跟头，得，完蛋！"赵阔摇头。

董刃的心被戳了一下，闭上眼，不说话了。

但赵阔却没完，"关键是咱们仨都不够无耻，不够道貌岸然。像江锋那种，衣冠楚楚的，看着像个正人君子，实际上背后不定干着什么肮脏勾当呢。出卖灵魂有时很简单，只要没有道德包袱，就能换回所要的东西。"

"我还是那句话，没有证据的事儿少说。有证据就通报给纪委，没证据就闭嘴。"董刃说。

"瞧瞧瞧，又开始了。说你灯下黑还不信，我告诉你，你这是妇人之仁，东郭先生。"

赵阔这么一说，刚才和谐的气氛就变了。三个人都陷入了沉默，随着《昨日重现》结束，GL8也驶到了一个小路口。苏晓雅打开电子地图，摇开车窗向外观望。

"应该就是那个探头。"他抬手指着。

董刃循声望去，在路口东侧的电线杆上，有三个并列的监控探头正在工作着。他拉门下了车，举目远眺。

天渐渐黑了，周围是大片空旷的荒地，呼呼的风声从耳畔掠过，只有远处的一片城中村星星点点地亮起了灯火。

苏晓雅低头看着电子地图，"'汕BJCC26'的轨迹几次都在这里消失。本月的3号、6号和7号，上午10点左右从这里出现。"

远处的饭菜香味在冷风中飘荡着，让这个凛冬有了些许温暖。董刃让苏晓雅关了车灯，把车停在了一处隐蔽的角落，三人分头往城中村里走。这里的面积不算大，目测一平方公里左右，街巷狭窄，私搭乱建，情况十分复杂。北侧的一片区域已经拆迁完毕，遍地都是残砖烂瓦；南侧许多户的墙壁上被喷上了"拆"字，估计居民大多是临时的租客。

董刃边走边观察周边的情况，特别是路边那些停得歪歪扭扭的车辆。

"哑巴，重点查车。"董刃在耳机里说。

"明白。"苏晓雅回答道。他此刻正行走在城中村的另一条土路上，这条路位于北侧，距离拆迁区域最近，住户寥寥无几。有几个经营汽车维修、出售建材以及水暖器材的小店紧闭着卷帘门，呈现出一派清冷萧瑟的景象。

"刀子，我觉得这地方靠谱啊。偏，远，原住民很少，是个藏身的好地方。"赵阔在耳机里说，"但我觉得光这么转也不是办法。谁会把套牌车停在街面儿上呢？太扎眼了吧？"

"嗯,有道理,就算停在街面,也得卸了牌照。"苏晓雅也在耳机里说。

"要是摘了牌照可就大海捞针了,光凭外观可不好找。"董刃琢磨着,"老赵、哑巴,看看周边的商户有没有监控,能不能通过视频摸到些情况。"

"别,我劝你别动这个脑筋。这儿弄不好是个贼窝,别打草惊蛇,万一哪户跟那孙子勾着呢?"赵阔提醒。

"你说得也对,那就从长计议,只要他在这个片区,咱们早晚能摸出来。"董刃说,"你们俩记住了,如果发现情况别贸然行动,等人凑齐了再做决定。"他知道此时大家的装备只有甩棍和喷灌,要真是遇上了硬茬子可不好对付。

夜渐渐深了,星星点点的灯火逐渐熄灭。三个人整整摸了两个多小时,也没发现任何线索。冷风呼啸,温度越来越低,董刃下意识地将棉服裹紧,不一会儿,就在交叉路口遇到了赵阔。

"怎么着,还继续摸吗?我觉得收效不大。"赵阔轻声说。

"每条街都转过了吗?"

"都转过两遍了。"

"有可疑的地方吗?"

"我觉得都可疑,但是咱们进不去呀。带院儿的有十多户,车要真停在里边,咱们也看不见。"

"那你觉得该怎么办?继续蹲还是先撤?"

"继续蹲守,没个准儿,谁也不知道能不能瞎猫碰见死耗子;现在就撤离,又可惜,要是跟线索擦肩而过那就得不偿失了。所以咱们现在的状态是两难,就像双刃剑。"

"废话，说了等于没说，快想辙。"董刃皱眉。

"要不找找属地派出所，搞个清查什么的？"

"扯淡，怎么跟人家说呀？为了一个丢自行车的案子，让人家搞清查？"

"我这不是想办法、开脑洞呢嘛。"

两人正说着，苏晓雅也走了过来。他谨慎地朝左右看了看，凑过来说："北边那条街有家汽车维修，看见了吗？"

"是那家拉着卷帘门的？"赵阔问。

"对。"苏晓雅点头。

"我刚才也看见了。里面黑着灯，应该不像有人的样子。"董刃说。

"灯是黑的，但是门口的土路上有不少车轮的印记。你看。"苏晓雅说着拿出手机，展示照片，"应该有好几辆车。"

董刃仔细地看着，"你的意思是，有好几辆车停在里面？"

"对，都是新印儿，而且没有出车的痕迹。"苏晓雅说，"咱们来的时候正是饭点，车应该是开进去了，我在外面听了一下，里面虽然黑着灯，但是有人。"

"这有什么稀奇的？"赵阔不解。

"如果你开修车铺，会开在位置最偏的地方吗？还有，咱们刚到的时候还不到晚上六点，就关门闭户了？"苏晓雅问。

"你的意思是，他们不是修车的，是收车的？"赵阔有点儿明白了，"行啊，你小子，除了会技术，也会侦查了。"

"我在派出所待了七年，没少参加各种清查，警觉性还是有的。"苏晓雅笑。

董刃想了想，朝着那个方向走了过去。

修车铺四周漆黑一团，卷帘门旁是两米多高的高墙，里面没有一丝光亮，但仔细听却能听到有人说话的声音。董刃蹲在地上仔细观察，确实发现有多道车轮的印迹。

赵阔跟苏晓雅凑了过来。

"怎么摸？"苏晓雅问。

"还能怎么摸？"赵阔退后两步，往上一蹿就攀上了墙。

"哎，你注意点儿，小心有狗。"董刃提醒。

赵阔没吭声，蹲在墙头观察了一番，身体一转，用手搭在墙头，然后将身体顺了下去。

董刃和苏晓雅观察着周围的动向，也就一分钟的时间，董刃的手机震动起来。赵阔发来一张照片，画面中并列停着六辆轿车，其中一辆是黑色的尼桑。

"出来说。"董刃回了一条微信。不一会儿，赵阔又攀墙翻了出来。

"院子挺大，得有小二百平米，里面有三间简易房。我听着屋里有人说话，差不多三四个人吧，我没敢靠得太近，怕给惊了。"赵阔说。

"能确定是那辆车吗？"董刃问。

"没挂牌，但看着像。这是2018款的，看，尾灯是这样的。"赵阔用手指着照片。

苏晓雅也掏出监控拍摄的照片，仔细地对比，"嗯，八九不离十。"

"消失的位置就在这里，车停在院子里摘了牌，没这么巧的事儿吧?"赵阔说。

"里面的车,牌照都摘了?"董刃问。

"四辆都摘了,只有两辆挂着。我都给拍下来了。"

"得进去看看。"董刃说。

"怎么进去?"苏晓雅皱眉。

"饿了吗?"董刃问。

"饿?有点儿吧,还能扛。"苏晓雅一愣。

董刃笑了,"快,把车开到附近,别开车灯,轻着点儿。"他对苏晓雅说,"老赵,你把那两个牌照号发给老高,让他帮着滚一下。"

两人点点头,各自行动。

不一会儿,董刃就穿着一件"饿了么"的蓝色马甲,提着一大兜子盒饭走到门口。

苏晓雅把车停在了附近,和赵阔一起埋伏在门外。

根据老高的反馈,报过去的两个车牌号都是被盗车辆。可以确定,这是一个销赃汽车的窝点。但乔四儿是否隐藏在里面,却无法确定。三个人简单商量了一下,决定不再守株待兔,要主动出击了。

"嘭嘭嘭……"敲门声打破了夜晚的静寂。

"外卖到了。"董刃冲里面吆喝着。

"嘭嘭嘭……"他再次砸门,但里面却无人应答。不光如此,连刚才屋里细微的声音都消失了。

董刃知道,这帮人警惕性很高,但开弓没有回头箭,于是继续敲门。

"谁啊?"过了半天,里面才传来了一个男人的声音。

"外卖,请收一下。"董刃说。

"我们没叫外卖,你送错了吧?"男人说。

"不会呀?是这门牌号啊。2-115……"董刃在门口念叨。

哗啦啦……卷帘门被拉开了,一个留着胡须的男人走了出来。

"我跟你说了,我没点外卖。"他有些不耐烦,但话还没说完,就被埋伏在一旁的赵阔一个抱摔,按在了地上。这下挺狠,摔得他头晕眼花。苏晓雅手疾眼快,往他嘴里塞了块抹布,然后协助赵阔给他戴上了背铐。

"铐子够吗?"董刃问。

"来的时候带了一沓塑料约束带,够用。"苏晓雅回答。

男人这才反应过来,呼哧带喘地想要挣扎。

"警察,再动我就不客气了!"赵阔拍了拍鼓鼓囊囊的裤兜。男人见状,立马尿了。

赵阔往起一拽,和董刃、苏晓雅一起将他拎进了GL8里。他们用约束带捆住男人的双脚,让他蹲在车厢里。

"进吧!"赵阔冲里面努努嘴。

"别急。"董刃摆摆手,他拍了那个男人一下,"哎,里面一共几个人?"

男人抬头看着董刃,眼神里充满了惶恐,嘴被堵着说不出话。

董刃一把揪出了抹布,"叫什么名字?"

"叫阿……阿彪。"他说。

"实话实说,算你揭发检举,这是你最后戴罪立功的机会。"董刃说。

"还有四个。"阿彪说,"警官,我跟他们不是一伙儿的,是过来帮忙的。"他解释着。

"是不是帮忙的,回去就清楚了。哎,里面有这个人吗?"董刃说着掏出一张黑白照片。那是乔慕华办理二代身份证时的证件照,但拍摄的时间已经很久远了。

阿彪仔细地看着,摇摇头,"认不出来。"

董刃没再逼问,"带手机了吗?"

"在我这儿呢。"苏晓雅拿出一个黑色的OPPO手机。

"有里面人的电话吗?"董刃问。

"只有两个人的。"

"哪两个人?"董刃滑开手机里的微信。

"阿诚和大门子。"阿彪说。

"别说瞎话啊,要不算你罪加一等!"董刃警告他,"张嘴!"他又将抹布塞进阿彪的嘴里。

董刃低头操作OPPO手机,给"阿诚"发了一条微信:"你一个人出来,我跟你说点事。"

"哑巴,你看着他,老赵,跟我走。"董刃说着就推开了车门。

也就三四分钟的工夫,两人又架着另一个男人进了车。那小子很瘦,皮包骨头,苏晓雅熟练地用约束带捆上他的双脚。

"阿诚到位。"赵阔说。

"继续引吗?"苏晓雅问。

"还剩仨人,咱俩差不多吧?"董刃边说边脱了"饿了么"的外套,"这身衣服还押了我五百呢,明天得还人家。"他说完就拿着甩棍下了车。

赵阔紧随其后，两人缓步走到门口，一低头，进了卷帘门。哗啦……同时展开了甩棍。

"警察，别动！"院子里响起了赵阔的喊声。一阵杂乱的动静之后，夜又恢复了沉寂。

在小井派出所的看押室里，五个小子戴着手铐，蹲成了一排。

"见过这个人吗？"董刃拿着乔慕华的照片给他们看，但几个人纷纷摇头。

"装什么孙子！"赵阔气得抬手，几个小子不禁往后一缩。

"那辆牌照为'汕BJCC26'的黑色尼桑怎么回事？谁开过？"苏晓雅问。

阿彪和阿诚下意识地向左瞥了一眼。董刃走到最左边一个秃头男人面前，居高临下地看着他，"大门子是吧？说，车谁开过？"

大门子低下头，并不回答，一副破罐破摔的德行。

赵阔绷不住了，一提拉他脖领子，就给他揪了起来，"说！这车是谁的？平时谁开？"

"我不知道，这车跟我没关系。我就是过来玩儿的，什么都不知道。"大门子嘴挺硬，叫嚣着。

"嘿，还给你脸了是吧！"赵阔火上来了。

但正在这时，看押室的门被推开了。江锋和林大走了进来。

三个人顿时愣住了。

"董刃，你们干什么？"江锋大声质问。

"我们干什么跟你有关系吗？"赵阔回嘴，"天下公安是一家，我们帮着汕州的兄弟破案，有毛病吗？"他往前两步，走到江锋面前。

江锋没理他，对董刃说："我上次已经提醒过你了，要是你们插手我们办的案子，我绝不答应！你们这么做，是违规办案，要承担责任！"他上来就扣了个大帽子。

"我们三个到郊区遛弯散心，想顺便找个农家乐吃饭，恰巧发现了一个收赃团伙。怎么着？见到违法犯罪，不管吗？"董刃皱眉。

"管是可以管，但不能打着我们的名义去管吧？今天一早我就接到信儿了，高新分局说我们专案组的同志查了一宿的监控，问今天还去不去。如果没猜错的话，是你们吧？"江锋咄咄逼人。

看事情漏了，董刃也不想再隐瞒，"对，是我们。"

"我告诉你，乔四儿的事儿谁都可以查，就你不行！你是案件的利害关系人，必须进行回避！"江锋抬手指着董刃。

"哎哟喂，我看你是说反了吧？谁是利害关系人，自己心里清楚！"赵阔不忿，"我告诉你，江锋，你别给脸不要脸，要不是当着汕州的同行，我早就抽你了。"他说着就要往前上。

苏晓雅一把将他拽住，"锋哥，话没必要说得这么绝吧！"

江锋看着三个人，沉默了一会儿，"说破大天，我都不会让你们插手这起案件。乔慕华这次必须到案，不能再重蹈覆辙了。我一会儿就向省厅领导汇报，反映你们违法办案的情况。"

"听你这意思，乔四儿是我们仨放走的呗？"赵阔反问。

"到底是谁放走的，早晚会水落石出。我一定会亲手查出真相。"江锋狠狠地说。

"我们也是，一定会亲手查出真相。"赵阔也说。

江锋没再停留，转头就走。赵阔侧目，看董刃眉头紧锁、面沉似水。

"董所长，赵警官，这……"林大欲言又止。

"这几个是收赃车的，人我就移交给你们了。但我想跟他再聊几句，帮个忙。"他抬手指着大门子。

林大没马上答应，想了想，"这样，一会儿我们支队长会过来，跟你们聊聊。在他来之前，你们随意，我在门外等。"

"好，谢谢了。我需要一间讯问室。"董刃说。

7

大败

次日清晨，在汕州市局门口的小食摊上，董刃等三人坐在老高对面。他们一人一碗米粉，稀里呼噜地吃着。

"老赵啊，你们几个可害死我了。支队长找我谈话了，让我不能再配合你们办案了。"老高摇头。

"你现在也是正处啊，跟支队长一个级别，怎么着，尿了？"赵阔不忿。

"哎呀，他虽然年轻，我也不好和他翻脸啦。再说了，你们这手续确实不齐，往下的工作我确实不好管。"他诉着苦。

"老高，我理解，之前的配合已经很感谢了。"董刃说，"但我们还需要你帮我查一个人。"

"哎呀，真的不行了。现在查人的秘钥都有记录，我已经被领导盯上了，再有动作不好解释啊。"他双手作揖。

"高师傅，你不一定非得用自己的秘钥查啊。再说了，您在队里就是负责协查的，把人名混在别人的案子里，不会有太大问题吧。"苏晓雅一语点破。

老高低下头，慢条斯理地吃了口米粉，"行吧，但这可是最后一次了。"

"孙文忠，电话尾号8876，汕州本地人。"董刃说。

"这人是干什么的？"老高问。

"我们昨天晚上审了那个收赃车的主犯，据他供称，那辆黑色尼桑他们收了之后，曾经租给一个汕州本地人使用过一段。但后来车况太差，又给退了回来。那个人就叫孙文忠。"董刃说。

"而你们追踪的嫌疑人乔慕华，上过那辆车？"老高皱眉。

"是。"董刃点头。

"嗯，我明白了。等我信儿吧。"老高说。

"看见没有，关键时刻，还得靠老伙计！"赵阔重重地拍了他一下。没想到力度太大，老高被呛得咳嗽起来。

在一个高档餐厅的路旁，停着一辆老款的GL8。董刃三人在里面扒拉着盒饭。

"孙文忠，58岁，汕州正品嘉业公司的法定代表人，户籍所在地汕州市正阳区新兴里小区。妻子叫李娜，有两个孩子，一儿一女。儿子叫孙鑫，读高二，女儿叫孙嘉，小学三年级。"赵阔边吃边说。

"他是做什么生意的？"董刃问。

"外贸，进出口。说白了就是倒买倒卖。"赵阔回答。

"他有几个住处？"

"常住地在高新区的一个别墅区里，但根据老高的轨迹调查，这人应该'狡兔三窟'，每周回家过夜的次数并不多。除了酒店包房之外，还有两个点儿。"

"有具体的地址吗？"

"一个在市区，一个在郊区。这两个点儿，都是以正品嘉业公司名义租的，面积不大，看过去的时间，有可能是'金屋藏娇'。"

"需要过去摸摸吗？"苏晓雅边嚼边问。

"不行。"董刃摇头，"咱们查到他是通过销赃嫌疑人的供述，他只是租过赃车，如果一推六二五，说自己不知道那是套牌车，咱们一点辙都没有。"

"但他是存在重大嫌疑的。你想啊，一个公司老板，有正规的租车渠道不用，非拐弯抹角地到黑窝点租车。这说明什么？"苏晓雅问。

"说明他心里有鬼，干的不是好事儿。"赵阔抢答。

"如果能确定车辆的实际驾驶者是乔四儿，那这个孙文忠肯定涉嫌窝藏。"董刃边说边把盒饭最后的几口扒拉完，"老赵，咱们进去探探。"他冲外面努努嘴。

董刃和赵阔一前一后，进了餐厅。餐厅很高档，大理石的地面，岩板的墙壁，灯光特意调得不是很亮，以营造整体的氛围。女领班一身西装，毕恭毕敬地迎接，"两位先生好，请问有预订吗？"

"没预订，先找个位置，等朋友。"董刃说。

"好，请跟我来。"女领班在前面引路。

董刃走进大厅，随意地溜达着，佯装找位置。不一会儿就看见了坐在靠窗隔断里的孙文忠。他正跟两个西装革履的男人，边吃边聊。

"那儿有人吗？"董刃抬手往那个隔断的后面指了指。

"没人，您请。"领班躬身抬手。

董刃靠着木质隔断坐下，距孙文忠的后背不到一米的距离。他不慌不忙地拿起菜谱，"我们先看看，选好了再叫你。"

领班退下，董刃把菜谱一转，递给了赵阔，"想吃什么，我请。"

"真的？那我可就不客气了，说实话，还真没吃饱。"赵阔拿起餐谱，"杏花香露拌生态腐竹，88；海鲜辽参薏米酸辣汤，388；黑松露烤鸭，888……哎，这价儿挺实惠啊。"他笑。

董刃没理他，侧耳听着孙文忠那边的声音。

"李总，现在经济这么差，咱们不能还想着高利润，首要是确保安全。"孙文忠说，"我去年在新加坡开了公司，年底之前也会让家人过去。那边的税收低，只有17%，以后咱们也方便直接从那儿进行结算，也能绕开国内的外汇管制。"

"孙总，你说的这些我都理解，但我报的利润已经很低了，再压价，上游公司就没利润了。"对面的人说。

"听这意思，这哥们儿要'润'啊？"赵阔轻声说。

董刃没搭茬，拿过菜谱，"服务员，点菜。"他抬手。

半个小时后，两人走出了餐厅。赵阔叼着一根牙签，边走边摇头，"两碗清汤面，176，行，数字倒挺吉利。哎，这个姓孙的马上就要'润'了，咱们要动，得尽快。"

董刃思索着，"他有专门的司机，直接'挂外线'容易被发现。"他冲停车场的一辆"丰田埃尔法"努努嘴，"上手段还得回去批表，时间来不及。"

"那怎么办？直给？"赵阔皱眉。

"只能直给。但得选择一个好时机。"董刃点燃一支烟。

"我刚才听他们说,下午要在公司开股东大会。"

"哼,英雄所见略同。"董刃轻轻点头。但突然,他的眉头紧锁在一起,指尖的香烟也掉在了地上。他下意识地用手捂住腹部,原本还算正常的脸色瞬间变得煞白。

"哎,你到底怎么回事啊?接连好几次了,什么毛病?"赵阔扶住他。

"没事,可能着凉了,喝点儿热水就好。"董刃应付着说。

在汕州市公安局刑侦支队的办公室里,赵阔推心置腹地给老高做着思想工作,"老高,我知道你行走江湖,凭的就是这义气二字!就这两件事,你务必得帮我们搞定,我知道你在支队有面儿,跟林大说说,帮帮忙,就临门一脚了!"他拍着老高的肩膀说。

"哎呀,上次不是说了是最后一次了吗?"老高面带难色,"你这有一就有二,有二就有三,我难办啊。"

"难办我才找你呢,我跟你明挑,已经快要接近胜利了。能不能成就看你的了。我知道这事儿不好办,算我欠你的人情,以后肯定会加倍偿还。"

老高叹了口气,无奈地看着赵阔,"其实我们这里是没问题的,天下公安是一家,协查工作也是我们分内的事情。但你们省厅那个家伙可不好惹,上次那事,都捅到我们副局长那儿了……"

"哎,你学过奥数题吧。两个水管同时打开,一个注水,一个放水,问最后多长时间能注满。"赵阔说:"没学过。"老高没懂他的意思。

"这世界上啊,总有人注水、有人放水,有人搭台、有人拆台。

我们这么拼命,就是为了防止有人放水、拆台的。"赵阔话中有话,"我也不怕丢脸,跟你直说了吧,七年前我们几个负责监视居住乔慕华,结果让他给跑了,我之所以离开一线到警院窝着,就是受这案子的影响。所以,这次不管碰到什么困难、什么阻碍,我们都得把他抓住。"赵阔推心置腹。

"是这样啊……"老高点头,"那你们为什么不和省厅专案组合并办案呢?"

"我不相信省厅那帮人。要想挖出真相,必须亲手抓住他。"赵阔说。

"嗯……我明白了。"老高看着赵阔,"行,那我也豁出去了,支队长的工作我来做。你刚才说下午几点?"

"3点。"赵阔说。

下午3点,在汕州市新华贸大厦的顶层会议室里,正品嘉业公司召开着股东大会。孙文忠坐在主位上,跟股东们讨论着一些项目的细节。正在这时,会议室的门开了。老高带着董刃等人,大步走了进来。

"孙文忠,我是汕州市公安局的警察,为了查明相关案件,根据《中华人民共和国刑事诉讼法》第一百二十二条之规定,通知你到我单位接受询问。"老高说着展开询问通知书。

孙文忠愣住了,手足无措。

一个戴着黑框眼镜的年轻人站了起来,"我是公司的法务总监,请问你们是因为什么事要询问孙总。"他走到近前。

"因为什么事,我不便告诉你。具体情况,我们会和孙文忠沟通。"老高义正词严。

当着全体股东的面，孙文忠很尴尬，也很被动。他停顿了一下，努力压住满心的惶恐，站起身来，"你们继续开会，我去去就回。"他摆出一副镇定的样子。

在汕州市公安局的询问室里，墙壁上张贴着《被询问人权利义务告知书》。赵阔把一杯水放在他面前，坐回到董刃的身边。

不到十平米的空间，异常安静。三个人对视着，像刚上拳台、相互试探的对手。

"知道我们因为什么事找你吗？"赵阔用手指节敲着桌面，唱着红脸。

"不知道。"孙文忠直视赵阔。

"那就好好想想，自己到底有什么事儿。"赵阔说。

"我有什么事啊？我正常地开会，就被你们无缘无故地带到这里，我还想问你们呢？有什么权力这么做？"他提高嗓音。

"孙文忠，我提醒你，我们现在给你使的是询问手续，拿你当证人。但往下怎么发展，就要看你的态度了。"董刃不急不缓，唱着白脸。

"你们警察是不是都这样？看谁都不像好人啊。我正常经营公司，依法纳税、照章办事。你们要是觉得我有什么问题就直说，别拐弯抹角的。"孙文忠故作强硬。

董刃知道，他越是强硬，就越说明心虚。这是人在面对危机时的应激反应。

"听你口音，是北方人？"董刃问。

"是，老家东北，来汕州二十年了。"

"二十年前这儿的经济还不行吧，都是烂尾楼。"董刃说。

"是啊，破破烂烂的，除了海鲜便宜，没什么优势。"孙文忠的语气也有所缓和，"那时候我自己一个人过来打拼，开过出租，摆过小摊，一步一步做到现在。警官，私营经济不容易啊，你们得保护啊。"孙文忠感叹。

"是，不容易，但拼搏了二十年，能做到如今这样，你也算是成功人士了。"董刃恭维。

"不算不算，我是比上不足比下有余，踏踏实实挣点儿小钱儿，可比不过那些大佬儿。我有一个朋友啊，也是二十年前来的汕州，专接烂尾楼。他就赌着房地产商品化之后，市场肯定能大涨，我当时还不信呢，看他借了那么多债，就劝他跟我一块儿做小商品。结果没想到，人家后来有了几十亿的身家。"孙文忠感叹，"但没想到这几年政策变了，房住不炒，市场一下就不行了，他之前赚到的钱又都赔了出去，现在还欠了债。"

"听这意思，你朋友挺多啊？"赵阔插话。

"干我们这行儿的，就得多交朋友，天南海北抱团取暖，单打独斗不是办法。"孙文忠说。

董刃和赵阔东拉西扯，有一搭没一搭地聊着，其目的就是让孙文忠放下戒备、敞开心扉。他们心里清楚，对这个人的询问必须讲究技巧，由于没有确凿的证据，所以很多事情都要处理得模棱两可、点到即止，只有这样才能让他露出破绽。

"听说正在办移民？"董刃话锋一转。

"啊？"孙文忠猝不及防，愣了一下，"哦，为了孩子上学。"他找了个理由。

"那上学便宜吗?"

"不便宜,物价是国内的两倍,但好在不卷,用不着千军万马过独木桥。"他边说边琢磨,这些情况是谁向警方透露的。

"你要是走了,公司怎么办?在汕州的朋友怎么办?"董刃一语双关。

"公司不走,继续经营。我就算入了籍,生意肯定还在汕州啊。那谁,海底捞的张勇,不也入了新加坡籍吗?"孙文忠解释。

"你在海城有生意吗?"董刃又问。

"海城?"孙文忠想了想,"没有直接的生意,但有合作的公司。"

"那看来海城的朋友也不少?"赵阔问。

"有一些,但不多。"

"都是干什么的?"董刃问。

"干什么的都有,房地产、外贸、制造业。"

"平时是你去海城的机会多啊,还是他们来汕州的机会多啊?"董刃问。

"都不太多。我的主业还是在汕州。"孙文忠答,"警官,你们找我到底是为了什么啊?不必拐弯抹角的,如果有什么事我能做证,一定事无巨细、如实配合。"他有些急躁,急于表态。

董刃看着他,没说话。其实他问出的每一句话都有目的、都有所指,为的就是做好疑兵,打草惊蛇,才能引蛇出洞。

"平时外地来朋友,都是你安排食宿吗?"赵阔问。

"外地朋友……"孙文忠皱了皱眉,"一般就前两天接待一下,其他的都是他们自己解决。除非是特别重要的客人,我才会全程安排。"

"什么算是特别重要的客人？"赵阔问道。

"比如外商啊，或者比较重要的合作者。"

"嗯……"赵阔点点头，噼里啪啦地敲击键盘。

"警官，是谁……出事了吗？"孙文忠试探着问。

"你说的是谁？"赵阔问。

"我……哪儿知道啊。所以才问您呢。"孙文忠赔笑。

董刃一直没说话，他拿起一本《刑法》，翻了几页，"中华人民共和国刑法第三百一十条，明知是犯罪的人而为其提供隐藏处所、财物，帮助其逃匿或者作假证明包庇的，处三年以下有期徒刑、拘役或者管制；情节严重的，处三年以上十年以下有期徒刑。孙文忠，你自己看看。"他说着起身，把《刑法》放到孙文忠面前。

孙文忠打开观看，手微微颤抖。

"我们知道，现在是你公司转型的关键阶段。不光是工作，生活上你也上有老下有小，肩负着儿子、丈夫和父亲的责任。"董刃盯着他的眼睛，"所以有些事你要想好，到底该如何抉择，下一步该如何去办？"

孙文忠与董刃对视着，但眼神已是强弩之末，"警官，我不明白，你说的究竟是什么意思。"他仍心存侥幸。

"话不说透，一切要你自己考虑。孰重孰轻，一切要由你自己决定。"董刃用手指节敲着桌面，"今天是对你的第一次询问，我们已经做到最大程度的坦诚了。你下午还有会，我们就不耽误你的大事了。但还是那句话，往后怎么发展，就要看你的态度了。"

孙文忠不再说话了，下意识地移开了眼神。

"孙总,亡羊补牢为时不晚。保重自己,也保护好家人。"赵阔又补上了一句。

孙文忠脸色煞白,但还强努着微笑跟两人握手。他刚离开,苏晓雅就走了过来。

"怎么样,'秃噜'了吗?"

"哪有这么容易啊。咱们没有直接的证据,不能逼得太紧。"董刃说。

"他是生意人,该懂得权衡利弊。"苏晓雅说。

"咱们最大的力度就是'询问'了,一旦他不配合,没有任何办法。"董刃苦笑。

"所以……才要打草惊蛇,再引蛇出洞。"苏晓雅点头。

"老高那边的技术上线了吗?"

"上了,挺给力。"苏晓雅说。

"嗯,饵已放下,就看鱼能不能咬钩了。"他叹了口气。

夜晚,别墅区里万籁俱寂,偶有风声掠过。孙文忠坐在一个实木的大班台前,默默地望着窗外。他拿着手机,犹豫着,权衡着,但最终还是拨出了号码。

"有了!"在GL8里,赵阔收到了老高的信息。

董刃本来在后座上仰躺着,一听这话腾地一下坐了起来,脑袋咚的一下撞到了车顶,"什么情况?"

"十五分钟前,孙文忠的手机播出了一个号码,那个号码尾号是1177。经过对该号码的调查,机主姓名叫陆致远,通话记录很少，平时的漫游地在上城区的金谷地小区。"

"能定位到具体门牌号吗？"

"不能，但能具体到几十平米内的位置。"

"哑巴，开车！"董刃发令。

苏晓雅脚踩油门，车如离弦之箭，飞驰而去。

"老赵，没滚一下这个陆致远的情况？"苏晓雅兴奋地问。

"正在滚，一条条发过来呢。"赵阔眯着眼，看着手机，"四川的身份证，名下无房无车，没有任何旅店、乘车、乘机记录。"

"越来越像了，从不乘坐汽车、火车、飞机，从不住旅馆，刻意躲避所有核查，深居简出。"苏晓雅分析着。

"让老高再调一下那号码的轨迹位置。"董刃说。

"已经说了，等消息。"赵阔回答。

"刀哥，要真是乔四儿，咱们用不用通报给郭局啊。虽然咱们'三押一'人数儿够，可以把人直接带回海城，但我觉得，第一堂还是在汕州问比较好。"苏晓雅有些压不住了。

"行了，连根人毛儿还没见着呢，就想后面的事儿了？好好开你的车，一步步来。"董刃提醒。

苏晓雅实在压不住了，在GL8拐弯时都没收油门，车一下子发生了侧偏，赵阔随着车的倾斜压到了董刃身上。

"嘿，哑巴，你悠着点儿！"赵阔大声提醒道。

但董刃却并未让苏晓雅放慢车速，他明白，这七年苦苦等待的机会就在眼前了。一种极为复杂的心情交织在一起，不知是兴奋、激动，还是彷徨、畏惧。他深知，自己终究要面对七年前那件事，要与乔四儿正面交锋。那个旧案异常惨烈，因为争权夺利，刘涌用残忍的手段将白永平杀害,直到前段时间,在刘涌司机范军的供述下,才发现被掩埋在垃圾填埋场里的尸体。经过DNA鉴定,死者确系白永平,但其头颅和其他肢体却依然未能找到。刘涌和乔慕华至今在逃,参与杀害、肢解白永平的凶手依然逍遥法外。在刘涌消失后,涌江集团的大部分资金被洗钱团伙洗到境外,这案子的所有"口"都敞着,可谓失败案例的典范。各种信息扑面而来又纠结在一起,像一团乱麻。董刃觉得脑子很乱,一时腹部又疼痛起来。一直以来身上那股紧绷着的劲儿似乎在慢慢松懈,一种无力感油然而生。他攥紧双拳,大口呼吸,试图让自己振作起来。但越是这样,就越感到无力。

赵阔的电话响了,他嗯嗯啊啊地说了一通,兴奋起来,"对上了,全都对上了!号码的轨迹位置出来了。11:44,上城区小南庄路口;16:35,汕深高速第二入口……15:05,汕州人民医院。和套牌车辆一致!"

"耶!"苏晓雅一拍方向盘,车发出一声长鸣。却不料一辆厢式货车突然从侧前方迎面驶来。

"哑巴,注意!"董刃大喊。

苏晓雅也一惊,猛地打轮,才与厢式货车擦身而过。

众人惊出一身冷汗。

"你想什么呢?玩命啊!"赵阔也吓坏了。

苏晓雅惊魂未定,下意识地抹了一把汗。

"稳住,咱们都稳住,已经等了七年了,不差这点儿时间。"董刃说。

时间已经过了晚上10点,路越来越偏,车也越来越少。苏晓雅按照导航的指引小心地驾驶，他知道，此时要是出了事，就"一失万无"了。

三个人都沉默不语，说不清是紧张还是亢奋。他们心里清楚，今晚将会有一个结果。不论好坏，只要有结果，便有希望。

眼看着，再过两条街就到了金谷地小区，道路开始平坦，一马平川。苏晓雅踩下油门加快车速，但没开出多久，就发现不远处的路口闪着警灯，有两辆巡逻车在设卡。

一个穿着反光马甲的制服警高举指挥棒，示意他们停车。

"身份证、行驶证、驾驶证。"制服警敲了敲车窗。

"同行。"苏晓雅掏出工作证，递给对方。

制服警仔细地看了看，闪开了去路，打了个手势，示意通行。

"哎，哥们儿，是前面出了什么事吗？"董刃摇下车窗问。

"我们也不知道，刚才接到分局命令，要求设卡。"制服警回答。

董刃冲他抬抬手，心里闪过一丝不祥的预感。

车又开了三五分钟，行驶到了目的地。但一进金谷地小区，他们就觉得不对。狭窄的道路旁停满了蓝白道的警车，红蓝色的警灯照亮了漆黑的天空。三人赶忙停车，跑了下去。

最不愿意见到的一幕发生了。

在小区一栋旧楼的门外，董刃见到了一群荷枪实弹的刑警，他们穿着印有"汕州刑警"的棉马甲，正在一起交谈着什么。仔细看去，带队的正是林大。

"林大，什么情况？"董刃三步并作两步跑过去问。

林大一看是他，犹豫了一下，"哦，董所长，我们在执行搜查任务。"

"搜查谁?"

"哦,这个情况不便透露。"他打着官腔。

董刃抬眼一看,楼上三层的楼道灯亮着,他抬腿就往里跑。

"对不起,我们还在工作中,你不能进去。"林大拦住去路。

"是乔慕华吗?"董刃的声音有些颤抖。

"这……"

"你告诉我,是他吗?"董刃一把抓住林大的胳膊。

"是。"林大点头。

"人呢?抓到了吗?"苏晓雅也问。

"抓到了。"林大言简意赅,似乎生怕泄露了案情。

"那就好,那就好……"董刃气喘吁吁地点着头,"请把人移交给我们吧,我们有追逃手续。"他说着就拽过背包,但翻找了半天也没找到。

"人已经被送走了。"林大摊开了双手。

"送走了?什么意思?"董刃不解。

两人正说着,两个年轻刑警从楼里走了出来。董刃认识,正是江锋手下的"两把刀",孔飞和张鸿。

一瞬间,他全明白了。他妈的!案子被"截和"了!

董刃再也压不住了,几步闯了过去,拦住了两人的去路,"乔慕华在哪儿?"他质问道。

孔飞和张鸿一愣,但随即就板起了面孔。

"我们的案子,没义务跟你说。"孔飞冷冷地回答。

"你废什么话啊!"董刃发作了,一把揪住孔飞的脖领。但孔飞可不给他面子，反手一撅，就给董刃来了个"反关节"，把他压倒在地。

"我去你大爷的！"赵阔不干了，上去一脚，就给孔飞踹了个趔趄。张鸿往上一蹿，也要动手。

"住手！"董刃拦在两人之间，"对不起，刚才是我冲动了。我只想知道，乔慕华现在的情况，人是不是到位了，人身是不是安全。"他双眼通红地看着"两把刀"。

孔飞见状也压抑住怒气，"人到位了，但说不好是死是活。"

"什么意思？"董刃皱眉。

"他患了重病，我们在破门的时候，已经昏迷不醒了。现在已经送往人民医院了。"他说。

孔飞的声音不大，却像一声炸雷，让董刃头晕耳鸣。赵阔和苏晓雅也都傻了。

汕州人民医院的抢救室外，站满了制服、便服的警察。江锋和"两把刀"伫立在最里面，守着抢救室的门，仿佛生怕别人抢了他们的"猎物"。

赵阔在楼道尽头，对着电话破口大骂，"老高，你个王八蛋！是你出卖的我们吧？哦，以为你是个'内线'，结果是个'内鬼'！你什么意思，邀功请赏吗？咱们这么多年的交情不要了？以后不混了！"他气急败坏。

"老赵，你听我说啊。我也没想到这个消息会透露出去。我要想开定位的手续，毕竟要经过支队领导嘛，领导一问，我没法隐瞒啊。但没想到，他们把情况通报给你们省厅的专案组……"老高解释着。

赵阔听不下去了,用力挂断了电话。他转过头,怒视着江锋,脸憋得通红。

这时苏晓雅走过来,叹着气说:"乔四儿在几年前就查出了癌症,已经到了晚期。到汕州投靠孙文忠是为了看病。林大他们把孙文忠给抓了,正在审问。医生说乔四儿的情况,凶多吉少。"

"是真得了癌症吗?不会是有人动了手脚吧?"赵阔抓住苏晓雅的胳膊问。

"医院有放化疗的记录,乔四儿使用的就是咱们查到的名字,陆致远。汕州刑侦的技术组正在对其暂住地进行勘察,结论还没出来,如果是有人动手脚,应该会留下痕迹。"

"唉……"赵阔长叹一声,蹲在了地上。

在卫生间里,董刃对着镜子不停地洗脸,似乎想借此来平复内心的焦虑。他的手机一直响个不停,可他却充耳不闻。此时此刻,他只觉大脑一片空白,耳畔嗡嗡鸣响,犹如列车呼啸而过。

他望着镜子里的自己,昏暗的灯光把他的面部映照成黑白两面。他面色惨白,汗水从额头渗出,腹痛时隐时现,他感觉头脑和身体都愈发僵硬。

"呕,呕……"他突然呕吐起来,酸涩的胃液从嘴里和鼻腔涌出。他将水龙头开到最大,以此遮掩自己的狼狈,一瞬间,他仿佛又回到了七年前那个夜晚。渺小、无助、迷茫、彷徨,感觉身体如落叶般随波逐流,灵魂仿佛被抽空。突然,一个身影在镜中一闪而过。他瞬间警觉起来,觉得那身影异常熟悉,于是猛地转身,不顾一切地追了出去。

楼道里漆黑一片，董刃的脚步响至何处，何处的声控灯便亮起。他慌不择路、跌跌撞撞地奔跑着，竭力寻找着那转瞬即逝的身影，却根本寻不到目标。

"谁！谁在那里！"他不顾一切地大喊。

楼道的声控灯随之亮起，可四周除却空空的白墙，再无其他。

苏晓雅站在远处望着他，默默叹了口气。

抢救持续了整整三个小时，最终从抢救室推出的，是一具冰冷的尸体。乔四儿，死了。

董刃推开江锋，执意查看死者的尸体。掀开白布后，那副面容瘦弱、憔悴、苍老，可表情却显得宁静、从容。没错，确实是乔四儿，董刃认得那张脸，面前这具冰冷的躯体、逝去的灵魂，正是他追捕了整整七年的逃犯。

医护人员重新盖上白布，维护着死者最后的尊严，乔四儿被缓缓推走了。

董刃呆立原地，一动不动。制服、便衣的警察逐渐散去，抢救室门前又恢复了平静。

声控灯再次熄灭，随着一个跺脚声，又亮了。董刃侧目，是江锋发出的声响。

"董刃，这是不是你最想看到的结果？人死了，死无对证了。"他说着最尖刻的话。

董刃觉得自己应该愤怒，可心里却一片冰冷，张嘴又闭上。

"江锋，你在这儿装什么蒜！七年前那事，你自己心里没点数吗?告诉你,就算人死了,我们也会申请尸检。如果不是因病去世,而是有人动手脚,我们一定要追查到底!"赵阔指着他的鼻子说。

"我已经申请尸检了,我也一定要查出个结果!"江锋回击,"我告诉你们,就算人死了,这事儿也没完!"他狠狠地扔下一句,转头离去。

赵阔还想再说些什么,转头看向董刃,惊呆了。此时,董刃已倒在了地上。

卫生间里漆黑一片,阴冷潮湿,污迹斑驳。董刃气喘吁吁、歇斯底里地一遍又一遍踩着蹲便后的冲水踏板,可便池里的血迹依旧无法冲净。他涕泪横流,疯狂地用手砸着墙壁,无声地嘶吼着。命运太过残酷,七年的努力功亏一篑,一切化为乌有。

火车站外的广场人流如织、熙熙攘攘,这里是旅途的交汇地,也是命运的交汇地。阳光很好,汕州的温度在十五六度左右,宛如春日,就算悲伤也会被此刻的温暖掩盖。赵阔百无聊赖地摆弄着一个打火机,看董刃出来了,凑了过去。

"你真没事儿?"他皱着眉头问。

董刃并不直视他,随意地摆摆手。

"尸检结果出来了,因病死亡,不是他杀。"

董刃点点头,叹了口气。

"要说这孙子这些年也不容易,妻离子散、东躲西藏,干苦力、打苦工,有病也不敢去看,生生把自己给耽误了。如今客死他乡,连个送葬的亲人都没有。"赵阔摇头,"老高旁听了江锋他们对孙文忠的审讯，孙文忠是乔四儿的一个远亲，属于八竿子打不着的那种，他妈的表姐是乔四儿三姨的一个姨。陆致远的身份是乔四儿自己买的，前些年四川那边闹地震，一个失踪人口的户籍。刚开始还能用，这几年人脸识别、身份验证都升级了，这假身份也不好使了。这孙子一死，这案子就又断了。"

"逃亡这些年，乔四儿的经济来源是什么？就靠孙文忠的接济？"董刃问。

"据说他有点儿积蓄，但也禁不住坐吃山空啊。几年前黑过一个商人，应该搂了一笔钱。"

"商人？"

"孙文忠不知道详细的名字，但应该是海城的。据说生意做得挺大，好像是搞房地产的。"

"老赵，刘涌身边有干这行的吗？"苏晓雅问。

"搞房地产的大老板……真没听说过。"赵阔摇头。

"黑了多少钱？他怎么黑的那个老板？"董刃问。

"说是有一百万，具体怎么黑的，姓孙的不清楚，估计是乔四儿拿捏着人家什么把柄吧。"

"能查到转账记录什么线索吗？"

"要查也得是江锋查，案子被他们牢牢攥在手里，咱们没法插手了。"赵阔说。

"这个人很关键，乔四儿在走投无路之时能冒险找他要钱，必定存在某种联系。说不定，那人和刘涌有关。"苏晓雅皱着眉说。

"但人死了，死无对证了啊。"赵阔说。

"人虽死了，但短信、微信、通话记录啊，总能找到蛛丝马迹。

老赵，你再让老高探探，瞧瞧省厅专案组那边有什么动向。"苏晓雅说。

"嗯，我再催催那个老家伙，要不是他走漏风声，乔四儿就被咱们'拿下'了。"

两人热火朝天地讨论着，董刃却沉默不语。

"哎，刀子，你怎么不吭声啊？成哑巴啦？"赵阔转头问道。

董刃上下摸索着，"哎，有烟吗？"他似乎心不在焉。

"烟……"赵阔打开包翻找了一番，"没了，最后一包让老高顺走了。"

"抽我的吧。"苏晓雅递过来一支雪茄。

董刃没有拒绝，接过来，任由苏晓雅点燃。但没抽几口，就剧烈地咳嗽起来。

"慢点儿，这玩意儿不能急。"苏晓雅提醒。

"我看你是没那富贵命。"赵阔摇头说。

"七年了，就这么结束了吗？我无法接受，不甘心。"苏晓雅叹气。

"那能怎么办？人死了，偷自行车的事儿也没法追查了，案结了，还怎么查？"赵阔反问。

"咱们停了，江锋他们会停吗？"苏晓雅问。

赵阔叹了口气，没有说话。

董刃又抽了一口雪茄，似乎适应了一些，"先回去，见机行事吧。"他的声音很轻，显得十分疲惫。

"要我说，咱们不能着急走，得盯紧那个家伙。我还是觉得乔四儿的死有问题，没准是他动的手脚！"赵阔气呼呼地说。

"尸检都做了，自然死亡。还能怎样!"董刃突然爆发，提高了嗓门。

赵阔一愣，"嘿，你别冲我来啊……"他摇了摇头，"你呀，就是妇人之仁，东郭先生。得得得，我不说了，没劲，真他妈没劲。"他气呼呼地转过了头。

董刃不再说话，闭上眼，默默抽着烟。

轰隆隆……远处传来了列车进站的声音。三人提起行李，朝着车站走去。

8
蛰伏

轰隆隆，巨大的声音在耳畔炸响，似乎是远处传来的雷声。周围漆黑一片，寒冷且空旷，仿佛置身于广袤无垠的旷野之中。只有董刃独自一人，他伸手摸索，却什么都看不见，视觉仿佛完全失灵。他心中有些惶恐，不知黑暗中隐藏着何种未知，是否会有危险突然蹿至眼前。雷声又起，仿佛愈发临近，紧接着一道闪电划过，犹如一把利刃劈开天幕。视觉渐渐恢复，从模糊不清的轮廓，到近处摇曳的草丛、远处起伏的山峦，逐渐清晰起来。这时，他看到了一个身影，不，并非仅仅一个身影，而是众多身影正围拢着他。他瞬间警觉，不禁战栗，试探着向前走了一步，那些身影就随之退后一步。他没有犹豫，向"他们"走去，而"他们"却突然转身，跑了起来。他随之追去。奇怪的事情发生了，那些身影在跑动的过程中，逐渐靠近、会聚，最后竟变成了一个。一切似真似幻，前路漆黑一片，脚步声发出回响，响到哪里，哪里便亮起微光。他竭尽全力地奔跑，大口地喘着气。"谁！谁在那里！"他不管不顾地大喊着，这才发现，周围是空空白墙，竟像是医院里的环境。而就在他走神之际，那个身影突然驻足，他猝不及防猛地撞了上去。一瞬间，那个身影转过了头,与他对视,他惊呆了,没想到那个"人"竟然是自己!

董刃猛地睁眼,从噩梦中醒来。汗水布满了额头,他大口大口地喘着气,下意识地摸索着,回忆着此刻自己在哪里。

他下了那张红色的圆床,静立在房间里,看着各种形状的镜子里映出的赤裸的自己。他拉开了窗帘,让阳光照到粉红色的墙壁上。光影斑驳,像刑案的现场。他开了门,走到客厅里,坐在那个高脚的粉红座椅上抽烟。白色的烟雾升腾起来,萦绕、飘散。他怕烟感报警,起身开了窗,在窗旁细细将烟抽完。然后穿上了衣服,离开了"热情似火"套房,离开了"天使恋人"酒店。

刚回到派出所办公室,娄勤就找上门来。他黑着脸,冲会议室那边努努嘴。

"怎么了?"董刃皱眉。

"督察的人在那屋呢,我说你不在。"他轻声说。

"干吗说我不在啊?有什么事,我跟他们说。"董刃腾地站起来。

"嘿嘿嘿,干吗啊,多一事不如少一事。就问点儿情况。"娄勤摆手。

"正常办案,有什么毛病。督察这帮人是不是没事儿干了?"董刃不忿。

"省厅来压力了,说你们违规办案,扰乱省厅专案。是……"娄勤犹豫了一下,"江锋实名举报。"

"我就知道。"董刃撇嘴。

"要不是郭局扛着,你们几个都得被约谈。现在大事化小,分局督察过来询问一下情况,我让政委代表所班子表个态就完了。你们仨可千万不能露面。"

董刃叹了口气,伸手摸烟。

"一会儿再抽,有人找你。"娄勤把烟抢了过去。

在所长室,郭局面沉似水地坐在办公桌后,娄勤把董刃引进来后,便知趣地退了出去。

"都回来这么多天了,也不找我汇报一下?"郭局问。

"结果您不都知道了吗?还用我再重复吗?再说了,我听说崔铁军他们去善后了,您安排得好,有人给我擦屁股。"他一副破罐破摔的模样。

"看这意思,你把这事儿给放下了?以后就这么着了?"郭局问。

董刃移开了眼神,叹了口气,"那还能怎么着,人死案结,我还能掘地三尺啊?"

郭局没说话,拿起茶杯,喝了口水,"你也甭跟我这儿装,我知道你停不下来。咱们这帮人啊,每天一睁眼就紧绷着。说话紧绷着,做事紧绷着,破案紧绷着,抓人紧绷着,压根就不会给自己留余地。我曾经也跟你一样,只要上阵,就不达目的绝不罢休。但后来啊,我觉得这样不行,人不能总这么活着,得学会松弛。不然反而容易失去判断,容易动作变形。刀子,你身上不缺责任感和使命感,缺的是一种游刃有余的松弛感和自愈能力。有时你得放过自己。懂吗?"

"放过自己,怎么放过?让这个案子埋了?石沉大海,永远敞着口儿？不行，我做不到。"董刃抬头看着郭局，"要真是那样，我宁愿不干这个警察。"

"嘿，我就说吧，什么'人死案结'啊，都是跟我这儿打马虎眼。曾经的'双刃剑'，哪能就这么轻易地停下呢。"郭局苦笑。

"您这是挖苦我，寒碜我。这都什么年头儿了，还什么'双刃剑'啊……"董刃说，"我就一个大头兵，人嫌狗不待见的，人家'捅娄子'都所长了，章鹏都支队长了，我算什么啊？"

"怎么了？信心受挫了，自我怀疑了？哼，不至于吧。"郭局摇头。

"您这么一个大局长，每天要开那么多的会，要应付那么多的事情。我想抽空到这个派出所来找我一个大头兵，该不只是给我做思想工作吧？"董刃看着郭局。

"省厅领导下令了，让咱们不能插手省厅的专案。"郭局说。

"首先，乔慕华盗窃自行车是有报案记录的，我们是依法办理，他们省厅专案的具体内容是什么，我们不知道，谈不上插手；其次，乔慕华死了，我们就是想查也没抓手了。"董刃有理有据。

"这些话你不必跟我解释，跟督察说就行。"郭局摆摆手，"我问你，除了乔四儿，你还盯着谁？哎，你小子可别跟我打马虎眼啊。"

"没有啊。"董刃一口否认。

"别跟我这装蒜，一进屋就遮遮掩掩的，说什么'人死案结'，我不了解你啊！我也搞过预审，审讯嫌疑人的要点是什么啊？不要只关注他说了什么，更要关注他没说什么。"

"郭局，你拿我当嫌疑人了？"

"怕你跟我玩儿弯弯绕，不得不防着你。"郭局笑。

董刃停顿了一下,"我女儿前几天问我一道题,说甲、乙两个水管单独开,注满一池水,分别需要20小时和16小时。丙水管单独开,排一池水要10小时。若水池没水,同时打开甲、乙两水管,5小时后,再打开排水管丙,问水池注满还需要多少小时?这题您会吗?"他抬头看着郭局。

"什么意思,考我?"

"不敢,我就是觉得,这题出得挺有意思,有人注水、有人放水,有人搭台、有人拆台。"他话里有话。

"你想说自己在注水,而江锋在放水,是吧?刀子,你不能总停留在自己的认知里,得提升眼界,从大局考虑。这个世界是无序的,稳定与平衡只是暂时的,更多的时候是充满变化和意外。倘若只是一味注水,也会有水满则溢的时候。而咱们当警察的,说到底就是维护现行规则和秩序的人,存在的价值就在于让社会维持一种稳定平衡的态势。"

"懂了,我认知太浅,层次太低。"

"先蛰伏,以利再战,不能总一味地往前冲,那不是坚持,是愚蠢。"

"我想让赵阔和苏晓雅先撤,回到原单位。"

"这么快就把队伍解散了?"郭局不解。

"当初集结,是因为有抓捕的任务,往后的事儿,我不想再拖累他们了。"

郭局想了想,"这事儿我会让娄勤征求他们意见的。"

"谢谢您。"董刃说着站了起来。

午后，市南区的金辉量贩式KTV里人头攒动，但仔细看去，大多都是白发苍苍的老人。这些年人们的娱乐都向着线上发展，KTV成了夕阳产业，连晚上的黄金时段都开不满包间，但每逢中午却挺热闹，究其原因，是推出了"唱吃"活动。所谓"唱吃"，就是连唱带吃，两个小时48元，自助管饱，还能吼两嗓子，一下就吸引了一大帮上了岁数的爷爷奶奶。老人们遛完公园，呼朋唤友，提着菜篮子到这里消费，完事儿直接去接孙子孙女，何不乐哉。

而此时此刻，一帮西装革履的男人围坐在一个大包间里，LED屏幕上循环放着"拒绝黄赌毒"的公益歌曲，他们闷头吃着自助，并不唱歌。坐在中间位置的是一个四十出头的男人，他留着寸头，宽肩厚背，浑身的肌肉将衬衣绷紧，五官棱角分明，眼睛不大却炯炯有神。他只要说话，身边的众人便注目仰视。

在他身旁坐着一个秃头，长得精瘦，眉毛稀疏，一双单眼皮的眼睛像鹰一样。秃头胸前挂着一个工牌，仔细看去，上面印着"宝军中介"的字样。

秃头抬手开了一瓶啤酒，递到男人面前，"崽儿哥，干吗愁眉苦脸的？来来来，一口闷，一醉解千愁。"他叫程新林，外号程三儿，一直混迹社会，这两年入了正行，成了个房产中介。男人叫杜宝军，外号杜崽儿，曾经是海城大哥"白老大"的左膀右臂，七年前因为危险驾驶和肇事逃逸被判了四年，出来后干过仓储物流等生意，前年聚起一帮昔日的兄弟，开了个"宝军中介"房产公司。

"一醉解千愁？两眼一闭愁就没了，典型的自欺欺人。"杜崽儿撇嘴，"我倒看你啊，整天挺快乐，没心没肺的。"他自顾自地喝了口啤酒。

"我这人简单,干事儿就图钱,为了钱可以出卖灵魂。为啥不出卖肉体呢?因为,不行了呗……"程三儿坏笑。他这么一说,身旁的几个兄弟也笑了起来。

"别扯淡,好好干你的活儿。哎,我可提醒你啊,别跟旁边那家较劲了,还没被处罚够啊?到时再上了中介黑名单。"杜宝军皱眉,"这年头,有口饭吃不错,别自己砸自己饭碗。"

"崽儿哥,这可不像你说的话。要搁以前,咱们肯定抄家伙,给他们丫办了!"程三儿撸胳膊挽袖子,"而且那事不怪我啊,那帮孙子蹬鼻子上脸,成天抢生意,都快把招牌戳到咱家门口儿了。"

"行了行了,别张嘴闭嘴就给人家办了,办了之后怎么办?赔钱还是蹲局子?你能落着好?"杜崽儿摇头。

"唉……"程三儿叹了口气,"想当年咱们一帮兄弟,跟着白老大出生入死,在马路上都横着走,谁敢说个不字!那可真是威风、提气啊!但现在呢,整天追着人家屁股后面推销房子,低三下四,腿都跑细了,也不一定能拿下一单。说实话啊,我觉得干这行没前途,房地产不行了,一手房都卖不动,二手房也完蛋了,售楼小姐比买房的人多,房屋中介比看房的人多,还不如咱们以前干仓储物流呢,起码有自己的地盘儿啊。现在换了这个赛道,兄弟们都不太适应。"

"不适应就学会适应,实在难受就走人。我不会求爷爷告奶奶地留你,腿在你自己身上。"杜崽儿喝了一口啤酒,"再说,那个时候就好吗?咋咋呼呼地往前冲,总觉得自己起范儿了,牛×了,但最后呢?有几个落着好的。以前家里穷,饿怕了,谁给饭吃就跟谁干。我爷爷死之前得了食道癌，吞咽特别困难，就那样儿还玩命往下吃呢，都饿怕了。三儿，江湖不是我们的了，还没弄明白吗？再让你上，你敢吗？拖家带口的，让你把脑袋别在裤腰带上往前冲，你还行吗？"他质问道。

"我……"程三儿一时无语。

"既然没胆儿了，豁不出去了，就得认怂。把兄弟们聚起来不易，有口食儿吃，踏实活着，比什么都强。"杜崽儿喝了口啤酒。

"崽儿哥，我知道你是为我们好。但咱们现在月月亏损，您就是有金山银山也扛不动啊。咱们是不是再想想别的辙，挣点儿快钱。"

"哎，你丫别动歪脑筋啊。"杜崽儿皱眉，"我进去之前留了点儿，暂时够兄弟们嚼裹儿。既然把大家聚起来了，就不能干这用人朝前不用人朝后的事儿。等我撑不住了，自然会跟你们说。"

"来，都举杯，敬崽儿哥仗义疏财！"程三儿扇呼着。

众人响应，包间里顿时热闹起来。

又几杯酒下肚，程三儿凑到杜崽儿身边，压低声音，"崽儿哥，您给我透个底儿呗，乔四儿是不是让人给弄死的？"

"你觉得呢？"杜崽儿瞥了他一眼，没正面回答。

"我哪儿知道啊，您去汕州也不带着我。"程三儿撇嘴。

"不该问的别问，这些事儿你别掺和。"杜崽儿轻描淡写。

"我不信有那么巧的事儿，人刚进局子就病死了？是不是那孙子干的，杀人灭口。哎，我可听说，乔四儿曾经黑过他一笔钱。"程三儿说。

"得得得，不说这事儿了，吃饭。"杜崽儿拿起一个鸡翅，堵在程三儿嘴里。

程三儿嚼了几口，把鸡翅捏在手里，"我知道您一直盯着那孙子。让兄弟们整天围着众利大厦转，也是为了找线索。但说实话啊，我觉得这么盯是瞎盯，那孙子产业太大了，又是房地产又是产业园区的，就凭咱们这十几号人，根本盯不住。再说了，他出入都是豪车，还不止一辆，到的地方也都得刷卡，咱们也进不去啊。要我说啊，费了半天劲，白搭……"他摇着头。

"我他妈抽你！"杜崽儿一把揪住他的衣领，"当着这么多人，你给我打退堂鼓。"他凶相毕露。

程三儿一缩脖子，"崽儿哥，我哪敢啊。您放心，不退，肯定不退！我的意思是，不如直接点儿，比如给丫绑了，直接问问刘涌在哪儿？"

杜崽儿松开手，"你们按我吩咐的做就行。不跟你们细说，也是为了保护你们。我没家没业，出了事儿一人扛着，但你们不同，都上岸了，得好好活着。臧天朔有首歌叫《朋友》，那词儿挺好，如果你承受不幸，请你告诉我，但如果你有新的彼岸，就请离开我。永远记着，好的时候，咱们在一起，不好的时候，我一个人扛。大难临头各自飞，不寒碜。"他说着又倒满一杯酒，"当年要不是白老大非要单枪匹马去见刘涌，死的人应该是我。刘涌这孙子就算化成灰，我也一定要找到，活要见人，死要见尸，不报这个仇我誓不为人！"

"牛×，仗义！要不您是我们大哥呢。"程三儿竖起大拇指，"崽儿哥，我们没新的彼岸，就跟着您混了。明天上午10点，兄弟们一个不落，全部到齐，肯定给您整漂亮喽！来来来，唱歌唱歌，就点崽儿哥说的《朋友》!"他咋咋呼呼地说。

音乐响起,杜崽儿举起麦克风,扯着嗓子唱了起来:"朋友啊朋友,你可曾想起了我,如果你正享受幸福,请你忘记我。朋友啊朋友,你可曾记起了我,如果你正承受不幸,请你告诉我……"

兄弟们一起叫好、起哄,但正在这时,门外却传来了争吵声。杜崽儿放下麦克风,起身走了出去。

在门口,KTV的服务员正和一个小伙子理论着:"没你们这样的,占便宜没够是吧? 48块连吃带唱,还想怎样啊? 照你们这么个吃法,我们连成本都收不回来,还偷着往里塞人,结不起账是不是? 没钱就别在这儿丢人现眼!"

小伙子嘴拙,说不过服务员,脸憋得通红。他一看到杜崽儿出来了,脸色瞬间变得煞白。

"怎么回事?"杜崽儿问。

"还能是怎么回事? 给15个人的钱,进去20个,吃不起直说啊?"服务员叫嚣着。

"是这么回事儿吗?"杜崽儿问小伙子。

小伙子低下头,不说话。

程三儿也走了出来。

"我怎么没见过他?"杜崽儿问。

"哦,新来的,叫宋小海。"程三儿说道,"怎么了? 不就少结了几个人的账吗? 给你补上不就完了。"他叉着腰冲服务员说。

"晚了! 按规定,得罚款。"服务员得理不饶人。

"罚多少?"杜崽儿冷着脸问。

服务员瞟了他一眼,可能也觉得不好惹,便把语气缓和了下来,"两倍,两倍就行。"

"给他两倍。"杜崽儿用手指了指,然后走到宋小海面前,"知道规矩吗?"他问道。

"规矩……"宋小海转头,求助地看着程三儿。

"记着,咱们再不济,也不能偷。今天这事儿,得给你长个记性。"杜崽儿说着猛地抬手,结结实实地给了宋小海一个嘴巴。

这下力道极大,宋小海一个趔趄,摔倒在了地上。服务员一惊,下意识地退后了两步。

"起来。"杜崽儿抬抬手。

宋小海被打傻了,用手撑地,艰难地站了起来。

"一共少了5个对吧?这是第二下!"他说着又是一个嘴巴。宋小海猝不及防,再次倒地。

"大哥,这儿……没我事儿了吧。"服务员说着就要走。

"你看着!"杜崽儿用命令的口吻说道,"你起来,还有三下。"

就这样,他连抽了宋小海五个嘴巴,打到最后,宋小海嘴角破裂,脖领子上都是血。

"行了吗?"杜崽儿问服务员。

"行了,行了。"服务员机械地不停点头。

这时,屋里的兄弟们都出来了,以为出了什么大事,KTV的领班和保安也匆匆赶了过来,双方气氛剑拔弩张。

"你们都记住,规矩就是规矩,不能破。"杜崽儿对兄弟们说道,"但你也记住了,以后学会好好说话,别狗眼看人低,不然,会吃大亏的。"他又指着服务员。

领班一眼就认出了他,赶忙走过来当和事佬,"哎哟,这不是崽儿哥吗？误会，肯定是误会。那什么，到我这儿结什么账啊，免单，全部免单。"

杜崽儿没搭理他，走到宋小海面前，"要是觉得委屈了，就跟你三哥结账、走人，要想跟着我们混，小事上就不能犯糊涂。靠人不如靠己，就算混得再不如意，也不能把脸丢地上，明白吗？"

"明……明白。"宋小海点头。

"行了行了，都散了，都散了。哎，你，别拍了！"程三儿指着一个戴帽子的人说道。

那人赶忙转头，从人群中挤了出去。

"唱吃"不欢而散，程三儿摸出车钥匙，让宋小海送杜崽儿。

灰色的大众缓缓启动，杜崽儿坐在后座上，喝着一瓶水。宋小海开得小心翼翼，生怕再被怪罪。

"哎，脸还疼吗？"杜宝军放下水，换了个舒服的姿势。

"不……不疼了。"宋小海紧张地回答。

"你是不是觉得，我是个坏人？或者起码不算个好人。"

"没有，没有。"宋小海否认。

"像你这个年纪的时候啊，我也总想把人分类，好人，坏人。但后来就慢慢明白了，这世界上哪有那么多好人和坏人呀？有的人看着是好人，但做的那些事儿啊，比下三烂还下三烂。但有的人看着像是坏人，这做起事来却挺仗义，关键时刻能替你出头，两肋插刀！所以慢慢地我就有点分不清好人坏人了。"他叹了口气。

宋小海不知该怎么回答，索性不说话。

"我刚才之所以打你，说实话，不是冲着你，而是冲着三儿。

我知道，这是他的主意，给了你15个人的钱，让你带进来20个人。哼，这孙子总干这种事儿。但我当着兄弟们的面，不能戳穿他，要不他就没法做人了。对不住，刚才那几下是你替他挨的。"他说着从兜里掏出几张钞票，递过去，"拿着，回去买条烟，压压惊。"

"崽儿哥，不用，不用。"宋小海连连摇头。

杜崽儿不耐烦了，把钱一甩，撒得到处都是，"给出去的钱，我不往回收，这也是规矩。"他冷冷地说，"行了，把我放前面路口就行了。闹一下午了，赶紧回去歇着吧。"

"不行，三哥说了，得把您送到家。"宋小海说。

"听他的听我的？"

车停了，杜崽儿背着双肩包下了车。看车走远了，他扫了一辆共享单车，向着反方向骑了过去。

他骑过两个路口，将车停在一个公厕门前，背着双肩包走了进去。再出来时，已然换上了一身保洁的衣服。他接着步行走过一个路口，来到一片繁华的商业区。远远便能看到有一列保洁正排在一栋黑色的大厦前。他加快脚步，混进那列保洁队伍里，缓缓地通过安检门，进入了大厦。

抬眼望去，大厦楼体上悬挂着两个大字：众利。

清晨8点，海城医院的挂号大厅早已人满为患。董刃麻木地挤在人群中，被裹挟着缓缓向前移动。

一个黄牛凑到他身边，"哎，什么毛病，挂什么号？"

董刃没搭理他，眼神茫然地向前看着。

"都这个点儿了，肯定没戏了，哎，不多，就加二百。"黄牛继续推销。

"滚！"董刃没好气儿地说。

黄牛一愣，上下打量着董刃，"不知好歹，要不闹毛病呢……"他嘀咕着，悻悻地走了。

董刃的心思根本没在他身上。从汕州回来已有一周时间，他始终未回过家，整日闷在宿舍里。案件搁浅，其他工作便补了上来。派出所"一个萝卜一个坑"，娄勤不敢招惹董刃，却不能让赵阔和苏晓雅闲着。于是，两人被抽调到其他警组，巡逻、执勤、看押、守夜，充当着最基层的"螺丝钉"。

这几日，董刃的腹痛愈发加重，每次都疼得他直不起腰。顾晓媛说得没错，要真是肾出了问题，他就完了。董刃不敢去想，也不愿去想，可还是不自觉地来到了医院。他觉得自己很懦弱，一直在逃避命运。此时此刻，腹痛再度阵阵袭来。他长叹一口气，用手抵住腹部，汗水从脸颊滑落。他低着头，大口呼吸，试图以此平复疼痛。但队伍仍在前行，他艰难地移步，仿佛去接受命运的审判。终于到了窗口，果然如"黄牛"所说，号没了。

他沮丧地退出队伍，蹲在地上。汗水浸湿了他的后背，黑压压的人群不断从他头顶闪过，令他感到眩晕。这时，那个黄牛又凑了过来，俯视着他，以一种赢家的口吻问："怎么样，我说得没错吧？看你这副德行，我就降个价，一百，行不行？"

董刃头也不抬地摆摆手，示意他离开。

黄牛退后两步，撇撇嘴，走了。

他撑起身体，蹒跚着走出医院。天气真好，虽寒冷，却能见到阳光。一阵风吹过，枯枝乱颤，几只鸟被惊飞。他匀速呼吸，疼痛终于有所缓解。这时，电话响了起来。他低头看去，是赵阔。

在办公室里，苏晓雅打开了投影仪。一张照片被投在幕布上。

"这人叫杜宝军，外号杜崽儿，海城人，现年42岁，曾有故意伤害、非法拘禁等前科。七年前因危险驾驶、肇事逃逸被以危险方法危害公共安全罪判了四年。"他介绍着。

"这孙子曾经在海城也有一号，跟着白老大混的，出事当晚开车撞了一辆桑塔纳，遇到交警拦截，又把警车给撞了。最后路口设卡才把他拦住。四年，算重判了。"赵阔说。

董刃沉默着，不动声色地看着。

"他出来之后从事过仓储物流等生意，这两年纠集一帮混子开了一家'宝军'房产中介。这帮人看似挺忙碌，每天走街串巷，穿梭于各个楼盘之间，但实际的经营状况却很差，业务量稀少。我们调取了这家公司的纳税记录，可以作为佐证。"苏晓雅说道。

"我觉得这帮人是挂羊头卖狗肉的，借着这个中介公司在谋划着什么事儿。"赵阔说着操作了几下，幕布上播放出一些视频段落。其中既有杜崽儿在KTV抽宋小海嘴巴的影像，也有他乔装成保洁人员混进众利大厦的场景。

"你们给他上手段了？"董刃皱眉。

"不算手段，正常调查。"赵阔说。

"为什么调查他？"董刃皱眉。

"他曾是白永平的手下，跟刘涌有仇。这些年应该一直在追踪刘涌。"赵阔说。

"你们俩怎么还跟着这案子啊？乔四儿都死了，案结事了，你们俩还耗着干吗啊？各回各家，各找各妈，别窝在派出所了。娄勤跟你们谈过没有？"他看着两人。

"谈过了，让我们给否了。怎么茬儿？卸磨杀驴、用完即弃啊，想把我们俩踢出去，姥姥！"赵阔撇嘴，"我告诉你，我们这几天可都没闲着。哑巴负责搜集信息，我负责跟踪蹲守，加班加点、点灯熬油的，不用扬鞭自奋蹄呢。"

"你们不是被抽调到其他警组巡逻去了吗？"

"哼，他们哪使得动我们啊？曾经的四大名捕，闹着玩呢？"赵阔笑，"我们是该领钥匙领钥匙，该出工出工，但干的可不是执勤、巡逻的事儿。放心，那俩副所长都挺会来事儿，知道孰轻孰重，我们的'漏儿'有人去补。"

"秦副所长安排给我的工作就是信息搜集，所以我拿着他的秘钥进行调查，合理合法。"苏晓雅笑，"经过对杜崽儿的轨迹摸排，我们发现，他在不久前也去过汕州，出发的时间比我们早了三天，而且他回到海城的时间，只比我们晚两天。"他操作着电脑，幕布上显示出一张行动轨迹图，"更重要的是，七年前他危险驾驶、肇事逃逸的时间，只比乔四儿潜逃晚了半个多小时，虽然街区不同，但很有可能是乔四儿逃跑的路线。这一切难道都是巧合吗？"

"这显然不是巧合，杜崽儿身上一定有事儿！他是白永平的密切关系人，和刘涌有着深仇大恨，去汕州估计也是闻着味了。我找老高摸了下情况，在乔四儿去世当天，他也曾被医院的监控拍到过。"

"医院的监控？"董刃愣住了。

"是的，如果我没猜错，那天在咱们守候在抢救室的时候，他应该也潜伏在附近。"

"他去汕州干什么？为什么要盯住乔四儿？是他的帮凶还是另有目的。这肯定是下一步的工作重点。乔四儿死了，他这条线正好接上。"苏晓雅说。

"你们是怎么找到他的？"董刃问。

"哼……很简单。"赵阔轻笑，"盯住江锋。"

"老赵这几天可没闲着，只要省厅专案组一动，他就挂上'外线'，这就叫螳螂捕蝉，黄雀在后。"苏晓雅笑。

"江锋一直在追踪这个人，这次我们得抢在他前头。"赵阔说。

"你可真行，跟踪省厅专案组。哎，没被人发现吧？"董刃问。

"我的技术你还不放心？再说了，那仨棒槌有反侦查能力吗？"赵阔不屑，"他们之所以盯死杜崽儿，肯定掌握了重要的证据。杜崽儿的宝军中介一共有20个人，其中有个小头目叫程新林，也是刑满释放人员，外号程三儿，就是这个人。"苏晓雅指了指幕布上定格的画面。

"哼，你们这工作做得可真够细的。"董刃苦笑。

"还没仔细摸，但大致他活动的地点都落了地。这不等着董所长你发话呢嘛。"赵阔说。

"这案子你们俩别跟了。我都跟郭局表过态了，不干了。"董刃打退堂鼓。

"别扯淡了，开什么玩笑？"赵阔皱眉。

"案子刚有些眉目就不干了，刀哥，这不是你作风啊。"苏晓雅不解。

"不干了，歇了，我累了。"董刃靠在椅背上，闭上眼。

"你爱干不干,我们俩已经上手了,谁也拦不住!就算扒了我这身警服,我也得办到底!"赵阔赌气地说。

"我也是。下沉之前,我已经跟警长闹翻车了,我回不去了。你要是不让我干,我就只能辞职了。"苏晓雅也强硬起来。

董刃睁开眼,看着两人。

"七年了,那事儿惹了我一身臊,这事儿要不水落石出,我可不答应。刀子,你给句痛快话,办还是不办?"赵阔逼宫。

"咱们不动手,江锋可就该动手了。还想落人家后面吗?"苏晓雅也说。

董刃知道躲不过去了,叹了口气,轻轻点头,"那就办。但有言在先,不查清楚不能下家伙,得瞻前顾后,如履薄冰,得……提升眼界,从大局考虑。"他一不留神,把郭局的话秃噜了出来。

"哎哟喂,董所长站位很高嘛。"赵阔撇嘴,"当务之急,是尽快贴靠杜崽儿,不要再让江锋抢了先机。"

"明白。"董刃点头,但满脸都是忧虑之色。

"还有不到一个小时,快走吧。"苏晓雅抬手看表。

"去哪儿?"董刃不解。

"众利大厦。"苏晓雅站起身来。

"众利大厦?"董刃不禁重复着。

9
出事

上午10点,众利大厦门前人山人海,远远望去就能看到有不少人打着诸如"黑心开发商"和"还钱"等字样的横幅,媒体记者也挤在人群里进行报道。董刃目测,粗估人数得有几百之众。

一群工作人员在门口做着劝解工作,属地派出所也来了十多名制服警,但却依旧控制不住现场的秩序。

众利集团的高管拿着喇叭在门前喊着:"业主朋友们,请大家不要激动,听我说。现在众利集团是暂时出现了困难。但越是在困难的时候,大家越要有定力,房地产行业是资金密集型产业,需要庞大的资金流,我们正在积极地找措施、想办法,一定会尽快重启房屋的建设……"

"别跟我们说这些虚头巴脑的。我们就想知道什么时候能拿到房子,我们什么时候能住上自己的家。"一个业主打断他的话。

"是啊,当初买房的时候,你们口口声声说提供美好生活,现在呢?房子住不进去,我们还得按月还贷款,都快活不下去了,这都是你们的责任啊!"另一个业主也大喊着。

"我理解,我理解大家焦虑的心情。换位思考,这事儿就算摊到我头上，肯定也非常着急。但事到如今，着急是没有用的，大家得理性对待。这几年房地产市场呈下行趋势，我们的压力也很大。但本着对业主负责的态度，众利集团一定尽全力保障各位的利益。我们的富江董事长在昨天刚刚举行了'保交楼'军令状的签署大会，要求我们举全集团之力坚决实现对业主们的承诺。请大家放心，'都市阳光''巴黎水岸''新新家园'等项目，一定会陆续开工。"

赵阔挤在董刃身边，"哎，新新家园，是不是你买的那个小区啊？"

董刃没说话，点点头。

高管又劝了一会儿，就安排工作人员给来访者进行登记。派出所的民警也走进人群稳控局面。但就在这时，不知道从哪儿冒出来十多个小伙子，他们高举着横幅，护着一对母女走到人群中间。

"房子烂尾了，工地也没人了，他们说的陆续开工都是胡说八道。"为首的一个秃头手持一个大喇叭，高声地喊着。他长得精瘦，眉毛稀疏，一双单眼皮的眼睛像鹰一样。

董刃认得，正是杜崽儿的手下程三儿。

"是啊，说复工复工都说了半年了，哪里复工了？我看这是他们的缓兵之计。"另一个人大喊。

"我们不要房了，还我们的预付款！还钱，还钱！"这些人异口同声地喊了起来。

被他们这么一搅和，人群再次沸腾了。质问声、咒骂声不绝于耳。

这时，程三儿将那对母女推到人群之中。董刃仔细看去，正是那日在毛坯房里看到的母女，他心里一紧，忙挤了过去。

"大家看这娘俩，寒冬腊月的就住在毛坯房里。为什么啊？还不是被众利集团给害的？哎，你说说。"程三儿把大喇叭塞到女人手里。

女人怯怯的，低着头，佝偻着腰，一时不知该说什么。

程三儿见状探过身子，耳语了几句，女人一下就绷不住了，"当初买房子的时候，说要给我们一个家。但我们一等再等啊，家没等来，男人也没了。现在就剩下我们娘俩了，让我们怎么活呀……"她声音微弱，带着哭腔，却极具感染力。

"看见没有？这就是相信众利集团的后果。这娘俩别无所求，只要一个遮风挡雨的家，可就这么简单的要求，他们都无法满足。大家说，他们是不是黑心开发商？他们是不是要马上还钱？"程三儿推波助澜。

"还钱，还钱！"人群激动起来，场面失控。

"哎哎哎，你们是干什么的啊？是业主吗？"高管不干了，指着他问。

"嘿嘿嘿，你们还要动手是怎么着？警察都在这儿呢，想耍流氓啊？"程三儿急了，"我看啊，他们不只是黑心开发商，还是黑社会！我们要求人民警察，扫黑除恶！"他拿着喇叭大喊。

这么一折腾，小女孩被吓哭了，疯癫的母亲赶紧搂住女儿，一起哭泣。

高管顿时傻了，手足无措。

"我们不跟你谈，叫你们的董事长富江出来！我们要听他亲口说，什么时候还钱！"程三儿继续施压。

"对！让富江出来说话！""让富江出来！他不出来，咱们就冲进去找他！"人群被煽动起来。

这时，从众利大厦里走出几个人，为首的是一个四十多岁的男子。他穿着一身藏蓝色的大衣，人长得很清瘦，肤色很白，走起路来不疾不缓。他走在前面，其他人都紧随其后，似乎生怕超过他的位置。

他在台阶上驻足，俯视着人群，表情波澜不惊。高管见状，赶忙跑到他的近前。

"富江来了，富江来了！"有业主认出了他。

他接过高管递来的高音喇叭，语气平和地说："大家的话我都听到了，你们的诉求我也明白。是啊，预付款都交了这么久了，房子还没收到，换作是我也会着急呀。所以你们无论怎么对待我们，都是理所应当，情有可原的。"

"我们不听你这套，别跟我们耍官样文章，我们就想知道，什么时候能还钱。"有业主高喊，打断了富江的话。

"您说完了吗？我可以继续吗？"富江并不着急。他这么一说，人群安静了一些。

"刚才我的人跟大家说了，昨天刚刚举行了'保交楼'军令状的签署大会，我们现在正在举全集团之力投入复工复产，力争尽快完成对大家的承诺。众利集团在海城一共涉及15个楼盘，共计5732户；在全省更是涉及30多个项目，涉及3万多户。我当然清楚，每一户都关联着一个家庭，如果房子迟迟不能交付，那关联到的家庭就无法获得幸福和温暖。对此，我也非常痛心和自责，在此，我真诚地向大家致歉。"他说着向人群深鞠一躬，"但由于受到房地产行业下行的影响，众利集团也在遭遇着史无前例的困难。去年下半年，我们的几项主要支出就达到30亿余元，其中归还到期的贷款本金5亿余元，支付贷款利息8000万余元，缴纳税金、土地款3亿余元，支付工程款、材料款2亿余元。众利集团的资金链承受着史无前例的压力，可以说，到了最为危急的时刻。作为董事长、公司的掌舵人，摆在我面前的只有两条路，一条是摆烂，申请公司破产，不再履行对业主们的承诺；另一条呢，就是坚持下去，率领众利的全体员工齐心协力，渡过难关，完成'保交楼'的重任。你们说，我该如何选择？"

原本嘈杂喧嚣的人群顿时安静下来，鸦雀无声，显然是被富江的发言打动了。

"我当然选择后者，与公司的同人们共同进退，与广大的业主共同进退。房子一天不能交付，我就一天不会退缩。现在，我们正在多方筹集资金，盘活各个项目，并且还会同省金融监管局、住建局等部门成立了工作专班，力争穷尽手段保障大家的合法权益。"他说着走下台阶，走进人群，来到了那对母女面前。

他俯下身，扶起了坐在地上的母女，"我也是穷孩子出身，是国家的好政策让我一步步发展起来的。我向你们保证，一定与你们共进退，一定会尽快让你们有一个遮风挡雨的家。"他深情地说。

"光耍嘴皮子谁不会啊？你给个时间，什么时候能把房子给我们？"程三儿不甘心事态被这么平息，拿着喇叭质问。

富江站直身体，直视着他，眼神犀利。程三儿被震慑住了，下意识地放下喇叭，但张开嘴还要反驳。

这时，一个宽肩厚背的男子走了过来，站在富江面前。他四十出头的样子，五官棱角分明，一双眼睛不大却炯炯有神。

"哎，人家开发商都表态了，你们还折腾什么呀？"他的声音浑厚，不怒自威，"没听见吗？众利集团已经有'保交楼'的对策了，省里也成立工作专班了，再等段时间，肯定就能拿到房子了。哎，都散了，散了。"他说着就驱散人群。

富江冷眼看着他，并不说话。那人冲富江笑了笑，转身消失在人群之中。

"那孙子就是杜崽儿。"苏晓雅轻声说。

"看出来了。"董刃点头。

"看那边。"赵阔又拍了他一下。

董刃循声望去，在人群中看到了江锋和手下的"两把刀"。

在车里，苏晓雅做着介绍："富江是众利集团的董事长，省里的政协常委，在海城算是最有实力的开发商了。在发达的时候，他如日中天，不仅在房地产领域高歌猛进，建立了精华国际、风貌时代等高档小区，成了龙头，还涉足艺术品收藏领域。还记得几年前那个爆炸性的新闻吗？他花三千多万买了个古董茶盏，还没出拍卖行，就当着记者的面用茶盏喝茶，吸足了眼球。"

"哼，那都是他的营销手段。我就不信，那个破茶盏值三千多万，肯定是左兜进右兜的洗钱手段。"赵阔不屑。

"不管如何，他算是海城的名人，但这两年随着经济下行，房地产行业不景气，他的商业帝国也岌岌可危起来。特别是在房地产新政出台之后，众利集团在建的多个房地产项目都遭遇困境，资金链面临断裂的风险，于是他为防止'暴雷'，一方面多方筹集资金，一方面提出'保交楼'的口号，以安抚涉及逾期违约的业主。"

"我看新闻了,据说这位董事长近期在甩卖艺术品,原值上亿的藏品还不到三千万就变现了,其中还包括那只茶盏。"董刃说,"还有小道消息声称,众利集团其实已经负债了几十个亿,之所以还未'暴雷',是因为涉及的银行怕被牵连。省里成立了工作专班,明面上是监控众利集团'保交楼',实则是延迟风险的到来,制定处置的政策。至于富江本人也早已被限制出境了。"

"唉,时代不同了,房地产击鼓传花的游戏结束了,没有人再接他的烂摊子了。就是苦了那些业主,不但房子烂尾了,还得按月缴纳月供……"赵阔感叹道,"唉,你不也是受害者吗?"他转眼看向了董刃。

董刃没说话,默默地想着。

"现在杜崽儿紧盯着这个富江,刚才那一出也是给富江个下马威。我觉得,不光是这个杜崽儿,这个富江身上肯定也有问题。弄不好也和刘涌、乔四儿有关。"赵阔分析着,"刚才你也看到了吧?杜崽儿已经被江锋盯上了。现在是螳螂捕蝉,黄雀在后,咱们要是动手慢了,这螳螂和蝉就都成人家嘴里的肉了。刀子,别犹豫了,不能再错失良机!"

"你什么意思?对杜崽儿下手?凭什么?有什么证据?"董刃皱眉。

"证据都是找来的,哪有现成的啊?平地抠饼,对面拿贼,只要他落到咱们手里,肯定能问出个子丑寅卯。"

"别扯了,还嫌乱子不够大吗?"董刃避开他的眼神。

"嘿,你到底是怎么回事?缩手缩脚,畏首畏尾。你不上,我们俩上,出了问题跟你没关系。"赵阔赌气。

"这事儿得从长计议啊,就算是要动手,也得有个理由吧。"董刃说。

"理由,有啊。"苏晓雅接了话茬儿,"经过我们调查,这个杜崽儿为了进入众利大厦,伪造了保洁员的证件,这算不算一个理由?"

董刃看着他俩,叹了口气。

在众利大厦顶层的办公室里,富江透过落地玻璃窗,俯视着城市的景色。午后的阳光暖暖的,照在他的大班台上营造出一种平静的氛围。但此时富江的内心却并不平静。

他拿起喷枪,点燃了一支"高希霸世纪6号"雪茄,喷吐了几口,站起身,走到大班台对面的一块白板面前,看着上面一行行密密麻麻的字。

"银行的事情办得怎么样了?过桥的那几个亿能不能尽快到位?"富江问。

"海城银行和襄城银行都拒绝继续为咱贷款,孟州那边的工作还在做,但就现在的情况来看,不那么容易。"一个高管说。

"法院那边的情况呢?律师都到位了吗?"富江又问。

"法院那边已经沟通好了,那些民事诉讼他们暂时只收集材料,并不做立案处理。他们也是省里工作专班的成员之一,是在了解咱们集团现在情况。但是……"另一个高管欲言又止。

"说,怎么了?"富江皱眉。

"省里的工作专班在明面上是协助咱们进行'保交楼'工作,实际上是监控咱们的一举一动。公司的多名高管都出境受阻了,应该是被统一上了限制出境措施。"

"知道了。"富江点点头,"明天省里的会要拟好通稿,特别是对政府的答复,要滴水不漏。记住,越是在困难的时候越不能犯错,只要渡过了这道坎,咱们一荣俱荣。"他故意把语气放得轻松。

这时,一个三十多岁的男子走进了办公室。他身形消瘦,头发微谢,眼睛细长,嘴角似有似无地挂着一丝笑意,是那种把狡猾写在脸上的聪明人。他走到众人近前,几个高管异口同声地叫他,"袁总。"

他是富江的合作者,众诚实业公司的法定代表人袁苑。新新家园项目就是他和富江合作开发的。

"富总,那对母女的房款,需不需要给退了?经过刚才那么一闹,她们都上了'热搜'了,要是不及时处置,恐怕会引发进一步的舆情。"袁苑问。

"不。"富江摇头,"她们越是上'热搜',就越不能破这个例。没听到我刚才的答复吗?要与她们共进退。她们不退,我也不退。"他冷笑着,"命运不会同情弱者的,强者的怜悯只会让弱者更加软弱。"

袁苑没表态,看着富江,"姓曹的也给我信儿了,工作专班加强了力量,公安局的人也进来了。"他有些忧虑。

"负责人是谁?"富江皱眉。

"是一个叫郭俭的副局长。我打听了一下,据说挺难搞的,油盐不进。"

"这世上有油盐不进的人吗?他们刚开始不也这样,后来不就成朋友了?袁总,你多下下功夫,找找突破口。"

"嗯。"袁苑点头,"还有啊,省公安厅也下来几个人,据说也接触过咱们的几个合作商。"

"是经侦还是刑侦?"

"刑侦的,不是奔着税的事儿来的。"

"那就没事。"富江走回到大班台后,用一个舒服的姿势坐在皮椅上,他拿起喷枪,点燃熄灭的雪茄。他的手指修长而纤细,像女人的手一样。"生活浮浮沉沉,总会有诸多不如意。但遇到大风大浪的时候,不能慌,一慌就会自乱阵脚,出现低级错误。这些年咱们遇到的风浪还少吗?不都扛过去了吗?放心,没事的。近期约约咱们的朋友,一件事一件事地搞定。"他对袁苑说。

又聊了几句,袁苑和几个高管走了。富江闭上眼,长长地叹了口气,之后突然发作,把雪茄掷在了地上。他站起身,走到白板面前,拿起一支白板笔,在那几列密密麻麻的文字下写下"警察""闹事者",犹豫了一下,又用板擦擦去。他拿出手机,把"警察"和"闹事者"输入提醒事项里,又在后面打上一个问号。

他拨通了电话,"那些警察的身份查到了吗?对,就是那几个整天在公司外面转悠的。赵阔、苏晓雅、带头的叫董刃……"他默念着,"是经侦的吗?嗯。还有,再帮我查查今天组织闹事的那帮人的情况。对,那个秃头,还有过来解围的人。尽快摸清他们的底细,看看他们这么做是什么目的,背后是不是有人指使。"他说话的时候,拿着电话的手在不停颤抖。

同时在打电话的,还有江锋。此时此刻,他正坐在大吉普的后座上,拿着手机在说着什么。车停在众利大厦门前的路旁,孔飞和张鸿坐在前面,透过玻璃观察着周围的动向。江锋又说了几句,挂断了电话，闭上眼，仰靠在椅背上，显得有些疲惫。

"都拍下来了吧?"他问。

"拍下来了。"张鸿回答，"刚才带头闹事的就是程新林，在宝军中介工作。他们公司一共有20名员工，大部分也都过来了。最后劝架的就是杜宝军，我想这件事就是他策划的。"

"他为什么要干这事，想达到什么目的?"江锋问。

"这个……还不太清楚。"张鸿说。

"你呢?"江锋问孔飞。

"我想……"孔飞犹豫了一下，"我想，他是不是想借此机会跟富江谈条件，以获得什么利益。这段时间，宝军中介的人整天都在围着众利大厦转，我觉得，他们的目标就是富江。"

"你这个回答及格。"江锋坐正身体。

"杜宝军当年入狱是因危险驾驶、肇事逃逸，我们调阅了当时的卷宗，据事发时驾驶警车的交警陈述，杜宝军当时慌不择路，像是在追踪着什么。而当天还发生了另一件事，就是乔慕华从华仁宾馆潜逃。虽然现有证据无法证明这两件事存在关联，但我认为这绝非偶然。同时，在我们审讯范军时，他在纸上写下了两个名字，一个是富江，他持枪来海城想勒索的目标；一个是杜宝军，范军说他也在盯着富江。所以综合判断，杜宝军除了图财之外，或许还有什么更深层次的缘由。"

"瞧瞧，张鸿，孔飞可走到你前面了。"江锋说，"知道为什么要写在纸上，不记在笔录上吗?"

"为了保密。"张鸿回答。

"这条线索咱们自己追，不能扩散出去。明白吗?"

"明白。"两人异口同声。

"还有,咱们在汕州讯问孙文忠的时候,他曾供述乔四儿黑过一笔钱,数额是一百万。"

"您的意思那个海城富商,很有可能就是富江?"

"从目前咱们掌握的情况来看,富江在当时的那拨人里,应当是混得最好的。所以不管是范军还是乔四儿,在走投无路之时,第一个想到的应该就是他。"

"富江当时是什么角色?也是刘涌的手下吗?"孔飞问。

"那倒不是。他当时的存在感很低,和刘涌有过一些接触,但并不深入。"江锋眯着眼说,"这也正是咱们调查的重点。"

"锋哥,我不太明白,咱们这次任务不是要追捕乔慕华吗?怎么又转到杜宝军和富江身上了。难道最终的目标是刘涌?"张鸿问。

"不该问的别问,干好手里的活儿就行。"江锋说。

"我觉得是不是尽快传唤杜宝军,突审一下,没准就能摸出情况了?"张鸿说。

"如果他不说呢,你有什么办法,咱们手里有什么证据,能吓唬住他?"江锋反问。

张鸿不说话了。

"先不着急,摸摸再说。螳螂捕蝉,黄雀在后,得找好时机再动手。"

"但……我刚才看见那三个派出所的人了,他们会不会也是奔着杜宝军去的。"

江锋沉默着,若有所思,他摇开车窗,点燃了一支烟。

"案子到了现在这阶段,比的已经不是快,欲速则不达。咱们的对手不仅是杜宝军、富江,还有……"他停顿了一下,"那帮人。"他话有所指。

"但锋哥,我的借调期只剩一个月了,如果还破不了案,我就得回原单位。要是那样……"张鸿欲言又止。

"什么意思?不想干了?你是借调,我不也是吗?我的关系还在襄城市局呢。"江锋没好气地说道,"张鸿,你得学学孔飞,办案子不能小孩打醋直来直去,得动脑子,透过现象看本质。说白了,你们俩也是竞争对手,如果省厅只能留下一个人,鹿死谁手,得看本事了。"他借机敲打张鸿。

他清楚,张鸿这孩子虽说毕业于名校,也立功受奖,可相比孔飞,却显得有些心浮气躁。张鸿借调到省厅专案组是托了关系的,目的十分明确,就是能够留下。这样的人显然不好管理不好控制,而且遇到危机,他犯错的概率更大。所以在平日的工作中,江锋依靠孔飞更多。但他也明白,如果案子破了,两人只能留下一个,那大概率会是有关系的张鸿。但这种事是不能挑明的。所以他既要鞭打快牛,让孔飞在有限的借调期内发挥更大的作用,也要拿孔飞跟张鸿"做比较",让张鸿感受到压力,主动积极作为。

江锋叹了口气,"我知道,许多人觉得咱们干的是个扛雷的活儿,都躲着走。但你们要知道,现在省厅的其他重要工作可轮不到咱们,所有的大案要案都攥在别人手里。那咱们怎么办?怎么跟别人比?怎么把自己'擦亮',让总队领导、厅领导'看见'呢?总不能费了半天劲借调过来,就走个过场吧?所以啊,只要有一线机会,就得去争取、去抢夺。要干就干出个模样。"

"我懂了。"张鸿点头。

"放开手脚搏一搏,没准就能搏出机会。"江锋继续给两个年轻人"打鸡血","就拿我来说,从小到大一直打拼,从一个百十来人的小村子开始,拼到乡镇,拼到县城,然后考到海城,来到省厅。有时我觉得自己的命运就像一个乒乓球,从球案掉到地上,跌跌撞撞,眼看着越来越低,没想到碰到一块石头,又弹了起来。生活最奇妙的就是永远预测不到未来的结果,所以只要不认命,就有希望,有时跌入谷底了,反而是逆袭的机会。"

"锋哥,我们都听你的。我懂了,那个董刃也是咱们的对手。"孔飞不失时机地说。

江锋沉默了一会儿,"许多事总要有一个答案。在答案公布之前,一切怀疑、推测、判断都是无稽之谈,所以我要寻找真相,让案件水落石出。不然就过不了自己心里的那道坎儿。"

孔飞和张鸿面面相觑,听得似懂非懂。江锋又再次闭上眼,仰靠在椅背上,不说话了。

枯枝在风中乱颤,仿佛被肆意摆弄的玩偶。城市弥漫着一层被冰封前的白雾,在迷蒙之中,一切都变得模糊不清。

在南关派出所的所长室里,娄勤凝视着手里的一份"呈请材料",眉头紧锁。

"刃哥,有证据证明这个人和乔慕华有关吗?"他抬起头,看着董刃。

"没有。"董刃摇头。

"那能证明这个人和刘涌的失踪有关吗?"他又问。

"不能。"董刃又摇头。

"起码能证明这人跟咱们辖区丢的那辆自行车有关吧?"娄勤把材料放在桌上。

"也不能。"

"那你……怎么让我签字啊?"娄勤苦笑。

"这是个雷,没错。但没有你的签字,我们就传不了人。"董刃如实说,"如果实在觉得为难,我自己找辙。我本来也不应该把你牵扯进来。"他说着就拿起材料。

"哎哎哎,你等等。"娄勤叫住他,站起身来,"什么叫自己找辙啊,你现在是南关派出所的副所长,归我管理,出了事还不是我的责任。"他没好气儿地说。

他又把"呈请材料"拿过来,仔细看了几遍,递还给董刃,"改个名目,再找我签。"

"什么名目?"董刃皱眉。

"没凭没据的,不能用传唤,改询问吧,以证人身份。"

"行。"董刃点点头。

"刀哥,悠着点儿,对人温和点儿,别直来直去。可千万别出事儿啊。"娄勤叮嘱。

"知道了,'捅娄子'。"董刃点头。

在西山陵园里,杜崽儿跪在一处无字碑前。他点燃了三支香烟,掐在手中,进行祭拜。

"白老大,最近兄弟我有点忙,来晚了。"他轻声叨着,"我听到消息了,知道您在哪儿了,可一时半会儿还没法让您入土为安。那帮警察真没用,让乔四儿死了,刘涌也没找着。不过您放心,只要我还活着,就肯定能把刘涌给找出来,让害您的凶手得到报应!这件事要是办不成,我不配做人都没脸做人……"他举着香烟,深深地鞠了一躬。

一辆灰色的大众穿梭在城郊的街道上,四周白雾弥漫。在车里,杜崽儿闭目养神,音响放着一首老歌,歌中唱道:"矛盾,虚伪,贪婪,欺骗,幻想,疑惑,简单,善变;好强,无奈,孤独,脆弱,忍让,气愤,复杂,讨厌;嫉妒,阴险,争夺,埋怨,自私,无聊,变态,冒险;好色,善良,博爱,诡辩,能说,空虚,真诚,金钱。噢,我的天,高级动物,地狱,天堂,皆在人间……"

杜崽儿睁开眼,看着窗外的景色,点燃一支烟。

"崽儿哥,您刚才是在祭奠谁啊?"宋小海开着车,好奇地问。

"一个老朋友。"杜崽儿敷衍地回答。

"我看您挺伤心的,一定是个大人物吧。"宋小海问,"但碑上怎么没名没姓啊?"

"不该打听的别打听。"杜崽儿瞥了他一眼,"听过这首歌吗?"他打岔。

"听过,窦唯的《高级动物》。"宋小海答。

"哼,行啊。这歌都快三十年了,比你岁数都大。"

"从抖音上听的,是什么'复古神曲'。但只是一段儿,没听全过。说实话啊,我听不太懂,跟念词典似的。"

"呵呵……"杜崽儿被逗笑了,被烟呛了一下,咳嗽起来。

"崽儿哥,你们年轻的时候是不是特威风啊?我总听三哥讲你们当年的那些故事。"

"他讲什么了？"

"讲你们怎么跟着白老大打打杀杀，威风八面。"宋小海语气里带着崇敬和憧憬。

"威风八面……你知道白老大的下场吗？"

"听说了，被刘涌给……"宋小海欲言又止，"崽儿哥，你撞警车那天，是不是就在追刘涌啊？"他又问。

"谁说的？"杜崽儿皱眉。

"大家都这么传，说您要是追上了，肯定就把刘涌给办了，替白老大报仇。吓得刘涌到现在都不敢露面。"

"胡说八道。"杜崽儿矢口否认。他知道，肯定又是程三儿在那胡咧咧，"我就是开车急了，手潮。哎，这话可别瞎传啊，这是往我头上扣屎盆子呢。"他叮嘱道。

"您是这个！义气！"宋小海竖起大拇指，显然不信他说的话。

杜崽儿知道没法解释，摇了摇头："我不是啥英雄，就是个有案底的混子。瞎开车蹲了四年大牢，到现在也干不了啥正经工作。别学我，踏实挣钱，以后找个正经营生，奔着好日子去。"

"崽儿哥，您要是需要我做啥，就说话，我一定好好干。"宋小海表态。

"还有，我提醒你一句啊。事情打听得太多，脑子容易乱，想的东西太多，动作容易走样儿。闭上嘴，少说，多看，才能成事儿，明白吗？"

"明白。"宋小海点头。

但就在这时，一辆蓝白道警车不知从哪儿冒了出来，横在了前头。宋小海一脚刹车，车急停下来。

两个制服警一左一右围了过来，一个高个警察用力敲响了车玻璃，"开门，下车！"他大声命令道。

宋小海愣住了，一脸不知所措地看着杜崽儿。杜崽儿抬抬手，示意他开门。可门刚一打开，宋小海就被猛地拽了下去，那个高个警察动作麻利，还一把拔走了车钥匙。

"杜宝军吧？"高个警察问道。

"是，你们是哪儿的？"杜崽儿坐在后座上没动身，叼着香烟问道。

"南关派出所的。"高个警察说道，"要麻烦你跟我们走一趟了。"

杜崽儿仿佛早有预料，不慌不忙地下了车，走到高个警察面前，伸出双手。

"嘿，够积极的啊？"高个警察笑着说。

另一个长得白白净净的制服警也绕了过来，站在杜崽儿身后，"先不用这个，回去看你表现再定。"他含含糊糊地说道。

南关派出所询问室，目测有七八平米的空间，墙上贴着《询问证人、被害人工作规范》。杜崽儿坐在一个木椅子上，闭着眼睛顺时针地转着脑袋。赵阔和苏晓雅身着制服，表情严肃地坐在对面的询问台后。

杜崽儿活动够了，睁开眼，抬手看表，"哎，根据《中华人民共和国刑事诉讼法》第一百一十九条之规定，你们现在对我传唤。无正当理由不接受传唤的，可以依法拘传。对吧？"他笑，"如果我没记错，传唤的最长时间是24小时，那我现在可要计时了。"

"哼，法律条文背得挺清楚啊。看这样子，进来不是一回两回了?"赵阔撇嘴。

"不瞒您说,十回八回得有了。再说了,我的底细,两位肯定门儿清啊。"杜崽儿说。

"我们对你采取的不是强制措施,是询问证人的手续。这是《证人诉讼权利义务告知书》,你好好看看。"苏晓雅抬手把告知书递了过去。

杜崽儿摇头晃脑地接过告知书,眯着眼看着,"哦……怪不得不给我上铐子呢,敢情我是个证人啊。"他故意拉长声音,"不通晓当地通用的语言文字有权要求配备翻译人员……哎,我老家是襄城的,海城话要是听不懂,能找翻译吧?"他无理取闹。

"杜崽儿,你别跟我们这装着玩,为什么找你来,你自己清楚!"赵阔拍响了桌子。

"我不清楚,真不清楚!两位警官,我到底犯了什么事儿了?杀人、放火、劫财、劫色,到底是什么罪大恶极的罪过啊!要是我犯事儿了,你们干吗不给我上铐子,坐铁椅子,干吗拿我当证人啊?哎哎哎,你看这告知书写的,'对于公安机关及其侦查人员侵犯其诉讼权利或者进行人身侮辱的行为,有权提出申诉或者控告',我倒想问问了,你刚才冲我拍桌子,算不算是人身侮辱啊?"杜崽儿强硬起来。

"你……"赵阔一时语塞。

苏晓雅见状,赶忙接话,"杜崽儿,我们现在虽然对你使的是询问证人的手续,但不排除对你变更强制措施,你也算是几进宫的老炮儿了,该知道和公安机关对着干的结果。"

"哦……看这意思,你们是要给我扣帽子是吧?"杜崽儿连连点头,"那我也直给,进进出出这么多趟了,别的没学会,法律我也略知一二。你们就算拿我当证人,也得有个理由,不然,我可以拒绝做证,随时离开,对吧?"他说着就站了起来。

"你别太嚣张啊!"赵阔也站了起来。

"这是我作为公民的权利!"杜崽儿也提高了嗓音。

双方一下僵持在那里。

"坐,先坐下说。杜崽儿,你不想知道我们为什么要带你过来吗?"苏晓雅缓和了语气,抬起手做下压的动作。

杜崽儿瞪着赵阔,又瞥了眼苏晓雅,缓缓地坐下,闭上眼又活动起颈椎。

"说吧,你们为什么要带我来?"他问。

"你认识乔慕华吗?"苏晓雅单刀直入。

"认识。"没想到杜崽儿回答得如此痛快。

"怎么认识的?"

"N多年前了,在一个局上,那孙子是刘涌的会计。"

"什么局?"

"嘻,吃吃喝喝呗。哎,没有'黄赌毒'啊,就是拼酒。"

"那个局还有谁在?"

"还有……"杜崽儿睁开眼,回忆着,"白老大、刘涌,还有杂七杂八的一帮狐朋狗友,都在。"

"为什么组局?"赵阔问。

"吃吃喝喝需要理由吗?世道这么艰难,得沟通感情,抱团取暖啊。"他打着马虎眼。

"扯淡,白老大跟刘涌抱团取暖?你跟我这扯呢?"赵阔质问。

"那您的意思呢？表面和谐，暗藏杀机？哎哟喂，也没准儿是！但当时我喝多了，什么都不记得了。"杜崽儿坏笑。

"你最后一次见到乔慕华是什么时候？"苏晓雅问。

"最后一次……那可不记得了，都猴年马月的事儿了。"

"知道他现在的下落吗？"

"不知道，也不想知道，大路朝天各走一边，我自己还活不好呢，惦记别人干吗？"他摆摆手。

"你最近离开过海城吗？"赵阔盯问。

"离开海城？你问什么时候？"

"一个月之内。"

"离开过啊，我这人自由散漫，没事儿的时候就喜欢游山玩水。"

"去汕州也是游山玩水吗？"赵阔说出重点。

"哦，你说那次啊。是，我在那边儿有个网上的'情儿'，过去会会，结果长得太砢碜了，就没下手，麻利儿回来了。"杜崽儿撇嘴。

"杜崽儿，你是跟我这揣着明白装糊涂吧？"赵阔俯身向前，"我知道，你是几进宫的老炮儿了，老家雀儿，但你也该知道，我们俩也不是新警察了，对付你这样的人也有一套。怎么着？非针尖对麦芒地硬着干？"

"可以啊，我一身臭皮囊，不怕政府的铁拳碾轧。我去汕州怎么了？违法了吗？犯罪了吗？你们还能给我定个非法出境怎的？"杜崽儿一点不落下风。

"杜崽儿，你给我老实点儿！"赵阔又绷不住了，拍响了桌子。

苏晓雅见状，赶忙拽了一下他的胳膊。

"我认识你们俩，不是赵警官和苏警官吗？你们的头儿我也知道，董探长，对吧？七八年前，你们就没少围着我们转，看样子，一直追到了现在。"杜崽儿冷冷地说，"哎，董探长，你是不是猫在那后面看着呢？要是有本事，就自己来，我跟这两位说不着。"他抬手指着面前的监控说。

不一会儿，询问室的门开了，董刃走了进来。他没穿制服，嘴里叼着一根烟，一点没警察的样子。

他走到杜崽儿面前，掏出一支烟，递给对方，"怎么个意思，想跟我单聊？"

杜崽儿接过烟，任董刃点燃，"对，单聊。"他不客气地点点头。

"在哪儿？"董刃问。

"我现在是证人，可以选择被询问的地点是吧？"杜崽儿说。

"可以。"董刃点头。

"那就找个没监控的地方。"

"行，那边有间候问室，没监控。"董刃抬手指了指。

杜崽儿深吸了一口烟，站起身，大摇大摆地走到门口，停住脚步回过头，冲赵阔和苏晓雅说，"两位，那我先过去了啊，刚才聊了半天有点儿渴了，要是方便，给我弄杯水啊。"

"你！"赵阔刚要发作，就被董刃制止。

"给他倒杯热水。"董刃说。

"我去吧。"苏晓雅站起来，走了出去。

在候问室里，董刃与杜崽儿相对而坐。两人中间的桌子上摆着一杯热水，水雾袅袅升起，消散在头顶的黑暗中。

"这儿没监控，有什么就说。"董刃不带任何语气地说。

"你们跟踪我？"杜崽儿问。

"你没权力这么问我。"董刃说。

"乔四儿是怎么死的？"杜崽儿又问。

"你去汕州不是泡妞儿吗？怎么知道乔四儿死了？"董刃反问。

"别装孙子，他是不是你们弄死的？"杜崽儿皱眉。

"我们为什么要弄死他？"董刃反问。

"我哪知道，就是问问。"杜崽儿放缓了语气。

"你最后一次见到他是什么时候？"董刃问。

"我在医院里见到过你。"杜崽儿直言。

"哼……看来那天我见到的人是你。"董刃点头。

"你为什么死咬他不放？为了追刘涌吗？"杜崽儿问。

"刘涌到底在哪里？是死是活？"董刃问。

"你别跟我装糊涂！我倒想问你呢，刘涌在哪儿？是死是活？"杜崽儿突然发作，拍响了桌子。

董刃没说话，冷冷地看着他。

"我他妈追了这么多年了，就是要找到那孙子。白老大不能白死，那孙子得付出代价。"

"他一直在我们的追逃名单里，只要他没死，我们早晚能将他绳之以法，让他接受法律的审判。"董刃说，"但是我要提醒你，别跟我摆什么江湖义气！要是乱来，干扰警方办案，我第一个抓你！"

"哼，吓唬我是吗？"杜崽儿撇嘴，"我也告诉你，我现在活着的目的就是办了刘涌，谁拦着我都没用！我不怕被你们抓，光脚的不怕穿鞋的,你们还能怎么着啊?你们要是没证据,就放爷爷走,别磨磨唧唧的。"他闭上眼,晃起脖子,"再说了,你自己就那么干净吗?"

在候问室门外,赵阔和苏晓雅贴着门缝听着。听杜崽儿这么问,都不禁皱眉。

"你什么意思?什么叫我不干净?有话直说,别藏着掖着。"董刃拍响了桌子。

"姓董的,你别跟我这装正人君子了,道上谁不知道,乔四儿就是你们丫放的!四个人看一个,能让他跑了?他是鸭子啊,长翅膀了?你敢说自己干净吗?敢说自己没收黑钱吗?扯淡啊!刘涌的为人我还不知道,他想拿下的人哪个能跑得了。我还告诉你,要让我查出来你们给刘涌、乔四儿放水,我打着横幅到纪委举报你!"杜崽儿大声叫嚣着。

"你他妈放屁!"董刃也急了,"你有什么证据证明是我放的人?你有什么证据证明我和刘涌勾结?"

"没证据,凭逻辑!江湖不讲证据,但讲规矩。你知道自己为什么能全须全尾到现在吗?还不是因为刘涌一直消失。我现在就是要把那孙子揪出来,让他给白老大偿命,还要让你们吃不了兜着走!你,就是他的一条狗!"杜崽儿抬手指住董刃的鼻子。

"你他妈说谁是狗!"董刃也急了。

赵阔和苏晓雅在门外绷不住了,赶忙推门就要进去。却不料门被反锁,根本推不开。

"刀子,开门!"赵阔在门外大喊。

就在董刃一分神的间隙,杜崽儿抄起面前的水杯,猛地一撩,将一杯热水都泼在董刃脸上。

董刃一激灵,但瞬间也爆发了。他勃然大怒,抬手就是一拳,正中杜崽儿眉心。

轰的一声,杜崽儿猛然倒地,一动不动。

这下事儿大了!

10
审查

120急救车的蓝色光影照亮了夜色，杜崽儿躺在担架上被医护人员抬上车。一群穿着蓝色西装的"宝军中介"员工在南关派出所门前咋咋呼呼地叫嚣，为首的程三儿组织手下用手机拍摄，不断把视频发到网上。

"南关派出所警察殴打证人""派出所副所长董刃公报私仇"等消息迅速在网上传播。

不到半个小时的工夫，分局纪委、分局督察、市局纪委、市局督察，连郭局也赶了过来。而董刃面对接踵而来的质问，则自始至终低着头，一言不发。

在急救中心的急救室里，杜崽儿躺在病床上，双眼紧闭，呈昏迷状。身旁的各种仪器监控着他的各项指标，不断发出各异的鸣响。

江锋带着孔飞和张鸿赶到了现场，在门外叫来了主治医生。

"他情况怎么样？有危险吗？"江锋问。

"各项指标都正常，比健康人还健康呢。"医生苦笑，"但就是不睁眼、不说话、不动弹、不清醒。"

"我说呢，一拳就这样了，棉花做的?"江锋摇头，"他脑袋怎么样? 受伤了吗?"

"额头、鼻梁骨、颧骨、口腔、下腭，均没发现有伤。"

"看来董所长不行啊，力道不够。"江锋撇嘴，"能探探他吗?"

"您随意，但最好多几个人，以防病人再借题发挥。"医生话里有话。

江锋点点头，推门就进。

杜崽儿一动不动地躺在床上，面无表情，呼吸均匀。

江锋走到他近前，用手轻轻拍了一下病床的护栏，"哎，演戏别演过了啊，过了就假了。"

但杜崽儿依然不为所动。

这时，门又开了，市局纪委副书记沈政平走了进来。

"江锋，你怎么来了?"沈政平一愣。

"哦，我过来看看情况。"江锋说。

多年前，江锋刚分到海城市局的时候，沈政平还在市局刑侦支队，两人打过几次交道，但并不算熟悉。

"南关派出所的事儿都惊动省厅领导了? 你来这视察是厅领导的意思?"沈政平试探。

"没有没有。"江锋赶忙摆手，"这是我一直盯的一个嫌疑人，没想到在派出所出事儿了，所以……"他没把话说完。

"哦。"沈政平公事公办地点点头，显然也在借此提醒江锋，不要把手伸得太长。

江锋走到杜崽儿的床前，不禁皱眉，"看来病人伤得挺重啊，昏迷不醒，我刚才问医生了，应该是头部受到了重击，造成了严重的脑震荡。"他添油加醋地说。

"那怎么还在这儿躺着，不赶紧抢救啊？"沈政平也是老警察了，怎会看不出门道，但也配合着江锋表演。

两人你来我往地轻声搭着话，杜崽儿闭着眼，不自觉地侧耳倾听。却不料孔飞悄悄地摸到了他的身边，抽冷子大声打了一个喷嚏。

"阿！嚏！"这一嗓子猝不及防，杜崽儿被吓得一激灵，下意识地坐了起来。

"哎哟喂，沈书记，您快看啊，医学奇迹出现了，病人醒了！"江锋咋咋呼呼地说。

"嘿，还真是醒了，看来这偏方有用啊。"沈政平也煞有介事地说。

杜崽儿尴尬地窝在病床上，躺也不是，坐也不是。

"醒了别在这儿表演了，说，你到底想干吗？"江锋冷下脸，质问道。

杜崽儿直视江锋，笑了笑，"我认识你，你跟姓董的是一伙儿的。"

"我是市局纪委的，叫沈政平，刚才发生了什么，你可以跟我说。"沈政平走到他面前。

"我举报董刃受贿。"杜崽儿说。

"受贿？"沈政平皱眉。

"我举报董刃七年前收受了刘涌的巨额贿赂，才把乔慕华放走的。"

"你有什么证据?"沈政平问。

"我怀疑,他受贿的钱都在他家里,他之所以跟妻子离婚,也是为了隐匿财产。"杜崽儿严肃地说。

"你怎么知道的?杜宝军,我可提醒你,你要对自己说的话负责。"江锋插话。

"我曾经是董刃的'线人'。因为我老大跟刘涌对着干,所以我才答应的他。他做过什么,我都知道。"杜崽儿的声音不大,但却宛如惊雷。

晚上11点,敲门声惊醒了已经睡去的顾晓媛母女。她隔着门战战兢兢地询问了半天,确认对方真是市局的警察才打开了门。

带队搜查的纪委干部告诉顾晓媛,因为有人举报董刃涉嫌受贿,所以按照市局领导的指示,要对其住所进行搜查。顾晓媛告知对方,自己早已和董刃结束了婚姻关系,且现在家中也少有董刃物品,但纪委干部依然公事公办,带领民警开展了搜查工作,并请顾晓媛作为见证人配合。

几个人在这个狭小的、不到四十平米的一室一厅搜查起来,动静挺大,女儿俏俏被惊醒了、吓坏了,顾晓媛赶紧将她搂在怀里。但这时,那个纪委干部又掏出纸笔,搬了把椅子坐到顾晓媛对面。

"还有几个问题需要询问你。"他语气很冷,透着一股不容反驳的姿态,"据你所知,董刃因为办案,收受过他人的贿赂吗?"他看着顾晓媛的眼睛问。

"什么?贿赂?"顾晓媛一愣。

"对。钱、物、车辆、房产、有价证券,或者其他有价值的东西。"纪委干部补充。

"哼……"顾晓媛冷笑,摇摇头。

"那你呢,因为董刃的原因,收受过钱、物、车辆、房产、有价证券,或者其他有价值的东西吗?"纪委干部又问。

"你觉得呢?"顾晓媛反问。

"对不起,现在是我在问你,希望你如实回答。"纪委干部提醒,"还有,在你们离婚后,董刃是否向你名下转移过财产。"

顾晓媛再也忍不住了,泪如雨下。"我告诉你,我们从没有因为董刃当警察获得过一丁点的好处!我和他结婚之后,只有无尽的忍耐和等待,老人病了,我去处理,孩子病了,也由我承担。结婚这么多年,他从来没在节假日里出现过,我的亲戚朋友一度以为,我老公死了,牺牲了,成烈士了!"她歇斯底里地控诉着,"所以我忍不了了,是我提出的离婚,是我让这孩子没了爸爸!但我不后悔,我羡慕别人那样平淡温暖的生活,我不愿意自己一个人再孤独地面对一切。如果有下辈子,我也再不会嫁给一个警察了!我发誓,我发毒誓!"

纪委干部愣住了,一时不知该如何是好。

女儿俏俏哭了,顾晓媛长长地叹了口气,从桌上拽了几张纸巾,给女儿擦泪。她看着纪委干部,一字一句地说:"我虽然对董刃早就彻底失望了,但绝不相信他会受贿。他虽然不是个好丈夫、好父亲、好儿子,但一定是个好警察。我希望你们能认真调查,还他以清白,不辜负这个警察和他曾经的家属付出的沉重代价。"她擦干了眼泪,直视纪委干部。

此时此刻，在市局纪委的询问室里，董刃正在面对沈政平的质问。

"你和杜宝军是什么时候认识的？"沈政平问。

"得有八年多了吧。当时我在市局刑侦支队，为了彻查刘涌的案件，通过手段认识了杜宝军。"

"他是你的'线人'吗？"

"是，但没有正式填表，因为当时案件特殊，算是对他的保护。"

"他并不是刘涌手下，你为什么要发展他？"

"他是外号'白老大'的白永平的手下，那时白永平跟刘涌矛盾很大，我想借力使力，通过杜宝军搜集线索，最后将两个团伙一网打尽。"

"他为什么会听你的？想借助你的力量吗？"沈政平皱眉。

"应该是吧。敌人的敌人就是朋友，不是吗？"董刃说。

"一个警察和一个流氓，是朋友吗？"沈政平反问。

"猎手总是以猎物的形式出现，您懂吗？"董刃说。

沈政平停顿了一下，笑了笑，但随即又正色地问："你和他之间有什么利益往来吗？"

"没有。但为了交流感情，有过一些吃吃喝喝的行为。"董刃如实回答。

"你收受过杜宝军的钱、物、车辆、房产、有价证券，或者其他有价值的东西吗？"

"没有。我也没给过他'线人费'。"

"他给你提供过什么线索吗？"

"提供过不少，刘涌手下的张世栋、王小枪、于小千等人的线索，都是杜宝军提供的，这些人也都被绳之以法了。"

"你没想过吗？他之所以向你提供线索，是为了打压异己，帮白永平做大？"沈政平皱眉。

"我说过，先利用他，等打击了刘涌团伙，再收拾白永平。这是策略。"

"这事，你向谁汇报过吗？"

"汇报过。但我不能说，这是涉密的专案，刘涌现在尚未到案，细节不能外泄。"董刃严肃地说。

沈政平被噎住了，停顿了一下，"听说找到白永平的尸体了？"

"是，部分残肢，其他没有搜寻到。"

"是刘涌干的吗？哎，如果涉密，你可以不回答。"沈政平说。

"现在还没有证据，但刘涌嫌疑最大。"

"明白了。"沈政平点点头，"他和乔慕华是什么关系？"

"应该没有直接的关系。两拨人，但肯定相互认识。"

"你收受过乔慕华或者刘涌的贿赂吗？钱、物、车辆、房产、有价证券，或者其他有价值的东西。"

"没有。"董刃回答得很坚定。

"你的家人、朋友，或者前妻……"沈政平故意停顿了一下，"收受过杜宝军、乔慕华、刘涌的钱、物、车辆、房产、有价证券，或者其他有价值的东西吗？"

"怎么会呢？"董刃反问。

"董刃，你要理解，我们现在是依法依规对你进行审查。你的现状我可以理解，但也要端正态度。"沈政平强调。

"哼，有人努力地干活儿，却落了一身臊，有人拼命地辩解，却无人相信。但为了破案,我都能忍,这么多年了,我没忘自己是干什么的。"他话里有话。

"董刃,我知道,你们搞的案子很复杂,为了破案你也做了很多坚持和努力。但无论怎样,你也要清楚自己的身份,谨慎自己的言行,不要为了破案而触碰红线,最后得不偿失。"

"得不偿失?"董刃皱眉,"都刺刀见红了还要畏首畏尾吗?沈书记,您是政工干部,按程序工作,和我们不同。刑警为了破案,是要迎着刀尖上的。"他提高了嗓音。

"刀尖向外的同时,也要刀刃向内。自己干净,才能秉公执法。"沈政平也提高了嗓音。

这时,询问室的门突然被踢开了,一个高个儿大汉闯了进来。

"你们这是什么意思?就凭那孙子三言两语,就对自己人下家伙!姥姥的,要这么玩儿,我他妈也不干了!"来人正是赵阔,他一抬手,就把董刃拽了起来。

"老赵,你干吗?!"董刃猛地甩开他的手,将他往外推。

"怎么了,我说得不对吗?他们这么干是胳臂肘往外拐,架炮往里打!"赵阔不依不饶。

沈政平绷不住了,抬手就指住赵阔,"赵阔,我警告你,犯错误不能一而再再而三,你们之前的事儿还没查清呢,别再出新的问题!"

他这么一说,赵阔更怒了,"沈政平,你甭跟我这儿装孙子。你是什么人我不知道?我们在支队办案的时候,你还在办公室写材料呢!怎么着,现在当官儿了,就翻脸不认人了?我们在前面抛家舍业、赴汤蹈火地查案,你在背后下绊子、捅刀子是吧?我倒想问问你呢，你是站哪头的？是信我们，还是信那个孙子？"

"我谁都不信，我信证据！"沈政平回嘴。

"狗屁！你信证据，刀子就不会被带到这儿来了。那孙子纯属装蒜，一点儿事儿都没有。你们这么做，是给流氓撑腰，是给坏人代言！"

"老赵，你胡说些什么！出去，你给我出去！"董刃急了，大喊着。他脸色煞白，满头是汗，浑身不停地颤抖。

赵阔气喘吁吁地瞪着沈政平，渐渐冷静下来，"姓沈的，你这么做是践踏我们的尊严！我把话放这儿，这事儿翻不过篇儿了！"他狠狠地说。

沈政平转过头，不再看他，"董刃，坐下，继续接受询问。"他操着公事公办的语气，想给赵阔来个下马威，却不料说完之后，董刃依然站在原地。

沈政平这时才察觉到不对，只见董刃站在他对面，大口喘着粗气，张开嘴却说不出话，用双手支撑住桌面，似乎想把身体挪到座椅上，却不料一个失手，就跌倒在地。

"刀子！"赵阔大喊。

在急救中心的急救室外，杜崽儿披着衣服背靠着墙，把一根香烟放到鼻下闻着。往来的医护无不厌恶。他凝视着窗外的黑暗，轻轻地叹了口气，又闭上眼，顺时针地转动头部。

这时，一个推着医疗推车的护工凑到近前，轻声咳嗽了一声。

杜崽儿睁开眼，没好气地望着他。

"老板让我告诉你，别做得太多。"护工轻声说。

"谁?"杜崽儿皱眉。但还没等他发问,护工就推着车走了。

他看着护工的背影,眉头紧锁,但不一会儿又舒展开来,做出宛若无事的样子。

雪不大,但周围的一切已被蒙上一层细腻的白色。都说落雪无声,但还是能听到雪花落在屋顶、树叶、衣服、地面上的沙沙声。

在海城医院的风雨廊下,董刃和顾晓媛并肩坐在长椅上。两人都沉默着,各怀心事,目视远方。

董刃刚做完腹盆腔的CT平扫,要两个小时才能出结果。他不想让顾晓媛陪,说俏俏快放学了,要提前准备饭。但顾晓媛却说已经叫孩子姥姥过来了,今晚带俏俏吃比萨。

于是两人就这么一直坐着,等待着那个坏的甚至更坏的结果。

"你出现血尿多久了?"顾晓媛缓缓地问。

"有……一个多月了吧。"董刃说。

"疼吗?腹部?"

"疼,越来越疼。"

"那为什么不去看看?没时间吗?"顾晓媛侧目看着他。

"时间都花在案子上了,几次想去看,都错过了。"董刃叹了口气。

"你知道最坏的结果是什么吗?如果真是……"顾晓媛欲言又止。

"我从网上查了,我知道,如果真是,想治也来不及了。"董刃的语气波澜不惊,仿佛说的不是自己的事。

"你一直在逃避,对别人,对自己,对所有重要的事情。"顾晓媛转过头,看着从空中落下的细雪。

"对不起。"董刃闭上眼。

"你总说干警察,追求的是案件的真相,但对于自己的真相,你却一直在回避着。"

董刃张开嘴,想说却没有出声,嘴里的哈气升腾在眼前。

"你不会有事的,像你这样的人,老天会眷顾的,你不为自己活着,为了许多任务和职责活着。"

"晓媛,我对不起你们。"董刃说。

"没什么对不起的,每个人生下来都有自己的命。我年轻的时候不信命,觉得能凭努力冲破一些东西,改变一些东西。但后来……我信了。"她惨笑,"但我知道你不信命,你不愿只活在当下,总要拼命地去追逐、证明一些东西,似乎这才是活下去的价值。说实话,我不理解,我也不想再去理解了。但我觉得你很累,许多时候,你不值得这么去做。"

董刃侧过脸,望着她。

"我觉得,什么都不如好好地活着。只有活着,才能体会到悲欢离合、喜怒哀乐,才能体会到快乐、幸福、孤单、寂寞。你知道吗?有时在我一个人的时候,还是会想起你,想起过去。我一直在告诉自己,我不爱你了,已经彻底把你忘记了,我可以重新开始了。但……我还是忘不了你,我感到很孤独,仿佛这个世界只剩我一个人了。你知道那种感受吗?那种孤独像流沙一样,能将所有一切吞噬,让人窒息,喘不过气……"顾晓媛热泪盈眶。

"晓媛,对不起。"董刃听得动容,拉住顾晓媛的手。

"但我永远也不会回头了。"顾晓媛抽回了自己的手,"我不会再自欺欺人地求人施舍了,我告诉自己,哪怕孤独、寂寞,哪怕无依无靠,也比心存幻想却迎来一次次破灭要强得多。董刃,我正在积极地、努力地、全力以赴地将你忘记,你知道吗?"她泪如雨下,"就连俏俏也越来越习惯没有你的生活了。刚开始她总是问我,爸爸呢,爸爸呢。我就告诉她,你在工作、你在出差。后来她长大了,越来越懂事了,许多事都瞒不住了。那天她突然问我,爸爸是不是和我们分开了。我狠了狠心说,是。你看,我是不是很狠心。"

"对不起。"董刃似乎找不到其他的语言,一再重复着这个词语。

"不必对不起,一切都是我提出来的。我自己该承担结果。"顾晓媛拿出纸巾,擦拭眼泪,"但你要知道,生活不只是为了自己而活,自欺欺人的施救者总高估了自己的能力,反而会让自己的生活一塌糊涂。董刃,你还不老,许多事情还有退路。"

"我知道你是为我好,但我也知道,自己为什么要一条路走到底。"董刃看着顾晓媛说。

"那好,那就祝你平安、顺利吧。"顾晓媛努力地做出笑容。

终于熬过了两个小时,两人走到诊室的时候,薄医生已经拿着检查报告单迎过来了。他是纪委副书记沈政平的高中同学,为了董刃的检查,特意从病房到的诊室。

"哎哟喂,幸好幸好,吓了一跳吧!"他重重地拍了一下董刃的胳膊,"做检查之前,看你的症状,我心里都打鼓。我还琢磨呢,刚四十出头要真是肾癌,你后半辈子该怎么办啊。幸好是小问题。"他说着将报告单塞在董刃的手里。

董刃展开一看，上面的"检查所见"写着：左侧输尿管腹段见结节状高密度影，大小约0.54 cm×0.44 cm×0.4 cm，继发左侧肾盂、肾盏、输尿管扩张积水……而"诊断结论"为：左侧输尿管结石，继发肾盂、输尿管扩张积水……

"是……尿结石吗？"董刃问。

"是啊，小毛病，没大事儿。"薄医生又拍了他一下，"尿血应该是有结石卡在输尿管里了，是不是尿的时候感觉很疼，小刀子刺似的？"

"是，是。"董刃连连点头。

"我已经联系了泌尿科的同事，给你加了明天的号。好好检查，能自然排出来最好，排不出来就碎石，没啥大事。干你们这行的，许多都闹这病，平时喝水太少，吃得也不健康……"他自顾自地说着。

董刃不住地点头，仔细地听着，但大脑却一片空白，薄医生的声音似乎从很远传来，在头顶盘旋、回荡。他下意识地转过头，寻找顾晓媛，却发现人已不在。他跟薄医生应付了两句，道了谢，大步跑出了病房外。

雪已下大，漫天皆白，举目望去，只有一个瘦弱的身影渐行渐远。她已经走出了风雨廊，在雪中渐渐隐去，直至消失。

在南关派出所的办公室里，赵阔和苏晓雅相对无语。赵阔一口一口地抿着酽茶，似乎在压制内心的躁动，而苏晓雅则把脚跷在桌子上，双手拢头，闭目养神。

所长娄勤刚走，向他们宣布了派出所班子的决定。从即日起，赵阔和苏晓雅被调离打击队，不再负责办案工作。赵阔被调到社区警务队，负责南关二里、三里的社区工作；苏晓雅被调到综合指挥室，负责材料和档案工作。如不服从，可以向分局提出申请调到其他部门，但前提是暂时不能调到拥有办案权的单位。两人没提出任何异议，对这个结果显然早有心理准备。临走时娄勤告诉他俩，因为签的那个"询问证人"手续，他自己也受到了分局的处理，这次是真捅娄子了。

赵阔喝饱了茶，缓缓地点燃一支烟。苏晓雅睁开眼，拿出雪茄剪和喷枪，点燃了一支雪茄。

"行，你这个厉害，口径比我粗。"赵阔撇嘴。

"老赵，你有过那种感觉吗？有时走在街上的时候，突然就觉得这个世界很陌生，像假的一样，自己好像活在梦里，或者说活在一个别人设置好的世界里。就跟那个叫《楚门的世界》的电影一样，所有人都是演员，只有自己是真的，是被愚弄的。"苏晓雅说。

"呵呵，你怎么知道自己是真的，别人是假的？"赵阔反问。

"就像这个案子，有时觉得哪哪儿都不对，怎么人就跑了，怎么费了半天劲找到了，却又在眼前就死了。这一切都是巧合吗？会不会哪里出了问题？"苏晓雅喷吐了一口烟。

赵阔沉默了，似乎也有同感，"说不出来，是觉得别扭，好像身处一个怪圈，怎么转也转不出来。"

"你知道马斯洛需求理论吗？人活着有五个层次的需求，生理需求、安全需求、社交需求、尊重需求和自我需求。只有满足了生存和安全的需求之后，人才能放松自己的灵魂，追求爱情、友谊和尊严。如果反之，当人总是对生存和未来忧心忡忡时，只有金钱和地位才能成为衡量成功的标准。这是极其可悲的。"苏晓雅叹了口气。

"哎哟喂，苏大学者，又开始深刻了？是，我们都是俗人，一辈子都为了生存奔命，在拿命换钱。不像你，雪茄抽着，娇妻搂着，早就开始追求灵魂的自由了。"赵阔笑。

"我不是这意思。我是说，人跟人活得不一样，都是一辈子，看到的东西却不同。"

"人比人得死，货比货得扔，所以不必跟别人比，做好自己就行。"

"哎，我怎么觉得咱俩总不在一个频道上啊。"苏晓雅撇嘴。

"要都在一个频道上，怎么互补啊？像刀子那样，又轴又犟，认定的事儿八头牛都拉不回来。咱仨要都那样儿了，不出事儿了？"

"有时我倒挺羡慕刀哥的，认准的事儿，毫不犹豫，一往无前，可能咱们眼里的轴和犟，恰恰是他的幸福吧？"

"别扯了，妻离子散，孤身一人，我可不想过他那样的日子。"赵阔摇头，"要说成功，咱仨里就属你了，干警察是爱好，随时可以撤退，遇到再要命的事儿，也能保持松弛感。你小子，是有福之人啊。"

"我是有福，原因是遇到了你们。"苏晓雅说，"只有和你们在一起，我才觉得自己像个警察，能实打实地办事，而不会躺平甚至同流合污。"

"哼，给我灌迷魂汤呢是吧？捧杀我呀？拉倒吧！咱们充其量也就算是警队的工具。不管啥时候，都会被借用、利用，咱们往前冲,让人家踩着咱们肩膀往上爬,等没利用价值了,就给扣上一个勤勤恳恳、兢兢业业的大帽子,扔到二线去,自生自灭。这就是咱干活儿的人的命!"赵阔感慨道。

"你什么时候这么悲观了?"

"我一直挺悲观啊!乐观是为了配合大家,要不日子还怎么过?"赵阔说,"但能被借用、利用也说明咱们的价值啊,许多人烂泥扶不上墙,连被借用利用的资格都没有。所以就演呗,把悲剧演成喜剧,逗大家开心,实在绷不住的时候,就扯着嗓子骂两句。但刀子却不会,所以他的路就坎坷,他的命就不好。但我挺佩服他的,像个茅坑里的石头,又臭又硬,为了干活儿,谁都不尿。在当下,这样的人太少了,大多数人随波逐流、明哲保身,我觉得要是像他这样的能多一些,警察队伍也许就会更好了。"

"其实江锋也是这样的人。"苏晓雅说。

"扯淡啊,丫是什么人,你不清楚吗?猴儿爬竿儿,为了攀上更高的树枝,整天对着上面的屁股笑。他是借着这身警服往上爬的人,我打心眼里瞧不上他,也不可能与这样的人为伍。"

"那是你不了解他。他只是用那种姿态去伪装自己,他只是不愿意承认自己的努力罢了。"苏晓雅说。

"他还不够努力啊?为了调到省厅都娶了劳主任的闺女了。哎,我不是说你啊,你那是真挚的爱情。"赵阔笑。

"哼……我也不跟你演,我挺满足这种生活的。我不是那种能主事儿的人,跟着大哥干活,只要觉得舒心,我就不怕随波逐流。而且我也不怕浪费生命,生命不就是用来浪费的吗?"苏晓雅自嘲地说。

"看,多好!所以你松弛啊,因为有退路啊。"

"不,真正的松弛不是有退路,而是能掌控生活。我是麻醉自己,演得自己都信了。"苏晓雅笑。

"那得喝点儿,就更能麻醉了。"

"想喝得报备,不报备连麻醉都不被允许。"

两人都笑了。

"唉……"苏晓雅叹了口气,"那下一步怎么办啊?按照人家画的道儿走?"

"先不急,看刀子怎么样。兵来将挡,水来土掩,车到山前必有路。"赵阔说。

11
入局

这场雪断断续续地下了一周，路面上的积雪冻上了又化、化了又冻上。雪落的时候刚开始觉得好看，白茫茫的一片，等化掉的时候又变成满街的泥泞，行路不便。凡事就是这样，有好就会有坏，就像双刃剑的两面。

在这一周里，董刃被暂停了职务，整天窝在宿舍里睡觉，看架势是武功全废；赵阔和苏晓雅被调离到其他岗位，行动队分崩离析，再无战斗力。而杜崽儿则招摇过市、逍遥法外，虽然最终市局纪委认定，董刃没有动手，只是在询问的过程中言辞激烈，但杜崽儿却依然以受害者的姿态谎称警察刑讯逼供，并声称要保留追究董刃责任的权利。

又是一个夜晚，杜崽儿酒过三巡，一个人在街上闲逛。天很冷，夜色如墨，四周黑漆漆的，只有冷风嗖嗖地穿梭在耳际。他有点喝多了，裤裆发紧，就找个墙根儿想要小便。却不料刚扒下裤子，眼前就一黑。有人用黑头套蒙住了他的头。

"干吗？"他顿时大喊。

但不喊则已，刚一出声他就挨了一顿胖揍。那手下得很重，他知道来者不善，于是赶忙抱住头，蹲在地上护住要害。

"杜崽儿是吧？"那是一个男人的声音。

"你们是谁？"杜崽儿反问。

"有人想见你，跟我们去个地方。"他随之被架起，双脚也离了地。

"放聪明点儿，别耍花招，不然就废了你！"那人提醒道。

他被架上了一辆车，新买的苹果手机也被抢走。车里很宽敞，应该是辆MPV，地上铺着地板，听发动机的声音应该很高档。车的减震不错，过坎的时候晃动的幅度不大，耳畔只有车外的噪声。身边的几个人都不说话，杜崽儿不敢摘掉头套，怕再遭到伤害，他知道此时自己很难脱困，唯一保全的方法就是听从对方的安排。车行了大约有半个小时的样子，才缓缓停下，似乎有两扇铁门被打开了，车又行驶起来。道路蜿蜒起伏，转了几个弯，最终才停下熄了火。

几个人将他架下了车，踩在地上感觉软绵绵的，像是一片草场。走了大约百米的距离，突然有人在他背后蹬了一脚。他应声倒地，蒙住脸的头套也甩了出去。杜崽儿缓缓地睁开眼，发现自己正趴在一片广阔的草场之上，脸上凉凉的，草地潮湿阴冷，不远处还有未融化的积雪。他缓缓地用手撑起身体，环顾左右，四周没有开灯，也没有监控。只有一个黑影站在对面。

他首先看到的是一只手，一只修长的、纤细的、白净的手。手里夹着半截雪茄，烟雾缓缓升腾，消失在黑暗里。他警觉起来，下意识地退后两步，却被一双手按住，侧目一看，背后站着三个穿黑色大衣的男子。杜崽儿暗想，应该就是他们将自己绑来的。

"为什么带我来这儿？"他试探着问。

但对面的黑影却并不回答。

杜崽儿揉了揉眼睛，仔细观察着。起伏的果岭，茂盛的树林，远处闪烁着灯火的会所，这里应该是一个高尔夫球场。

"为什么一直盯着我？"那个黑影俯视着他问。

"盯着你？没有啊。"杜崽儿矢口否认。

"为什么组织人闹事？是什么目的？"那声音冷冷的，像此时的气温。

"你是谁？"杜崽儿皱眉。

"为什么要跟那个警察较劲，你跟他有什么过节？"那黑影往前走了一步，显出面容。

杜崽儿一看，正是众利集团的董事长，富江。

他一愣，脱口而出，"是你？"

"回答我的问题。"富江的声音不怒自威。

"我……我……"杜崽儿有些语无伦次，"富总，请相信我，我没有恶意，我只是……想引起你的注意，想跟着你干。"

"跟着我干？为什么？"富江皱眉。

"走投无路了，手底下的兄弟都快跟着饿死了。得找个出路啊。"杜崽儿卖惨。

"你是干什么的？"富江明知故问。

"房屋中介。以前还行，现在二手房市场冷了，生意不好做了。我想帮着您卖卖楼、去去库存。"杜崽儿说。

"帮着我卖楼？呵，哈哈……"富江忍不住，笑了起来。

他这一笑，其他手下也笑了起来。

"你那个'宝军中介'有这个实力吗？能帮我干什么？完成'保交楼'的任务？"富江显然摸了他的底。

"我能保护你啊，哎，你该知道我的底细吧。"杜崽儿仰视着他。

"你之前是跟着白老大干的?"富江皱眉。

"是。"杜崽儿点头。

"白老大可是刘涌的对手啊。"

"我知道啊，但那都是猴年马月的事儿了。不瞒你说，我这人是认钱不认人，谁给钱多，我就跟谁干，为了钱可以出卖灵魂。为啥不出卖肉体呢？因为，不行了呗……"他模仿着程三儿的语气说。

"哼……"富江不屑地笑笑，审视着他，"你的意思是，打不过就加入呗。"

"对，就这意思。你总结得太好了。"杜崽儿点头。

富江抬抬手，示意他起身。三个保镖向后撤了一步，杜崽儿站了起来，用手掸了掸衣服。

"你前几年进去过?"富江问。

"嘁，飙车，手潮，把警车给撞了，进去四年。"他轻描淡写。

"那你到我这儿能干什么？我直说，卖楼轮不着你。"富江说。

"保护你啊，鞍前马后。"杜崽儿笑，"富总，你产业这么大，没人盯着可不行，黑的白的谁都想上来吃一口，有我能替你挡着啊。"

"就凭你？你要是有这本事，白老大能被灭了?"富江眯着眼。

"嘿，你这是寒碜我，但说得也对，我当时不争气，没把大哥护好。但也是刘涌太狠了，谁落到他手里都没个好。"他边说边瞄着富江，察言观色。

"前段时间有个人放话，要来海城见我，后来没影儿了，叫范军，你认识吗？"富江问。

"不认识。"杜崽儿果断地摇头。

"哦……"富江点点头。

"怎么了？想黑你？要不我跟他盘盘，看看是哪路的。"

"不用了，人被警察抓了，听说还被带到了专案组。"富江轻描淡写地说，"还有，你为什么要跟那个警察较劲，弄得满城风雨的。你跟他有过节？"他又问。

"嗐，这不是想跟你秀秀肌肉吗？"杜崽儿坏笑，"要不你能注意我？把我带到这儿来？"

"跟我秀肌肉干吗？那警察也没招惹我。"

"我是想跟你说，明面上的事儿我干不来，但下三烂的手段我倒是有一些。您这家大业大的，被这么多人盯着，有时候需要用点儿别样的手段。这方面，我在行啊。"

"得，我信了。"富江笑了。他抬抬手，让手下把苹果手机还给了杜崽。"走，喝一杯。"他抬抬手。

在高尔夫球场会所的餐厅里，富江和杜崽儿对坐在一张硕大的圆桌两端，服务员摆上了例份的冷盘和红酒，其余人列在一旁。

富江玩着雪茄刀，看着杜崽儿，"你外号叫'杜崽儿'吧？"

"是。"

"怎么叫这个外号。"

"之前跟着白老大，不敢起范儿，所以就当个'崽儿'。"杜崽儿说。

"还挺有自知之明的啊。"富江笑,"跟我喝酒,有个规矩,我一口,你一杯,行吗?"

"没问题啊,我馋酒。"杜崽儿说。

富江抬抬酒杯,轻抿了一口。杜崽儿见状,将半杯红酒一饮而尽。酒杯刚放下,又被服务员倒满。

"你是什么时候跟着白老大的?"富江问。

"九年前,我跟着他混,没少得他照应。"

"他是干什么的?经商的,还是混社会的?"

"什么都干,什么来钱快干什么,他在社会上是站着挣钱的。"杜崽儿说。

"呵,站着挣钱的,有意思。"富江笑了,又端起酒杯,抿了一口酒。

杜崽儿举杯,再次满饮。

"我听说他被人灭了,是刘涌干的吗?"富江用手捏起一颗坚果,放在嘴里。

"不知道,七年前就没影儿了。道上传言是刘涌干的,哎,你不是认识刘涌吗?没听说?"他反问。

"我这儿的规矩是,我问,你答。"富江说。

"得嘞。"杜崽儿点头。他又拿起酒杯,一饮而尽。

"你去过汕州?"富江又问。

杜崽儿一愣,没想到他会这么直接,"去过。"他知道瞒不住。

"去干什么?"

"嗐,我在那边儿有个网上的'情儿',过去会会,结果长得太磕碜了，就没下手，麻利儿回来了。"杜崽儿打着马虎眼。

富江笑了笑，并不追问，他拿起酒杯，又抿了一口。杜崽儿见状，又干了一杯。酒喝得太急，他脸一下红了起来。

"酒量不错啊。"富江轻轻拍手，"杯子太小了，换壶。"他说着冲服务员抬抬手，服务员立马把一个醒酒器摆在杜崽儿面前，又倒满了酒。

"挺江湖的啊。哎，知道为什么叫江湖吗？山川、大地，不是更提气吗？"富江问。

杜崽儿喝得有点多了，没说话，只是摇头。

"凡是舒服的、不让人难受的，无法让人如履薄冰、如临深渊、步步为营的，都不算社会。相比山川、大地，江河湖海才更险恶，更深不见底。所以才管社会叫江湖。深不可测，暗流涌动，暗潮汹涌……"

"懂了，懂了，这个说法牛×！"杜崽儿竖起大拇指。

"懂了还不喝？"富江轻笑。

杜崽儿犹豫了一下，举起醒酒器，仰头就喝，但喝了还不到一半，就呕吐起来，身上、桌上、地上都是。

富江并没有叫停，冷冷地看着他。

杜崽儿知道过不了关，于是又举起醒酒器，再次将剩下的红酒倒进嘴里。但一时手抖，醒酒器掉在地上，摔得粉碎，而他也再支撑不住，歪在座椅上。

富江见状，又冲服务员抬抬手。服务员拿来冰毛巾和矿泉水，放到杜崽儿面前。

杜崽儿缓了好一会儿，眼前才清醒起来，他第一件事就是拿起另一个醒酒器,却被富江叫停。

"可以了,酒就到这吧。"他向下压了压手。

杜崽儿知道,富江对他的"审讯"结束了。

"刚才说到哪儿了?"富江问。

"说到……江湖了。"

"脑子还清醒。"富江笑着点头,"所以要想混江湖,就要明白江湖的规矩,而且还要按照规矩去执行,不然就会溺水、沉底。"他话里有话。

"富总,你放心,我是个懂规矩的人,以后事儿上见。"杜崽儿表态。

"你知道我和刘涌的关系吗?"富江问。

杜崽儿抬头看着他,张开嘴又闭上,欲言又止。

富江拿起酒杯,轻轻抿了一口。

"我知道,你当初想跟他合作,但那时正是风高浪急的当口,你俩的生意就没弄成。"杜崽儿竹筒倒豆子。

富江没说话,冲服务员抬抬手。不一会儿,服务员拿来了一把汽车钥匙,放在了杜崽儿面前。仔细看去,上面印着奔驰的标志。

"后备厢有五十万,不要问为什么,开走就是。"富江抬了抬下巴。

"你这是什么意思?轰我走?打发要饭的?"杜崽儿皱眉。

"我需要你的时候,自然会联系你。"富江说着站起了身。

"对不起,这不是我的规矩。"杜崽儿也站起身,不客气地用手一抛,把奔驰钥匙扔在了桌面上,"你要是看得起我,就让我跟着你干,你要是看不起我,咱们就一拍两散。"他冷冷地说,语气不再卑微。

富江面无表情地看着他，突然笑了，"我跟刘涌不同，做的是正当生意。你要想在我这儿做事，就不能这副打扮，得穿西服、系领带，嘴上别那么多脏字儿。你行吗？"富江说。

"行啊，只要有活路，戴礼帽儿都行。"杜崽儿又抄起醒酒器，咕咚咕咚地喝了一大口。

"行，敌人的敌人，就是朋友。没有办法的办法，就是最好的办法。"富江说，"那就试试吧，看你能不能起点儿作用。"

"别人我不管，我主要对付那个董刃。"杜崽儿说。

"行了，别总对付这个、对付那个的了。年薪一百万，面儿上的事儿不用你，你帮我处理犄角旮旯的事情。"富江挺痛快。

"明白，蹚雷的活儿，背锅的事儿，都交给我。"杜崽儿表态。

"蹚雷的活儿，背锅的事儿……呵，呵呵呵呵……"富江忍不住了，笑得前仰后合。那几个下手见状，也笑了起来。

"都他妈闭嘴！"富江突然发作，收起了笑容。几个手下被吓了一跳，表情冰封。

"你们加在一块要能有他的一半，公司的处境就不至于这么被动。都滚，都他妈给我滚！"他歇斯底里地大喊起来。

餐厅迅速清场，只剩下圆桌面对的两人。富江晃动着手里的酒杯，似乎很享受自己的这种控场能力。

"我警告你，我知道你是谁，也了解你的底细，既然是为钱来，就得听话，别动歪脑筋，不然……"他停顿了一下，没把话说完。

"好，话不多说了，事儿上见。你要觉得我不行，随时让我滚蛋。"杜崽儿说。

"得得得,别嘴上说了。哎,喝了这么多,要不要散散酒啊,我会所里的姑娘可都是一顶一的。"

"得了吧,细皮嫩肉的,我不喜欢。我就爱糙娘儿们。"杜崽儿坏笑。

巨大的别墅,极尽的奢华,宛如博物馆一般,虽然陈列着许多古董、艺术品,但仍显得异常空旷。一个女侍者领着一个男人穿过门廊、走进大厅,他们走得很谨慎,脚步声有节奏地回响着。一层大厅里摆放着一个直径五米的沙盘,上面是众利集团在海城建设的几个主要房地产项目。上到二层,从挑空围栏向下俯视,竟像是一个悬崖。

又走了两三分钟,侍者才停在了别墅的主卧前。她轻轻地敲了敲门,才走了进去。主卧是个巨大的套间,地上铺着动物皮毛,在一张两米乘两米的蓝白格大床上,仰靠着别墅的主人,富江。他穿着一身紫色的睡衣,面色惨白,显得很憔悴,见人来了,就坐了起来。

"你就是大胃王,包子?"富江问。

"对。"男人笑着点头,他不到四十岁的样子,胖胖乎乎的,笑起来五官挤在一起,像个包子。

"我一直看你的吃播,特别喜欢,是你的粉丝。"

"哎哟,谢谢您的关注,看的时候别忘了一键三连啊。"包子笑。

"不光三连了,几次都打赏了。"

"知道,知道,谢谢董事长,谢谢您。"包子点头哈腰。

这时，卧室的门又开了，一个厨师推着餐车走了进来。餐车上摆满了琳琅满目的美味佳肴。

"行了，吃吧。"富江说着挪了挪身体，仰靠在床上。

"得嘞。"包子点头。

这时，侍者已经支上了一张小桌。把第一批食品——五笼包子、三碗馄饨，摆在了他的面前。

包子有点为难，"董事长，其实干我们这吃播的呀，有时候也不全是真吃。意思一下，全靠剪辑。"

"我花钱雇你来，就是看真吃的，不看什么意思一下，也不要剪辑。吃！"富江不耐烦地抬抬手。

包子收了钱，自然不敢讲条件，于是便撸开袖子，像每次拍视频的那样，狼吞虎咽起来。

卧室很空旷、很安静，侍者和厨师都不敢发出声音，只有包子的咀嚼和吞咽声回荡在空中。

富江眯着眼睛，看着这场"现场吃播"，努力寻找着睡意，期盼着能一闭眼就一梦到天亮。他患有严重的失眠，每到夜深人静的时候，睡眠就成了最大的奢侈品。他几乎试过所有的方法，安眠药、褪黑素、按摩、针灸……但很可惜，全都无效。黑夜成了他的诅咒，连噩梦都成了奢侈。无法安眠的长夜像囚禁他的监牢，让他憔悴、焦虑、敏感、恍惚，特别是面对这两年的经营困局，让他几近崩溃。表面上他还掌控全局，表现沉稳、淡定，但实际上他早就慌了，心神不宁。甚至连顶级的床垫也专门找渠道定制过，毫无用处。但他最近却发现，虽然自己为了保持身材过午不食，但每当饥饿时看UP主吃播，心情便能放松，感到解压，几次看着看着竟睡了过去。于是便萌生了找UP主当面吃播的想法。而包子则是他最喜欢的一位。

富江在床上躺着,包子在桌上热火朝天地吃着,此时此刻,已经吃完了五笼包子和三碗馄饨,富江也随着他的咀嚼和吞咽声渐渐搭上了困意,但就在厨师给包子又上了三碗豌杂面和五笼蒸饺的时候,他停了嘴。

"吃不动了,真吃不动了。"他摇着头冲着女侍者说。

女侍者不敢说话,轻轻地摆手,但富江却醒了。

"怎么了?"富江烦躁起来,"怎么停了?"

"董事长,我实在是吃不动了,再这么吃下去,要出事了。"他愁眉苦脸地说。

"你不是大胃王吗?吃,继续吃,不要停!你不就是为了要钱吗?说个数,我给。"富江有些气急败坏,为错过的安眠感到惋惜。

"这……"包子犹豫着,不时打着饱嗝。

"五万?给你十万!继续吃!"富江急切地说。

包子愣住了,这个数显然在意料之外。"行,那您等等我。"他连忙说。

他慌不择路地出了卧室,到二层的一个卫生间里,趴在马桶前把刚才吃下去的包子和馄饨都抠了出去,然后囫囵地漱了漱口,又回到了卧室。

富江已经等得有点不耐烦了,见他回来,就躺了下去,换了一个舒服的姿势。"吃慢点儿,不要停,直到我睡着为止。"他虚弱地说。

包子不敢怠慢,抄起一碗豌杂面。他摸清了门道,不再像刚才那样大口地饕餮，而是细嚼慢咽，故意放大咀嚼、吞咽甚至吧唧嘴的声音。用表演的形式来进行这次现场吃播。此招果然奏效，就在他又吃完三碗豌杂面、五笼蒸饺、两份炒饭、一碗麻辣烫之后。富江终于睡去了。

远方似有雷声，轰隆隆地在空荡的房间中回响。富江猛地睁眼，发现自己置身于一片广袤的旷野之上。抬头望去，翻腾的乌云像千百匹脱缰的野马在空中涌动、聚拢，一道闪电从头顶劈下，紧接着就是一个炸雷。四周刮起了大风，风扬起了沙，沙眯住了眼。他不禁用双手搂住自己瘦弱的身体，蹒跚着想找一处躲避。但环顾四周除了漆黑一片，并无一棵树木。他不经意地抬头，发现空中那千百匹"野马"又发生了变化，随着大风突起，有的向下猛冲，有的昂首嘶鸣。马群在奔腾，嘶鸣在回响，豆大的雨点从天空落下。富江感觉自己快要被冻僵了，不自觉地向前奔跑，没跑几步就看到了一辆深绿色的轿车。他慌不择路拉开车门钻了进去，却不料还没坐稳，轿车就突然启动，向着前方疾行。富江大惊，赶紧抬脚去踩刹车，却毫无作用。汽车疯癫似的越开越快，驶过旷野，冲过山坡，飞腾起来，宛如天空中的"野马"，但随之又急速下坠，扎向了一片深海。

扑通！浪花四溅，富江也随之沉入伸手不见五指的黑暗。

富江猛地醒来，大口大口地喘着气，身上的睡衣已被汗水浸湿。他惊魂未定，用颤抖的手开了卧室的灯。耳畔隐隐传来女人的尖叫。

他没有穿鞋，光脚走在冰冷的地面上，拿起一瓶威士忌仰头便喝。然后来到卫生间里，一遍遍地给自己洗脸。他望着镜中的自己，憔悴、惨白、失魂落魄，不禁抬起手抚摸自己的脸颊。他确认自己已经脱离了梦境，就穿上了鞋，披上衣服，走出卧室，乘电梯到了地下一层的一间卧室。屋里正断断续续地发出一个女人的叫喊，他推开门，看女侍者正在里面安抚。

"先生，已经给太太吃药了。"女侍者说。

他叹了口气，找到遥控器，打开电视，搜了一会儿，播放出《汪汪队》动画片。

声音一响，女人果然不闹了，眼睛紧盯着屏幕，表情像个孩子。

富江走到她身边，温柔地拢着她的头发，"乖，听话"。他轻轻地说。

他出了卧室，进了影音室，从雪茄柜里拿出一支养了好久的"高希霸世纪6"，然后切开、点燃，叼在嘴里。他选了一部已经看了无数遍的老电影，侯孝贤的《恋恋风尘》，坐在沙发上，默默吸吮着雪茄，看着荧幕中那对青梅竹马恋人阿远和阿云的故事，表情有些动容。他不敢看表，不想提醒自己此时还在深夜，他宁愿时间永远停止在此刻，让阳光不要到来，现实不要到来。

凌晨两点，在小食摊里，十几号人围着杜崽儿喝酒吃串。

杜崽儿面色很差，晚上的那顿酒让他翻江倒海，吐了好几回。

程三儿挺会来事儿，不失时机地开了一瓶雪碧，递给杜崽儿。杜崽儿摆摆手，抄起一瓶啤酒，用牙将瓶盖咬开。

"兄弟们，从明儿开始，咱们宝军中介就关门歇业了，以后我到众利集团混了，给人家看家护院。愿意跟着我干的，就说一声，我想办法把你们弄进去，不想干的，每人五万，走人，以后还是兄弟。"他抬起酒瓶,仰头就干。

"崽儿哥,我是铁定跟着你,你在哪儿摇旗儿,哪儿就是我们的山头。"程三儿也举起酒瓶,仰头干了一口。

"我们都跟着你。"兄弟们纷纷表态。

"哼,都跟着我……"杜崽儿抹了抹嘴,"要去那儿干,就不能自由自在了,得穿西服、打领带、看人家脸色、装孙子。哎,你们行吗?"

"行,崽儿哥,只要跟着你,怎么都行。"程三儿说。

"扯淡!"杜崽儿一拍桌子,盘子碗都震了起来,他盯着程三儿,眼神犀利,"你们真以为我去富江那儿是当孙子的?"他凶相毕露。

"崽儿哥,你……"程三儿眼神茫然,不知该怎么回答。

"咱们是狼,不是狗,是吃肉的,不是吃屎的。明白吗?"杜崽儿说。

程三儿眼珠一转,笑了。他胡噜着自己的秃头,"嘿,我就说嘛,崽儿哥和白老大一样,都是站着挣钱的。"

"咱们去众利集团,不是当羊的。不能像那帮人一样,整天耷拉着脑袋、穿西装、打领带、装孙子。咱们是去薅羊毛的,吃着他的饭,还骂着他的娘!兄弟们,懂吗?"

"懂!"兄弟们笑了起来。

"懂就行!那咱们就抱着团儿,挣着他的钱,干着咱们自己的事儿。"杜崽儿举起酒瓶。

兄弟们纷纷响应,小食摊里气氛热烈。

"进去之后,我会把你们分到不同部门。哎,可不是让你们去吹空调、坐办公室啊。保安、保洁、维修、打杂,要分头进入,不引人注目。"

他这么一说,兄弟们都懂了。

"哎,三儿,以后再跟我联系,打这个号码。"他说着从兜里掏出一部华为手机,操作了几下,程三儿的电话就响了。

"2457……"程三儿眯着眼看,"明白了,我们是跟着您去众利当卧底。"他笑了。

"钱上的事儿你们别担心,少出来的部分我按月补。但有一点啊,我这人丑话说前头,就算成了众利的人,你们也是我的兄弟,过去之后不是给富江做事,而是给我做事。要是哪个跑风漏气、出卖兄弟了,我可不答应。"杜崽儿加重了语气。

"崽儿哥,我们都听你的。刀山火海,我们也去!"宋小海喝多了,口无遮拦。

"呵呵,没他妈那么严重。"杜崽儿笑了,"我都想好了,你小子白白净净的,就去餐厅当个服务员吧。丫那好酒多,抽冷子你就往外顺几瓶,以后咱们再撸串,得喝威士忌。"

他这一说,兄弟们都乐了。

"猎手总是以猎物的形式出现。"宋小海竖起大拇指。

"嘿,这话我爱听。对,咱们都是猎手,那帮孙子都是猎物。"杜崽儿大笑起来。

12
表演

清晨的阳光唤醒了沉睡的城市,把周遭的一切都染成了金黄。一缕薄云点缀在天空中,像少女遗失的纱巾。街头喧嚣熙攘,人流、车流交织在一起,小食摊的蒸笼上升腾着袅袅烟气,一切忙碌而平静。

　　董刃把一个粉色的大书包背在胸前,拉着女儿俏俏送她上学。俏俏今天梳了两个可爱的羊角辫,边走边看董刃。

　　"爸爸,老师不让这么背书包,书包应该背在后背上。"俏俏说。

　　"哦,老师说得对,书包是应该背在后背上,但我习惯了,警察都是这么背书包的。"董刃说。

　　"为什么呢?"俏俏不解。

　　"因为防止坏人盗窃啊。特别是坐公交车的时候,最好不要把书包背在后面,那样如果有小偷想偷东西,你就很难发现了。所以书包背在前面才更安全。"董刃解释。

　　"爸爸,我总听你说坏人坏人,但我却从来没有见过,坏人长什么样啊?"俏俏问。

"坏人……"董刃想了想,"坏人和好人从外表上看着一样,但心里却不一样。嗯……人心隔肚皮,这个词你学过吗?"

"没有。"俏俏摇头。

"嗯,就这么说吧,一个人,干了坏事他就是坏人。"

"那不干坏事的时候就是好人吗?"俏俏插嘴。

"呵呵,也不全是。"董刃被自己给绕进去了,"总之,就是要保护好自己,不要轻易相信别人。"

"我知道,老师还教了我们顺口溜呢,'小朋友,听仔细,安全时时心中记;陌生人,给零食,莫伸手,不贪吃;陌生人,给饮料,不要喝,怕下药……'"

董刃听着不禁笑了,"这什么顺口溜啊,也不押韵呀。"

"爸爸,这个世界上的坏人多吗?怎么发现他们呢?"俏俏又问。

"怎么说呢,坏人不算多吧。但坏人有时很难被发现,他们会表演成好人的样子,趁你不注意的时候对你下手。"

"哦,披着羊皮的狼,对吧。老师说过。"俏俏总能从老师的话里找到对应,"那,好人也需要表演吗?"

"也需要啊。其实咱们都是在表演,我演警察,你演学生,每个人都有自己的角色。"

"那警察里肯定没有坏人吧?"

"警察里……当然没有,警察都是好人。"董刃做出肯定的语气。

父女俩边走边聊,不一会儿就到了学校。董刃从胸前取下书包,调整好背带的长度给俏俏背上。

"爸爸，以后在没有坏人的时候，你书包要背在后背上。"俏俏说。

"好的，一定。"董刃笑着说。

"别忘了吃药，别忘了喝水，别忘了跳绳啊。"俏俏提醒。

"知道，放心吧。"

"爸爸……"俏俏还想说些什么，但张开嘴又不说了。

董刃俯下身，蹲在女儿面前，"怎么了？"

"我是不是又要很久见不到你了？你是不是又要去工作、出差了？"她留恋地问。

董刃鼻子一酸，心被什么揪了一下，"哦，是啊，没办法，警察就是要去抓坏人啊。要不好人不就挨欺负了？"

"哦……好吧。"俏俏点点头，上前一步，搂住了董刃。

董刃感受着孩子那柔软的身体，眼睛湿润了。

按照泌尿科专家的医嘱，董刃每天需要定时服用"金钱草颗粒"等排石药物，通过大量喝水、蹦跳、排尿，尽快将体内的"坏人"排出。为此顾晓媛还特意给他买了一根跳绳，让他配合治疗。但他头几天还能坚持，随后就"三天打鱼，两天晒网"了。

董刃扫了一辆共享单车，经过二十多分钟的路程，来到了天使恋人酒店。他从前台取了"热情似火"套房的门卡，走到一层尽头，左顾右盼了一会儿，推开了房门。屋里漆黑一片，他并不开灯，凝视着面前布置成粉色的墙壁和面前的红色座椅，走了几步又推开了另一道房门，走进那间摆放着红色圆床的卧室，一个黑影正坐在沙发上。那个位置，七年前曾坐着乔四儿。

"没人看见吧?"董刃问。

"当然。"那个黑影说。

"给我打电话,用的是新的号码?"

"尾号2457,用我手下一个小孩儿名字登记的,放心。"他说着拿出两个手机,一个苹果,一个华为。

"兜里揣俩手机,别弄错了。"董刃提醒。

"错不了,跟你通话的是华为,信号好。"

董刃点点头,挪过一把椅子坐在那人对面。那人摸出打火机,给自己点了一支烟,在火光中可以看到,竟是杜崽儿。

董刃猛地抬手,就扇了杜崽儿一个嘴巴,"你他妈什么意思!"他质问着。

杜崽儿被打得一个趔趄,但并不还手,侧过脸,瞧着他笑,"怎么了?把你弄难受了?"

"我告诉你,弄我可以,你他妈别弄我的家人!"董刃用手指住他,"再有一次,我就对你不客气!"

"哼,再有一次?你受虐狂啊,一次还不够。"杜崽儿撇嘴。

"你以为富江傻吗?你这样就能打进去了?太可笑了!他是将计就计,引你进虎穴,以此盯住你。"

"他那顶多是个狼窝,谁是虎可不好说。"杜崽儿说,"对不住了,刀子,我借你的路打进去,也是没办法的办法。忘了,字是我,花是你,公平起见,听天由命,我是按照结果办的。"

董刃不说话了,气喘吁吁地看着他。

两周之前,同样是在这个酒店的这个房间。两人坐在和现在一样的位置，也在抽着烟。

"乔四儿的事儿我们上，你别插手。我警告你啊，要是干扰办案，我第一个抓你！"董刃警告杜崴儿。

"扯淡！你凭什么管我啊？我他妈现在不是阶下囚了，干什么不用跟你报告。我问你，白老大的尸体什么时候能下葬？"

"你怎么知道白永平死了？"董刃皱眉。

"废话，我是混社会的，你们知道的，我也能知道。"杜崴儿不屑。

"我们只找到了他的部分尸骨，在破案之前，还不能入土。"董刃说。

"不能入土？那放在哪儿？就在停尸房里搁着？"杜崴儿质问。

董刃没说话，不想过分泄露案情。

杜崴儿拿出香烟，点燃三支，捏在手里闭眼祭拜。

过了一会儿，他睁开眼，"白老大死了，我会用自己的方法进行调查，刘涌的仇，必须报！"

"怎么报？如果找到刘涌，干掉他？"董刃质问。

"我怎么报没义务告诉你。而且我也警告你，要是我没碰红线，你就别挡我的道。不然我对你可不会客气。"杜崴儿盯着董刃。

"哼，起范儿了，不是当年的崴儿了？"

"嘿嘿嘿，你最好别用这种语气跟我说话，我不是你的线人了！"杜崴儿站起身，指着董刃，"我受够了，靠你们什么事都办不了。"他说完就要走。

"范军是冲着富江去的吧？"董刃在他背后说。

"范军？"杜崴儿一愣，"你们怎么知道他？"

"被我抓了,身上还带着家伙。"

杜崽儿没说话,盯着他。

"人是你引来的吗?据说有人给他递信儿,说富江身上'有短儿',敲打他就能搂着钱。"董刃与他对视。

杜崽儿没回答他,但表情却出卖了他的内心。

"你怀疑富江在窝藏刘涌吗?"董刃又问。

杜崽儿依旧没有回答,反问道:"你是不是要出差啊?"

董刃也没有回答,也反问:"乔四儿也黑过富江吗?"

两人都沉默了,房间里静了下来。

杜崽儿掏出一枚一元的硬币,放在手上,"猜猜,是字还是花?"

"什么意思?"董刃皱眉。

"字是我,花是你,公平起见,听天由命。"他说着用拇指一弹,硬币飞到空中。

啪,硬币落在茶几上,杜崽儿用手盖住,"谁选对了听谁的。"

董刃冷下脸,转身就向外走,"何去何从,你自己选择。"

"哎,你不看看吗?结果已经出来了。"杜崽儿在他背后说。

"别看那孙子表面风光,实际上过得挺惨。前段时间想通过虚拟币洗出一大笔钱,结果让省厅经侦的给'截和'了,不但损失了几千万,地下钱庄那帮人还差点儿给他供出来。手里的房地产项目也一直烂尾,金融项目接连逾期,为了还债、过桥,价值上亿的古董和艺术品都打包给贱卖了,但还是堵不上窟窿。他的情况是岌岌可危啊。最近在广联人脉、抓紧布局,可能涉及一些政府层面儿的人。但我觉得,没戏,丫撑不了多久。"杜崽儿边抽烟边说,"还有,他家里还有一个疯媳妇，整天鬼哭狼嚎的，应该是得了失心疯。"

"失心疯？"董刃皱眉，"就是网上传的他为了切割财产，刚刚离婚的妻子？"

"对，平时看上去没事，一到晚上就闹。"

"他平时都在哪儿活动？联络的都是一些什么人脉？"董刃问。

"初来乍到，我不敢盯得太紧，这孙子很敏感，神神道道的，得稳点儿了再说。"

"你到了众利以后干什么？保镖？"董刃问。

"嘿，看不起我是吧？我就只能耍胳臂根儿啊？我过去是吃肉的，不是吃屎的。"他撇着嘴说。

"我可提醒你，别演过了，谁都不是傻子，露了馅你收不了场。"

"哼……"杜崽儿不屑地笑笑，"那孙子细皮嫩肉的，摔个跟头骨头能散了。我带着一帮兄弟进了他的公司，收不了场就霸王硬上弓呗，我就不信他不吐露实情。"

"嘿，我可提醒你，要是这么干事儿，你还得折进去！"董刃指住他。

杜崽儿笑笑，摇摇头，"你瞧瞧你都什么样儿了，还跟我这儿吆五喝六呢。你现在不是市局刑侦支队重案队的队长了，不是那个一跺脚就令黑道肝儿颤的'双刃剑'了，你只是一个被撤了职的派出所民警，咋呼什么呀？"

董刃没被他激怒，轻轻地点头，"是，你说得没错，我就是一普通警察，没什么方法制约你。但是……"他故意拉长着声音，"我可以调查你啊，可以盯死你啊，不管你去哪儿，我都开着辆警车在后面给你'保驾护航',我就不信你能在众利待得住。"

"嘿,我还告诉你,你越是这样,我就演得越像。富江正盼着你折腾我呢,他为什么把我弄到公司啊,还不是当隔离带和防火墙。"杜崽儿笑。

"哦,那就换个方法,直接把你的那些虾兵蟹将给收了。我最近发现他们都改了行,成了众利大厦的保洁、保安和维修工……那我就搞个清查行动,把他们一个个地给揪出来。"

"哎,姓董的,威胁我是吧?你成不了事儿,也别拆我台啊。你这么弄我,对你有什么好处?"杜崽儿不干了。

"哎,带着硬币呢吗?"董刃问。

杜崽儿笑笑,从兜里掏出硬币,"怎么着,不服?再来一次?"

董刃从他手里拿过硬币,用拇指一弹,硬币就飞到空中。

两个人不禁抬头,看着硬币飞起的轨迹。硬币划了一道椭圆的弧线,落在了地上,又叮叮当当地弹了几下,转起圈来。几圈之后,竟然没有倒,贴着墙根立在了地面上。

"哈哈,哈哈哈哈……"杜崽儿大笑起来,"平手,看见没有?天意!"

董刃不动声色地看着,"有情况随时报给我,和当年一样。"他抬眼说。

"那你能为我做什么?"杜崽儿皱眉。

"只要有了证据,无论是谁,我都敢办。"

"就你,一个派出所警察?"杜崽儿摇头,"你知道富江有多大产业吗?他的人脉可不是你能抗衡的。"

"我现在是光脚的不怕穿鞋的,没什么顾忌。"

"你那俩手下呢？他们能跟你一样吗？"

"我就是不想让他们掺和进来，才跟你单聊的。这事儿干成了干不成都得炸，我已经拔不出来了，别再惹他们一身臊。哎，你以为候问室没监控吗？那是我提前给关掉的。"董刃瞅着他说道。

杜崽儿一愣，沉默了一会儿，"哎哟喂……听你这意思，是将计就计呗。"他恍然大悟，"你狠，你够狠！"

"魔高一尺道高一丈，没听说过吗？别忘了，单聊是我提出的。"董刃皱眉。

"猎手总是以猎物的形式出现，呵呵，高，真他妈高！"杜崽儿竖起大拇指，"看这意思，你是早就想好怎么做了，拿我当傻子了？"

"怕你演得不像，配合一下你。"董刃眯着眼说。

"你这人就是独，成不了啥大事儿。"杜崽儿摇摇头，站起身，"哎，乔四儿真的是病死的吗？不会是有人下黑手吧？"他又问。

"起码从现有证据看，是自然死亡。杜崽儿，既然潜进去了，你就把自己给隐好喽，别擅作主张，我不希望再出现汕州那件事。还有，别再骚扰那对母女，她们已经够可怜的了。"董刃提醒。

"我知道分寸，不会破了规矩。"杜崽儿轻描淡写，"对了，那几个省厅的最近逼得太紧，这么干会惊着富江的。"

"我知道分寸，心里有谱。"董刃说，"你呢，知道自己怎么做吗？"

"早请示、晚汇报，认真执行董警官命令。"他摇头晃脑地说。

"记住你自己说的话。"董刃叮嘱。

"哼，但你也要记住，我之所以答应你，是为了找到刘涌，给白老大报仇。我不欠你什么,我是在做自己的事儿。"他恢复了表情,"我没念过几天书,也没啥一技之长,在社会上混就靠义气这俩字。当年白老大不嫌弃我,把我当他的小兄弟,没少帮我挡刀。有一次我为了出风头,招惹了周庆,那孙子带人满处堵我,扬言说要灭了我,要不是白老大顶着,帮我挨了一刀,我这条命早就没了。所以我得懂得知恩图报,拉过我的,滴水之恩当涌泉相报,踩过我的,我眼里绝对容不下沙子!"

"知恩图报?哼,你别天真了!"董刃打断他的话,"你以为白永平是慈善家吗?白养着你?他是拉拢你,利用你,让你在关键时刻替他卖命、挡刀子!"

"那怎么了?花钱难买我愿意!"杜崽儿也打断他的话,"我跟你明说,就算他死了,我也要还这个人情!不然我后悔终生,睡觉都睡不踏实。我这么做,是要给自己一个交代!"

两人正说着,楼上突然响起了冲凉声。杜崽儿不禁抬头,"嘿,看见没有,咱俩还较劲呢,人家已经配合完了。"他说完,就推门走了。

董刃看着他的背影,陷入沉思。他知道,从法律和身份上讲,自己是警察,杜崽儿是流氓,两人泾渭分明、水火不容。但从江湖道义上讲,董刃是佩服杜崽儿的,有时甚至觉得他和自己很像。这时,他的手机振动起来,他拿出来查看,发现是一条群发的短信:

"各位海城新新家园的业主,鉴于近期发生的一些情况,众利集团董事长富江,邀请您于明日上午10时赴众利大厦参加情况说明会……"

董刃凝视着短信,摸出烟,点燃。

在海城市公安局副局长办公室里，江锋坐在郭局对面。

郭局沏了一杯茶，放到了他面前。

"江组长，好久没回市局了吧？这一晃都七年了。"郭局客套地寒暄着。

"郭局，您别这么说，海城市局是我的老家，没有您的扶持，就没有我的今天。"江锋诚恳地说。

郭局笑笑，低头喝了一口茶，"我找你来，是为董刃的事。"他开门见山，"纪委已经查清了，董刃在询问的过程中，没有动手，杜宝军是诬告，我们已经启动了对民警维权的程序。"

"我听说了。"江锋点头，"但郭局，我还是希望能暂停董刃的办案权，不让他参与到办案之中。"他急切地说。

"为什么？怕他影响到你的工作？"郭局看着他问。

"是。"江锋点头，"您知道，省厅的相关部门已经监控众利集团很长时间了，从现在的情况看，虽然众利集团在金融监管局、住建局等部门组成工作专班的监督下，取得了一些工作上的进展，但毋庸置疑的是，爆雷肯定是早晚的事儿。所以我们遵照省厅领导的指示，一直在对富江开展工作。但现在董刃插了进来，于情、于理、于法、于规定、于管辖，都是不合适的。"他给董刃扣了个大帽子。

"你们查的是大事，是关乎人民群众投资安全、财产安全的案件。董刃调查的是乔慕华盗窃自行车的小案。我想，就算他的工作与你存在某些交集，那也微不足道，不至于影响到你们的大局吧。"郭局并未顺着他说。

一听这话，江锋沉默了。他也拿起水杯，喝了一口，知道郭局这是揣着明白装糊涂。

"江组长,我清楚,你对董刃的工作有意见,不论是在汕州那会儿,还是前些天发生的那些事,你都进行了实名举报。因为这事儿,我也多次跟省厅的尤副厅长做了汇报。但我要告诉你,无论是董刃等人调到南关派出所,还是他们去汕州出差,都是经过我同意的。所以要是有责任,尤其是有法律规定以及管辖方面的问题,也都要先向我问责。"郭局声音不大,可语气却很强硬。

江锋看着郭局,当然明白他话里的意思,"郭局,我不是什么组长,在您面前,我永远是小江。我现在的身份还是襄城的民警,到省厅只不过是临时借调。我之所以实名举报董刃,不是冲着您,而是为了保护他们。"

"保护他们?"郭局皱眉。

"您知道,七年前,我和董刃、赵阔、苏晓雅在一个组。由于乔慕华脱逃的事件,我们都受到了很大的影响,至今都没能消除。所以这次到省厅,我向领导提出了两个请求,第一,让我参与侦办富江金融犯罪的专案工作;第二,追捕乔慕华,把七年前的事件查个水落石出。"江锋一字一顿地说道。

"乔慕华已经死了,你还怎么查?"

"他死了,还有杜宝军。杜宝军也是冲着富江去的。杜宝军曾是董刃的'线人',您该不会看不出来,他们在演一出'双簧'吧?"江锋言辞犀利。

"你是怀疑董刃有问题?"郭局问。

"在事件被查明之前,我有理由怀疑所有人。于公,如果有人曾经被拉下马,应该得到法律的惩处;于私,不查清事实,也无法澄清我和其他民警的清白。"

"警察办案，不能猜测、妄想，要以事实为依据、以法律为准绳。"郭局提醒。

"当然，我肯定会这么做的。请您放心。"江锋说着站了起来，往后退了一步，毕恭毕敬地给郭局鞠了个躬，"感谢您这些年对我的提携与培养，也感谢您的提醒。但开弓没有回头箭，我已经没有退路了，必须接着干下去。要是以后有什么做得不到位的地方，还请您多多见谅。"

郭局看着他，没动地方，"在我眼里，你和董刃都是干警察的好苗子，一锋一刃、一冷一热，无愧于'双刃剑'的称号。当初将刘涌的案子交给你们，也是对你们的信任。但谁知……"他没把话说完，"之后的工作，我希望你能少夹带个人的情绪，多一些对同志的信任。在办案过程中难免会出现异议和分歧，但面对犯罪，还是得形成合力，同仇敌忾，把刀尖朝向外面。"

"但要是有人有问题，只顾着刀尖向外反倒会适得其反，有时得先自我检视，挖出内鬼，才能够打下坚实的基础。"江锋回嘴道。

郭局冷下了脸，端起茶杯，不再看他。

江锋站在原地，抿了抿嘴唇，"我知道，身边很多人都看不起我，给我起外号叫'舔狗'，觉得我这人没能力，能一步步往上爬都是靠混圈子、凭关系。但说实话，我不认为'舔'是个贬义词，'舔'不是攀附、不是巴结，只是一种想要进步、想要改变自己生活的途径，如果我有其他人那样的出身和关系，就不用这么'舔'了！小时候我家里条件不好，别的孩子有的我都没有，但我从来没轻视过自己。我一直坚信，只要凭借自己的努力，就能过上更好的日子，所以才一步步考到了海城，当上警察，进了刑侦支队……可就因为那件事，我的生活全毁了，我珍视的所有荣誉都化为乌有，我一下子跌入了谷底。别人怀疑我、质疑我，他们看我的眼神，仿佛在说，'就是你干的，你是内鬼'！这么多年，从没人怀疑过董刃，他们都在传我的谣言，说是我故意脱岗，放走了乔慕华。这谣言就像五指山一样，压得我喘不过气，无法翻身，所以被逼无奈我才离开海城，去了襄城。所以郭局，我如今这么做，也是迫不得已，无可奈何，这个案件一天不查清楚，我就一天没法给自己一个交代，为自己证明清白！所以对不起了，我永远记得刚参加工作时，您对我们说的话，不要相信别人，也不要相信自己，唯一能相信的只有证据。所以也请您放心，我对董刃他们不会胡乱猜测，一定会找到铁证，让这个案件真相大白，给自己和所有人一个交代！"江锋再次深深地鞠了一躬，转身走了。

郭局看着他的背影，眼神复杂。

上午10点，众利大厦五层会议厅里座无虚席。"都市阳光一期"保交楼大会隆重召开。海城房产局、住建局、金融监管局、众利集团"都市阳光"项目公司全体成员、施工合作单位及广大业主、新闻媒体等500余人参加了大会。董刃和顾晓媛作为"新新家园"的业主代表，也坐在了台下。

首先，众利集团的合作方、"都市阳光"、"新新家园"等项目的联合开发商、众诚实业公司的老总袁苑进行致辞。他对政府相关职能部门表示了感谢，称在近期舆情压力、资金压力等多重困难下，相关职能部门能扶持企业、引领企业，与企业共渡难关，充分证明了政府部门对众利集团和众诚实业的信任。同时，公司全体同人也"拒绝躺平"，将齐心协力克服困难，为"保交楼"工作做出努力，保障购房消费者的权益。

之后，施工合作单位的代表纷纷上台表态，现场气氛火热。

"看这样子，是不是'新新家园'也有盼头了。"顾晓媛被现场的气氛感染，侧目对董刃说。

"不知道。"董刃轻轻摇头。

"要没盼头，他们弄这么大动静干吗？"顾晓媛问，"虽说凡事要做最坏的打算，但也不能老是这么悲观吧。"

"悲观没什么不好，总比一次次失望强。"董刃面无表情地说，"据我所知，众利的资金链早就断了，银行也不再给贷款了，爆雷是早晚的事情。他们之所以这么做，无非是安抚人心、拖延时间罢了。"

"那政府部门的那些人呢？还给他们站台？"

"只要没爆雷，工作就还得做。你看有一个政府职能部门的人发言吗？做做样子罢了。"董刃轻叹。

"哦……"顾晓媛心中刚升起的希望瞬间破灭了。

在后台，富江穿着一身考究的西装，在跟一个戴着黑框眼镜的小伙子对词，"从一纸蓝图到幸福交付，从憧憬生活到品质兑现，经过一丝一毫的雕琢，经历一分一秒的期待……"

"不对，富总，你现在还是背的感觉，要用心去朗诵，行云流水，懂吗？"小伙子是个毕业于名校的表演老师，边说边挥动双手。

"嗯，是，我挺焦虑的，要表现出平静、镇定，对吧？"富江说。

"对，知道演员和普通人有什么不同吗？"表演老师说，"演员演戏是先知先觉，但要演出后知后觉的感觉。"

"什么意思？"富江皱眉。

"嗯，说句俗的吧，演员就是把假的演成真的，这是基本功。入戏、变脸，你得自己信，才能让别人信。富总，你信'都市阳光'小区能成功建成吧？"表演老师问。

"我……"富江犹豫了一下，他自然是不信的。

"您信，对吧。您是开发商，心里有底，肯定能保证交楼。"表演老师自顾自地说着，"所以得表现出平静、淡定、胸有成竹，得把情绪扬起来，带着广大业主进行美好的憧憬和向往。哎，您听我说这几句啊。从一纸蓝图到幸福交付，从憧憬生活到品质兑现……"他又重复了一遍台词。

"明白了。"富江点头，"就是先把自己给骗了，才能骗别人。"他笑。

"呵呵，这个意思也对。"表演老师点头，"就是在先知情的情况下，演出不知情的感觉，这是最难的。做好了，就是好演员，做不好，就是票友。"他又补充。

"有点儿感觉了。"富江点头，又重复了几遍词。

"如果上台紧张，您换个方法也行，那就是表情始终不动，客观陈述事实，也是一种自信的表示。《教父》看过吧？就马龙·白兰度那架势。"

"彻底明白了，要演就得演像了。"富江点头，冲表演老师竖起大拇指。

富江上台的时候，现场已经预热完毕。在所有来宾的见证下，他和住建局的曹副局长、金融监管局的聂处等领导一同上台，为保交楼大会剪彩，全场掌声雷动。在各位领导落座后，富江站在舞台中央，伸开双手，声情并茂地演讲：

"从一纸蓝图到幸福交付，从憧憬生活到品质兑现，经过一丝一毫的雕琢，经历一分一秒的期待，将幸福交给到你们手中，是我们郑重的承诺……今天的大会是重启幸福和憧憬的时刻，众利集团与合作伙伴们将逆风而行、再次启航，开启新的篇章！"

他演讲得很投入、很动人，台下不禁响起经久不息的掌声。

演讲完毕，富江抬抬手，示意众利集团的众位高管上台，并逐一介绍。令董刃意外的是，杜崽儿竟然也在其中。介绍到他的时候，富江特意强调，杜总作为新加入集团的高管，负责合规部工作，他有着丰富的行业经验，下一步将在"保交楼"中参与公司重要决策、风险管控、内部审计等方面的工作。

在富江演讲的时候，台下一个穿着众利集团工装的小伙子一直在拿手机拍摄。董刃看他觉得眼熟，一时又想不起来在哪儿见过。

夜晚，海城新新家园的工地，只亮着一盏微弱的灯火。气温已经降到了零下十度，那对母女还蜷缩在四处漏风的毛坯房里。董刃给她们送去了两床棉被和一些食物，没多停留就走了。他不想面对她们的眼神。

董刃游荡在漆黑的工地里，像个孤魂野鬼。他拿出手机拨通了杜崽儿的那个尾号2457的号码，电话响了几声便被挂断，大概过了三分钟，电话回了过来。那边的声音很乱，似乎是在饭局上。

"你这是什么意思,怎么成了众利的高管了?"董刃问。

"我也没弄明白,之前说好了就是帮他铲事儿的,结果今天开会之前,他把我架了上去。什么风险管控、内部审计,我哪儿懂啊。"杜崽儿的声音有点发飘,像是喝了酒。

"你可留点儿神,这不是什么好事儿。把你推到前面没准是为了让你背锅,别着了他的道。"董刃提醒。

"放心,能怎么着啊?还让我背锅?姥姥!我告诉你,我肯定将计就计,给丫拿下!"杜崽儿说。

"你不能顺着他的思路来,一旦被卷进去就出不来了。别忘了,你进去是惹事的,不是平事的。"

"放心吧,我心里有谱,正排兵布阵呢!"杜崽儿挺自信,"哼,丫刚才还给我派活儿呢,让我明天带着一帮搞直播的,去烂尾楼慰问那对母女。"

"你可别胡来啊!"董刃皱眉,不禁回头看着烂尾楼里的灯火,"他要是非让你去,你可以把事儿反着做,最好能引导那个母亲提出退房的要求,这样不仅不会给那孙子做广告,还能解决母女的困境。"

"高,实在是高!明白了。"杜崽儿说。

董刃挂断电话,忧心忡忡。他清楚,富江把杜崽儿推到前台,是将计就计、反客为主。而这场保交楼大会同样是他的缓兵之计,其目的就是稳住相关的政府部门、公安机关和购房业主,换取时间,尽最大可能给自己创造跑路的机会。董刃点燃一支烟,在呼啸的寒风中静静地吸着。他深知,光靠杜崽儿肯定不行,自己不能再守株待兔、毫无目标地等对手露出破绽,他必须主动出击,立刻采取行动，打草惊蛇，才能引蛇出洞。

而在杜崽儿那边，他确实已经喝大了。在小食摊里，他醉醺醺地仰靠在凳子上，呼着酒气。一帮兄弟围在身边。

"哎哎哎，你们几个，跟老家的亲戚说了没有？有没有找活儿的，保安、保洁，都给我招过来，往公司里码。"杜崽儿咋咋呼呼地说。

"崽儿哥，都说了，过几天就到。我三姨干活儿特利落，干保洁肯定能给整得利利落落的。"一个小圆脸说。

"扯淡！"杜崽儿不高兴了，啪的一下拍响了桌子，"你丫怎么烂泥扶不上墙啊？听不懂中国话吗？我让你找亲戚来是擦马桶、干活儿的吗？我是让你们盯着那帮孙子！"

小圆脸一缩脖子，不敢说话了。

"崽儿哥，你消消气，丫不上道，我调教。"程三儿和稀泥，"哎，我这边一切正常啊。盯着的那孙子买假发票充账，我都给拍照了。"

"OK！"杜崽儿竖起大拇指，"那就继续拿捏，等火候儿差不多了，把东西给他，明挑！要能聊，就喝顿大酒，交朋友。哎，酒钱我给报销。"

"得嘞。"程三儿坏笑。

"你们听明白没有？招你们进来，不是来打工的，是盯着那帮孙子。我是谁啊？众利集团合规部的老总，你们呢？合规部的卧底！收小钱儿的，找小三儿的，赌博的，嫖娼的，吸粉儿的，只要有把柄，就都给捏住，明白了吗？"

"明白了。"兄弟们异口同声。

"小海,平时那孙子的一举一动,都拍下来了吗?"杜崽儿转头问。

宋小海有些紧张,"崽儿哥,我一直拍着呢,都好几十个G了。"

"什么?几十个'鸡'?"杜崽儿皱眉。

"哈哈,他说的是容量。"程三儿笑了,"崽儿哥,我看您最近是太素了,走,咱们下一场,找姑娘去。"他说着就站起身。

"扯淡。"杜崽儿推了他一把,"我跟你讲啊,以后啥样我不管,这段时间你给我老实点儿,别沾那些歪的斜的。咱们是来抓别人把柄的,别反过来让人家给拿捏住了。"

"明白,明白。"程三儿连连点头。

"新闻上怎么说来着,打铁先要自身硬,守住底线,才能砥砺前行。"杜崽儿抬手朗诵。

13
奇襲

次日傍晚，董刃来到了位于海城东郊的"青石滩"高尔夫球场。球场冬季封闭，除了大门之外并无人值守。董刃在球场外观察了一会儿，从一堵监控照不到的矮墙翻了进去，然后低头猫腰，借着夜色潜行。"青石滩"是标准的18洞球场，占地面积很大，约有70公顷。董刃在来之前就做好了功课，一路向会所的方向行进，不一会儿就见到了几栋别致的建筑。

会所门前停着十多辆车，有劳斯莱斯、保时捷之类的豪车，也有奥迪A6、帕萨特等中档车。董刃藏在一棵大树下，拿出手机依次记录车牌号码，发现其中一辆帕萨特的挡风玻璃前插着"市政府"的出入证。他记录完后，缓缓朝会所靠近，远远就听到了里面的觥筹交错之声。

这时，从会所里走出了一个人，拿着手机正通着电话。董刃赶忙靠在一辆奥迪A6旁，掏出香烟，佯装等人。那人穿着一件藏蓝色的翻领棉夹克，梳着一丝不苟的四六分，边说边踱步，表情忧心忡忡，不一会儿竟走到董刃附近。董刃看着他觉得眼熟，却又一时想不起在哪见过。这时，那人也看见了董刃，只见他缓缓地放下电话，又探头探脑地看了几眼，就朝着会所的方向跑去。

董刃觉得不对，转身就要走，却不料没走几步，刚才还漆黑一片的高尔夫球场突然灯光全亮。董刃下意识地用手遮脸，与此同时，一群穿着黑色西服的人从四面八方跑来，将他团团围住。

"干吗的？"一个虎背熊腰的大汉跑到他近前。

"没干吗，随便溜达溜达。"董刃边退边说。

"别乱动啊，要不整死你。"背后一个人推了他一把。

董刃不敢妄动，被困在原地。这时，从会所里面走出来几个人，为首的一位身材消瘦，面色惨白，穿着一件黑色的大衣。董刃认识，正是富江。

富江冲那些人摆了摆手，走到董刃面前，表情似笑非笑，"你是……'新新家园'的业主吧？"他明知故问。

"对。"董刃迎着他的眼神。

"叫……董刃。电话尾号1680，现住址在海城的市南区，妻子叫……顾晓媛。"富江娓娓道来。

董刃知道自己被盯上了，面无表情地看着他，并不说话。

"你是海城市公安局的警察，对吧？"富江又问。

"怎么了？"董刃反问。

"为什么盯着我，是为了房子，还是其他什么？"富江轻轻一笑。

"你觉得呢？"董刃反问，"哎，你原来是叫这个名字吗？"

"原来？什么时候？"富江皱眉。

"七八年前吧，你还没混得这么好的时候。"董刃说。

"哦……那个时候啊……"富江故作思索，"忘了，真忘了，我的名字很多,不知你问的是哪一个。"

"哦,那我换个问题。你认识刘涌吗?"董刃直视他的眼睛。

"谁?刘什么?"富江装傻。

"你认识乔慕华吗?外号乔四儿。"董刃又问。

"哼,我不知道你说的是谁。"富江摇头。

"现在你知道我为什么一直盯着你了吧?"董刃咧嘴笑了。

"哦……略知一二了。"富江点头。

两人初次交锋,虽然谁也没透露出什么,但在彼此心里,都已有了答案。

"大冷天的,不请我进去坐坐吗?"董刃朝会所抬抬手。

"哎哟,今天还真是不方便,里面有个重要的会议。"富江摊开双手。

"哦……是跟施工合作单位的会议啊,还是跟政府部门领导的会议啊?"董刃问。

他已经想起刚才那个打电话的人是谁了,自己曾在众利集团保交楼的会上见到过,正是住建局的曹副局长。

富江没有回答,低头叹了口气,停顿了几秒转头冲身边的那些黑衣人说:"哎,我这酒真是喝多了,又断片儿了,一时想不起来这人是谁啊?"他抬手指着董刃。

那帮人没反应过来,一时不知该怎么接话。

"我不认识他吧?也没邀请他进来吧?这大黑天的,鬼鬼祟祟的,到咱们这肯定是图谋不轨。你们说,该怎么办?"他一发话,那帮人呼啦一下围了上来。

"我这人焦虑、失眠,脑子不好使,刚才被风一吹,你的姓名、职业，什么乱七八糟的，全都给忘了。现在，我觉得你是个图谋不轨的扒手，趁着我球场维修监控进来盗窃。对不住了，一顿揍肯定是挨上了，同时，我还得报警。"富江说完就冷笑一声，转头就走。

几个黑衣人立刻动起手来。他们下手很重，董刃左突右撞，却还是双拳难敌四手，被打倒在地。他用双手护住头，将身体蜷缩起来，忍受着如雨点般落下的拳打脚踢。但正在这时，远处竟响起了警笛声。

那些人闻声停了手，董刃抬头望去，正看见一辆蓝白道的"依维柯"警车疾驰而来。

警车停在众人面前，从车里下来两位制服警，正是赵阔和苏晓雅。两人挎着八大件，疾步如飞，三步并作两步跑到近前。

"都给我闪开，干吗呢？"苏晓雅右手扶住警棍，左手指向几个黑衣人，厉声喝道。

赵阔刚想上前扶起董刃，那个虎背熊腰的大汉就挡在了前头。赵阔毫不犹豫，一个大背跨就将他狠狠摔了出去。

赵阔扶起董刃，眉头紧皱，怒目圆睁，"都谁动手了？说！"他冲着那帮人大声怒吼。

"警官，怎么了？"富江见状，又返了回来，"这人黑灯瞎火地闯进我的高尔夫球场，图谋不轨。刚才被发现了，还想要逃走，我的安保人员这才要控制住他，结果他还反抗。哎，我们扭送盗窃嫌疑人，不犯法吧？"他嚣张地叫嚷着。

"不犯法。所以我们才过来调查啊。"赵阔声色俱厉地说道。

"你们是来调查谁的啊？是他？还是我们？"富江抬起手，指了指刚刚从地上爬起的那个手下，"你们不会和盗窃嫌疑人沆瀣一气吧?"

他这么一说,黑衣人们纷纷开始起哄。

"我们是派出所的民警,刚接到报警说这里有人聚众淫乱,所以过来检查。"苏晓雅亮出警官证说道。

"你,身份证拿出来。"苏晓雅指着富江。

"你们有权力查我的身份证吗?"富江皱起眉头。

"当然,根据《中华人民共和国居民身份证法》第十五条规定,人民警察依法执行职务,遇有下列情形之一的,经出示执法证件,可以查验居民身份证:一是对有违法犯罪嫌疑的人员,需要查明身份的;二是依法实施现场管制时,需要查明有关人员身份的;三是发生严重危害社会治安突发事件时,需要查明现场有关人员身份的;四是在火车站、长途汽车站、港口、码头、机场或者在重大活动期间设区的市级人民政府规定的场所,需要查明有关人员身份的;五是法律规定需要查明身份的其他情形。现在有人报警说你们聚众淫乱,我们有权查验身份证。"苏晓雅一口气清晰而流畅地说完。

"哼,挺流利的,背得不错。"富江点头。他停顿了一下,知道这么闹下去不好收场,就抬了抬手,"把我身份证拿出来,给他们查验。"

"别在这儿,这大冷天的,到屋里多好。"苏晓雅说着就向会所走去。

"你们过分了啊!"富江变脸,侧身拦住苏晓雅。但赵阔却不给他脸,一抬手就将他扒拉到一边。黑衣人们见状,又围了过来。

"都别动啊,再动就不客气了!"董刃从赵阔腰里拔出"喷罐",

指着那些人说,"我是南关派出所的副所长董刃,警号012783。富江董事长,你现在没断片儿吧,能记住吧?"他说着也亮出警官证。

趁着这工夫,赵阔和苏晓雅已经走进了会所。

会所地下一层的KTV包房里,坐着十多个男男女女。赵阔挎着"八大件",煞有介事地正了正警帽,命令道:"男的站左边,女的站右边。"

他说话的同时,苏晓雅打开了肩头的执法记录仪,对着这些人拍摄。

坐在主位的就是刚才那个穿着藏蓝色翻领棉夹克,梳着一丝不苟四六分的人,他用手捂脸,并不起身。他身旁一个戴着金丝眼镜的,却毫不顾忌,跷着二郎腿,冷冷地看着赵阔。

"听不懂中国话吗?起来!"赵阔皱眉,提高了嗓音。

"身份证都拿出来。"苏晓雅也上前一步,"我可提醒你们啊,我们是依法检查,要是不配合,一会儿就都跟我们回所里去。"

"对,换个地方你们就配合了。"赵阔也说。

"你们是哪个派出所的?""金丝眼镜"问。

"南关派出所的。怎么着,有熟人啊?"赵阔拿起一个小姐的身份证,边核录边说。

"我能打个电话吗?"他拿出手机。

"可以,但得先配合我们核录完。哎,理解一下啊,在核录之前,我们不知道你们的身份,万一有个通缉犯呢。"他故作严肃地说,"还有你,别挡着脸了,拿身份证。"他指着那个四六分头的人说。

"四六分头"停顿了一下,回手拿过包,取出身份证,递了过去。赵阔接过来,与他对视。那人满脸阴沉。

十多分钟后,三个警察开着警车离开了高尔夫球场。临走时,富江的表情很难看,狠狠地盯着董刃。董刃知道,自己的目的达到了。

车开出三四里地,确认后面没有尾巴,苏晓雅踩了刹车。

赵阔掏出一支烟,递给董刃,"没想到啊,捞出几个干货。"他笑着说。

"那个'四六分'是海城市住建局的副局长曹丹,那个戴着金丝眼镜、跷着二郎腿的是金融监管局的处长聂维民。另外还有一个市政府办公厅的工作人员,叫徐猛。这一网可捞着几条大鱼。"苏晓雅说,"但这么一闹,都炸了,不是把咱们的底牌给明了吗?"他问。

"打草惊蛇才能引蛇出洞,老办法了。"董刃说,"哎,你们俩怎么来了,盯着我?"他问。

"废话,我们俩不盯着你,你不就废了?"赵阔撇嘴。

"刀哥,我算是明白了,怪不得你最近神龙见首不见尾呢,原来是想把我们俩给甩了、自己吃独食啊!"苏晓雅说。

"你是真够不地道的,一个人玩儿,立功算自己的?"赵阔也跟着说。

董刃一时语塞,不知该如何解释。

"我知道,你是想保护我们,怕我们沾包。但你这么干,是不拿我们当兄弟,没义气!"苏晓雅的语气不像是在开玩笑。

"是啊,让我们重新办案是你撺掇的,我一个好好的警院干事,本来都躺平了,又让你给弄精神了,整天挎着'八大件'巡逻。但如今呢,你又把我给甩开了。嘿,你说有你这样的吗?拿我们当什么了?用完即弃啊!"赵阔也越说越生气。

"刀哥,你这么干是真挺没意思的。我就想问问,不让我们参与办案,到底是你的意思还是郭局的意思?是不是怀疑我们在七年前那事儿上跑风漏气了?"

"哎哎哎,哑巴,老赵,你俩越说越离谱了。"董刃赶忙打断他们,"我真没别的意思,就是看你们拖家带口的,不想再让你们跟着我蹚雷,惹一身麻烦。"

"扯淡,我他妈当警察这么多年了,大风大浪没少经历,什么时候怕过!怎么?觉得我尿,没胆儿?"赵阔不乐意了。

"刀哥,我早就说过。我同学在千度海城分公司干监察,一直想拉我过去呢。我早就不想干了,我怕什么啊?"苏晓雅也说道。

"行了行了,都别说了,我脑袋都疼了。让你们参与,一起干,行了吧!"董刃提高嗓音,终止了这个话题。

"这还像句人话。"赵阔撇嘴。

"那咱们就'对对表',看看下一步该怎么办。"苏晓雅说。

"这些天,我摸出了一些眉目。省厅专案组之所以控着杜崽儿,确实是奔着众利集团和富江去的。哦,就是刚才那个小白脸儿。"董刃说。

"哼,那孙子站都站不直,像个病秧子。别咱们还没抓他,自己先挂了。"赵阔一脸不屑,"哎,后来那杜崽儿怎么着了?冤枉你一溜够,市局没启动民警维权程序?"

"市局找我了,我拒绝了。"

"为什么?让那孙子骑在你脖子上拉屎啊,反了天了!"赵阔很是不解。

"他被富江收了,跟着这条线有用。"董刃不想透露杜崽儿的底细。

"哦……"赵阔点头表示明白。

"富江跟乔四儿有关系吗?怎么调查重点落到他身上了?"苏晓雅满心不解。

"从现有的线索来看,还不能证明他和乔四儿有关。但你们还记得孙文忠的供述吧,乔四儿曾经在几年前黑过一个商人,搂了一笔钱。"

"对对对,我想起来了,说是海城的一个商人。据说做得挺大,是个搞房地产的。"赵阔连连点头。

"就是富江?"苏晓雅皱起眉头。

"很有可能。"董刃回答道。

"明白了,也就是说,通过对他的调查,就能发现刘涌的线索。"苏晓雅点头,"但各个方面都表明众利集团岌岌可危,即将崩塌。咱们现在这么逼富江,可小心他狗急跳墙。"他提醒。

"他能怎么着?敢怎么着?"赵阔一脸不屑,"要真查出他和七年前的案子有关,咱们立马动手,将他绳之以法!"他猛地拍了一下车门。

"别操之过急,省厅专案组也在盯着他。江锋应该做了不少工作了。"董刃说道,"哎,你们过来,'捅娄子'知道吗?"

"当然,不跟他说,怎么领车钥匙啊?"赵阔说道。

271

"哎哟喂,那他可真有担当精神,都被分局领导点名批评了,还敢撑咱们呢。"董刃感到很意外。

"应该是郭局在背后撑着咱们。"苏晓雅说,"听说江锋到市局逼宫了,给郭局惹烦了。估计是他暗示'捅娄子'给咱们开的绿灯。"

"我们刚才闯进去之前,跟'捅娄子'打了招呼,是他让我们用'工作号'拨个110,说有人聚众淫乱,这才把事儿办得合法合规的。"赵阔笑着说。

"嘿,看来这家伙成长了、进步了,适合领导岗位了。"董刃笑了起来,"行,那我就不一个人玩儿了,你们要豁得出去,我也没意见。咱们死死咬住这帮人,就不信查不出个子丑寅卯!"

"平地抠饼,对面拿贼,这不是咱们最擅长的事儿吗?"赵阔也笑了。

苏晓雅深踩油门,速度提了起来。警车在夜色中疾驰着,像一把蓝白色的利剑。

在高尔夫球场会所地下一层的KTV包房里,曹丹的手一直在抖。他的藏蓝色翻领棉夹克敞开着,四六分的头发也有些散乱。一个穿着暴露的妹子在高唱《套马杆》,但气氛却很压抑。

陪着他的是众诚实业的袁苑、富江的"白手套"。他抬抬手,轰走了身边的几个姑娘,拿起洋酒,倒满两杯,将其中一杯推到曹丹面前,"怎么了,不就几个小警察吗?至于吗?"他不屑地轻笑。

曹丹下意识地拢了拢四六分的头发,抬头看向袁苑,叹气道:"我就不该来这儿,我早就说了,有什么事打电话就行,你偏要我来……这下好了,全暴露了。"

"暴露了又怎样？没什么问题啊！"袁苑宽慰他道，"前几天不是刚开完保交楼大会嘛，您是住建局的领导，过来督促一下众利集团和众诚实业的工作进度，这很正常啊！"

"行了吧，说这话你信吗？再说了，我们有规定，工作之余不能进会所……"他压低了声音。

"哎哎哎，我说老曹啊，咱俩认识也不是一天两天了，你该知道我的为人。别说没事，就算有事，也肯定由我替你担着。几个派出所的，掀不起什么浪来。"袁苑说着端起酒杯。

曹丹听他这么说，也端起酒杯，"我不是不相信你，我是怕惹上麻烦，尤其是现在这个关键时期。我们局里的关系十分微妙，已经有人向上打小报告说我跟你们走得近了。不得不防啊……"

"嘁，别理他们，都是一帮小人……"袁苑摆摆手，"哎，我看要不这样，我再给你准备点儿'活动经费'，往市里疏通疏通，尽快把你扶正。"

"不行不行。"曹丹连连摆手，"这几年已经够快了，得按程序来，我任副职还不到两年，得够一个任期才行。"

"哎，你怎么这么教条啊。"袁苑叹了口气，一脸恨铁不成钢的表情，"你这畏首畏尾的怎么能干成大事啊。什么程序，还不是人定的。你越往上走才越安全，你拥有了权力，别人就不敢再乱嚼舌根。这是人性。你不会是对我没信心吧？"

"不会不会。没有你的帮忙，我哪能走得这么顺啊。"曹丹赶忙摇头。

"你有权，我有钱，还怕什么。把心放到肚子里，什么风啊浪啊的，只要船大、锚沉，屁点儿影响都没有。"袁苑拍了拍曹丹的大腿,"等这事儿完了,你要是当官当得烦了,就辞职。孩子不是已经到国外了吗?再把媳妇弄出去,你们三口去自由世界,无忧无虑,多好。"

"别扯了,出去能怎么样?现在那边移民政策变了,很难获得身份。再说了,要是你们不把屁股擦干净,我肯定跟着遭殃,万一公安启动个什么天网、猎狐的,没准还得把我弄回来。"曹丹异常焦虑,眉头紧锁。

"既然让你出去了,就肯定不会让他们找到。再说了,你银子也够了,怕什么。"袁苑撇嘴道。

"唉……"曹丹叹了口气,"我当时就不该上你这条贼船,都说平平安安就是福,现在想想真是没错。"

"嘿,你要这么说可就没意思了,什么平平安安就是福啊,那是忽悠底层人的。还有,当初想往上爬可是你的意愿,要不是我拿钱给你开路,你能有现在这样?"

曹丹没话可说了,拿起酒杯,自顾自地喝着酒。

"行了,逢山开路遇水搭桥、兵来将挡水来土掩,办法总比困难多。"袁苑借机说道,"来来来,干杯!"

两人举杯,一饮而尽。

"别想这么多了,今朝有酒今朝醉,下一步怎么走,我们都给你安排好了。只要过了这道坎儿,肯定大富大贵。"袁苑说道。

在会所二层的雪茄吧里,富江和聂维民相对而坐。富江缓缓地抽着一支高希霸世纪6,聂维民跷着二郎腿,波澜不惊地喝着红酒。

"我是孟州人,来海城闯荡打拼了这么多年,之所以能够发展壮大，所依靠的便是义气、信用以及抱团。如今经济下行，房地产行业辉煌不再，众利的困境也是整个行业的困境，这是时代造就的问题，与我们的经营无关。但即便在这种形势下，我也没有选择躺平，依旧憋着一股劲儿，要将这件事完成，给所有人一个满意的答复。我坚定地相信，能够带着这帮兄弟突破困境，让曾经给予我帮助和支持的朋友们获取丰厚的回报。不管面前的经济形势多么严峻、现金流是否充裕，我都必定能够渡过此关。聂处，您信吗？"富江一脸严肃地看着聂维民。

聂维民没说话，眯着眼看着他。

"哈哈哈，哈哈哈哈……"富江突然大笑起来，"看你这样子，不会真信了吧？哎，聂处，我刚才演得怎么样？是不是特鼓舞人心？就跟美国大片里决战之前的总统宣讲似的？"

"演，在我这儿演，你是什么人我还不清楚？"聂维民撇嘴说道。

"最近啊，我找了个表演老师，电影学院表演系毕业的高才生。但他们这行估计不太好混，毕业好几年了也没演过几部戏。他跟我说啊，越是焦虑就越得表现出平静，您知道演员和普通人有啥不同吗？演员演戏那是先知先觉，但得演出后知后觉的感觉。说白了就是入戏、变脸，得自己先信了，才能让别人信。"

"就算我信了，他们能信吗？"聂维民话里有话。

"当然了，你都信了，他们还不信？"富江反问，"表演老师还说了，故事是权力的来源。会讲故事的人，就能控制别人。讲故事的权力在谁手里，谁就是社会的主导。所以只要咱们都坚信'都市阳光'小区能够建成，那就一定能够建成，只要咱们坚信一张蓝图能最终交付，就一定能够交付。"

"哼，那得看你花多少银子了。要让他们陪你演，代价可不菲。"聂维民摇着头说。

"没事，只要能上船，条件都好说。哎，聂处，这牵线搭桥的事儿，还得靠你了。"

聂维民没说话，默默地喝了口酒。

"你知道我的钱都重仓在金融市场吧？"富江说，"我已经转走了这个数儿。"他张开双手，"只要你帮我扛着，事成之后，肯定少不了你的。"

"我这儿没问题，但我就怕老曹……"他停顿了一下，"坏事。"

"唉……"富江叹了口气，"其实按能力，你应该当局长。"

"捧杀我？"

"怎么会？"富江皱起眉头，"我跟你明说了吧，他孩子已经在国外了，实在不行，我就安排他走。"

"他要是能走当然好，就怕他不敢走。"聂维民说。

"放心吧，他女儿在顶级私校，目标'爬藤'，学费、生活费要没有我们，他供不起。再说了，他钱也够了，只要一家人能团聚，在哪儿过不是过啊。"他轻描淡写。

聂维民琢磨着他话里的意思，"也就是说，就算真出了事儿，只要老曹一走，我们也就安全了。"他看着富江。

"哼，就这个意思。总得有人抗雷、背锅。"富江拿起喷枪，将熄灭的雪茄重新点燃，"他和袁苑一直是单线联系，就算出了问题也追不到我这儿。别忘了，他帮的是众诚实业，而不是众利集团。"

"那就好。"聂维民点头。

"哎，如果有一天，你也想通了，也完全可以像老曹那样，去规划自己的后半生。趁着孩子放寒假的时候，让弟妹先带着出去逛逛。美加澳新，或者那些风景秀美的岛国。看看在哪儿待着舒服。"

"别扯了，我哪儿都不去，就在海城待着。现在得以静制动、以不变应万变。"聂维民说，"据我所知，现在省里、市里可都紧盯着你呢。我们工作专班每次开会，都把你当作重点。你可得小心着点，动作别太大，一定要谋划好求生通道，力求全身而退。"

富江笑了，"放心，我的关系不只在海城，你是知道的。再说了，有句话叫条条大路通罗马，能进出的肯定不止一条路。我能进去，就必然能出来。还记得很多年前海城那个黑老大刘涌吗？追了这么多年，不也没找着他吗？如果有一天我也像他一样消失了，人间蒸发了。你们不也一样能安心吗？"

"你想让我怎么做？"聂维民问。

"就像你说的那样，以静制动、以不变应万变。还要演好，不但自己得相信，也得让别人相信。我那个表演老师还说过，如果上台紧张，换个方法也行，那就是表情始终不动，客观陈述事实，也是一种自信的表示。《教父》看过吧？就马龙·白兰度那架势。"

"我明白了。"聂维民点头。

在会所地下一层的KTV包房里，曹丹已经喝多了，正搂着那个穿着暴露的姑娘唱着《套马杆》。都说酒壮尿人胆，他就是个例子。

袁苑看着他坏笑，"你看你看，嫂子还没走呢，你就憋不住了。要是走了，你还不给带家里去。"

"嘿，不是你让我彻底放松的吗？怎么，有意见啊？"曹丹醉醺醺地说,"有意见我走了,走了!"他说着站起来,就拿衣服。

"哎哎哎,别着急走啊。我朋友刚来,别让人家空跑一回啊。"袁苑说着就拍了拍手,包间门一开,进来一个女人。她三十出头的样子,烫着大波浪,相貌很出众,深邃的五官,姣好的身材,白皙的皮肤,有点像影视演员。

曹丹的目光顿时被吸引住了,放着光,"哎,我怎么看着眼熟啊,这位是……"

袁苑笑了,"忘了?蔡曾的字画。"

"哦,对,对。"曹丹想起来了,"行啊,袁总,没想到你麾下还有这么优秀的女将啊。"他说话的时候,眼神色眯眯的。

"你知道众诚实业下面有个演艺公司吧。这是我的签约演员,谢兰。"袁苑抬手介绍,"这位是曹局,我之前跟你说过的,领导才能卓越,堪称行业楷模。在他的带领下啊,住建局的工作效率大幅提升,海城面貌日新月异,居民的生活环境得到了显著改善……"

"得得得,你这是夸我啊,还是骂我啊。"曹丹打断他。

"曹局好。"谢兰躬身行礼。

曹丹几步走到谢兰面前,"都是一家人,别这么客套。以后叫曹哥,有事说话。"他摆出一副领导的姿态。

谢兰笑了,"那就恭敬不如从命,曹哥好。"她声音软软的,上前握住曹丹的手。一阵高档香水的味道袭来,谢兰的手纤细、绵软、柔滑。两手相握之际,她轻轻用小指勾了勾曹丹的手心。

曹丹一怔,浑身发软,却并未松开谢兰的手。

"哎哟,怎么戒指戴在这个手指上啊?"曹丹抬起谢兰的手看着钻戒。

谢兰的无名指上戴着一枚六爪的钻石戒指，并不大，也就有30分左右，看上去切割的工艺一般，和她的穿着打扮并不相符。

"我老公买的，结婚后就一直戴着。"谢兰说。

"哎呀，你是名花有主了啊。"曹丹一听这话，才把手松开。

袁苑察言观色，以寒暄的口吻说："曹局，您知道兰兰老公是干什么的吗？警察。"

曹丹一愣，满心的酥痒瞬间烟消云散，"哦，是吗？警察可……辛苦啊。"他有些语无伦次。

"嘻，不辛苦，在派出所工作。"谢兰笑着回答。

"是个大帅哥。"袁苑说，"哎，兰兰，有他照片吗？给我们看看。"

"袁总，这场合……就算了吧。"谢兰摆手。

"哎，听从命令服从指挥。"袁苑正色，"哎，就满足我们那一点点的好奇心呗。"他的表情又谄媚起来。

谢兰无奈，从包里掏出手机，操作了几下，找出一张照片，"小警察，没职位，就是图个稳定。"

袁苑拿过谢兰的手机，把照片展示给曹丹，"嘿，你看这小伙子，多精神！哎，曹局，以后有机会可得给我妹夫多美言几句啊，不能总窝在派出所啊。"

曹丹看着照片，突然觉得似曾相识，"哦，一定，一定。"他应和着点头。

"要不去住建局吧，公安局太辛苦了。"袁苑冲谢兰使了个眼色。

"那可太好了，感谢曹局。不，感谢曹哥。"谢兰赶紧表态。

"那你还不敬哥杯酒。"袁苑不失时机地说。

谢兰果断地拿过酒杯，倒满，"曹哥，我先干为敬了。"她说着就要干。

"别别别，着什么急啊，等等曹哥啊。"袁苑摆了摆手，"老曹，人家都叫你哥了，你还不陪一个？"

他这么一说，曹丹也举起杯。两人刚要碰杯，又被袁苑拦住。

"不能这么喝，感情好，得喝交杯。"他说着就把两人往一起推。

曹丹有些尴尬，握着酒杯没有动作，但谢兰却很主动，一抬手就揽住了他的胳膊。在昏暗的灯光下，两人双手交缠，裸露的肌肤紧贴在一起。谢兰身上的香味侵蚀着曹丹的神经，让他的内心蠢蠢欲动，眼里燃起欲火。曹丹努力克制着内心的躁动，但拿着酒杯的手却在不停颤抖。空气仿佛凝固了一般，只有两人略显急促的呼吸声相互交织在一起。

一杯饮尽，曹丹的手心都被汗湿透了，眼神也再离不开谢兰。袁苑把两人按在沙发上，让谢兰陪着曹丹推杯换盏。几杯过后，曹丹更放开了，手也肆无忌惮地搭在了谢兰的肩上。

"你刚刚见过她老公。"趁谢兰倒酒的时候，袁苑轻声在曹丹耳畔说。

曹丹皱眉，刚才看照片时就觉得眼熟，一经提醒，猛地想了起来，"哦，不会是……"

"对，就是他。明白了吧？一切都是演的，都是朋友，都在一条船上。"袁苑笑着说。这便是他今晚叫谢兰来的目的。

"那就好，那就好。"曹丹不停地点头，心也安稳了下来。

"来，干杯！祝咱们财源滚滚、大富大贵！"袁苑说着再度举起杯。

夜很深了，市北区一栋联排别墅的灯还亮着。苏晓雅穿着一身警服仰靠在沙发上，似乎已经睡着。很安静，连风的声音都听不到，时间都仿佛停滞了。

门开了，谢兰走了进来，她甩掉了脚上的路易·威登高跟鞋，赤着脚摇摇晃晃地走到近前。

苏晓雅睁开眼，看着谢兰，"喝酒了？"

"嗯……"谢兰醉意蒙眬地点点头，像只壁虎似的趴在苏晓雅的身上，然后解开巴宝莉的衬衣，蒙住了他的头。

"应酬去了？"苏晓雅吻着谢兰的脖子。

"没办法。"谢兰说，"你怎么一身汗味？"

"嘻，巡逻去了。"苏晓雅说。

"给你的。"谢兰把一个棕色的桃花芯木盒递给苏晓雅。

苏晓雅眯着眼瞧着，"哎哟，这是高希霸世纪6号啊，太奢侈了吧，没必要的，我抽D4就很好了。"

"袁总给的，也是别人送他的。"谢兰说。

"累了吧，我的小可爱，应酬辛苦了。"苏晓雅给谢兰揉着肩膀。

"和你在一起真好……不用那么多心机、那么多废话……特别安心。"谢兰搂住苏晓雅的头。

"我也是。"苏晓雅说。

"你知道我每天在外面干什么吗？"

"不知道，也不想知道。"

"我今天听一个人说，故事是权力的来源，会讲故事的人就能控制别人，讲故事的权力在谁手里，谁就是社会的主导……"谢兰说。

"净瞎扯淡，太复杂了会被反噬的，当个傻子最好，什么都不想。"苏晓雅搂住她，抚摸着她的后背。

"你就是我的小傻子啊。"谢兰吻着他的额头，"你别在公安局干了，行不行？我今天认识了一个领导，说可以把你调过去。"

"哦，先不急，等案子完了再说。"苏晓雅说。

"我就知道你得这么说。那咱们说好了啊，办完了就辞职，不犹豫。"谢兰说着伸出小指，"拉钩。"

"好，不犹豫。"苏晓雅也抬起手，"哎，你戒指呢？"

"啊？"谢兰慌了，手上的戒指果然不见了。

"怎么没了……刚才还戴着呢。"她拿过爱马仕的提包，焦急地在里面翻找着，里面的物品被翻得乱七八糟。到最后，她索性把包里的东西一股脑地倒在地上，却依然没有戒指的踪迹。

"兰兰，别找了。有时候你越是想找，就越是找不到，不想找的时候它自己就出现了。真要是丢了，我再给你买一个，马上就到圣诞节了，那枚戒指太小了，我给你买个大的。"苏晓雅俯下身，将散落在地上的东西捡回包里。

"Merry Christmas."谢兰轻吻他的嘴唇。

"去洗澡吧，太晚了。"苏晓雅搂住她，看着她的脸。

"一起啊。"谢兰揪住苏晓雅的警服领带。

苏晓雅笑笑，抱起她走向浴室。

14

较量

在海城市政府办公大楼五层的大会议室里,"众利集团项目处置及化解工作专班"正在开会。市住建局、金融监管局、公安、法院、消防、电力、水务等职能部门的领导都参加了会议,会议由海城副市长高舲主持。

"众利集团爆发出系统性风险以来,市委市政府高度重视,第一时间成立了工作专班,定期召开专题会议,目的是及时研究解决重点难点问题,全力推进保交楼工作。省领导多次进行指示、批示,要求专班全面摸查众利集团的系统性风险问题,核算其债务缺口,什么时候问题解决了,专班什么时候才撤。但从近期的情况来看,依然不容乐观……曹局,你们住建局做了大量工作,你介绍一下情况吧。"高副市长抬抬手说。

市住建局的曹丹副局长冲高副市长点点头,摊开一份打印好的材料,"众利集团在海城一共涉及15个楼盘,共计5732户;在全省涉及30多个项目,涉及3万多户。大部分项目处于非正常停工或逾期交房的状态。停工、烂尾对于购房者来说面临的打击不言而喻,同时会引发社会不稳定风险。所以近期我们正在联系其他职能部门，敦促众利集团复工复产、完成保交楼的工作。前几日，众利集团召开了'都市阳光一期'保交楼大会，重启该项目的建设施工。我们认为，这是一个积极的信号。"

"积极的信号？我看是缓兵之计吧。"法院的周副院长接了话茬，"现在涉及众利集团的诉讼有三百多件，如果不是市委市政府要求统一处理，估计他们的法务部要忙得脚朝天了。他们的前景可不乐观，我认为必须提前做好风险预案，特别是涉稳涉众的预案。众利集团这几年没有预售证就卖房、挪用预收款等问题严重，这个烂摊子很难收场。"

高副市长望着周副院长，点了点头，"所以要尽量将风险在初期就化解掉，别拖到需要维稳的地步。如果众利集团解决不了交房的问题，那就只能由政府协助处理善后事宜。咱们之前探讨过，如果由地方城投公司接管，是否能够降低二次爆雷的风险？"

"高市长，我们是不建议这么做的。如果涉及违法犯罪，肯定是要由公检法机关上，但如果是市场行为，就应由市场来决定。现在众利集团表现得很积极，我想如果他们自己能保证交楼、化解风险，咱们是不是也不要强行干预。如果城投公司接管了这个烂摊子，之后产生的一系列复杂问题，老百姓可就都得找咱们了。"曹副局长的指向性很明显。

"嗯……"高副市长点点头，"金融监管局呢？"他转过头看聂维民。

聂维民处长用余光瞥了一眼曹副局长，抬了抬金丝眼镜，"在形成专班之后，我们局的一把手秦局亲盯亲抓，经过对众利集团的监控和分析，发现该集团存在的资金缺口高达几十亿元，以市场化手段很难解决。而且因为项目债务情况复杂,甚至有的项目多次更换财务,项目资金抽逃,没人愿意接盘。在这种情况下,我们正在研究考虑是否由政府按一定比例出资,成为'解困资金',压实属地责任,先确保购房者拿到房子。但原则是解围资金只支持'保交楼',该集团其他的债务,不管。"

"这个方法可行吗?会不会资金投进去了,不但打了水漂,而且还起不到作用?"法院的周副院长皱眉。

"完全有这个可能。"海城市公安局的郭俭副局长开了口,"我觉得除了要化解系统性风险、保证众利集团'交楼'工作之外,我们还要审慎地考虑,众利集团的问题,到底是经济问题,还是违法犯罪问题。"他掷地有声,"在事发之后,我们海城市公安局按照市委市政府、省公安厅的指示,对该公司全部高管以上的人员采取了限制出境措施,同时协助省专案组对该集团进行调查,发现了其存在经济犯罪的重大线索。但鉴于相关工作还在侦办中,就不在会议上详细介绍了。所以我不建议由政府出资,为该集团解困。"

此言一出,全场一片静寂,只有周副院长朝着郭局连连点头。

聂维民处长左右张望了一下,开口说道:"郭局,我知晓你们公安机关工作颇有成效,但我觉得也不能过于急切。近期,在高副市长的带领下,工作专班全力督促众利集团的保交楼工作,已经取得了一定成效。该集团董事长富江,变卖了其收藏的古董、艺术品和三处房产来回笼资金,虽说相较于众利的债务只是杯水车薪,但态度还算良好、积极。如果公安机关贸然介入,必然会引发社会舆情,增加不稳定的因素。"

"我同意聂处的观点。"曹副局长也说,"稳控稳控,以稳为主。

现在正是众利集团筹集资金、重新复工复产保交楼的关键阶段，如果让广大业主、施工单位认为该企业存在违法犯罪问题，那势必会让缓步向好的态势戛然而止，咱们之前所做的工作也会付诸东流。所以我建议，你们公安局对众利的高管该监控的监控，该限制的限制，但不能对他们的人身采取行动，而且也不能明着进行调查。"

郭局并未反驳，看着聂维民和曹丹，仔细琢磨着他们话语中的意思。

这时，高副市长开了口："郭局，如果众利集团涉及违法犯罪的问题，那当然得查。而且，我也坚信，肯定存在。但是，公安机关办案也得兼顾社会影响。中央再三强调要保护私营经济，不能让刑事手段过度介入，说的就是在当下的经济形势下，心中要有大局观、全局观。抓人容易，可人进去了，房子咋办？老百姓又咋办？烂摊子到头来不还得政府来收拾吗？现阶段得一切以大局为重、以稳定为重。所以我赞同刚才住建局、金融监管局的意见，暂且缓用刑事手段。"他定了调。

"明白了。会议的精神，我回去会马上跟市局党委书记唐局，以及省厅领导进行汇报。"郭局点了点头。

"郭局，听说前几天你们局南关派出所的几个民警去众利集团搜查了？"高副市长问。

"南关派出所？"郭局怔了一下。

"你回去问问具体情况，看看是因为什么案件。以后公安机关要采取行动，最好先向市里的工作专班通报一下，大家协调妥当，统一行动，以免顾此失彼，引发不必要的麻烦。"高副市长叮嘱道，"再者，派出所的警察有权力查这么大的公司吗？"他又追问了一句。

郭局略显尴尬,"好的,我回去就了解情况。"

在局长办公室里,郭局坐在大班台后,董刃蔫头耷脑地坐在对面。

郭局俯视着他,默默地抽着烟,"这几天忙什么呢?"他有一搭没一搭地问。

"嗐,派出所的烂事儿,张家长李家短,七大姑八大姨……"董刃敷衍着。

"哦……"郭局点头,"那我怎么听说,你挺忙的啊。每天一上班就往外蹿,既不穿制服,也不开警车。董副所长,你这是干私活儿呢?"他一语点破。

董刃不禁抬头,"谁说的?"

"你甭管谁说的,是不是吧?"郭局问。

董刃没说话,看着郭局,"您是在外面听到什么了吧?"他并不直接回答。

"你到派出所一个多月,这各路扎针儿的,都快把你给扎漏了。"郭局苦笑。

"江锋?"董刃皱眉。

"不光是他,市里的压力也来了。说公安机关办案要兼顾社会影响,中央再三强调要保护私营经济,刑事手段不能过分插手……"

"这不扯淡吗?发现刑事犯罪了不去打击,还让他们逍遥法外?"

"你有确凿的证据吗?"

"我……"董刃语塞,"这不正盯着呢嘛。"

"这就是你说的'张家长李家短、七大姑八大姨'?"郭局叮问。

"郭局,您让我去派出所,不就是追查那件事的吗?我能穿着警服、开着警车去吗?"董刃反问道,"再者,压力大是能预料到的,有压力就不办了吗?那帮人冠冕堂皇地说几句,咱们就放手不管了?不干了?"

郭局停顿了片刻,"那也得沉稳点儿啊,事缓则圆。毕竟咱们局也是市里工作专班的成员单位,跟那些委办局是在一个锅里吃饭的,得有所顾忌。"

"他们可不光是跟咱们在一个锅里吃饭,跟外面的人也在一个锅里。"董刃暗示。

"你的意思是?"郭局看着董刃。

"他们之所以从中作梗,是因为我把事情挑明了。经过我们的调查,住建局和金融监管局的某些领导,跟富江有所关联。"

"那是纪委的事儿,还轮不到你们派出所打击队去查。"

"是。"董刃点头,"我也清楚名不正言不顺。那您的意思是,我们停下来呗,散伙,各回各家,各找各妈。"

"哼……"郭局摇头,"我把你叫来,可不是这个意思。"

董刃没明白郭局的意思。

"如果明知道有一条路走不通,你还会走吗?"郭局问。

"没走过怎么知道走不通?"董刃反问,"再说了,别人都不走,才有机会呢。千军万马过独木桥,没意思。"

"你要明白,这案子要是再往下办、再往深查,很可能会触及许多人的利益，不但水深雷多，而且还会遭遇更大的压力甚至是反扑。你得好好考虑清楚。"

"既然干了这个活儿，就不怕水深雷多，事情都有两面性，就像双刃剑，就算杀敌一千自损八百，只要能有成果，都是值得的。"董刃说得斩钉截铁。

"准备回刑侦吧。你们办这案子，得合乎规定、名正言顺。"郭局一字一句地说。

"回刑侦？"董刃一愣，"省厅、市里不都给您施压了吗？"

"有压力就不办了吗？那帮人冠冕堂皇地说几句，咱们就放手不管了？不干了？"郭局重复了董刃刚刚说的话。

董刃笑了，"行！那我马上跟老赵和哑巴说。"

"这回不想甩开他们自己干了？"

"甩不开了，那俩孙子贼着呢，天天盯着我。"董刃笑，"再说了，这水深雷多的事儿，谁愿意沾啊，就别拉更多人下水了。"

郭局想了想，拿起座机，拨了个电话。

不一会儿，门一开，章鹏走了进来。

"哎，刀子回你们刑侦了啊。"郭局对章鹏说。

"哦。"章鹏没有表现出意外，"得嘞，那我接着。"

"什么叫接着，管理好、配合好。"郭局说了两个相反的词语。

章鹏自然心领神会，"您放心，需要加强力量的时候，我会带着队伍顶上。但是……"他迟疑了一下，看了看郭局，"要是没有职务，刀哥的工作恐怕难以开展吧？"他试探着问。

"让他们仨去重案组吧，我记得重案一队的队长不是还空着呢吗？"

"明白。"章鹏赶忙接话。

"哎,只是临时代理啊,只负责专项工作。刀子,一定要跟章支队长早请示、晚汇报,严守纪律,服从管理。"

"是!"董刃转身朝着章鹏立正敬礼。

"哎哎哎,刀哥,我可受不起。"章鹏连连摆手,"我会全力配合,听你调遣。有什么需要的,尽管吩咐。"

"记住,我们都是你的后盾,有压力,我和章鹏扛着。这案子能不能办好,就看你的了。"郭局说。

在刑侦支队办公区里,三人各搬着一个大纸箱,大摇大摆、旁若无人地走着。刑警们见状无不侧目。

"看来江锋的扎针儿给郭局弄烦了,起反作用了。"赵阔边走边说。

"不至于,我觉得郭局是早有打算,趁着这个机会顺水推舟。"董刃说。

"哎,离开这七年了,我以为回来都是熟人呢,结果一看,没几个认识的了。看来都被人才输出了。"苏晓雅说。

"扯淡,什么人才输出啊,跟咱们一样,都被踢走了。刑侦系统你还不知道,养小不养老,一辈接一辈就像'砌墙',新的摞在老的上。"赵阔撇嘴。

"哎,老赵,你别那么多牢骚,说话先过过脑子。咱们是来干活儿的,不是叫号儿的。"董刃提醒。

"得,我闭嘴。"赵阔点头。

"还有你,哑巴,以后可不能当着人的面抽雪茄了啊,低调点儿。特别是那个希什么高霸,想抽回家抽去。"董刃又对苏晓雅说道。

"哼,那叫高希霸。"苏晓雅撇嘴,"得,知道了,我改抽卷烟行了吧。哎,老赵,以后我就蹭你的了。"

"得嘞,中南海,管够。"赵阔笑。

三人正说着,一个年轻刑警凑了过来,"刀哥,您回来了?"

董刃一看,正是小吕。

"哦,回来了。"他应付着点点头。

"您是哪个工位,我来搬吧。"小吕挺会来事,伸手就想去接董刃手里的纸箱。

"不用不用。"董刃一闪身,让小吕扑了个空。

"这位是支队综合队的,小吕。哎,这是赵阔和苏晓雅。"董刃停下脚步,介绍道。

"知道,以前的四大名捕。"小吕笑着说,"两位前辈多多指教,有什么事尽管吩咐。"他殷勤地说道。

赵阔瞥了他一眼,似笑非笑地撇撇嘴,"哼,什么四大名捕啊,那都是骂人的。我们俩啊,人称'棒槌''榆木疙瘩',并称'两大面',干活儿不行,办事添乱。吕师傅,以后还得请您多多关照指教了。"他说着便弯腰鞠躬。

小吕愣住了,一时手足无措。

董刃笑笑,抬着箱子朝里面走去,一推门,走进了一间办公室。

小吕抬眼一看,办公室门上的牌子写着"重案一队"。

董刃等人被调回刑侦支队的消息不胫而走,不但传到了省厅专案组江锋的耳朵里,连市里工作专班的人都知道了。特别是住建局的曹丹和金融监管局的聂维民,两人如坐针毡,没想到这针扎过去不但没奏效,还起了反作用,难怪外面传言这个郭局油盐不进。其实从市里的层面看,郭局又何尝不是像董刃一样,是个又臭又硬、为了干活儿谁都不尿的主儿。说好听了是坚持原则,说不好听了就是各色,这种人是官场上的另类,但轻易还抓不住他的把柄。

郭局在之后的一次工作专班会上,特意向高龄副市长做了说明。他说为了在办案中兼顾社会影响、保护私营经济、避免刑事手段插手经济问题,经过审慎考虑,已按照市领导指示将涉事的三名民警调离了原单位。这下不但把领导的嘴堵住了,还为董刃他们松了绑,让他们能更加名正言顺放开手脚去干活儿。没过多久,富江也知道了这个情况。

傍晚,众利大厦的地下停车库,袁苑拉开车门坐进驾驶室。他显得很疲惫,把手机放到耳畔听着里边的微信语音,但一抬头,突然从后视镜里看到一个人影,他被吓了一跳,猛地转身。坐在后面的人,竟是杜崽儿。

"杜……杜总,你怎么在我车里?"袁苑问。

"袁总,这么晚了还加班啊,你这是要开车去哪儿啊?"杜崽儿笑着问。

"我……出去谈点事儿。"袁苑敷衍。

"是去找材料商吧?我知道,海光建工、襄城建投,还有好几家公司都在找你,你这是去灭火吧?"他话里有话。

"你什么意思?"袁苑皱眉。

"我没什么意思,我负责内控,对发生的事儿应该心里有数儿。我让人查了一下,你这几年蚂蚁搬家,从众利搂出去不少钱吧?粗算得有一千多万。哎,这算不算是职务侵占啊?"杜崽儿撇嘴。

"杜总,这种事可不能乱说啊。"袁苑冷下脸,"我和海光建工、襄城建投的合作都是按照程序正常进行的,光明正大,合理合法!你要是有什么不明白的可以直接问富总,不用拐弯抹角地跟我这儿含沙射影。再说了,我是众诚实业的老总,跟众利集团是合作关系,连富总都没跳出来质疑我,你一个公司的高管有什么资格这么和我说话?"他提高了嗓音。

"哦,明白了,你的意思是就算我发现了你的违法犯罪行为,也没辙对吧?"

"你现在就可以拨打110,如果警察来了,我倒想问问,是我的行为违了法,还是你现在的行为违法?杜宝军,我也调查过你的底细,你不过就是一个进过大牢的混子。哼,像你这种有前科的人,我想就算是警察来了,也得对你重点审查。"

"也对也对。"杜崽儿点头,"你是奸商,我是流氓,咱俩半斤八两,一个揍性。警察来了都没好果子吃。"

"谁跟你半斤八两。我是富江的合伙人,你不过是他手下的一条狗,一个臭打工的,还真把自己当根葱了!如今是法治社会,流氓那套不好使了,拳头硬也不管用。你说我捞钱,谁他妈来公司不是为了捞钱。你难道不是吗?我不知道你这么做是出于什么目的,如果是富江让你这么做的,那我去找他谈。"他边说边拉开车门。

"哎哎哎,别急啊,不想听听其他的?"杜崽儿说。

袁苑回头看着他，停顿了一下，又关上了车门。

"既然职务侵占的事你不怕，那我就再跟你说另一个。我知道，你是个好丈夫、好父亲，家住在市北区的顶级豪宅，媳妇是全职太太，儿子在东郊的国际学校，一家人和乐融融。"

"你想干什么？"袁苑警惕。

"嘻，放心，我不会去干违法犯罪的事儿，毕竟进去过几年，接受过政府的教育。"杜崽儿轻描淡写，"但我的人跟我说啊，这位好丈夫、好父亲可不单单在海城有家啊，在襄城还有一个呢。地址在哪儿来着？对了，迎宾大道的那个大复式。女人叫何素梅，孩子叫何屿凡，虽说跟你不是一个姓，但长得挺像你。你说，我要是有朝一日把这娘俩直接带到你海城的家里，让这四口人碰面，那会是怎样的场景呢？呵呵……"杜崽儿坏笑一声，"我想那效果肯定极其炸裂，特别狗血！"

"杜宝军，你监视我，到底想干什么！"袁苑怒了，伸出手就抓住杜崽儿的衣领。却不料杜崽儿下手更狠，一把揪住他的头发，拽着他的脑袋就往车窗上撞。

砰！砰！连续几下，袁苑被撞蒙了，手也松开了。

"服了，服了……"他连连求饶。

"你丫不是想跟我玩吗？行！那我就让你身败名裂。生意上的事儿，我打110，把你跟那些公司的勾当都抖搂出来。生活上的事儿，我也给你抖搂个底儿掉，金屋藏娇、养私生子，我让你妻离子散，信不信？"

"我信，信。"袁苑被他揪住头发，气喘吁吁地看着他。

"信就行。"杜崽儿笑了，松了手，又拍拍他的脸。

"你想要什么?"

"我跟你明挑,我是冲着富江来的,你别沾包,要不我先弄死你!"杜崽儿恶狠狠地说,"帮我做几件事,那些什么侵占啊、乱七八糟的事儿,我就权当没看见。"

袁苑这下明白了,看着他,眼神复杂,"杜总啊,我也跟你明说。明面上我跟富江是合作关系,实际上我只是他的打工仔,他的事儿很少跟我透露,我不知道什么。"

杜崽儿笑了笑,仰靠在椅背上,"什么意思?一推六二五,搂他银子的时候挺积极,一遇到事儿又装无辜了?"

"我真没瞎说,富江挺贼的,小事儿差遣我办,大事都是自己拿捏。"

"闭嘴,我知道你是什么角色,帮他干过什么。"杜崽儿打断他的话,"他私底下跟谁有交道?"

"您是问哪方面的?"

"你知道哪方面的?"

"住建局、金融监管局,市里的、省里的,只要有缝的,他都能钻进去。要没那些关系支撑,他也撑不到现在。"

"还有呢,接着说。"杜崽儿跷起二郎腿,像审问犯人一样。

"还有?"袁苑皱眉,"其他的我真不知道。"

"你知道他以前是干什么的吗?"

"听说过,也是混社会的。"

"他跟社会上的人还有交道吗?"

袁苑想了想,抹了一把头上的汗,"具体的人我不知道,但听说前段时间,有人找他要钱。"

"谁?"

"不知道名字,但钱是我帮他挪出来的,一百万现金,送到了汕州。"

杜崽儿轻轻点头,"听说过刘涌这个名字吗?"他盯着袁苑的眼睛。

"没听说过。真的,我对天发誓。"

"没听说过,你就去打听,你贴他最近,有什么事只要发现了就马上跟我汇报。"

"你……这是要我的命啊。"袁苑哭丧着脸,"要是被富江知道了,我就完了。"

杜崽儿看着他,突然笑了,"你要是不听我的,也得完!"他说着抬起手,从右侧的车顶上抠下一个黑色的设备。

袁苑大惊,"你偷拍我!"他抬手就要去抢。

杜崽儿一个耳光扇过去,袁苑立马就蔫了。他又揪住袁苑的头发,"我告诉你,我可不是什么狗屁搞内控的,我他妈进来的目的就是要干掉富江。我是光脚的不怕穿鞋的,你要是不按我画的道儿走,就别怪我对你使出下三烂的手段!"

"好,好。"袁苑被吓得不停点头。

"还有,好好想想,富江跟那帮当官的有什么交易。偷拍?哼,我他妈要光明正大地录,你要是不说,我先灭了你!"

袁苑吓坏了,一个劲地点头。

杜崽儿松开手,从兜里掏出一个华为手机,"以后跟富江有关的事,打我这个手机。一会儿我把号码发给你。"

袁苑看着他,眼神茫然。

"只要听话，就不会让你沾一身血。"杜崽儿拍了拍他的肩膀。

夜越来越深了，远处的山峦隐没在夜色里，只剩下模糊的轮廓，像只沉睡的巨兽。雪花悄然飘落，在空中一闪而过，很快就被风吹散，消失得无影无踪。

在刑侦支队的食堂里，董刃和苏晓雅在吃着夜宵。伙食不错，蛋炒饭、疙瘩汤，佐以红白萝卜泡菜，两人吃得津津有味。董刃尿结石的毛病又犯了，不时用手抵住腹部。

"刀哥，你那石头还没蹦出来呢？"苏晓雅边吃边问。

"没有。天天吃了药就跳绳，一分钟都能跳二百下了。"董刃苦笑，"哎，你这几天都没回家啊？媳妇没意见啊？"

"嗐，谢兰去外地拍戏了，我前天才把她送走。家里没人，回去一个人也没意思。"苏晓雅说。

"拍什么戏呢？我抽空也看看。"

"我没问过，也不关心，我们俩属于那种松散搭帮过日子的，谁也不干涉谁。"苏晓雅笑。

"能看出，你这小日子过得不错，一提起媳妇就满脸幸福。"董刃说。

"嗐……这就是吃软饭的心态，躺平，靠人家养活，那还不乖点儿。"苏晓雅自嘲。

董刃知道，苏晓雅是真爱谢兰。他扒拉了两口炒饭，又问，"你们俩什么时候认识的啊？"

"七年多以前吧。"

"怎么认识的啊？"

"她是学舞蹈的,当时刚从学校毕业,来海城找机会。跳舞不挣钱,她就满处给剧组串场子、做群演,既辛苦又挣不着钱,有时拉晚了也不找宾馆,就到网吧里窝着。我那时不也好玩个网游吗?有次我俩挨着,就认识了。"苏晓雅回忆。

"这么巧啊?"

"可不是吗?属于瞎猫碰上死耗子了。"苏晓雅撇嘴。

"嘿,怎么能这么说啊,这叫志同道合!"

"什么志同道合啊,纯属闲得没事瞎搭讪。但当时她确实长得漂亮啊,说实话,我一眼就动心了,坐在旁边也是有意而为。"苏晓雅笑。

"明白了,你这是'钓鱼执法'。"董刃也笑,"但你怎么知道谢兰不是有意而为呢?没准你还是她的'鱼'呢。"

"别扯了,我有什么可钓的。一个小警察,每月几千块。"苏晓雅摇头。

"你精神啊,那时候长得跟苏有朋似的。"

"刀哥,你可别扯了。我呀,就是老天眷顾,小时候有妈管着,长大了有媳妇伺候着,傻人有傻福。"

董刃佯装带笑,顺着他的话往下说。但心里却很清楚,苏晓雅在前天把谢兰送到车站之后,谢兰并没有进站,而是等他离开,又打车走了。之后,谢兰去了兰桂坊会所,陪着袁苑接连与两拨人会面,一直到凌晨才到海城饭店开了个套房休息。

一周前,杜崽儿把一些偷拍到的录像拿给了董刃。董刃在其中发现了谢兰的身影。在录像里,谢兰正跟市住建局的曹丹副局长耳鬓厮磨地喝着交杯酒,那个女人风骚起来,能让男人失魂落魄,虽说只见过一面，但却足以让董刃铭记于心。

所以这几天，董刃一直在跟踪谢兰，期望能从她身上获取线索。

从内心来讲，董刃是不愿从谢兰身上着手的，怀疑她就等同于怀疑苏晓雅。但他却不能揣着明白装糊涂，这不是他的性格，他要通过追查谢兰，探探袁苑到底在干什么，帮富江打着什么主意。

而苏晓雅却还沉浸在对谢兰的回忆之中，"当年我真是被迷得神魂颠倒了，天天闭上眼睛满脑子都是她，睁开眼就还想见到她，完全是恋爱脑啊。"他笑着说道，"哎，不怕你笑话我呀，就连出事儿的那天晚上，我都在跟她煲电话粥。"

"乔四儿跑的那天？"

"是啊，您都忘了？我当时不是说过吗，在跟女朋友打电话。"

"我哪知道你是在跟哪个女朋友打电话啊。"董刃撇嘴说。

"嘁，就因为她，我跟之前那个分手了。算我不仁义。不过那姑娘现在过得也挺好，嫁给一个'空少'了，都已经是两个孩子的妈了。"

"那时候，你跟谢兰刚认识没多久？"董刃问。

"也就……不到一个星期吧。哎，怎么了？您该不会认为她是潜伏在我身边的卧底吧？"苏晓雅笑着说。

"呵呵，那不会，哪有这么漂亮的卧底啊。"董刃也笑了，"哎，都这么晚了，你赶紧回宿舍吧。万一谢兰想跟你来个视频道晚安呢。"他不失时机地说。

"不会的。我俩只要不在一起，从不视频。她拍戏辛苦，时不时还得拍夜戏，我不打扰她。"

"哦……"董刃轻轻地点了点头。

凌晨过后，一片死寂，偌大的庭院空空荡荡，只有风吹草地发出的沙沙声。月光从别墅的窗户投到地面上，像一双沉默的眼睛，凝视着这片寂静。脚步声由远至近地回响，富江赤裸着身体，光着脚在冰冷的地面上走着。地上光滑的大理石反射着黝黑的光泽，滑，冷，像踩在冰面的感觉。他打开了一道门，走进了一个房间。那房间仿佛一个黑洞。他试探地摸索着，但不料身后的门却突然关上了，他彻底被黑暗吞噬。他慌乱起来，感到恐惧，伸手试图寻找亮灯的开关，但不料墙壁也和刚才的地面一样，滑，冷，像冰面一样。突然，他面前闪烁起一团火光，一团跃动的橘黄色，他不敢上前，颤抖着退后几步。但那团火光却缓缓逼近，周遭也越来越亮。他的视觉慢慢恢复，不禁抬手揉眼，一瞬间，他惊呆了，身体战栗起来。在他周围的墙上、地上，竟到处都是斑驳的血迹，整个房间都被染红了。一股浓重的血腥味扑面而来。他不禁大叫：啊……啊……

富江醒了，又是一个噩梦。他摸过手机，沮丧地发现才凌晨三点。注定又是无眠。

他光脚走在冰冷的地面上，拿起一瓶威士忌，却发现酒瓶已经空了。他到了卫生间，用冷水洗了一把脸，然后穿上鞋、披上衣服，乘电梯到了地下室。他没进影音室，穿过一个走廊，打开了一扇厚重的实木大门。里面漆黑一片，像极了刚才梦里的场景。他心有余悸，用手摸索了几下，开了灯。房间很大，起码有五六十平米，摆满了他收藏的古董和艺术品。

富江走到那些藏品面前，麻木地看着，不时用手抚摸，心中却异常冰冷。他深深地叹气，席地而坐，慢慢地舒展身体，躺在藏品之中。他仰望着天花板上的水晶吊灯，感到一种喘不过气的压抑。他张开嘴，大口地呼吸，但根本无法缓解。他焦躁起来，起身在屋里踱步，突然失控，抄起墙边的一根高尔夫球杆，就冲着一幅油画砸去。但就在即将砸到之时，他又停了手，扔掉了球杆，声泪俱下。在这个死寂的夜里，仿佛整个世界只剩下他一个人。

他颤抖着拿出手机，打开"提醒事项"，在里面输入"董刃""杜崽儿"，然后又在后面打了一个叹号。然后犹豫了一下，又输入了"母女"，再打一个叹号。他抬起头，表情扭曲着，汗水、泪水交融在一起，他咬牙切齿地在说着什么，似乎在诅咒谁。

他拿起手机，操作了几下，一段视频便从屏幕上播出。那是一段监控的高清视频，画面的场景在大厦的楼道，杜崽儿正拿着一个苹果手机在打着电话，电话打完，他把苹果手机放进裤兜，又拿出来一个华为手机。他看了一会儿，关闭了视频，又打开另一段，画面的场景是众利大厦的地库，杜崽儿正跟袁苑站在一起说着什么，边说边拍着袁苑的肩膀。最后一段画面的场景变成了保安室，一个保安打扮的男子正把什么东西塞给杜崽儿的手下程三儿。富江按下暂停，将画面放大，仔细看去，保安手里的东西像是一块移动硬盘。

他关闭视频，浑身颤抖。虽说从杜崽儿入局起，他就清楚来者不善，可没料到杜崽儿行事竟如此老练，毫无破绽。如今，他将手下那些人安排进公司的各个部门，犹如病毒一般侵入"毛细血管"，很多时候，富江都感觉有无数双眼睛在盯着自己、监视着自己。他知道不能再等了，也不想再等了，再姑息下去，杜崽儿将得寸进尺，将自己裹挟。他打开通讯录，翻找了许久，停在了一串手机号上，抬起手指，犹豫着是否拨通，但最后还是放弃了。

他打开房门，关掉灯，乘坐电梯来到别墅二层的书房。用笔记本电脑打开电子邮箱，依照手机通讯录里的记录，输入了一个邮件地址，"看到，回信。有事，速来。"他输完后，又抹去后面的句号，换成了叹号。他停顿片刻，在落款输入了两个字，"刘涌"。

次日清晨，富江没让自己的司机开劳斯莱斯送他，而是自己走出了别墅区，在街边拦了一辆出租车。他让司机围着别墅区转了两个圈儿，又向目的地相反的方向开了一段路，确认没被盯梢才掉转车头，奔向目的地。

刚过七点，海城东郊的森林公园里游人寥寥。富江在湖畔随意地散着步，左顾右盼了一会儿，走进了一处凉亭。凉亭周围的植物已经枯萎，却依旧密密麻麻地簇拥着，相互交织，层层叠叠，把凉亭遮得密不透风，仿佛能与世隔绝。

里面坐着一个戴口罩的跑者，穿着一件安踏的冬季训练服。他面朝着不远处的湖面，并不与富江对视。

"曹丹已经失控了，他扬言如果自己出了事儿，咱们也好不了。"富江在他背后说。

"你给他的钱够多了，让他一走了之吧。"那人说。

"说了，但是他就是不走。说自己要走了，就会背上黑锅。"

"唉……"那人叹了口气，"当时你让我提拔他的时候，我就说过，他心理素质太差，禁不住大事儿。聂维民呢，他怎么样？"

"他还可以,就是胃口很大,总跟我提要求。"

"能满足就满足,实在不行我来敲打。"那人的声音很轻。

"曹丹对咱们来说是个很大的威胁,如果他把事儿都捅出去,就没法收场了。"

"他知道你我之间的事情?"

"不知道,但就怕他乱咬。"

"你跟他有直接的联系吗?"

"没有,我们之间隔着一个人,算是有个'隔离带'。"

"那个人也要尽快送走。"那人说。

"明白。"富江点头,"公安局那边您还得多使使劲,那个叫董刃的跟条疯狗一样,整天都死咬着我。"

"我知道。"那人点头,"但那帮人挺难对付,不光是那个董刃,连那个副局长都跟茅坑里的石头一样,又臭又硬。但我会想办法的,你也找找省里的关系,让他们施施压。"

"好的,过几天我亲自去省里。"

"那下一步你想怎么办?特别是怎么处理曹丹的事儿。"

"我会想尽一切办法劝他离开。"

"不光让他离开,还要清除他手里可能掌握着的证据。"

"放心,我会安排的。"

"我可提醒你啊,什么办法都行,但不能使用非法的手段,现在是关键时刻,每一步都要谨慎,不能惹出更大的祸端。"那人提醒。

"我想的倒跟您相反,越是在关键时刻,越不能按常理出牌。咱们走得慢了,对手就会抢占先机。越是谨慎、平静,咱们就越难发现水里潜藏的危险。所以我的想法是，要煽风点火，将局面搅乱，才能趁乱取胜、浑水摸鱼。"

"你……"那人不禁转过身，盯着富江，"你可千万别搞出乱子！"

"放心吧，我会做得天衣无缝的。"富江说。

两人又说了几句，富江便先行离开了。过了十多分钟，那人才走出凉亭。四处无人，他活动了一下身体，慢跑起来，随手摘掉了口罩。阳光照在他脸上，竟然是海城的副市长，高舲。

几天后的夜晚，市南区菜园南里的美食一条街上热闹非凡，各色美食种类繁多、往来食客络绎不绝。富江和杜崽儿坐在一个小食摊前，吃着烤串、喝着啤酒。

富江干了一杯，之后长长地叹了口气，"真累啊……每天有应付不完的事儿，要像你这样多好。"他看着杜崽儿。

"哼，你可别逗了，我混得哪儿好了？一个混子，要不是你收留，我只能满大街吆喝二手房去。"杜崽儿撇嘴。

"嘿，什么叫我收留你啊，这是你看得起我。要没有你，那帮警察还不天天盯着我？"富江笑，"哎，那几个人最近有什么动向？还时不常地守在门口吗？"

"放心，我手下的兄弟都盯着呢，有情况第一时间跟你汇报。"杜崽儿说。

"你手下的兄弟……"富江笑了笑，"他们过得不错吧，听说还把老家亲戚都给带来了？"他话里有话。

"是吗？我怎么没听说啊？"杜崽儿装傻。

富江没深问，又倒了一杯酒。

"没想到，你还能到这种地方吃饭。哼，不怕吃坏肚子啊?"杜崽儿借机岔开了话题。

"嘻，我也是苦孩子出身。村儿里长大，遇到时代的机遇才发展起来，怎么就不能到这儿吃饭了。"富江摆摆手，"这些年为了保持身材，让自己显得人模狗样儿的，我除了必要的应酬，很少吃夜宵，没办法，累啊……"他感叹。

"那我比你强多了，帮你盯个摊儿，一年就能入手百万。躺平，舒服。"杜崽儿说。

两人相视一笑，又干了一杯啤酒。他们都把姿态放到很低，像两个相互试探的拳手。

"哎，你当年是因为什么进去的?"富江突然问。

"我? 喝大了，出门撞了一辆车，以为没事儿呢，没想到被扣了个危险驾驶、肇事逃逸的帽子。"杜崽儿轻描淡写。

"你喝酒了吗? 我怎么听说没定你醉驾啊?"

"嘻，托人了，中国这点儿事儿，你还不清楚。"

"哦……"富江点头，"但我怎么听说，你是在追人啊。是……乔四儿?"他看着杜崽儿的眼睛。

"谁? 什么四儿?"杜崽儿皱眉。

"哦，那就是我听岔了，不是四儿，是三儿。"

"程三儿啊? 嘻，他当时没在场，在家泡妞儿呢。"杜崽儿大笑，"来来来，喝酒。"他又端起酒杯。

两人边喝边聊，酒瓶子码了一地。

"富总啊，以前我觉得你高高在上，不接地气，但接触以后觉得你挺仗义啊,是个江湖人士。现在这坎儿,你肯定能过去。"杜崽儿举起酒瓶。

"嘻,过不过去也得扛着啊。现在省里、市里,住建局的、金融监管局的、公安局的,包括他妈的电力局的,都在盯着我,不干活儿不行啊,不推进不行啊。我一停,他们就会对我下手,就会拿我'祭旗'。无论时代怎么变,他们永远是甲方,而你我,永远是乙方,明白吗?"他醉醺醺地说。

"你跟他们的关系不是挺好吗?众利这么大的摊子,如果出了事儿他们也吃不了兜着走,所以肯定会保你平安的。"杜崽儿继续套话。

"扯淡!关系好是因为饲料好、喂得足。"富江撇嘴道,"你我都是底层出身,该清楚混社会有多艰难。人落魄了、活不下去了怎么办?男盗女娼呗。男的去抢、女的去卖。但要想卖,必须得长得好看啊,要不价格再低都卖不出去,而靠着卖能致富吗?不能啊,最后落得一身病还被人看不起。但那帮道貌岸然的家伙他们可不卖肉体啊,他们卖灵魂,他们不需要长得好看,不需要赔笑,只要足够无耻、足够没良心、足够不要脸就行了,而且还不会被人鄙视,反而装得一本正经。这就是这个世界。"

杜崽儿没说话,琢磨着他话里的意思。

"那些苦哈哈在底层的老百姓啊,永远看不到这些事实。有一个段子你听说过吗?有头驴天天拉磨,主人就鼓励它,说你是劳模啊,吃得少、干得多,是所有驴的楷模。结果主人回到家里,吃着大餐教育孩子,说你可千万别学那头驴,一辈子就会闭着眼拉磨。而那头驴呢,对自己的小驴说,你要快快长大,尽快学会拉磨,争取成为像我一样受人尊敬的驴……"他说着就哈哈大笑。

杜崽儿听得有些刺耳，自顾自地喝了口酒。

"所以，要想发展，先得找好平台，想清楚要跟谁干，别听那帮道貌岸然的人瞎忽悠。要么当驴，要么当主人，必须做出选择。"富江喝了一口酒。

"哎，那我不懂了，你这是让我当驴啊，还是主人啊？"杜崽儿看着他问。

"嘁，这哪跟哪啊，说的就不是一回事儿。"富江摆手，"要我说啊，你现在的状态最好，一个人吃饱了全家不饿，没那么多烦心事儿。你现在干的活儿，是旱涝保收，零风险，要用金融的名词说，叫套利。"

"套利？"

"是啊。"富江放下酒杯，"在这个世界上，有四种方法能够获利。第一种是套利，第二种是生意，第三种是投资，第四种是投机。什么叫套利啊，就是在毫无风险的情况下赚取利润，最简单的就是给人打工，朝九晚五，旱涝保收。这是风险最低的套利了。虽说也有失业风险，但失业了可以再找啊，总不像做生意那样动不动就倾家荡产吧。所以你在众利干，风险我担着，利益你收着，这是最好的套利，可不要糊涂。"

"哦，明白了。"杜崽儿点头，"那投机呢？听着好像更来钱啊。"

"哼，我就知道，你这心里有野兽。"富江醉醺醺地抬起手，指着他，"什么叫投机啊？就是赌博，把所有的赌注押在小概率的胜算上。干大事儿的人是不会这么做的，只有愚蠢的、无知的人才会如此选择。哎，我希望你不是这样的人。"

杜崽儿看着他,知道他话有所指,"明白。"他点点头。

"我问你,那对母女的事儿怎么还没解决?有那么难吗?"他突然冷下脸。

杜崽儿一愣,停顿了一下,摇头叹气,"唉,那女的脑子有问题,无论怎么说都不上道。你不是不让给她退房款吗,我就想找个机会给她架出去。结果一帮网红天天扎在那儿,根本下不了手。我怕出事儿,别给你惹麻烦啊。"

"哦,是这么回事。"富江点头,"记住,帮我解决麻烦,才是你该做的事儿,而不是给我带来麻烦。明白吗?"他伸出手,搂住杜崽儿的脖子。

杜崽儿与他四目相对,表情渐渐舒展,"明白了,主人。"他大笑起来。

"上道!这个态度好。"富江也大笑起来。

15
候鸟

又过了两周,马上就到圣诞节了。临街的店铺挂起了彩色的绸带,商家为了售货打出促销广告,极力营造节日氛围。然而经济下行,消费降级,店铺里的客人寥寥无几。

虽然众利集团努力压制舆情,但网上对他们的负面评论依然层出不穷,特别是那对在烂尾楼里过冬的母女,经过大量自媒体和网红的炒作,似乎已经成了众利集团口是心非的标签。

一场雪过后,气温再创新低,许多自媒体和网红纷纷挤到烂尾楼里,拿着直播设备、举着自拍杆,将楼前那条崎岖不平的土路都给踩平了。他们给母女送去棉被、食物、衣服甚至钞票,对着镜头摆出同情的姿态,目的也无非是借机炒作、获取流量、吃"人血馒头"。那对母女的悲惨遭遇便不断被传播、转发、发酵。董刃看在眼里,不由得想起女儿俏俏曾经问过自己的话,到底怎么区分好人和坏人呢?是不是做了坏事才是坏人呢?他脑子很乱,一时也想不清楚,却觉得围在母女身边的那群人,都是"披着羊皮的狼"。

压力最大的自然是众利集团的富江,无论他怎么按照表演老师的指导,在公众面前做出高亢的宣誓、诚恳的承诺,但依然被口诛笔伐，贴上无耻、禽兽的标签。为此他极其愤怒，但又不得不强压怒火。他知道，这事儿之所以会一再发酵，自然是杜崽儿在操弄。杜崽儿像潜伏在他枕边的一头饿狼，随时在等待机会，趁他最虚弱的时候，扑上来将他撕碎。但他却依然姑息杜崽儿的所作所为，他也在等一个机会。这是一场比心计、比耐性的博弈，得先机的不一定会赢，后下手的反而能攻其不备。

董刃和赵阔在市局大院里抽着烟，两人相对无言。早晨一上班，苏晓雅就被章鹏叫走了，说省厅专案组要找他谈话。赵阔不忿，想要阻拦，但章鹏却告诉赵阔，郭局已经同意了。又过了十多分钟，苏晓雅才走出了市局大楼，他面无表情，一言不发，显得忧心忡忡。

"哑巴，江锋什么意思？问你什么了？"赵阔走到近前，咋咋呼呼地问。

"没问什么。"苏晓雅敷衍地说。

"胡扯！弄这么大动静，没问什么？"赵阔皱眉，"哎，我就纳闷了，他想干什么啊？干吗对你下手啊？有什么冲着我来，别他妈专找软柿子捏。"

"别问了。"苏晓雅封闭了话题。

董刃默默看着他，心里早就猜出了大概，"江锋还没走吧？"

"没走，还在楼上。"苏晓雅抬头，眼神茫然。

董刃没说话，径直进了楼。

在五层会议室，董刃见到了江锋。他正和孔飞、张鸿拿着材料往外走。

见到董刃，江锋一愣，但随即又恢复了表情，"董所长，找我有事？"他一副公事公办的态度。

"不是董所长了，回刑侦支队了。"董刃说。

"哦……吃了回头草了，那得叫，董队？"江锋皱眉。

董刃没说话，用手杵着门框，侧目看着他的两个手下。

江锋会意，冲他们抬抬手，"你们先到车里等着，我一会儿就来。"

等两人走了，董刃反手关上门，"你找哑巴，是因为他媳妇的事儿？"董刃问。

"是啊，他跟你说了？"江锋与他对视。

"没有，什么都没说。"董刃看着他，"你怀疑他妻子有嫌疑？"

"是的。"江锋说。

"有证据吗？"

"有。"

"什么证据？"

"我没义务跟你说，你也没权力打听。"

"他妻子谢兰所在的娱乐公司隶属众诚实业，众诚实业的袁苑跟众利集团的富江有合作，就凭这些吗？"

"你都知道还问我干吗？"江锋并不吐口。

"但这并不能说明哑巴有问题。"董刃强调。

"是的，但就凭这些，哑巴就应该回避。"江锋加重语气。

董刃不说话了，看着他。

"你知道那个谢兰背着哑巴做了些什么吧？"江锋问。

董刃看着他，依然缄口。

"如果你不知道，情有可原，但你跟了她好几天，却装作不知道，为什么？"江锋质问。

"这是他们夫妻间的事情，我不便插手。"董刃说。

"胡扯。"江锋撇嘴，"董刃，你在怕着什么？犹豫什么？你心里有鬼吗？"他上前一步，走到董刃面前。

"你一直在盯着我，对吧。"董刃冷笑。

"你有你的权限，我有我的权限，但你没有的权限我都有。我是在光明正大地查案，而不像你，是在私下鬼鬼祟祟地搞小动作。"江锋俯视着他。

"对，你是省厅专案组的组长嘛，权限肯定比我大。"董刃点点头，"但是，就是不知道活儿能不能干好。"

"董刃，我有话直说，我就是冲着你来的。就算乔四儿死了，七年前的那件事也没完。一天不查出真相，我就一天不会收手。"江锋咄咄逼人。

"没问题，你可以冲着我来。如果有证据，现在就可以抓我。"董刃伸出双手，"但我警告你，如果没有证据，不要动哑巴，他不是嫌疑人，不能背这个黑锅。"他一字一句地说。

"我动谁，不动谁，不用征求你的意见。我知道自己该怎么办。"江锋一口回绝。

"这案子很复杂，富江那帮人有不少'弯弯绕'，别被他们绕进去了，走错了方向。"董刃提醒。

"我也正好想告诉你，心里放明白点儿，别揣着那么多私心，做事要对得起自己的良心和你穿了这么多年的警服！"江锋提高声音。

"你是拿我当嫌疑人了?"董刃皱眉。

"谁是嫌疑人,证据定,法律定,我只是在做应该做的事情,自己认为对的事情。"江锋说。

"好的,那就让证据定、法律定。"董刃重复他的话。

办公室里一片漆黑,苏晓雅穿着警服坐在办公桌前,面前的屏幕将他的脸照亮。他默默地注视着窗外,上一场雪已经过去几天了,但窗外的草地上依然凝着一层白霜,那样子好像是一块无限扩展的洁白画布,上面还未留下任何墨点和字迹。

很安静,只有钟表的嘀嗒声,证明世界还在运行。

他拿出手机,拨通了谢兰的电话,响了几声,又被挂断。他很少这么晚给她打电话。

几分钟后,电话响了,谢兰的声音有些疲惫,"亲爱的,还没睡啊?"

"你还没拍完戏吗?"苏晓雅缓缓地问。

"没有啊,今天夜戏,主演迟到了,刚开始不久。"谢兰说,"唉,可怜的小宝贝,看来你要一个人过节了。等我回去补偿你啊……"她撒着娇。

苏晓雅随手拿起一支高希霸世纪6,停顿了一下又放下,"襄城那边……冷吗?"

"放心吧,有房车呢。我跟女一号处得不错,下了戏就在她房车里休息。"

"哦,那就好。"苏晓雅点头。

他边说边按动面前的键盘,公安电脑屏幕显示出不同的信息。

"你怎么了？喝酒了吗？声音怎么这么弱？"谢兰关心。

"我？没事，就是累了，最近工作挺忙的。"苏晓雅找了个理由。

"要是觉得没意思了，就辞了算了，外面这么多机会，干什么都比警察强。实在不行，我养你啊。"谢兰笑。

"行，你养我。"苏晓雅也笑。

"哎，我该准备了啊，你早点睡，别淘气。"谢兰说。

"好，你也早点休息。"

"我爱你，我的乖乖的、傻傻的小哑巴。"谢兰说完就挂断了电话。

世界又安静下来，耳畔只剩下嘀嗒嘀嗒的钟表声。苏晓雅痴痴地看着电脑屏幕，上面显示着谢兰的行程轨迹。她根本没有去襄城。

而在谢兰的轨迹下面，还有几个查询过的民警ID，其中有江锋，还有董刃。

同样的夜晚，一辆白色的小型货车吱吱扭扭地驶进了高尔夫球场的大门。车在黑暗中蜿蜒地拐了几个弯，停在了会所前的空旷的车场上。四个穿着工装的男人下了车，径直走向了会所。

在地下一层的KTV包房里，四个人见到了富江。

富江坐在沙发上，打量着他们。四个人穿着统一的灰色粗布工装，脸上戴着墨镜、口罩，手上套着手套。像是个装修队。

"怎么选了个这样的地方？黑灯瞎火的。"为首的一个粗壮男人问。

"这里安全,没有监控。"富江仰视着他们。

"是你联系的我们?你是刘涌什么人?"那人说着便自顾自地坐在对面的沙发上。

"是我联系的你们。"富江并没回答他第二个问题。

"有事干吗不打电话,发邮件我要看不到呢?"他问。

"发邮件安全,你们该知道自己做的是什么事。"富江说。

那人笑笑,脱下粗布工装,扔到一旁,没想到里面的衣服倒是挺体面。他又摘下墨镜和口罩,露出一张胡子拉碴的脸。此人身材魁梧,右眼有块伤疤,只能半睁着。

"你们就是'候鸟'?"富江抬眼打量着四个人。

"怎么?不像吗?"那人撇嘴,露出一嘴的黄牙,"他们仨,木工、瓦工、电工。"他指着后面的三个人。

那三个人也摘下了墨镜和口罩。

"木工、瓦工、电工……"富江没绷住,摇头笑了。他瞥着那三个垂手而立的人,面露不屑。他们穿着同样的工装,其中一个戴着毛线帽子,身形消瘦,脸颊凹陷,下巴尖细如锥,一双细长的眼睛眯成一条缝;另一个高大壮硕,犹如一堵厚实的墙,目露凶光,满脸横肉,皮肤粗糙像久经风霜的树皮;最后一个中等身材,眉毛浓密,皮肤黝黑,一看就总在户外活动。

"你们是跑我这儿装修来了?"富江摇头,"那你呢,是什么工种?"他问坐在沙发上的那个人。

"我,工长。"那人跷起二郎腿,靠在沙发上,竟然摆出一副甲方姿态。

富江的笑容渐渐冷却,皱了皱眉,"你们知道,我要让你们干什么事吧?"

"你知道我们不便宜吧?"工长问。

"知道,但得值这个价格。"

工长轻笑,从兜里摸出一包中华烟,点燃了一支。他冲身后的三人抬抬手,"别客气,随便坐。"

三人纷纷脱下工装,围坐在沙发上。没想到他们里面穿的,都干净整洁。

富江明白了,这是"候鸟"的伪装。

"当初刘涌付过你们定金吧?"富江问。

"付了,但尾款还没结清。"工长说,"那个活儿挺费劲的,先把人沉到湖里,再捞出来砸碎了。哎,这尾款你帮他付吧。"工长说。

富江没说话,冷冷地看着他,"尾款是多少?"他缓缓地问。

"当时说的是五十万。但现在……可不止这个数儿了。"工长撇嘴。

"什么意思?"富江皱眉。

"七年前白菜多少钱,现在多少钱啊?能按照当时算吗?"工长笑,"再说了,如果你跟刘涌熟,该知道我们的办事风格。我们不乱接活儿,干一单就歇几年,这么多年都是'素'着过来的,还不该多加点儿尾款吗?"他面露凶相。

富江与他对视着,知道这帮人不好惹。

"哎,我们怎么称呼你啊?"工长问。

"你是工长,我就是房东吧。"富江说。

"哼,这个好。"工长点头,"去,给咱们房东开瓶酒。"他说着抬了抬手。

那个戴毛线帽子的"木工"拿起一瓶啤酒，用大拇指一拨，瓶盖就开了。他上前两步，递给了富江。

富江接过啤酒，放在茶几上，"说吧，你想要多少钱？"

"五百万。"工长轻描淡写地说。

富江皱眉，停顿了一下，"哼，你以为我是开银行的吗？"

"你比开银行的有钱吧？瞧你这地方，多豪华，再看我们，多寒酸。"工长摊开双手，"再说了，我们干的都是掉脑袋的事情，这点钱还算多吗？"

"那你们先干一个试试，打个样。如果行，我就付款。"富江冷笑。

"干一个试试？你可真是小刀刺屁股，让我们开了眼了。怎么，觉得我们不行？"工长皱眉，"七年前，襄城的冯岩、海城的白老大，可都是我们做的。做冯岩的时候，我们还折了一个兄弟，哎，就是油漆工。就这一条命，也得值个五百万吧。"

"那是你们跟刘涌的账，与我无关。"

"对，与你无关。但今天就与你有关了。"工长把身体往前探，双手伏在了茶几上，"听说过一句话吗？叫请神容易送神难，贼不走空，你既然叫我们来了，我们就得办事，不能鸡屁股拴钢丝，闲扯淡。要是让我们空手而归……"他停顿了一下，"我们也不答应！"

富江看着他，笑了笑，"好，那你们先住下，等我的消息。"他说着用手掏兜，却不料摸了几下都找不到手机。

"是这个吗？"那个戴毛线帽子的木工把一部手机放在茶几上。

富江愣住了，这才意识到，一定是这个木工趁递酒的时候，顺走了自己的手机。好快的速度。

他拿过手机,看着工长,"五百万就五百万,但得多做几件事。我先付你们一百万,每做完一件,再付一百万。"

"嘿,这是小乌龟的屁股,新规定啊。"工长撇嘴,"行吗?"他转头问另外三人。

三人有的点头,有的摇头,意见并不统一。

"那这样,就让老天爷决定。"他说着从口袋里掏出一枚硬币,放在桌上,"要是字儿,就行,要是花儿,就不行。"他说着用手一弹,硬币飞到空中,转了几圈,落到桌面上。他一把捂住,打开后,是字儿。

"行,那就这样。"工长痛快地说。

"你们平时都这么办事吗?"富江皱眉。

"不能老绷着,得放松点儿。"工长咧嘴笑着,"有时我们也会让'猎物'选,是字儿还是花儿,但结果都他妈一样。是字儿,得死,是花儿,也得死。"

富江拿起啤酒,喝了一口。

"第一个活儿是什么,小刀捅屁股,我们给你开开眼。反正你跑不了,这么大的产业,'工地'肯定不少。"工长又笑。

"从今天起单线联系,用我给你们准备的手机。通讯录里是我的号码,记住,绝不能拨打其他的电话。"

"放心,都不是雏儿了。"工长摆手。

"钱的事你们放心,我不会食言。但记住,做事要干净,不能留下痕迹。"他叮嘱。

"你怎么磨磨唧唧的。这么多年了,我们干的活儿漏过吗?"工长不耐烦了,"说,目标是谁?"

"别急,我会一项一项地布置,别操之过急,一步步来。"富江说着站了起来。

阳光很好,路旁树枝上的冰雪融化了,滴滴答答地往下落。

一辆宝马X3飞驰在路上,苏晓雅开着车,沉默无语。

"哑巴怎么了?还在这犯别扭呢。要我说啊,你就别拿那孙子当人,他不是就是个舔狗吗?你要跟他置气还有完。再说了,他冲你来还不是为了案子,你要真被他干扰了就中计了。"赵阔咋咋呼呼地说。

苏晓雅没说话,抬手打开了收音机,播放出一首古典乐曲。

"嘿嘿嘿,我这跟你说话呢。就这么点儿事儿,不至于吧。"赵阔拨拉了他一下。

"我没事儿,你就管好自己吧。"苏晓雅随意地附和。

"嘿……"赵阔愣住了,"你说这小子,拿我这好心当驴肝肺了。有什么大不了的呀?不就谈个话吗?我还告诉你,要是那孙子找我,我肯定给丫拍桌子瞪眼,弄不好还抽丫挺的呢。"

"行了行了,你少说两句吧,你要能当个哑巴就最好了。"董刃插话,"哑巴,别跟得那么紧,从下一个路口右转兜一下,别给惊了。"他提醒。

苏晓雅拨动方向盘,宝马便向右侧的街口驶去。前面的劳斯莱斯里坐着富江,为了不被发现,苏晓雅特意开了自己的车去跟踪。

车行到一条窄路上,周围都是些摆摊的小商贩,路况复杂,苏晓雅不敢开得太快。

赵阔伸了个懒腰,靠在椅背上,"哎,我先眯会儿啊,到了地儿叫我。"他说着就闭上眼。

但这时，苏晓雅突然警觉起来，"你先别睡，看看后面那辆车，是不是一直跟着咱们。"

赵阔一听这话，忙转过头，眯起眼睛，"是那辆……灰色的大众？"

"是，三个路口之前就见过，错开又跟上了，应该是'尾巴'。"苏晓雅说。

董刃也转过头，"哑巴，你先别跟了，在下个路口掉头，看他什么反应。"

苏晓雅照方抓药，在路口红灯的时候将车缓缓停下，然后刚一绿灯，就突然掉头。没想到那辆灰色大众也紧跟着掉头，看来他们猜得没错。

"妈的，还被反跟踪了。"赵阔撇嘴。

"能看清楚是什么人吗？"董刃转头观察着。

"看不清，车膜挺深，司机还戴个墨镜。"赵阔说。

"那今天不能再跟了，往回撤吧。哑巴，车不能往单位开，别暴露身份。得想办法把尾巴给甩了。"董刃提醒。

苏晓雅没说话，边开边观察四周的情况。前面的路是一段很陡的上坡，路口正有两个交警在指挥交通。他突然放慢车速，将车并到中间的车道，后面的大众紧随其后，与他们只相隔两辆车。

"老赵，记车号。"董刃说。

赵阔赶忙抬起手机，反向拍摄。

这时，红灯亮起，宝马X3却并不启动，后面两辆车纷纷鸣笛，见还不动，就拐到了两侧的车道。这时，宝马和大众已经一前一后地停在了坡上，只见苏晓雅拉开手刹，挂上倒挡，宝马迅速向后溜去。

"哑巴，你干吗？"董刃一愣。

但与此同时，宝马"嘭"的一声撞在了灰色大众上。

交警奔袭而来，两辆车里的人都站在了路旁。

驾驶灰色大众的司机戴个墨镜，留个光头，经过交警核查证件叫程新林。坐在后座上的人，他们都认识，正是杜崽儿。

杜崽儿见瞒不住了，凑过来笑笑，"行啊，车技不错，撞得够狠。"

"没事儿，三者、车损、不计免赔，我都上了，不怕修车。"苏晓雅反唇相讥。

"看来众利集团最近事儿不多啊，内控部的老总大白天的还出来逛街？"赵阔凑上说。

"嘻，在屋里待久了，闷得慌，出来透透气。"杜崽儿轻笑。

交警按照简易程序处理完事故，让苏晓雅和程新林在材料上签字。两拨人没多说话，各自离开。

上了车，赵阔就问苏晓雅，"哑巴，你这是干什么啊？车号都记下了，用得着这么大动静吗？"

苏晓雅没看赵阔，长长地伸了个懒腰，"出口气，心情好一些了。"

董刃看着他，若有所思。

"刃哥，你这几天挺忙的吧？"苏晓雅看着董刃，没头没尾地问。

"挺忙的？什么意思？"董刃不解。

苏晓雅没再往下说,"坐稳了。"他一踩油门,宝马蹿了出去。

在灰色大众上,程三儿破口大骂,"这帮臭警察,装什么孙子啊!那富江也有病,整天让咱们盯着,成跟屁虫了。"

杜崽儿看着他,停顿了一下,"三儿,富江昨天找你干吗?"

"让我出差,跟着袁苑到襄城办事儿。"程三儿大大咧咧地说。

"办什么事?"杜崽儿皱眉。

"他没细说,就让我开车。我琢磨着,是不是让我盯着他啊。"

"你多加注意,那孙子鬼着呢,别给你下家伙。"杜崽儿提醒。

"嘁,谁给谁下家伙还不一定呢。您不是说过吗?咱们是狼,是吃肉的,得吃着他的饭,骂着他的娘!放心吧,要论混江湖,他就是个雏儿,分分钟玩儿死他。"程三儿不屑。

杜崽儿看着他,若有所思。

在众利大厦顶层的办公室里,富江跷着二郎腿坐在落地玻璃窗前,阳光从他背后照射进来,让他宛如一尊被圣光庇佑的神像。

"为什么让我带着杜总的人去?"袁苑站在他对面,不解地问。

富江拿起喷枪,点燃一支高希霸世纪6,喷吐了一口,"拉拢一下,腐蚀一下,为我所用啊。"他抬起头看着袁苑。

"有必要让我去干这活儿吗?他一个碎催……"袁苑没把话说完。

"他是杜宝军带来的人,咱们得防着点儿。在公司我最信任的就是你,这活儿只有你干我才放心。"富江摆出一副诚恳的表情。

一听这话,袁苑找不到拒绝的理由了,叹了口气,点点头,

"准备在他身上花多少钱？"

"你看着办，这种事儿你还不是轻车熟路。"富江摆摆手。

"明白了。"袁苑点头，"但我这一走，曹丹那边就没人联络了。"

"他这几天怎么样？还闹着要钱吗？"富江皱眉。

"不光是钱的事儿啊……那孙子胆小，嚷嚷着要把孩子给接回来呢，说咱们这是绑票，想要挟他。"

"哼……"富江撇嘴，"那就想想办法，要挟他。"

"啊？"袁苑没理解他的意思。

"我是说，既然他害怕咱们要挟他，那就索性从他孩子身上做文章，要挟他，让他听话。"

"明白了。"袁苑点头，"这人是个雷，早晚会出事，我建议再多给他点儿钱，尽快把他送走。"

"嗯……"富江点头，"多少钱你定，安全最重要。"

"好的。我明白了。"袁苑说。

"要不在你们出差前，把他约出来吧。带着那个程新林一起。"富江又说。

"带着程新林？"袁苑皱眉，"曹丹很敏感的，除了谢兰，我很少带陌生人跟他见面。再说了，程新林是杜宝军的人，我怕……"

"别怕，曹丹是傻子啊，见有外人能瞎说什么？我让程新林去的目的，是震慑曹丹，不是要拿他孩子做文章吗？难听的话不能你说，得他说。你是个老总，不是流氓。"富江把话说清。

"哦，那我就明白了。"袁苑连连点头，"那谈的地点，还是球场会所？"

"换个地方吧，最近风声挺紧，曹丹不宜再来会所。"富江说着站了起来,走到大班台后,提出一个皮箱,"一会儿我给你个电话,是我一个朋友,去他那里。"

"怎么称呼您的朋友?"袁苑问。

"真名就不露了,就叫他'工长'吧。"富江说着把皮箱放在袁苑面前,"两百万,先堵住曹丹的嘴,如果还不行,就再想办法。"

袁苑看着富江,停顿了一下,"放心吧,这件事我会办好的。"他说着就抬手提起了皮箱。

16
坠楼

春节临近,气温转暖,城市本应是一片喜庆欢腾的景象,今年却显得颇为冷清。人们行色匆匆,神色中带着对未来的忧思,就连从店铺里传出的新年歌曲,都显得清冷孤寂。

一周过后,杜崽儿觉得有些不对了。程三儿在出差之后手机始终打不通,袁苑也处于关机状态。一个尾号为3612的陌生号码接连拨打他华为手机的号码,可刚一接通,对方就挂断了。杜崽儿感觉事有蹊跷,数次回拨3612,电话每次都能接通,但对方始终不吭声。杜崽儿担心被人监视,就停用了2457这个号码。更为关键的是,他手下的那些兄弟,分别被众利集团的人资部门进行转岗、调离、优化、辞退等处理,只有宋小海还留在原岗位。他明白这是富江对自己的反击,却猜不透后续的走向。他在办公室里来回踱步,拿出华为手机想拨打董刃的电话,但犹豫良久还是放弃了。他有一种强烈的不祥预感,总觉得会有大事发生,没想到第二天就得到了应验——那对住在烂尾楼里的母女,跳楼自杀了。

现场被围得水泄不通,董刃左突右撞地挤了好久,才穿过人群。他撩开警戒带,走到五号楼前,一眼就看见了那对母女的尸体。

刑侦大队、技术科、辖区派出所的人都来了,尸体周围也被画上了白线。

董刃缓缓地蹲在地上,看着那个穿着嫩绿色羽绒服的小小身体,脑海中不禁回想起她曾经的样子,圆圆的小脸冻得通红,一双眼睛在黑暗里闪着光,羞羞怯怯地躲在妈妈身后……她本来有机会住进自己的房子,健康地长大,用那双大大的眼睛去看更广阔的世界,寻找幸福的生活……但此时此刻,她什么都看不见了,什么也听不见了,不用为深夜的死寂感到害怕,不会再遭受风雪中的寒冷了。董刃疼痛得快要窒息,泪水不由自主地流淌出来。他不忍低头再看,站起身昂起了头,仰视着几栋阴森森的宛如巨大怪兽的烂尾楼。

"啊……啊……"他低吼着,攥紧双拳,无处发泄。

他转过头,茫然地看着黑压压的人群,耳朵里嗡嗡作响,大脑一片空白。

他跨出警戒线,看那帮自媒体还在拍着,突然就爆发了,"你们拍什么拍?还有没有最基本的做人的道德,人家活着的时候假慈悲,死了以后吃人血馒头,你们还是人吗?"他情绪失控。

听他这么说,那些自媒体不干了。

"你是干什么的啊?有什么资格说我们?"

"哎,你说的是人话吗?拍他!给他曝光。"一个自媒体举起了手机。

"我让你们拍!"董刃绷不住了,上前就把那人的手机抢了过来，然后一抬手，狠狠摔在烂泥地里。

那人不干了，过来就跟董刃撕巴。两人一纠缠，新的焦点出现了，其他自媒体和网红纷纷拿起手机进行瞄准。现场大乱。

在刑侦支队会议室里，董刃跷着二郎腿坐在章鹏对面。他刚才和自媒体厮打，在地上滚了一身泥。他掏出一支烟，自顾自地点燃，沉默不语。

章鹏坐在会议桌中间，身旁坐满了刑侦支队下面各队的队长，他抬眼看着董刃，叹了口气，"那对母女的尸体是早晨被一个自媒体从业者发现的。我们赶到现场的时候已经聚集了大量群众，尸体虽然没被动过，但案发现场出现了大量人员的指纹、鞋印以及车辆的痕迹，排查起来非常困难。"

"附近的监控呢？调了吗？"董刃问。

"正在调，但由于'新新家园'项目停工，在一公里之内并没有监控。我们只能从外围开始做工作，逐步进行排查。"

"人是什么时候死的？"赵阔问。

"法医根据尸斑、尸僵、角膜浑浊和指压褪色初步判断，人应该死于凌晨时段。但具体还要等解剖的结果。"

"那就通过监控重点排查这个时间段可疑的人员和车辆。"董刃说。

章鹏当着下属们的面，跟董刃这么一问一答的，觉得非常不自在，跟向他汇报似的。但碍于情面，又不好反驳。

但重案二队的李俊峰队长看不下去了，就接过话茬，"董队，这案子是我们二队的主责，你说的工作我们都在做。但现在的首要任务是判定那对母女到底是自杀还是他杀。从现场的痕迹来看，毛坯房里并没有搏斗的痕迹，也不排除是母亲抱着女儿跳楼自杀。"

一听这话，赵阔绷不住了，"自杀？你没事吧？她们在毛坯房里住了好几个月了，把那布置得跟家一样，干吗自杀啊？哎，李俊峰，你什么时候干的刑警，行不行啊！"

"赵阔，你别跟我这摆老资格。你是资格老，但你当刑警都猴年马月的事了，现在的活儿你会干吗？你还跟得上吗？"李俊峰一点不给他面儿。

"你个小兔崽子，我当刑警的时候，你还撒尿和泥呢。"赵阔蹿了，站起来拍响了桌子。

"哼……你们这些人，也就会耍耍老资格了。"李俊峰摇头不屑。

董刃听着话也觉得刺耳，他推了赵阔一把，让他坐下，"章队，我认为除了做这些工作之外，还得联系技术部门扫一下那个时间段的手机信号，通过手机信号来核查是否有人来过。"他并不直接和李俊峰对话。

"明白。"章鹏点点头，"省厅刑侦总队的人马上就到，郭局一会儿也过来。我让俊峰队长整理个材料进行详细汇报，要不您也留下，开会一起说？"他看着董刃。

董刃听出了章鹏话里的意思，案子都分给二队了，自己还臊眉耷眼地留下干吗？

"现在的活儿我们都不会干了，也跟不上了，就拜托二队的同志们好好调查了。"他瞥了李俊峰一眼，站起身，"但你们要清楚，如果这对母女不是自杀而是他杀，那就是凶手在众目睽睽之下公然剥夺百姓的生命，向警方宣战！能不能替死者沉冤昭雪，能不能还弱者一个公道，你们自己看着处理！"

"董刃，你这么说什么意思啊！"李俊峰听不下去了，拍案而起。

董刃根本不理他，带着赵阔和苏晓雅就走出了会议室。

在门外，他停住脚步，"那对母女肯定不是自杀，你们觉得呢？"

"肯定的。"赵阔点头。

苏晓雅没说话，看着董刃。

"咱仨分分工吧。老赵，你马上回现场，沿着进出小区的几条路仔细摸摸，看看有没有可疑的情况，发现有价值的监控，包括住家的、商铺的、行车记录仪等，就马上固定证据，争取发现嫌疑人。"

"明白，我这就去。"赵阔说着就掏出车钥匙。

"哑巴，排查手机信号的工作，不能等了，如果母女是他杀，嫌疑人现在应该还没离开海城。照着章鹏那帮人逐级上报的工作方法，查到了黄花菜也凉了。你有警务支援的关系吧，能不能立即扫扫？"

"我去试试，凭老面子应该差不多。"苏晓雅说。

"咱们仨分头行动，有情况随时碰。"董刃说着转头就走。

"哎，你干吗去啊？"赵阔在他身后问。

"我去找个人。"董刃抬抬手说。

在众利大厦门前，董刃拿着一个电喇叭，开到最大音量不停地喊着，"富江，你给我出来！富江，出来！"

几个保安跑过来，想将他驱离，但董刃却掏出警官证，继续用电喇叭大喊。

不一会儿，富江就被逼出了大厦。他没带随从，一个人走到董刃面前。

"是……董警官吧，手机尾号1680的'新新家园'的业主？"富江不慌不忙地问。

"你为什么要对她们下手？"董刃声音颤抖。

"谁？我对谁下手了？"富江皱眉。

"那对母女，那对在你的'新新家园'小区住了好几个月的母女！"董刃喊了出来。

"什么！她们出事了？什么时候？"富江做出惊讶的表情。

"别跟我这儿装孙子！我来是为了告诉你，这事儿我管定了！无论你多机关算尽，多费尽心机，我都不信会有天衣无缝的犯罪，一定会让你付出代价！"董刃上前一步，指着富江的鼻子说。

"哎哎哎，我越来越听不懂了。为什么她们出事就是我干的啊？哎，董警官，你可不能血口喷人啊！"富江板起面孔，"我每天很忙的，跟政府开会，协调施工合作方，跟银行沟通，应对媒体，解决保交楼的各种问题，没工夫关注什么住在'新新家园'的母女。对她们下手？哼，荒唐！"他轻蔑地摇头。

"哼，我女儿曾经问我，如何区分好人和坏人呢，是不是做了坏事就是坏人呢，我当时没有直接回答她，因为我干警察这么多年，道貌岸然、口是心非的衣冠禽兽见了不少，但彻头彻尾的坏人，说实话还真没几个。我对人性还抱着一丝希望，认为坏人不过是好人犯了错，才酿成了祸，但你是例外。怎么说呢，你大可以跟我这揣着明白装糊涂，死不认账，但你干过什么事，做过什么恶，我都心知肚明，只不过还没有铁证。我知道，坏人有时很难被发现，因为他们会表演成好人的样子，但我也知道，天网恢恢疏而不漏，坏人早晚会被绳之以法！"他说得大义凛然。

"哎哎哎，这话可不该从你嘴里说出来啊。董警官，这算是有罪推定吧？你要这么说，我完全可以告你诬蔑诽谤。"富江冷下脸。

"哼，你随便，你大可以不择手段、无所不用其极。但我不相信，这个世界会给你开绿灯，让好人受欺负，坏人得实惠，这不会是常态！"董刃咬紧牙关。

"董警官，我觉得咱们之间有巨大的误会。你之所以把这些烂事儿都算在我头上，是因为一直在戴着有色眼镜看我。我理解你对底层百姓的怜悯与同情，也能理解你对我们这些人刻板固化的看法。你口口声声说什么百姓、百姓，难道我不是百姓吗？"富江摇头，"你之所以这么想，是一直高高在上站在自己的立场上俯视着我们这些人。你是什么人？警察，公务员，国家机器，是体制内、有编制的人。是甲方，管理者，对吧？混得不好也能旱涝保收，混得好了就能名利双收。而我们呢？不一样啊。我们是野生的，是乙方，要凭着自己的手去土里刨食，是被你们管理、约束、在规则下生存的弱势群体。但你别忘了，我们要是饿死了，就无法养活手下的员工，就无法给国家缴纳税收，就无法供养你们这些甲方、管理者，那你们靠什么生存呢？哼……"他摇头苦笑。

"你别跟我这儿卖惨，也别把自己伪装成善类，你是什么鸟变的我心里清楚，我为什么一直盯着你，你自己也明白。老鼠从来不会认为自己偷东西可耻，苍蝇也不会觉得自己脏，把你从善良的人群里剥离出来，让你曝光在阳光之下才是我的责任！"董刃反唇相讥。

"呵呵……那就是话不投机半句多了。"富江轻笑，"可能你觉得，我对底层缺乏同情，总表现得高高在上。但我告诉你，我曾经也是底层，我是一步一步咬紧牙关，拼着命混上来的。当你弱小的时候，你不爱说话别人就说你懦弱，你不高兴别人就说你脾气坏，就连多吃一口饭别人都说你爱占便宜。但当你强大了呢，你不爱说话别人就说你有城府，你不高兴别人就说你有个性，你多吃多占别人说你有野心。人性就是如此啊！这个世界就是强者推动的，谁关心过蝼蚁呢？无论你爱不爱听，我都要说，那些可怜人就算被同情、被怜悯，但注定是要被时代抛弃的。宏观是每个人必须承担的责任，大势所趋，谁也无力抗拒！"他激动起来，"但总有些人，是看不得别人成功的，人性最大的恶就是嫉妒。一旦有人成功了，获得财富了，他们就逼着这些人回馈社会、散尽家产，如果不照做就是忘恩负义，就是无耻。所以董警官，我不在乎你对我的评判，因为你根本不懂换位思考，你义正词严地说着这些话，只是站着说话不腰疼，你没有资格这般指责我，因为我们压根不在同一个世界。"他指着董刃说。

"懂了。听了这些话，我想我更加了解你了。"董刃重重地点头，"但你要知道，我们这帮警察，就是给弱者代言的。如果这个世界不存在公平，只有你嘴里说的弱肉强食，所谓的成功也不过是巧取豪夺的别称。我今天来，就是要告诉你，我盯死你了！手机尾号1680的'新新家园'的业主，董刃，盯死你了。"董刃也指着他说。

"好，我记住了，印象极其深刻。"富江一字一句地说。

董刃说完，头也不回地走了。

富江看似沉着，但双手早就抑制不住地颤抖起来。

"刀哥，你为什么要这么做？你这么干不就等于亮出底牌了吗？"在宝马X3车里，苏晓雅不解地问。

董刃低着头，并不回答。

"我看他是激动了，绷不住了。"赵阔摇头，"但刀子，你这么一弄，以后再跟富江周旋可就难了，那孙子肯定要夹起尾巴做人了。"

"不会的。"董刃开了口，"他会反击的，这是他的个性。"

"所以你拿自己当目标？"苏晓雅皱眉。

"咱们仨，都会是目标。但如果咱们不成为他的目标，他就会继续祸害别人。"董刃看着两人。

"哼，那就让他来吧，看看谁能干得过谁！"赵阔不屑。

苏晓雅不说话了，避开了董刃的眼神。

"要是能找到证据就好了，当着丫公司的所有人，咔嚓给丫来个背铐，然后往车里一撅，拉着警笛带回来。他妈的，这个人渣！"赵阔咬牙切齿地说。

"咱们都要做好准备，那孙子心狠手辣、无所不用其极，既然敢对那对母女下手，也敢对其他人下手。现在咱们在明、他在暗，如果我不这么做，就没法破局，案件就会继续被他们和那些无形的手掩盖下去。"

"那咱们就用老办法吧，打草惊蛇，引蛇出洞。"赵阔说。

"你查得怎么样？走访、查监控，有线索吗？"董刃平复了下情绪问。

"还没有。那块儿本来就是停工的烂尾楼，外面的路都没修好，随便找个地儿就能进去。而且附近确实没有监控，最近的也在一公里之外。重案二队那帮人也在紧锣密鼓地搜索呢，听说郭局下了令，不找到线索不能撤兵。我怀疑如果是人为作案，应该提前踩好了道儿，做足了准备。"

"能判定是人为作案吗？"董刃又问。

"判定不了，那对母女是从5号楼的家里的窗户跳出去的，现场也没有搏斗的痕迹。虽然发现了不少鞋印，但短时间也无法逐一核实是哪些人的。那些自媒体和网红都不太配合工作，出了事儿在那啪啪拍，一听说要找他们就立马獉狲散了。"赵阔摇头。

"哑巴呢，你那儿有发现吗？"董刃转头问。

"我去了一趟警务支援那边，他们正在查，但确实难度太大。我让他们出了结果，立即同步。"苏晓雅说。

董刃叹了口气，沉默着。他知道，刚才自己的举动确实有些过火了，虽然借此机会诈了富江一下，"打草惊蛇"了，但能不能"引蛇出洞"却不好说。富江这人狡猾多变、城府颇深，要想让他动作变形绝非易事。但开弓没有回头箭，事已至此，自己已经亮出了底牌，牌局就必须打下去。但在吸引了火力之后，富江会做出什么反扑的动作，董刃却心里没底，特别是苏晓雅那边……现阶段，富江已经快要穷途末路了，从省里、市里各方的消息判断，众利集团马上就会爆雷，引发全面的坍塌。届时，政府工作专班将接手众利集团的所有项目，富江也很难全身而退，这一切他该明知啊，特别是在现阶段的关键时期,他本应该低调行事、一切求稳才对,为什么会突然对那对母女下手呢。董刃也一时找不到答案。而且,最近杜崽儿那边也很怪,很久不与自己联系了。他隐隐地觉得,这些异常之间似乎有着某种必然的联系,但一时又无法串联起来,找到答案。他摇开车窗,点燃一支香烟,闭上眼,吞吐着。

这时,苏晓雅的手机响了,"刀哥,情况出来了。"

一听这话,董刃和赵阔马上凑近查看。

收到的是一条语音信息,苏晓雅用手机播放,那边是警务支援老黎的声音,"一共发现6个可疑的号码,尾号分别是1177、4521、3612、4445、8014和3381。"

"好嘞,多谢老黎。如果机主落了地,也请同步给我。"苏晓雅回了信息。

"这条线索追下去,肯定能有所收获。"董刃说,"不能饶了这帮孙子,不能让无辜的人白白送命!"他又激动起来。

夜晚,一辆灰色的大众轿车停在路旁。一个戴着棒球帽的人走到附近,左顾右盼了一会儿,才拉开车门,坐在副驾上。

他摘下帽子,正是董刃。

"你那电话怎么了?一直打不通。干吗换新号?"董刃问。

坐在驾驶位的是杜崽儿,"2457那个号可能被人盯上了,我给废了。最近许多事情不太对,有点弄不明白。"他有些慌。

"怎么不对了?"

"三儿不见了,说是跟着众诚实业的袁苑出差,但一直没回来。明天我得去找找,别出什么事儿。"他忧心忡忡。

"别慌，稳住。"董刃说，"富江有什么动作吗？"

"还那样，每天多方联络，看上去歌舞升平的，但肯定在憋着什么大事。他最近开始反制了，我好几个兄弟都被清出去了。"

"那对母女的事儿，摸出线索了吗？"

"还没有，他手底下虽然养着一帮人，但都挺尿，不像能下狠手的。"

"刘涌呢？跟他有联系吗？"

"还没发现。大爷的，那孙子处处防范，滴水不漏。我把事想简单了，本以为能贴靠进去，从中突破，没想到反而被他拿住了。"杜崽儿叹气，"我不想再等了。"他没把话说完。

"你什么意思？我可提醒你，你别胡来！"董刃说。

"哼，你干你的，我干我的，互不干涉。我告诉你啊，我可不是你的'线人'了。"杜崽儿冷下脸，"这个，你拿好。"他说着递给董刃一个牛皮纸袋。

"这是什么？"

"里面是一个移动硬盘，最近拍摄到的一些证据。还有……"他停顿了一下，"袁苑之前的一些口供。"

"你对他做什么了？"董刃惊讶。

"就吓唬了一下，没动手。"杜崽儿说，"牵扯到一些当官儿的，哎，你可注意保密，千万别给别人看。"他叮嘱，"行了，下车走人吧。"

"电话保持畅通，有事立即同步。"董刃说着拉开车门。

杜崽儿一踩油门，灰色大众扬长而去。

董刃警惕地左右看了看，才把牛皮纸袋揣进大衣里。却没料到,就在远处的一辆白色小型货车里,一架高倍的相机在远处拍照。

看董刃骑上车,那辆车缓缓地启动,跟了上去。

在高尔夫球场会所地下一层的KTV包房里,剧烈的音乐声震耳欲聋。聂维民和两个姑娘在电子屏幕前投入地扭动着,一副今朝有酒今朝醉的样子。

富江端着一杯洋酒,坐在沙发上,看着他。

"哎哎哎,别扭了别扭了,过来喝酒。"他拍了拍手说。

聂维民意犹未尽,摘下金丝眼镜,抹了一把头上的汗,一屁股坐在沙发上。两个姑娘一左一右,坐在他身旁。他举起一杯洋酒,仰头就喝,看那样子已有七分醉意。

"你心是真大啊,一点不担心?"

"有你们我担心什么?我一个小处长,天塌了有老高他们顶着。富江,我是想开了,人生不过几十年,想开了也是过,想不开也是过。与其惶惶不安,倒不如及时行乐。"他说着站起来,抬起双手,"安静,安静!良辰美景,我赋诗一首。"

富江笑了,带头鼓掌,包房里热闹起来。

音乐关了,聂维民闭着眼睛,大声道:"酒局上,客人们拼酒,喝酒的真醉,喝水的装醉,不喝酒的和不喝水的,看着……"

众人愣住了,富江皱眉,"完了?"

"完了啊。"

"好,真好!"富江带头鼓掌。

"哎,你们知道聂总创作的是什么诗吗?是口水诗。艺术!"富江冲着两个姑娘竖起大拇指。

姑娘们立即捧场,搂住聂维民。

聂维民满脸通红,连连作揖,"献丑了,献丑了。"

富江看着他那醉生梦死的样子,心里暗笑,"哎,弟妹走了,开心吧?"

"开心,自由的味道,多好。"聂维民笑,"什么时候我想开了,也跟你要一张机票,一走了之,奔向自由。"

"哎,你可不能走,你走了,我这就没人撑着了。"富江笑。

两人举杯满饮。

"但那个董……什么刃,最近没找麻烦吧?"聂维民放下酒杯,看着富江。

"放心,他自身难保呢。"富江笑。

"那就好。"聂维民点头,拿起一个坚果放在嘴里。他这几年拿了富江不少好处,如果富江出事,他也肯定会被牵连,所以思来想去,不如孤注一掷,上他的船。

"钱出去的通道设计好了吗?"他又问。

富江抬抬手,让几个姑娘出了包房,"放心,万无一失。"

"我可告诉你啊,现在省公安厅在搞着一个'刀尖行动',其中反洗钱的力度也很大,前几天还破了一个通过给网红打赏洗钱的团伙。"聂维民凑到他跟前说。

"我找的团队用的都是新方法。虚拟币、股市对敲、手机卡充值,条条道路通罗马。"

"对,条条道路通罗马。那就好。"聂维民点头。

"上面的事儿我都打点好了,你就等着公示吧。"富江笑。

"行，全靠你了。"聂维民再次举杯。

"但众利的那几件事，你也得多帮衬啊。"富江也举起杯。

"放心，我都安排好了，这么多年，我给你掉过链子吗？"

"当然没有，你是我最密切的合作伙伴。要没有你，也没有众利的今天。"富江笑了，"聂处啊，在这个世界上，许多人见不得别人好，但真正的赢家永远都会抱团取暖。谁不想获利啊？但方法只有四种，套利、生意、投资和投机。咱们都是明白人，许多事心里有数。"

"你的意思是，咱们之间的关系是生意呗？"聂维民撇嘴。

"怎么会？"富江摇头，"生意是有买有卖、利益互换、一把一结。咱们是朋友，讲的是互相成就，互相投资。投资是什么？是高站位的眼光和持续的合作共赢，投资对了，就是一本万利、一荣俱荣，就好比当年的阿里和软银。"

"我明白了，我就是你投资的对象。"聂维民话里有话。

"当然，我也是你投资的对象啊。"富江说。

聂维民摘掉金丝眼镜，笑着点头，"富总，我能有今天的地位，全靠你的多方运作。投资说到底也是生意，投出去的钱也需要产出、回报，放心，我会体现出你投资的价值的。"

"哎……所以说你是明白人呢。"富江拍着他的肩膀。

"但有个事儿我得提醒你啊，这几天一直没看见老曹，市里的会他也没参加，不会是让纪委给弄走了吧？他这人胆小，一见纪委肯定嘴把不住门，什么事都往外吐露……"

"放心吧，他不会落到纪委手里的，已经安排好了。"富江拍了拍他的大腿。

"那就好，那就好。"聂维民转忧为喜。

"哎，后悔当初把他往上托了，这种人就不该上去，德不配位，发挥不了作用。等你坐上局长的位子，肯定比他强。"富江说。

"嘻，人生就是一场大梦，什么名誉啊、地位啊，最后都是一场空，什么都没落袋为安踏实，有钱才能获得自由。"聂维民说着举杯，"来来来，嗨起来吧！"

两人碰杯，富江抬了抬手，姑娘们又进了包房。音乐又响了起来，打破了冷夜的宁静。

17
赃物

一周之后，聂维民刚满正处一个任期，就被提拔为海城市金融监管局副局长。他的连续升迁一直备受诟病，坊间传言，是他在省里的关系发挥了作用。在公示期内，尽管纪检部门收到了几封匿名举报信，但因没有确凿证据而最终不了了之。他上任之后，加大了对众利集团的支持力度，在几次工作专班会议上都极力主张由政府出资为众利集团解困。郭局嘴上不说，心里却很清楚，聂维民和富江穿一条裤子已是众人皆知的事，但高舲副市长却依旧与他一唱一和，显然是"银子"起了作用。

小时候总闹不明白，这个世界为什么总会有那么多各色各样、层出不穷的事情发生。长大之后才知道，平稳只是暂时的状态，生活中更多的就是意外和变故。那对母女跳楼的风波还未平息，新的事情又发生了，而且更为劲爆。海城市住建局的副局长曹丹，驾车沉湖自杀。

在西郊的清水湖南岸，一辆黑色的帕萨特轿车被缓缓吊起，曹丹的尸体在驾驶室里被发现。人已经被泡发了，呈现巨人观的状态。经过法医鉴定，曹丹在事发之前喝了很多酒，应该处于半昏迷状态。同时经过交通支队的现场勘查，湖畔的草地上并没发现刹车的痕迹，帕萨特应该是在没有制动的情况下坠入湖中。且由于车辆和尸体已经浸泡了数日，车内的痕迹很难获取。官员死亡，敏感重大，市里主要领导立即授命由纪委监察和公安机关协同配合开展调查工作，公安机关的主责单位定为刑侦支队。而更为蹊跷的是，就在刑侦支队对曹丹的相关线索进行侦查摸排之际，竟发现他的一处住所被人盗窃了。

几天前刚下了一场雪，雪过之后天更冷了。风很大，像呼啸奔跑的马群，树枝摇摆，树叶飞舞，像一群在黑暗中狂魔乱舞的鬼魅，仿佛要将整个世界撼动。董刃和赵阔赶到现场的时候，涉事别墅的外围已经拉上了警戒带，两个制服警在维护着秩序，阻拦着围观的人群。不远处停着一辆黑色的大吉普。

曹丹被盗的住所位于市北区阳光六号别墅8排1栋。这是一处老牌的高档别墅区，隐匿在市北区阳光公园的宁静深处。初建时，还曾因占用公园用地引发过纠纷，不过很快就被神通广大的开发商给解决了。从外面看，这个小区毫不张扬，既没有罗马柱的浮夸，也没有雕梁画栋的繁复，更没有醒目的标志来昭示其存在。但步入那一刻便别有洞天，建筑的外立面选材上乘、工艺精良，展现出历经岁月沉淀后的高贵底蕴，更流露出一种难以遮掩的品质与奢华。董刃知道，住在这里的人非富即贵，他加快脚步，走到警戒带前，低头就往里钻。出来之前他服了金钱草颗粒，喝了两大缸子水，本想跳绳排排石头，没想到一猛子就扎到这儿来了，此时尿憋得难受。却不料守门的制服警一个健步冲过来，拦住了去路。

"市局刑侦支队的。"董刃亮出警官证。

制服警是个二十出头的小伙子，打量了一下他的警官证，"对不起，这案子省厅接手了。"他简单粗暴地回答。

"扯淡，海城地界的事儿，省厅接什么手？人都死绝了是吧？"赵阔不忿，一抬腿跨了过去。

"嘿，怎么好好说话不听啊？"那个制服警急了，上前就推了他一把。

这下把赵阔惹烦了，他反腕一掰制服警的手，制服警立马蹲了下去。这下围观的群众热闹了，纷纷拿出手机拍照。

"哎哎哎，松手，松手！"董刃赶忙喝止。

赵阔这才放开制服警。

"市里定的调，主责单位是刑侦支队，你没听说吗？"董刃问。

"省厅刑侦总队已经提升管辖了，这事你没听说吗？"那个制服警反问。

董刃愣住了，一时无语。正在这时，一个高大的身影从别墅里走了出来，他环抱双臂，居高临下地俯视着几个人。董刃抬眼一看，正是江锋。

"哎，省厅的领导，海城的案子你们都揽了呗，最好把刑侦支队也给收编了。"赵阔冷嘲热讽。

江锋看着他，不屑地笑了笑，冲那个制服警抬抬下巴。制服警这才闪开身。

赵阔用手撩开警戒带，董刃低头钻了进来。

"真他妈是一窝不如一窝了。"他没好气地甩了一句。

董刃没客气，径直走到江锋面前，但张开嘴却没发出声音。

"怎么着，董队长，有何吩咐啊？"江锋不阴不阳地问。

董刃没搭理他，走上台阶，"哦……那什么，里面的卫生间可以用吗？"他脸憋得通红。

江锋撇撇嘴，"你说呢？正勘察呢，现场能留痕吗？"

董刃没理他，转身又钻出了警戒带，走出几百米找了个没监控的草丛解决了。

8排1栋是联排别墅的东边户，位置不错，花园挺大，房本面积432平米。董刃和赵阔穿着鞋套走进门厅，里面被翻得很乱，像刚搬过家一样。技术人员在做着现场勘查。

"怎么发现被盗的？"董刃问。

"曹丹的妻子邵金玲被纪委监察部门约谈的时候，说出了这个地址。结果上门一看，屋里就成了这样。"江锋回答。

"曹丹最后一次来这是什么时候？"

"两周之前。"江锋抬手指了指一旁的餐桌。餐桌的烟灰缸里堆满了烟头，"法医的鉴定和监控同时可以做证。"

"盗窃是发生在他死亡之前还是之后？"董刃皱眉。

"现在还不好判断，要等法医对尸体的最终鉴定结论出来才能确定。但从现有证据上看，盗窃案件应该发生在他坠湖之后。"江锋眯着眼说，"还有，在二楼卧室的床头柜里，发现了氟哌噻吨美利曲辛片，如果是他的，应该有抑郁和焦虑的问题。"

"有抑郁和焦虑的问题……"董刃琢磨着，"这房子在他名下吗？"

"没有，是挂在他岳母名下的，几年前买的二手房。房产交易中心的登记价格是920万，但考虑到避税的原因，应该在1500万以上。"

"哼，要是挂在他名下，一个副局级干部，每年重大事项申报也够他受的。但看这装修，也不像是在这儿金屋藏娇啊。"赵阔背着手在屋里踱步。

"资金来源是什么？他妻子邵金玲供述了吗？"董刃问。

"邵金玲供称，只知道曹丹有这套房，但具体出资的情况并不清楚。当然，这可能是她的托词，纪委监察部门还在进一步工作中。"江锋答。

"哼，那帮纪委监察的就是不灵，实在不行咱们上，肯定能把实情给挖出来。"赵阔插嘴。

"如果是自杀，你们有权力约谈曹丹家属吗？以现有证据，你能证明这套房是他的受贿所得吗？"江锋反问。

赵阔被问住了，不说话了。

"丢什么东西了吗？"董刃环顾四周，发现门厅的几面墙上，壁纸的颜色并不均匀，四面深、中间浅，之前应该挂着字画之类的东西。

"现在还无法确定，但被翻成这个样子了，应该丢了不少。"江锋边说边走到楼梯旁，冲董刃招招手。

在地下一层，江锋戴上手套，拧开了一个房间的门，董刃和赵阔随之走了进去。房间有四五十平米，里面摆放着许多柜子和架子，上面都空空如也。但地板上的尘土却暴露了痕迹，上面留着许多不规则的脚印，应该是新留下的。

董刃蹲下来细看，看不到鞋底的纹理，进来的人应该都穿着鞋套。

"有备而来，有条不紊。"董刃皱眉。

"提前踩点，安全撤离。"江锋也说。

"什么意思？"赵阔问。

"别墅的大门没有被撬动的痕迹，经过勘查发现，嫌疑人是从小区的地库进来的。"

"地库？"赵阔皱眉，"会是熟人作案吗？"

"不知道。这一切都是推测。"江锋说，"还有呢。"他走到一排铁皮柜前，一拉柜门，里面也空空如也，"闻见什么味儿了吗？"

"钱味儿！"赵阔说。

"铜臭味。"江锋说，"再看看这里的痕迹。"他轻轻用手一捋，几个人仔细看去，铁皮柜里只有外面的位置才有灰尘。

"里面应该是成捆的现金？或者其他的一些贵重物品。"董刃点头。

"可以吧？这个副局长没白干。"江锋摇头。

"曹丹的死，与家中被窃有关吗？"董刃又问。

"不知道。"江锋说。

"你们为什么要提升管辖？"董刃皱眉。

"省里领导的命令。"江锋回答。

"那既然你们管了，这些情况为什么要与我分享？"

"省里的某个领导定了调，让我们只是协助纪委监察工作，曹丹是国家干部，我们无法放开手脚办案，所以……"

"所以，你才想让我们入局。"董刃说，"江锋，你不是一直不信任我吗？为什么不依靠章鹏？"

"哼,他的工作能力不行。我这么做,也是没有办法的办法,毕竟我们在海城没腿儿。"江锋说。

"明白了。"董刃点头。

回程的时候天已经擦黑了,赵阔拿起保温杯咕咚咕咚地灌水。

"江锋一贯狗揽八泡屎,这活儿让咱们上,肯定没憋着好屁!"他没好气地说。

董刃点燃一支烟,望着车窗外冷寂肃杀的景色,"没听明白吗?他也是受到了省里的压力。有人想把曹丹的死大事化小,避免节外生枝。"

"哼,那咱们入局,为的就是节外生枝呗。"赵阔撇嘴。

"哑巴呢?"董刃问。

"一天都没见着了,这小子这段时间恍恍惚惚的,不知心里揣着什么事儿呢。"

"叫他回来,干活儿。"董刃说。

"现在就开始?"赵阔问。

"你的意思呢?再耗几天,等黄花菜都凉了?"董刃反问。

"得得得,你是领导,一切都听你的。"赵阔撇撇嘴,拿起电话。

三人分工明确,当晚就开始了工作。苏晓雅负责调监控,进行视频侦查,赵阔负责摸排走访,董刃连夜对相关人员进行询问。江锋跟章鹏打了招呼,刑侦支队给三人配了帮手,分兵作战的效率一下就上来了。进展很快,还不到一天就查到了蛛丝马迹。

在办公室里，一段视频录像在幕布上播放。画面是地库的环境，里面有四个人正在往一辆厢式货车上搬东西。

"嫌疑人一共四人，驾驶着一辆金杯海狮货车，于四天前凌晨从小区正门驶入，随后开车下到地库，通过技术开锁的手段撬开曹丹家的地库门，接着步行进入。"苏晓雅说。

"进小区的时候有登记吗？"董刃问。

"阳光六号入口采用的是智能识别系统，如果是小区登记的业主，起落杆会自动抬起，无登记的车辆才会遇阻，保安才会登记。经过走访发现，该车是凌晨两点进入的小区，那个时间系统显示的车牌尾号是3486，是曹丹名下车辆的牌照。"赵阔说。

"曹丹名下车辆的牌照……看这意思，那辆车是套了牌的。"董刃点头。

"是，这班人利用了门禁系统认牌不认车的漏洞，才畅行无阻的，应该是一帮老手。"苏晓雅说着放大照片，金杯车的牌照显示出3486的尾号。

"遇上'搬家队'了。"赵阔感叹，"值班的保安怎么说？"

"值班的保安叫赵凯，当时正在睡觉，没看监控。"董刃说。

"这合规吗？保安不是得24小时值守吗？"苏晓雅问。

"合不合规的，保安就是这么说的，我也没有深究。万一是内鬼，留着这条线还能深挖。"董刃说。

"能这么准确地获取曹丹的车牌，知悉别墅区门禁的漏洞，还能选在保安休息的时间段进入行窃，看来这帮孙子早有准备。哼，应该是早就盯上曹丹了。"赵阔说。

董刃仔细地盯着监控，视频里的嫌疑人头上戴着棉帽和口罩、手上戴着手套、脚下踩着鞋套，伪装得非常仔细。他们搬走了足足有十几箱子的物品，想必被窃的东西不在少数。但曹丹的妻子至今不配合调查，声称不知道屋里丢了什么。

董刃边琢磨边拉开抽屉，取出金钱草颗粒，也不用水冲开，直接倒进嘴里，然后拿起茶缸子灌了几口水，"哑巴，发现提前踩点的可疑人了吗？"他边问边拿起跳绳，在办公室里蹦跳。

"我调了别墅区内外21个重点探头的监控，采样时间往前推了一周，还是没有发现踩点的可疑人。"苏晓雅说。

"如果他们没有踩点儿，那就是在里面有内鬼。"赵阔插话。

"是啊，套取车牌、选择时间、技术开锁，这不像是一般嫌疑人干的。我觉得应该重点审审那个叫赵凯的保安，他的嫌疑很大。"苏晓雅说。

董刃噔噔噔地跳着绳，视线却从未离开过幕布，又跳了一会儿，他才停下。他拿起大茶缸子，咕咚咕咚地喝完一整杯，喘了口气。

"如果我是那帮盗贼，不会安排内鬼值班的当天作案，那样太容易'漏'了。"他回手拿过书包，掏出一张A4纸，扔在会议桌上，"这是案发前离职的保安和保洁，我觉得要重点从这里摸。"

赵阔拿起A4纸查看，上面一共列着11个人，每个人都有详细的身份情况，"人数不少，如果贸然走访，很容易打草惊蛇。"他琢磨着。

董刃放下缸子，捂着肚子去了趟卫生间，半天才回来。

"怎么样？石头出来没？"赵阔问。

"没戏，越蹦越疼，估计快到要害位置了。"董刃苦笑。他推过一个白板，拿起笔在上面画着，"第一，从以往的案例上看，干'搬家队'的大都是襄城人。那帮人大都以近亲或同乡为同伙，团伙作案，开锁技术好。"

"没错，孟州都是没技术含量的'白日闯'或者'攀窗'。应该是襄城人。"赵阔也说。

"第二，作案人数一共有四个，一个司机，三个搬运工。加上安插在小区里和外面销赃的，应该在六人以上。"董刃边说边在白板上写，"第三，如果他们连夜驾车离开海城前往襄城，从阳光六号到海襄高速的沿途，应该能查到这辆车的轨迹。"

"明白，我马上就查。"苏晓雅说。

"第四……"

"哎，找到了！"赵阔打断了董刃，"这小子是襄城的。"他指着A4纸说。

董刃和苏晓雅走过来，仔细看去，赵阔指的那个人叫周斌。

"第四是什么？"赵阔抬头问。

"第四就是经过分析，嫌疑人很有可能就是这个周斌。"董刃笑了。

"那英雄所见略同，重点有了。"赵阔也笑。

周斌，男，现年25岁，襄城人，于一个半月前入职保洁，十天前离职，在阳光六号一共才干了一个多月的时间，这显然不正常。

此时此刻，董刃和赵阔正潜伏在市南区的某个街角，遥望着不远处的周斌。他正在一个商户里购买着物品。

赵阔拿出手机，拨打给苏晓雅，"哎，一会儿我们'腿儿着'跟。你见机行事啊。"

苏晓雅把车停在商户对面的路旁，透过车窗能看到两人的行动。"知道了。"他回答。

"晚上加班，记得跟你媳妇请假。要不回家跪搓衣板。"赵阔打趣，却不料苏晓雅那边直接挂断了电话。

"嘿，这个哑巴，不识逗啊。"赵阔皱眉。

董刃没说话，观察着周斌的动向，"贴吧。"他轻声说。

赵阔立即低着头走了过去。董刃往后靠了靠，藏在了墙角。

不一会儿周斌就买完了东西，只见他提了满满两个大袋子，朝着北边的路口走去。董刃见状，打开了手机上"网络会议"，他扶了扶蓝牙耳机，等目标走出百米的距离，才跟了上去。

"买的什么？"董刃问。

"牙膏、牙刷、卫生纸、方便纸杯、内裤、袜子……都是些日用品。"赵阔的声音从耳机中传来。

"买了多少？"

"买了不少，能用一阵子。看这意思，春节不准备回家了。"

董刃皱皱眉，侧身转过路口，"我先跟，你从下一个路口接上。让哑巴把车往前开，宁丢勿醒。"他提醒。

"放心，他跑不了。"赵阔说。

三个人交替跟踪，走出大约一公里的距离，周斌却突然不见了。

董刃有点慌，"哑巴，老赵，目标呢？"

"我没看见啊，刚才那个路口红灯，我没敢闯。"苏晓雅说。

"老赵，你在什么位置？"董刃又问。

但赵阔却始终没有回答。

"大爷的！"董刃拍了一下大腿，"哑巴，你把车往前开，沿途搜搜，他走得不快，应该不会丢。"

这时，赵阔的声音传了进来，"人没丢，我在跟。"

一听这话，董刃把心放下了，"你在什么位置？"

"新粤港餐厅，一楼，他正点菜呢。稍等，我贴着呢。"赵阔回答。

大约过了二十分钟，周斌的身影重新出现在董刃的视线里。他手里又多了两个食品袋，里面装满了方便餐盒。

"烧鹅、白切鸡、糖醋咕咾肉、牛肉河粉、例汤、芥蓝……对了，还有一条东星斑。"耳机里传出赵阔的声音。

"可以啊，看这意思是要大吃一顿，庆祝一番？"董刃撇嘴。

"应该是五六个人的量，哎，注意啊，那孙子打车了。哑巴，出租车的尾号是7233，你跟上啊。"赵阔加快了语速。

出租车停在市北区一个老旧小区门前，周斌提着四个大袋子走了进去。

苏晓雅提前停了车，三人下车散开，分头跟上。

赵阔走在最前头，董刃紧随其后，苏晓雅在小区门口停了步，确认后面没人跟着，才进了小区。

周斌进了一栋标着"5号"的老楼。董刃在楼外观察着，电梯上行，四层楼道的声控灯亮了。

"四层。"董刃轻声说。

不到一分钟的工夫，赵阔回话，"进的是404，门厅朝南的房间。"

董刃立即转到楼的另一侧，"是朝南的哪个阳台？"

"东南角的那个。"赵阔回答。

董刃仔细观察着，那个阳台并没晾衣服，里面漆黑一片，"哼，确实是老手啊，屋里的窗帘都拉着。"

"是吗？那就对了！我刚贴门口听了，里面有细碎的声音，应该不止一个人。"赵阔说。

"哑巴，在小区搜车，找那辆金杯海狮。"董刃吩咐。

苏晓雅刚走到楼前，一听这声，又折返回去。

"老赵，你多注意啊，这帮人挺贼的，别打草惊蛇。"董刃提醒。

"放心吧，玩鹰的不会让鹰啄了眼。哎，怎么着，把电闸拉了，探探里面的情况？"

"不行，一惊就都跑了，笨办法，蹲吧。"董刃皱眉。

十多分钟后，赵阔回到了车里，跟董刃、苏晓雅会合。

"防盗门底下贴好胶条了，只要有人出来，咱们就能发现。"赵阔说，"门口没放鞋架，我看房间的面宽，应该是个三居室。"

董刃点点头，抬手看表，时间已经过了晚上八点。

"找到车没有？"赵阔问。

"没有，应该停在了别的地方。"苏晓雅说。

"哎，要是动手，光咱们三个可不行，得找章鹏'摇人'了。"赵阔说。

"嗯。"董刃点头。

"你说这帮孙子既然得手了，干吗还待在海城呢，直接离开不最安全？"赵阔琢磨着。

"你都说了，他们是老手。老手会带着一车赃物贸然出城吗？"董刃反问。

"也对，沿途这么多检查点儿，碰见一个就玩完了。还不如先'灯下黑'呢。"赵阔点头。

"哎，哑巴，哎……"赵阔碰了一下苏晓雅，"你这几天想什么呢？魂不守舍的？想媳妇了？"

苏晓雅愣了一下，"哦，没有，我听你们说话呢。"他敷衍道。

董刃看着他，停顿了一下，"我觉得他们是在等买家，想把货散了之后再择机离开。"

"我同意，这样也能避免被警察盘查的危险。"赵阔点头。

"哑巴，调周斌近期的通话情况了吗？"董刃问。

"查了，通话的对象都是实名登记，没看出什么异常。"苏晓雅答。

"他不会用实名手机进行联络的，能摸出他的其他号码吗？"

"只要在同一个兜里揣着，都能查到。我上午就让警务支援查了，还没出结果。"

"再催催，最好能有个定位。"董刃说。

"刀哥，咱们用不用把情况通报给江锋？"苏晓雅问。

董刃想了想，"那就给他打个电话吧，同时也让他催催警务支援的进度。"

"给他打干什么？让丫截和啊？"赵阔不干了。

"本来这事儿也是他交给咱们的。嗐,心胸放开阔点儿,没什么比案子更重要。"董刃说。

苏晓雅拿起手机,拨通了江锋的号码。

半个小时后,一辆黑色的大吉普开到了附近。江锋带着孔飞和张鸿走了过来。

"就你们仨?"董刃皱眉。

"加你们六个人,不够拿下几个蟊贼的?"江锋反问,"警务支援来信了,周斌身上有一个'工作号',与他实名登记的'生活号'并不交叉。'工作号'的联系人一共有3个,都未实名登记,而且落地的位置,就在这栋楼。"他仰起头,冲面前的建筑抬了抬下巴。

"锋哥,什么时候动手?"孔飞问。

"嘿,看见没有,现在就想截和了。哎,没你们这么玩的吧?"赵阔不干了。

江锋不屑地笑了一下,拍了一下孔飞的肩膀,"你该问问他们,为什么不能马上动手。"

孔飞没明白,愣住了。

董刃抬手看表,时间已经过了九点,"看样子得死蹲死守了。哎,用不用让章鹏再派些警力?"

"我已经跟他打过招呼了,两队便衣就在附近候着。"江锋说。

"看见没有,这就叫鸡贼!看见有'果'了,自己第一个冲上去'摘',让人家当垫背的。"赵阔撇嘴。

"哼,我是不放心你们。煮熟的鸭子跑了,也不是一次两次了。"江锋话里有话。

"你!"赵阔刚要发作,就被董刃拦住。

"就你这样的,但凡我们多两人,都不会让你摘果。"赵阔指着江锋说。

"行了,都擦亮眼睛盯着吧。煮熟的鸭子确实不能再飞了。"董刃说着就打开车门。

"哎。"江锋叫住了董刃,递过来一部电台,"频率调好了,随时联系。"

董刃看了看他,接过了电台。

蹲守这活儿是最熬人的,熬的不仅是时间,还有性子。你没黑没白死看死守了好几天吧,有时没准就几秒钟的打盹,目标就溜走了,任务也前功尽弃。所以刑警们管蹲守叫"赶鸭子上架",只要上去了就轻易不能下来,得支棱着一股精气神儿跟目标死磕。董刃等人这一耗就是两个小时。

时至凌晨,三个人排了班,一人盯一小时,其他人睡觉。但这大冷天的,车还不敢打着火,谁能睡得着啊。董刃看车玻璃上糊满了雾气,就摇开车窗,放进冷风。这下车里像冰窖一样,冻得赵阔连打几个喷嚏。

"他妈的,等我抓到这帮孙子,非臭揍他们一顿不可!"赵阔咬牙切齿。

董刃看雾气散了,才摇上车窗,"你行不行?不行去外面的麦当劳待会儿,别感冒了。"

"没事,有什么不行的。想当年咱们办'8·15'的时候,在海城山下蹲守,冻得跟孙子似的,不也没事。"赵阔说。

"那时什么岁数,现在什么岁数?"董刃说。

"刀哥,我还记得那次完事后吃的饺子呢。山脚下的一个小馆儿,老板现包,韭菜鸡蛋,香迷糊了。"苏晓雅说。

"哼,是啊,老板包的速度供不上咱们的嘴,最后咱们四个都进后厨了,一块包饺子,边煮边吃。"董刃也回忆道。

"哎……那时那孙子还没变成舔狗,看着还人五人六的。但现在……"赵阔叹了口气,"画龙画虎难画骨,知人知面不知心啊……"

"行了,别忆苦思甜了。大路朝天各走一边,人各有志不能强求。"董刃说。

"刀哥、老赵,在这个世界上,除了父母,你们还有相信的人吗?"苏晓雅问。

"相信的人……有啊,你们俩,还有……我闺女。"董刃说。

"嘿嘿嘿,你这是占我们便宜呢是吧?把我们跟你闺女弄成平辈了?"赵阔撇嘴。

"我说的可是实话啊,无论什么时候,只要面对我闺女那双眼睛,我肯定实话实说。她是我永远不会欺骗的人。"董刃说,"你呢?"他问赵阔。

"我?应该有不少吧。你们知道,我这人好交朋友,动不动就跟人掏心窝子。就算有个别算计我的,大不了远离就是。人生在世,光明磊落,以德报怨,也吃不了多大的亏。"赵阔说。

"你呢,哑巴?"董刃又问。

"我?"苏晓雅停顿了一下,"以前有过,但现在……哼,不知道了。"他叹了口气。

"嘿,什么叫以前有过啊。"赵阔刚想往下说,电台就响了。

里面发出江锋的声音,"注意注意,有人过来了。"

董刃赶紧缩下身,侧过脸透过后视镜查看。在几十米开外的地方,果然来了两个人,他们拉着两个拉杆箱,慢悠悠地朝这里走来。

"老赵,贴上。"董刃轻声说。

不一会儿,两个人停在了附近,似乎在找楼号。

"是跟还是摘?"董刃拿起电台问。

江锋没有回答,似乎在犹豫。但与此同时,那两个人已经走到了楼前。

董刃没犹豫,冲苏晓雅使了个眼色,两人一起下了车。

董刃缓步慢行,与目标保持十多米的距离。而苏晓雅则绕到窗外的位置,盯住阳台的情况,以防有人在上面观察。

这时,那两个人已经进了电梯。电梯门刚要关上,就被赵阔的手挡住了。

"不好意思,稍等一下。"赵阔客气地点头。

电梯里的两个人愣了一下,下意识地把箱子往里拽了拽。这时,董刃也跟了进来。他和赵阔一左一右地站在两侧,夹住两个人。

两个人块儿都挺壮,一个肤色黝黑,戴着一顶毛线帽子,看那体形粗略估计得有将近两百斤。另一个留着络腮胡子,满脸横肉,像是个干体力活的。

电梯门缓缓关闭,董刃抬手按了三层,"哎,你们两位去几层?"他转头问。

"我们……"那个戴毛线帽子的犹豫了一下,往前凑了凑,按下了五层。

董刃紧盯着他的手,不敢轻举妄动。他觉得肚子有点疼,估计又是那些石头闹的。他有些后悔,觉得刚才应该叫江锋的人过来支援,要在这个狭小的空间二对二地抓捕,动静肯定小不了,弄不好就会惊到楼上。

电梯缓缓上行,没想到刚到二楼就停了。门一开,外面站着江锋和手下的"两把刀"。

董刃心里有底了,看来江锋提前做好了布局。他没再犹豫,抬手就把那个戴毛线帽子的往外面拽。

赵阔也同时行动,转身一个反关节,就把那个络腮胡子给撅了过去。却不想对方力量很大,一用力又翻了回来。

正在这时,一把枪顶在了络腮胡子头上,"别动,警察!"江锋言简意赅。

一看这架势,两人都厌了,赶忙举起双手。

"说,你们要去四层的哪户?"江锋问。

两人蹲在楼道里,沉默不语。

"我跟你们交底,我们要办的不是你们。那帮人犯了人命,够枪毙的,你们要是想陪着,就在这儿铁嘴钢牙。"董刃说。

"犯了人命?"毛线帽子不禁抬头,"大哥,不,警官,我们只是过来拿货的,不清楚他们的底细。"他连忙解释。

"他们是谁?有几个人?"江锋问。

"联系我们的人叫斌子,我也不知道他的真名,说是有一批

'尖货儿'，以超低价出手。我们也是想钱想疯了，就大半夜过来接货了。哎，我们跟他们真的没关系。"

"说，是哪一户？"江锋追问。

"404，5号楼404。"毛线帽子说。

嘭！404的房门刚开了一道缝，就被赵阔撞开。他一马当先冲了进去，董刃和江锋紧随其后。加上周斌，屋里一共六个人，还来不及反抗就被刑警们制服。

桌上摆着吃剩下的烧鹅、白切鸡、糖醋咕咾肉和芥蓝，还有一瓶茅台酒。

"行啊，小生活过得不错啊。"赵阔拿起酒瓶，掂了掂分量。

"周斌吧？"董刃凑到那人面前，"知道为什么抓你吗？"

周斌双手抱头蹲在地上，一听这话，缓缓抬头，"警官，我只是过来玩的，什么都不知道。"

"别装孙子了，这是什么？还有这个？"赵阔说着掀开了放在门厅的几个箱子，里面装满了字画、金条等贵重物品。

"别跟他废话了，带回去再说。"董刃把手一挥。

"大爷的！回去有你们好受！"赵阔咒骂道。

章鹏带着刑警将六名嫌疑人先行押回，其他刑警和董刃、江锋等人在现场清点赃物。

董刃、赵阔负责分类整理，苏晓雅和另一个刚毕业的年轻刑警负责在《扣押物品清单》上进行登记。字画、金条、贵重物品摆了满满登登一桌子，几个人忙活了半天，还有十多箱物品没有清点。曹丹被窃的物品不仅价值连城，更令人触目惊心。

赵阔站起身来，直了直腰，"乖乖，这些东西得值个千八百万吧？"他感叹着。

"千八百万？几十公斤黄金，一满箱子现金，光那几幅画就得值个几百万。粗估得小一个亿了。"董刃说。

"我的天，这曹大局长可真能搂啊，要往上捯，还不定牵扯多少人呢。"赵阔说。

"干好你的活儿，别瞎分析。"董刃提醒。

"得嘞，干活儿。"赵阔点点头，"哎，小伙子，怎么能直接写金条呢？你鉴定过吗？银行出过证明吗？要是假的怎么办？得写金色金属物。明白吗？"他好为人师的劲儿又上来了，"哎，还有这个，什么'GUCCI'皮包啊，是真的牌子吗？得写棕色皮革挎包……"

赵阔在那忙叨着，听得苏晓雅心烦意乱。他刚想说赵阔几句，却不料突然看到了一件物品。他顿时惊呆了。

那是一枚六爪的钻石戒指，并不大，也就有30分左右，看上去切割的工艺一般，在灯光下反射着光泽。

苏晓雅正看着，那枚戒指就被赵阔拿走了，"哎，看见这个没有？不能直接登钻石戒指，得写有白色光泽的玻璃状石头。"

"老赵，你把东西放下。"苏晓雅说。

"什么？"赵阔一愣。

"你把那个戒指，放下。"苏晓雅的声音颤抖着。

一听这话，董刃也下意识地回过头。他看着赵阔手里的那枚戒指，又看着苏晓雅此时的表情，也愣住了，心里一揪。

那戒指和谢兰手上戴过的，一模一样。

18
他杀

在审讯室，董刃和章鹏在审讯台后正襟危坐，周斌被铐在铁椅子上，垂头丧气。

"说！怎么找到的这家？是谁给的信儿？"董刃开门见山。

"警官，我真的冤枉，我刚才就是过去和老乡喝酒，什么都不知道。"周斌装作无辜。

"什么都不知道？那他们怎么说，这事都是你策划的，你是主谋？"董刃诈他。

"嘿，这是谁说的？胡说八道！我对天发誓，真的什么都不知道，这事儿真的跟我没一毛钱关系，我就是帮他们买东西跑腿的。"周斌连连摇头。

"哦……看来我们是冤枉你了。"董刃点头，"那你看看，这是什么？"他说着拿起一张照片，站起身，啪的一下拍在周斌的手里。

周斌眯着眼，仔细地看着，一下就傻了。那是曹丹尸体的照片。

"这……这……"周斌手一抖，照片掉在了地上。

"说说吧，为什么杀了他。"董刃不慌不忙地回到审讯台后，用平淡的语气问。

"警官,这一定是误会。这不是我干的,真的不是!"周斌加快语速,解释道。

"你当了一个多月保洁,没少在他家门口转悠。视频监控骗不了人,说说吧,是谋财害命呢,还是跟他有仇?"董刃继续施压。

"真不是我,真不是!这罪过太大了,我可担不起。当时是他们进去的,我根本没在小区。"周斌脸色都变了。

董刃当然知道,在几人行窃的时候他已经离职了。此时他的回答,已变相印证了盗窃的事实。

"那就说实话!是你的责任你承担,不是你的责任也别往身上揽。要还心怀侥幸在这儿狡辩,我们就照死了把你往里装!"董刃啪的一下拍响了桌子。

周斌一震,连连点头,"我说,我说,我只是帮他们踩点儿的。东西都是他们偷的。警官,我对天发誓,说的都是实话。"

"哼,对天发誓?你都发几次了。"董刃皱眉,"谁是主犯?"

"是肖军,这活儿是他揽的。是他让我提前潜进阳光六号,盯着这家的。"

"把事儿说详细了。"董刃说。

周斌咽了口唾沫,"肖军是我的襄城老乡,两个多月前找到我,让我帮他干个活儿。具体什么他没说,就让我到阳光六号当保洁,主要是摸摸情况。我知道他手不干净,刚开始也不想答应,但他答应事成后给我拿两万块钱。我琢磨了一下,心想这事儿也不用我去动手,只不过帮他踩踩点儿,就答应了。"

"他的目标是8排1栋吗?"

"是，就是这家。是他让我摸一下这户业主的车牌号和作息规律，我求财心切，就按他说的做了。但没想到，这户会这么有钱，肖军他们搬走了十多箱东西。"

"你知道这户主人是干什么的吗？"董刃问。

"我觉得……"周斌犹豫了一下，"像是个贪官。"

"为什么？"

"他不像商人，平时开的车就是一辆普通的帕萨特，而且总是穿着一身深色夹克，就像网上说的那种'厅局风'。还有，他不常回来，我当保洁那段时间，总共就见过三次。每次回来还提着个大箱子，我琢磨着，那里面装的是不是他贪污的财物啊。8排1栋就是他藏钱的地儿吧。"

"嘿，瞧见没有，他都帮咱们把案子给破了。"董刃苦笑，转头对章鹏说。

"我都是从电视里看的，《人民的名义》里面不就演过吗？"周斌赔笑。

董刃和章鹏的审讯结果，实时传递给了赵阔和苏晓雅。两人在另一间审讯室里，审讯着周斌供述的主犯，肖军。

肖军长得很瘦，尖嘴猴腮的，一双小眼睛滴溜乱转，一副贼模样。

"怎么发现这户有钱的？"赵阔问。

"还不是听周斌说的，这小子多精啊，在小区里一转悠就发现这户不常回来了，就让我们过来办事。警官，我们可都是跟着他干的呀，我们就负责搬东西，怎么处置都是他拿主意。"这小子一推六二五，把责任全推到了周斌身上。

赵阔在心里暗自偷笑，其实这正是警方期望看到的局面。嫌疑人之间相互推诿，相当于变相地揭发检举。只要落实了证据，检察院一批准逮捕，这伙人肯定一个都逃不掉。

"你的意思是，你们几个光搬东西了，根本不知道这些金的、银的都是什么价值？"赵阔皱眉。

"是啊，我们就管搬。怎么处理周斌说了算，不信，您可以问那两个收货的，是不是周斌跟他们联系的？"肖军继续狡辩。

赵阔刚想再问，苏晓雅突然插了话，"那枚戒指是从哪儿发现的？"

肖军一愣，眼珠不自觉地转了一下，"戒指？什么戒指啊？"

"别废话，就是这个。"苏晓雅说着起身，把那枚六爪戒指拍在桌上。

"这个……"肖军皱眉，"我可没见过。"他摇了摇头。

"放屁！"苏晓雅突然发作，一把揪住了他的脖领，"说！是从哪儿发现的。"

"哑巴，你干什么？"赵阔很少见苏晓雅这样，赶忙起身，跑到近前。

苏晓雅用尽全力地揪住肖军的脖领，憋得他满脸通红。赵阔怕出事，费了九牛二虎之力才将他拉开。苏晓雅气喘吁吁地站在原地，怒视着肖军。

肖军大口地喘着气，看苏晓雅这样，也被吓坏了。

"说！从哪里发现的！"苏晓雅继续问着。

肖军是几进宫的老炮儿，知道这关不好过，咽了口唾沫，开了口,"是在一个夹克口袋里发现的。"

"哪里的夹克?"苏晓雅追问。

"就挂在二楼的卧室里,应该是那个房主穿的吧。我刚开始没注意,临走的时候掏了掏兜,才发现的。"肖军说,"那东西应该不值什么钱吧,那么小,估计是那男的给哪个情儿的。"

"你放屁!"苏晓雅震怒,冲上去就是一脚。

"哑巴,你疯了!"赵阔也急了,一把拽住了他。没想到力度太大,一下将他带倒。

"啊!啊!"苏晓雅坐在地上顿足捶胸,歇斯底里地大叫。

经过对涉嫌盗窃的犯罪嫌疑人肖军、周斌等人的审讯,警方获知,主犯肖军之所以以曹丹别墅为目标,系受人指使。在一个多月前,肖军通过中间人介绍,结识了化名为"工长"的男子。"工长"让其帮助盗窃一些文件材料,并承诺支付好处。肖军经过讨价还价,收取了五万元的首付,于是便找到老乡周斌以应聘保洁员的身份到阳光六号进行踩点,并按照"工长"确定的时间实施盗窃。但在盗窃中,肖军及其同伙意外发现了存于别墅内的大量贵重财物和现金,于是便见财起意,进行了"搬家"。在盗窃得手之后,肖军按照"工长"的指引,于次日凌晨将盗窃到的两大包文件材料送到海城西郊桃花村的一处路旁,并在路旁的草丛里取走了余下的五万元现金酬劳,但并未见到"工长"。警方立即行动,却发现"工长"早已失联,西郊桃花村的交易处也没有监控,且在"工长"与肖军联络时,戴着墨镜和口罩,无法进行模拟画像等样貌还原。"工长"的反侦查意识很强,早就做好了隔离。

经过法医解剖鉴定，曹丹的肺内聚积了大量溺液和泡沫，形成了水性肺气肿，死因系溺水窒息身亡。在其躯干和手臂等部位发现了勒痕，可以判定在其溺水前，曾被绳索捆绑。同时经过技术人员对案发现场周边的复勘复查，从清水湖北岸发现了部分足迹和轮胎的印迹。以此推测，虽然曹丹的死系溺水身亡，但不排除其在死前曾被人约束控制，绑到车里，然后由凶手驾车坠湖，伪造其自杀的假象。而凶手则在车辆沉湖后游到北岸，乘车逃离。

结果一出，案件立即升级。省厅刑侦总队和市局刑侦支队组成了专案组，全力对案件开展侦查工作。

同时在纪检监察部门上手之后，经过对曹丹及其妻子的调查发现，阳光六号8排1栋别墅被盗的财物绝大部分系曹丹受贿所得。曹丹在历任海城市住建局副处长、处长、副局长期间，利用职务之便，曾收受多家企业好处，但由于其已死亡，大部分案件无从查证。但经过对涉案的名家字画进行追查，纪检监察部门发现，其中一部分字画系海城众诚实业公司于拍卖会上拍得，而众诚实业公司的法定代表人就是与众利集团过从甚密的袁苑。纪检监察部门立即传讯袁苑，却发现该人已离开海城两周有余，似人间蒸发。但警方经过视频侦查等手段发现，将这些字画交给曹丹的人是一名女性，现供职于众诚实业公司投资的一家演艺公司，名叫谢兰。

这个谢兰，正是苏晓雅的妻子。

此情况上报到了郭局，经过审慎研究，鉴于曹丹死亡、袁苑逃离，现有证据暂无法证明谢兰参与行贿的事实，最后郭局下令，由董刃和赵阔先行对其进行询问，暂不采取强制措施。苏晓雅自然要予以避嫌。

警令如山，董刃和赵阔立即带人传唤了谢兰，但没想到她的状态却异常平静。

在一楼的询问室里，董刃将一杯热水放在谢兰面前，谢兰浅笑了一下，表示感谢。

"说说吧。"董刃坐回到审讯台后，做着开场白。

"没什么可说的，我帮袁总转递东西，这事与我无关。"她语速平缓。

"你知道曹丹的身份吗？"董刃问。

"知道，住建局的领导。"

"你知道袁苑的身份吗？"

"知道啊，众诚实业的老板。"

"你帮众诚实业的老板给住建局领导送东西，不知道这意味着什么？"

"哼……"谢兰轻笑，用手拢了拢头发，"礼尚往来、人情世故，社会不都讲这一套吗？"

董刃看着她，没想到她会是这样的态度，但一想到苏晓雅，又一时间狠不下心来，心里十分纠结。

"谢兰，你应该知道蔡曾字画的市场价值吧？一幅最少得百万起步。一个商人送官员如此贵重的东西，能是单纯的礼尚往来、人情世故吗？"赵阔插话。

"赵警官，您帮人送东西的时候，会打开看看是什么吗？我记得刀哥有一次说过，你们局有一个人收了十万元，被判刑了，还有一个人收了邮票，只是受到了纪律处分。但那邮票的价值远远高于十万元。这就是法律吧?"谢兰反问。

"你……"赵阔被噎得哑口无言。

董刃皱眉,知道这女人不好对付,接过话茬,"谢兰,我们现在对你采取的是询问的手续,希望你如实陈述,积极配合,不要逼我们变更强制措施。"他提醒道。

谢兰看着董刃,浅浅一笑,"刀哥,我会积极配合的。"董刃的压力一下被化为无形。

"你现在的职业是什么?"董刃问。

"我在东方演艺公司任职,演员、主持人,什么都干。"

"东方演艺公司与众诚实业有什么关系?"

"众诚实业是我们公司的大股东吧。"

"众诚实业与众利集团是什么关系?"

"这……"谢兰犹豫了一下,"我不太清楚。"她摇头。

赵阔用余光看着董刃,自然明白他为什么要把这事往富江身上引。他知道,如果谢兰真和富江存在某种关联,那不光是面前这个案件,包括七年前刘涌的案件、乔四儿的潜逃,都不排除和谢兰有关。想到这里,他心里一阵发冷。

"你跟曹丹见过几次?"董刃继续发问。

"见过……"谢兰抬起头做思考状,"两三次吧,也没准是三四次?记不清了。"

"说一下每次见面的时间、地点,同时有没有第三人在场。"

"这个……我真的记不清了。刀哥……"

"谢兰,请叫我董警官,我提醒你,这是在公安机关的询问室。"董刃故意与谢兰保持距离。

"哦，董警官。"谢兰点点头，"我是说，我平时的工作很忙的，见曹丹也是替袁苑跑腿，具体的情况真的记不清了。"她继续狡辩。

"你的意思是，所有事都是袁苑干的，如果找不到他，就查无对证了？"董刃皱眉。

"应该是这个意思吧。"谢兰把身体坐正，双臂环抱。这是明显的抗拒姿势。

与此同时，在三楼的另一间询问室里，江锋和孔飞坐在富江对面。

富江低头喝着热水，显得很松弛。

江锋与他对视，拿起茶杯也喝了一口，"曹丹你认识吗？"

"住建局的曹副局长？当然认识了。他是市里工作专班的成员，前段时间还一直在监督我们保交楼的工作。曹局人挺好，态度热情，工作敬业，哎，他怎么了？"富江问。

"他死了。"江锋说。

"死了？因为什么？怎么死的？"富江故作惊讶。

江锋看着他的表演，并没接茬，"你与他有经济上的往来吗？"

"经济上的往来？您指什么？"

"送过他钱、物、车辆、房产、有价证券，或者其他有价值的东西吗？"

"怎么会，这是违法犯罪行为。我们合法经营，从不碰红线。"富江矢口否认。

"不碰红线？好，那就好。"江锋点头。他用手指敲了敲桌面，示意孔飞将此话记上。

"江警官，我觉得你们是不是对众利集团有什么误会啊。我们现在最主要的任务是复工复产、保交楼施工，让业主尽快住上自己的房子，以缓解政府、银行的压力，稳控住局面。您问我的这些，是不是有人往我们身上泼脏水啊？您要知道，企业做得越大，对手就越多，窥伺你、嫉妒你的人就越多。包括前段时间那对母女自杀的事件，竟然有人说是我找人干的。哼，天大的笑话啊！试问谁会在自己的楼盘制造恶性事件呢？目的是什么？自己砸自己的招牌吗？您换位思考，站在我的立场，我会这么干吗？"富江反问。

江锋知道，对于富江这样的对手，没有如山的铁证，是无法打破其诡辩的。

"那袁苑呢？跟你是什么关系？"

"他是众诚实业的老板，跟我算是合作关系。我们的众利集团虽然是众诚实业的大股东，但两个公司彼此独立，各做各事。"富江回答。

"袁苑跟曹丹什么关系？"

"那我就不清楚了。但据我观察，袁苑和曹丹关系不错，在保交楼会议上，也是他把我引荐给曹丹的。"他回答得滴水不漏。

眼看着时机差不多了，江锋抛出了"子弹"，"那你如何解释袁苑送给曹丹字画的这一情况？经过我们的调查，其中有两笔大额款项都与众利集团存在关联。"江锋猛地拍响了桌子，"富总，难道这就是你所谓的合法经营、从不碰红线吗？"

富江沉默着，与江锋对视着，询问室顿时安静下来。

"哎……"富江叹了口气，"关于此事，我们已经报案了。"

"报案了？"江锋皱眉。

"上周到市局经侦支队报的案，关于袁苑职务侵占众利集团一千余万元的情况。几天前我们还通过律师催促经侦呢，问能不能尽快立案。"

"他通过什么手段职务侵占的？"江锋问。

"嗐，袁苑是老江湖了，虚报项目、蚂蚁搬家，使用了各种手段。近一年来众利集团面临危机，我们也是管理失控，才让他有了可乘之机。唉，真是人心隔肚皮啊，没想到这个人会堕落成这样。您刚才提到的那几笔资金，大概也是他巧立名目从众利集团支取的。对了，就在他消失之前，还从我这儿骗走了一笔两百万的现金呢。是我让会计从现金账户提取的款，这都是有据可查的。"富江解释。

"你不是说，你与他彼此独立，各做各事吗？他怎么能把手伸进众利的账户？"

"这不是特殊时期吗？众诚实业经营惨淡、入不敷出，作为大股东，我们不能见死不救啊。毕竟之前投了巨资，一旦倒闭就血本无归了。所以我就给财务部门授了权，在一定金额的范围内，只要众诚实业需要，就予以拆借。当然，这种做法是不合规的，但也是无奈为之。但没想到，袁苑就钻了这个漏洞，使用蚂蚁搬家的手段侵占了我们这么多资金。唉，我也是焦头烂额啊，没法跟股东们交代啊。"富江摇头叹气。

江锋没想到，富江会提前谋划，使出这招。他停顿了一下，"你的意思是，如果找不到袁苑，就查无对证了？"

"应该是这个意思吧。江警官，我希望你们能督促海城经侦，尽快立案侦查，将袁苑绳之以法，维护众利集团的合法权益。"富江坐正身体，端起水杯。

在一楼的询问室里，谢兰继续与董刃周旋着，她把所有的责任都推到了袁苑身上，看似合理，滴水不漏。但事实上，却根本无法自圆其说。

董刃沉默着，犹豫着该不该摆出那些证据。

谢兰显得有些疲惫了，掏出一包烟，抬手示意，"董警官，能抽一支吗？"

董刃点点头。

谢兰点燃香烟，缓缓地喷吐，以掩盖此时焦虑的情绪。

董刃决定了，不能这么轻易放过她，"谢兰，你说你一共跟曹丹接触过两三次，对吧？"

"是的，也没准是三四次。"谢兰补充。

"每次见面都是帮袁苑礼尚往来？"

"是啊，没错。"谢兰点头。

"在不送礼的时候呢？有单独的接触吗？"

"单独的接触？你什么意思？"谢兰皱眉。

"12月16日，你出过差吧？"董刃叮问。

"12月16日……"谢兰眯着眼想着，表情骤变。

"还有12月24日平安夜，你也在出差？"

谢兰愣住了，她把水杯放在桌上，又下意识地拿起，显得手足无措。

"谢兰，我不想再往下深说，毕竟你还有着警嫂的身份。但我要警告你，别以为一味地把责任都往袁苑身上推就能万事大吉，那就大错特错了！我们现在记录下来的供述，就是未来你做伪证的证据，你要是越了红线，谁也救不了你！"董刃拍响了桌子。

谢兰不说话了，低下头，看着面前的水杯。询问室里安静下来，几乎能听到彼此的呼吸。

"董警官，你是不是觉得，我在利用苏晓雅？"谢兰抬头看着董刃。

董刃没说话，回望着她。

"但我希望你们无论怎么想我，看待我，也不要牵扯到他。我做的事与他无关，虽然我们是夫妻关系，但之间并没有太多的利益牵扯。"

"我们没那么想你，之所以跟你说这么多，是希望你能亡羊补牢。"董刃说。

"哼，亡羊补牢。"谢兰苦笑，叹了口气，"唉，你们是不是觉得，我为了钱，可以出卖自己，跟那个曹局长有男女关系了？或者说句更难听的，是帮着袁苑去搞公关了？"

"谢兰，我们没这么说。"

"但你们就是这个意思！"谢兰提高了嗓音，"我明确告诉你，12月16日、24日，我是和曹丹在一起，但具体发生了什么，你们无权过问，这是我的隐私！还有，董刃，你凭什么跟踪我、监视我，你有何居心！"她质问道。

"谢兰，请注意你的态度！"赵阔拍响了桌子。

"哼，男人和女人，不就那点儿事吗？女人接近男人，不过就图两样东西，一个是精神支柱，一个是金钱补助。同样，男人接近女人，图的也是两样东西，要么图你年轻，要么图你漂亮，谈什么情，说什么爱，放眼望去，全都是合作愉快！"谢兰大声说。

"谢兰，你说的这是什么胡话！那我问你，你跟苏晓雅在一起，也是抱着这样的目的吗？"董刃听不下去了，拍响了桌子。

"我……"谢兰一时语塞，气喘吁吁，可随即又摆出了一副无所谓的神情，"他是个好人，老实人，可我不是。"她惨然一笑，"我承认，跟他在一起是怀有目的的。他没钱，工作又忙，但颜值还行，而且还是个警察，工作稳定。我在外面闯荡，也算有个依靠。但我确信，他是爱我的，对我的感情毫无杂质。从理性的角度来讲，找一个你爱的人，不如找一个爱你的人。我跟他在一起，图的就是合作愉快，说句伤人的话，他不过就是我的保底选择。"她声音颤抖着，表情也越发难看。

董刃移开了眼神，觉得胸口发堵，他不想再听谢兰说那些关于苏晓雅的事情。

这时，询问室的门开了，章鹏走了进来。他走到董刃身旁，把一份材料放在审讯台上。董刃一看，愣住了。

"这是谁的决定？"董刃问。

"郭局。"章鹏面沉似水，"执行吧。"他说完叹了口气，转身离开了询问室。

董刃拿起材料，看着谢兰，犹豫了良久，"谢兰，我现在对你宣布，因你涉嫌违法犯罪案件，根据《中华人民共和国刑事诉讼法》第80条之规定，决定对你采取刑事拘留，你听清楚了吗？"

谢兰愣住了，"凭什么，你们有什么证据能证明我犯罪？你们这是徇私枉法，知法犯法！"她大声叫嚣着。

董刃没做解释，继续宣布："根据《刑诉法》有关规定，你可以聘请律师代理法律咨询、申诉、控告，你是否聘请律师？"

谢兰并不回答，冷冷地看着董刃。

"多说一句，这并不是我们希望看到的结果。现在摆在你面前的只有一条路，那就是配合我们的工作，说出案件事实，考虑好你的未来该何去何从。"董刃郑重地说。

"我什么都不知道，也什么都不会说。"谢兰一口咬定。

填表、录系统、搜身、送人，董刃走出看守所的时候，天已经擦黑了。他给郭局打了电话，想问问为什么对谢兰变更强制措施。从现有的证据上看，在袁苑没到案的情况下，谢兰的犯罪事实很难成立，检察院也不可能批捕。但郭局却没有直接回答，只说了三点：第一，执行命令；第二，严守秘密；第三，安抚好苏晓雅。董刃知道，郭局能做出这个决定，肯定是经过深思熟虑的，事关苏晓雅，谢兰被刑拘会对他产生巨大影响。

停车场里漆黑一片，董刃带着两个协助送人的女刑警刚来到车前，一个人便走了过来。他抬头一看，竟是苏晓雅。

"聊聊？"苏晓雅冲一侧指了指，董刃没说话，跟了过去。

在停车场外，苏晓雅点燃了一支烟。烟雾在黑暗中袅袅腾腾，但随即就被风吹散。

董刃看着他，犹豫着，不知该怎么应对。

"我记得你上次问过我，乔四儿跑的那天，是不是还在跟谢兰煲着电话粥。"苏晓雅开了口。

"嗯。"董刃点头。

"哼,我还问你呢,不会认为她是潜伏在我身边的卧底吧。"苏晓雅惨笑。

"哑巴,我不是那个意思。"董刃解释。

"刀哥,你是不是觉得,我跟她并不般配,她跟我在一起,是有所图谋?"苏晓雅质问。

"我从没说过这话,也从没这么想过。哑巴,咱们就事论事,谢兰涉及的案件非同一般,刑拘她也是局里的决定,我希望你不要感情用事,要理性地面对,劝她说出真相!"董刃提高了嗓门。

"你是不是觉得,当年乔四儿逃走是我放的水,谢兰是他们的内应?是不是!"苏晓雅自顾自地说着,根本不接董刃的话。

"你有病吧!让你避嫌,是为了你好!"董刃上前一步,抓住苏晓雅的胳膊。

"你给我滚蛋!"苏晓雅急了,一把推开他,上去就是一拳。

董刃被打了一个趔趄,他有些发蒙,茫然地看着苏晓雅。

"你是拿我当傻子吗?觉得我智商低,任由你驱使?董刃,我问你,你是不是调查过她,跟踪过她,一直拿她当嫌疑人!"苏晓雅气喘吁吁地问。

董刃一时无语,被打的脸颊火辣辣的,大脑也一片空白。

"我他妈就是个傻子,被人驱使、利用、蒙蔽、抛弃的傻子!这些年我一直在努力麻痹自己,告诉自己不当回事儿就行,没追求就行,不拿人当人不拿事当事就行,操着随时可以撤退的心态就行,把自己伪装成很松弛。但我一直认为,你,刀哥,能把我拉出泥潭,帮我追回尊严!但没想到你会这么做,和他们一样这么看我!行,这个案子我不碰了!无论是回派出所,还是被下沉到哪里，我听天由命！刀哥，你曾经问过我，最相信谁，那我告诉你，以前我相信很多人，你、老赵、锋哥，特别是谢兰。但现在，我谁也不信了，以后，我就信我自己！"苏晓雅激动起来，涕泪横流。

"哑巴！"董刃还想解释，但苏晓雅已经转过身，头也不回地走了。

此事之后，苏晓雅因要避嫌，被暂停了办案权。次日董刃回到办公室的时候，苏晓雅的工位已经空了。打他电话也始终处于关机状态，赵阔问了好几个人，都不知道他的去向。有同事传言，苏晓雅已经将辞职申请递交到了市局政治部。

谢兰被刑拘之后，依然缄口不语，拒不供述相关案件事实。曹丹的死讯不胫而走，引起了社会的巨大震动，同时谢兰也被牵扯其中。关于她和曹丹的关系不断被传播、发酵、放大，甚至有谣传说她是曹丹的情妇。而海城市局也有人怀疑，当年乔慕华之所以逃走，是谢兰怂恿苏晓雅放的水。

董刃知道，案件一天不能破获，凶手一天不能抓到，这个黑锅就注定要扣在苏晓雅身上。

19
绑架

临近春节，海城市局召开了"'刀尖行动'决战决胜"的新闻发布会。副局长郭俭作为发言人对外宣告，自行动开展以来，市局党委全力推进，各警种协同作战，共投入警力30227人次，群防群治力量11259人次，通过巡逻盘查抓获现行违法嫌疑人127人，破获刑事案件235起，抓获犯罪嫌疑人372人，涉案金额共计1.89亿元。取得了喜人的战果。

但在提问环节，《海城都市报》的记者魏卓却让郭局难堪。他提出了两个问题：第一个，新新家园母女跳楼的案件为何没了下文，她们到底是自杀还是他杀，为什么一直没有定论；第二个，住建局副局长曹丹的死因是否已经查清，是畏罪自杀还是另有原因。此言一出，郭局陷于被动，但在案件全面查清之前，他是不能贸然做出定论的，所以只能以官话回应，说相关案件公安机关正在全力侦办过程中，在查清之后，一定会通过市局的"平安海城"公众号向社会公布。

至此一个本能扬眉吐气的"战果"发布会，成了公众的"吐槽大会"。在发布会后，郭局就目前棘手的几起案件详细跟市局的一把手唐局进行了汇报。唐局建议，尽快将此情况形成专报，向市领导、省公安厅领导进行汇报，争取最大力度的支持，以推进破案、平息民愤。之后，两人又就众利集团的问题进行了深入的研究。

市局向全省发布了众诚实业公司法定代表人袁苑的通缉令，同时广泛征集母女跳楼的线索，案件的主责落在了刑侦支队重案一队董刃身上。董刃经过跟章鹏商议，开始对众利集团进行常态化的监控，虽然证据尚不充足，但刑警的直觉告诉董刃，富江肯定是这些事的幕后黑手。却不料没过几天，令人意想不到的是，富江竟主动找上门来。

他这次来，为的并不是众利集团的事情。

一大早，几辆豪车就停在了市公安局门前。几个黑衣人簇拥着富江，急匆匆地走进了市公安局接待室。

还没到上班的时间，董刃和赵阔就被郭局叫去了会议室。董刃的早点刚吃了一半，他一手拿着记录本，一手捏着油条，推开门就走了进去。然而一进门，他就感觉气氛不对，只见会议桌旁坐满了章鹏等各单位的一把手，众人表情严肃，一副如临大敌的模样。烟灰缸里插满了烟蒂，显然会议已经开了有一会儿了。

郭局示意他俩坐，继续听章鹏汇报。

"根据报案人富江的描述，他妻子张丽华是于今晨被人绑架的。张丽华，女，39岁，曾因精神问题入院治疗，现和富江共同居住在市北区万安别墅区内。张丽华有遛狗的习惯，每天清晨6点会到小区外遛狗，路线固定，时间大约半个小时。但今天出门之后却迟迟未归，于是富江就让家里的保姆去找，没想到一开门发现狗已经回来了，人却不见了。刚开始他以为是张丽华走失了，就派人去找，没想到保姆在狗的项圈上找到了一张纸条，上面留了一个电话号码。于是富江就拨打了那个号码，才得知是有人绑架了张丽华。"

"那个电话能追踪到吗？"郭局问。

"我们查过了，这个号码是匿名登记的，没有任何记录信息，而且使用的是2G的老人机，暂时没办法进行追踪。看来绑匪早有准备。"技术科的人说。

"绑匪提出什么要求了吗？"郭局又问。

"一百万，要现金。今天不给就撕票。"章鹏说。

"一百万？"董刃皱眉。

"怎么了，刀子，你有什么看法？"郭局问董刃。

"我不明白啊。绑匪要是求财，干吗不直接绑了富江呢？为什么要绑他妻子？再说了，区区一百万，对于富江来说根本算不上什么大事。他第一时间就到咱们这儿报案，会不会有其他目的呢？"董刃琢磨着。

"刀哥，话可不能这么讲，不管富江现在是什么身份，身上有没有犯罪嫌疑，只要他遭受了不法侵害，咱们照样得管。"章鹏说。

"得，那你说。"董刃没好气地抬抬手。

"我们已经对小区周边的监控进行了调取，然而并未获取到绑匪绑架张丽华的视频。他们应该是提前踩好了点，在一处视频盲区实施的作案。经过对视频的排查，我们发现距离别墅区一公里的滨江路的A、B两处探头之间，存在盲区，疑似为案发地点。在清晨6点零3分，张丽华牵着狗经过了A探头，在6点零9分的时候，张丽华的狗独自返回至A探头处。但令人感到疑惑的是，在B探头处却始终未发现她的行踪。"

"广泛走访，看看有没有目击证人。"郭局说。

章鹏点头，拿笔记录。

董刃有些不耐烦，拿起本就往外走。

"会开没开完，你去哪儿？"郭局不悦。

"光坐在这儿分析、进行视频排查，全是纸上谈兵，到现场去看看就什么都清楚了。"他头也不回地扔下这么一句。

赵阔也站起身来，看看他，又瞅瞅郭局，犹豫着是否要跟上。

"你也去吧。"郭局朝他抬了抬手。

上午10点，滨江路车水马龙。董刃和赵阔骑着两辆共享单车，在A、B两处视频监控探头间反复转悠。A探头位于路口西侧一百米的位置，这里距B探头有大约五百米的距离，再向东就是路口了，那里探头密布，如果有人经过肯定不会被漏掉。但在这五百米之间，却情况复杂，沿途聚集着大量商户和店铺，还有两个人群聚集的待拆迁大院，如果以此辐射摸排，要涉及上千人的走访。但时间不等人，按照富江所说，一旦超过24小时不给赎金，绑匪就会撕票，现在已经过了两个小时了。

"老赵，这事儿你怎么看？"董刃停下车问。

"我拿不准。"赵阔思索着，"从现有的证据来看，张丽华确实是在这儿失踪的，而且他家的保姆可以做证，起码咱们没有证据能证明富江在说谎。但我觉得这事反常，不符合常理。就像你说的，要是绑架，干吗不直接绑富江呢，干吗要绑他妻子？究竟是谁在打这个主意？目的只是要钱吗？"

"如果你是绑匪，你会跟他要多少钱？"

"起码得一千万起步吧？他在海城好歹也算个名人，也是露过富的。前几年张狂的时候，拿三千万的古董茶盏喝茶，出尽了风头。反正都是干一票，干吗不弄个大的啊？"

董刃默默地点头，他眯着眼睛，环视着四周，"如果张丽华经过A点之后，却没有到达B点的位置，会不会是因为绑匪就藏匿在这片区域之内。"

"你的意思是绑匪先在这里找个暂住地，然后再动手绑人？"赵阔问道。

"不会的。"董刃推倒了自己的判断，"这里太乱了，人群密集不说，而且商铺林立，眼睛太多。在这藏人肯定不是好办法。咱俩再分头转转吧，看看有没有漏儿。"他说着又骑上了车。

在刑侦支队的候问室里，富江披着一件大衣在闭目养神，几个穿黑色西装的人守在他身边。时间已经接近了11点，可绑匪却迟迟没有打来电话。章鹏抬手看表，心里越发焦虑，但看富江，情绪却很平稳。警察办案讲证据但也讲感觉，章鹏也隐隐觉得，有哪里不对。

"富江，你最近跟谁发生过矛盾吗？或者说，有没有仇人？"章鹏问。

"仇人？"富江睁开眼，看着章鹏，"我不知道怎么定义仇人这个概念，也不知道身边到底有多少人在恨我，盼着我出事儿。你知道，现在众利集团正处于关键时期，扛住了，迈过这道坎儿，渡过难关，就能让老百姓住上自己的房子。扛不住，塌架了，就满盘皆输，不但各个项目会接连爆雷，而且还会引发系统性的风险。银行、担保的金融机构，都会被牵连。在这个世界上啊，你好的时候,别人都会捧你,你看到的都是笑脸;你不好的时候呢,别人就会踩你,盼着你一败涂地。这就是人性。所以你问我有没有仇人,我一闭眼,他们都冲着我笑,但一睁眼又觉得他们都是仇人。"

"我不想听这些似是而非的答案,有没有直接的线索。警察办案要的是证据。"章鹏说。

"可能现在对我误解最深的,盼着我完蛋的,就属你们局的董警官了吧。他可是没日没夜地盯着我,盼着我不得好死呢。"他摇着头说。

章鹏瞥了他一眼,"除了他,还有吗?"他并没把董刃参与办案的情况告诉富江。

"还有……"富江抬起头,望着天花板,"还有一个在我身边的人,但我不确定他是朋友还是仇人。"他叹了口气,"但最近我发觉,他可能也和董警官有关。可我没有证据。"

"与董警官有关?"章鹏皱眉,"那人是谁?"

"在没有确凿的证据之前,我不能随意乱说。毕竟现阶段他还是我的朋友。"

"你不说,我们就没办法调查。你不要有顾虑,我明确告诉你,只要涉嫌犯罪的,无论是谁,我们都会处理。"章鹏郑重地说。

"哦,好。"富江思索着,点点头。

"那人叫什么名字,现在哪里?"章鹏叮问。

"他已经消失好几天了,我也在找他。"富江缓缓地说。

正在这时,富江的电话响了。他拿起电话。

"别急,开免提,慢慢说。"章鹏示意。

在滨江路上,董刃已经摸到了门道。他此时正站在一堵矮墙上向下观望。矮墙里是个废弃的院子,院里落满了枯叶,遍地都是残砖烂瓦。董刃俯身跳了下去,仔细查看,突然有了发现。

"老赵,快来看。"他大喊。

赵阔利落地攀墙而过,来到董刃身边。

"看,这儿,还有这儿。"董刃用手指着。

赵阔看去,在厚厚的枯叶上,有一些明显的踩痕。

"你的意思是,他们带着张丽华从这里翻进来的?"赵阔皱眉。

"你看,墙上也有痕迹。"董刃又向前走了几步。

果不其然,在对面的墙上,也有蹬踏的痕迹。

赵阔眯着眼,仔细地观察着,"看样子,作案人起码在两人以上。"

董刃一纵身,又蹿到对面的墙上,举目远眺,"对,这里应该就是他们的通道。"

赵阔也攀了上来,立马明白了。翻上这堵墙之后,向北就是一大片平房。只要踩着成片的屋顶,就能一路跨到百米外的路上。那条路建在河畔,监控很少,看来绑匪确实是踩好了点。

"老赵,赶紧跟章鹏联系,让他调那条街的监控。"董刃说。

与此同时,他的电话响了。说曹操曹操就到,巧了,正是章鹏。

"喂,什么?"董刃皱眉,"明白,我马上回去。"

在刑侦支队的候问室,董刃坐在章鹏对面,他没搭理富江,问章鹏:"什么时候?什么地点?"

"没说具体时间和地点，让先准备好现金，随时等通知。"章鹏说。

富江冲一个黑衣人使了个眼色，那人转身提过来一个皮箱，"钱我出得起，关键是要保证我妻子的安全。"富江说。

董刃打量着他，挪了挪椅子，坐在他对面，"哎，你该知道，这事是谁干的吧？"他盯着富江的眼睛。

"我要知道，还用报案吗？"富江与他对视。

"就怕你揣着明白装糊涂啊。"董刃说。

"哎，董警官，这可不像一个警察该说的话啊。"富江正色，"现在我老婆危在旦夕，随时可能有生命危险。作为保护老百姓的警察，你到底是站在哪一头的呢？"

"你说呢？"董刃反问。

"我不知道。但我记得有个人说过，坏人有时很难被发现，因为他们会表演成好人的样子。"富江话里有话。

"你什么意思？怀疑这事跟我有关？"董刃皱眉。

"哎，我可没这么说。我只是觉得，你对我误解太深。"富江说。

"不，我对你没有误解。你不是问我站在哪一头吗？那我告诉你，我肯定站在老百姓这一头啊，就比如那对从楼上跳下去的母女。"

"董警官，我已经忍你很久了，但你不能一而再再而三地诽谤我、诬蔑我！那对母女出了事，我比你更心痛，而且对我的影响是巨大的，这一点你一定要明白。于情于理，我都不可能这么做，如果你有证据，你随时可以抓我，审判我，关押我！但如果你没证据，我希望你闭嘴，你不要诬蔑我的人格，不要给众利集团带来更多负面的影响。"他气急败坏地拍响了桌子。

"哼，哼哼……"董刃不为所动，轻笑了几声，"怎么着，起范儿了？富总，你不用证明给我看，只要对得起自己的良心就行。再说，你一口一个老婆，你不是离婚了吗？"

"你！"富江被气得站了起来。

章鹏见状，赶忙拦住董刃，"哎哎哎，你先别说了。当务之急，是解救张丽华。老董，如果绑匪提出交易，谁去？"他岔开了话题。

"谁去？他自己去啊。"董刃跷起二郎腿，靠在椅背上。

"你！"富江怒视着董刃，一时语塞。

"富总，我去。"富江的一个手下说。

"你去？小孩打醋直来直去，送完钱就完事了？要是绑匪撕票了怎么办？你来负责？"董刃问道。

一听这话，那个手下不言声了。

"我去吧。"董刃站了起来。

"你去？"富江皱眉。

"怎么了？信不过我？"董刃撇嘴，"我办事眼里不揉沙子，你的事儿，肯定盯住不放，但别的案子，我也不会撒手不管。赶紧换衣服，那帮人肯定盯你很久了，我得扮装成你的样子。"

等待是漫长的，在之后的十个小时里，绑匪虽然没有再来电话，但刑警们的工作却一刻未停。在此期间，赵阔在技术部门的配合下，摸清了滨江路那边的情况。那个废弃的院子确实是绑匪用来掩人耳目的通道，绑匪一共有三人，他们用墨镜和口罩伪装，根本看不清面容。他们在将张丽华挟持到河畔小路之后，驾驶一辆牌照尾号为7652的白色宝骏轿车，向北行驶，经过三个监控探头后，消失在北郊的一处城乡接合部里。经过交管部门调查，尾号为7652的车牌系伪造，原车为黑色奥迪。线索暂时中断，但按照郭局的部署，全市交警正在通过监控系统与人力核查，摸排这部轿车的去向。

而董刃这边，也终于在晚上8点的时候，再次接到绑匪的电话。

电话里的声线很粗，显然是通过变声系统进行了伪装。

"你是富江吗？"那是个男人的声音。

"是。"董刃对着免提说。

"我知道，你肯定报警了。"

"没有，我保证。"

"钱都准备好了吗？"

"你怎么证明我老婆还活着？"

不一会儿，电话那头传出一个女人的嘶喊声。

董刃看向富江，富江点了点头。

"你先上车，然后我告诉你地点。"那边随即挂断了电话。

董刃放下富江的手机，冲章鹏使了个眼色，独自走到门外拨通技术部门的电话，"喂，能查到对方通话的位置吗？"

"通话的号码已经关机了，位置在海城北郊的炼化厂那边，我们已经通知刑侦支队了，他们正往那赶。"技术部门同事说。

董刃琢磨着，推门进了屋。

十分钟后，董刃驾着一辆S奔驰，行驶在夜色里。绑匪让他一个人驾车到东郊的正源洗煤厂去交易。董刃琢磨着，一个在北郊的炼化厂，一个在东郊的洗煤厂，看来绑匪为了怕被"包圆"进行了"分兵"，但这样也好，分而治之成功概率更大。

他把富江的电话放在奔驰的挡风玻璃前，拿出了自己的电话。

"追查的那个号码怎么样了？"他问赵阔。

"一直处于关机状态，找不到位置，应该把卡也拔了。"赵阔说。

"你们到炼化厂的时候注意点儿，小心有'眼'，别醒了。"董刃提醒。

"放心，小吕和老徐都是好手。我已经联系厂里的保卫部了，如果发现可疑的陌生人就立即上报。"

"好，让他们注意安全。"董刃叮嘱，"哎，哑巴怎么样了？别让他一个人待着，他心重，这次受的刺激挺大。"

"他手机一直关着，我给他留言也不回话。等忙完这案子吧，我去找找他。"

董刃叹了口气，自然明白苏晓雅的处境。他知道，谢兰一天不说出实情，苏晓雅的心结就一天不能解开。但真正的事实究竟是什么呢？一旦被揭露，会不会给苏晓雅带来更残酷、更无情的打击呢？董刃不敢去想。

这时，挡风玻璃前的电话响了起来，董刃拿起来一看，是个尾号为3612的陌生号码。他突然觉得这号码有些熟悉，但一时又想不起来。

"你现在开到哪儿了？"电话那边是一个陌生的声音，应该不是刚才的绑匪。

"你是谁?"董刃问。

"别废话,要想让你老婆活命,就按我说的做!"这个绑匪是个细嗓子。

董刃知道,他不是北郊洗煤厂的那个人了。

他抬眼看着车外,"还在海城高速上,再有两个出口就到东郊了。"

"你在最近一个出口开出来,掉头,往回走。"绑匪说。

"往回走?为什么?"

"别废话,让你掉头就掉头!"那人说完就挂了电话。

董刃琢磨了一下,用自己的电话拨通了赵阔的号码,"喂,东郊的洗煤厂可能是个幌子,我发你一个新的号码,马上让技术部门摸位置。他们分成两拨了,咱们也得分头追踪。"

他下意识地抬手看表,时间已经过了9点,前路雾色浓重,能见度很低。他按照绑匪的要求,驶出了最近的一个出口,然后兜了个大弯,掉头行驶。之后又接到了绑匪的电话,让他直接开车到绕城高速,从海城山出口出去。

在此过程中,董刃始终跟赵阔保持联系,实时分享情况。车行驶到海城山脚下之时,电话又响了。

"到哪儿了?"绑匪问。

"到……"董刃左右看了看,"我也不太清楚,是在海城山脚下吧。"

"不要上山,从这里向南,有个马王庙景点。你把车开过去,到了给我回电话。"

刚挂断电话，赵阔的电话又打了进来，"那个号码被锁定了，就在海城山附近，但附近的信号有点飘，确定不了位置。我们正往这赶呢。"

董刃心里有谱了，转动方向盘，向南开去。他知道，此时那个绑匪应该就在附近，很有可能就在不远处盯着自己。他索性放慢了车速，打开了远光灯，边开边观察着周围的情况。

十分钟后，马王庙景点就在眼前了。他缓缓地停了车。

他拿起电话，拨通了绑匪3612的号码，"喂，我到了，你在哪儿？"

"黑色的奔驰对吧？"绑匪问。

"对。"董刃答。

"你下车，拿着钱。"绑匪说。

"你先出来，我再下车，我怎么知道你们不会对我下手。"董刃故意表现出犹豫。

"要想这么干，我们早就下手了。别废话，下车！"绑匪命令道。

董刃熄了火，拿着一个皮箱打开了车门。他穿着富江的衣服，戴着一顶渔夫帽，伫立在黑暗里。环顾四周，并无一人，只有马王庙前的铜铃在冷风中叮当作响。

"我看见你了。"绑匪说。

董刃警觉起来，观察左右，并没发现异常。这时，口袋里的电话振动起来，他却不敢接听。

"一直往前面走，看到一辆昌河面包车了吗？"绑匪问。

董刃走了几步，点点头，"看到了，白色的那辆。"

"扔掉你的手机，开那辆车。"绑匪说。

"扔掉手机？"董刃皱眉，"那我怎么跟你联系？"

"按我说的做！"绑匪提高了嗓音。

董刃只得照方抓药，回身拉开奔驰的车门，把手机放在了挡风玻璃前。同时也趁着这个机会，给赵阔发了短信，"白色昌河面包车。"

他提着箱子，走到昌河面包车前，车门没锁，里面插着钥匙。他没敢贸然上车，警惕地观察着四周。突然，车里响起了声音，"进来，把车开走。"

董刃仔细看去，在面包车的驾驶位上，放着一个对讲机，声音是从那里发出来的。他叹了口气，知道这玩意儿在没有组网的情况下，是查不到位置的。

他拿起对讲机，观察了一下，是一个国产的牌子，看着很廉价，功率为2W，传输距离应该在3公里左右。

"喂，我怎么把钱给你。"董刃拿起对讲机问。

"马上开车，返回到海城山下。"绑匪在对讲机里说，"快！"他有些急切。

董刃不敢有丝毫懈怠，急忙启动了面包车。这车十分破旧，开起来晃晃荡荡的，即便把油门踩到底，最多也就能开到六七十迈。董刃担心车里有"眼线"，不敢贸然联系赵阔，只能拿着手机，通过短信进行沟通。

"马上排查附近的车辆，同时监控司机的举动。"

此时赵阔和章鹏等人也已经驱车到了附近，他们做了两步动作：第一，让交警支队同步附近的所有监控探头，搜寻可疑车辆；

第二，让警务支援部门通过无人机进行侦查。一切都在争分夺秒地进行着。时间已过了凌晨，距离绑匪说的最后期限还有不到六个小时。

按照绑匪的要求，董刃将车开上了海城山，山路很陡、弯路很多，加之雾色浓重，他不敢把车开得太快。此时，其他刑警的车也赶到了附近，他们保持好间隔，逐一上山，以免引起绑匪注意。

这时，董刃收到赵阔的信息，"北郊已锁定，二队已动手。"

董刃心里有了谱。多年的刑侦经验告诉他，一般绑匪都是要"人赃分离"，看押人质的和收钱的不会是一拨人。

他拿起对讲机，摆出一副不耐烦的架势，"还要多久，你们要有诚意就尽快露面，不然我就下山了。"

"怎么，害怕了？"那个绑匪冷笑，"我告诉你，就算你现在想走，也走不掉了。这么多年的账，咱们该算算了！"他语气中露出凶狠。

"账？你什么意思？"董刃不解。

"你忘了白老大的事了吗？你忘了，我可没忘！"

董刃惊讶，"你说什么？你是谁？你到底是谁！"他忍不住问。

"我是谁，你最清楚！你欠下了什么债，早晚要偿还！富江，我们今天就是冲你来的！"绑匪大声说。

董刃意识到了危险，心中升起不祥的预感，他不敢再往下想，去分析对方到底是谁，但眼前却不可抑制地显出杜崽儿的面容。

他妈的，你这个混蛋，千万别犯傻啊！他在心中默念着。

正在此时，赵阔的信息又来了，简单的一句话，"交警支队来电，一辆牌照尾号为7652的白色宝骏轿车，正在前方两公里的路上顺行。"

董刃呆住了，浑身发抖，他不知道如果那个人真是杜崽儿，自己该怎么办。他犹豫着，不禁降低了车速，但随即又觉得不对，自己毕竟是个警察，此时此刻是必须要冲锋向前的。于是他猛踩油门，破旧的面包车发出嘶鸣，像一头困兽咆哮起来。他知道，只要绑匪在这条路上，就一定能拦截到。答案马上就要揭开了，无论是谁，都要为自己的所作所为付出代价。

眼前黑雾重重，路也越来越窄，左侧就是峭壁悬崖。耳畔中只有发动机的轰鸣声和车外的风声，那个对讲机却再没发出声音。

他拿起对讲机，"喂，怎么不说话了？你在哪儿？喂！"

但无论他怎么呼叫，那边都不再回答。

他绷不住了，拨通自己的手机，"喂，老赵，马上让交警看看监控的情况，那辆白色宝骏在哪儿？"他大声问。

"我正在问呢，很奇怪，那辆车突然不见了，最后一次出现是在上山后五公里的位置，已经过了好久了，下个探头还没拍到。刀子，你注意啊，小心他们有埋伏。"赵阔提醒。

董刃警觉起来，减低了车速，打开远光，边开边仔细地观察，防止被对方偷袭。几分钟后，车行驶到海城山最险要的路段"九转十八弯"。这里山路狭窄蜿蜒，事故高发，路旁立着一块巨大的警示牌，上面标注着"此路危险"。

董刃不敢怠慢，全神贯注地握住方向盘，生怕这辆破车会失控坠入深崖。但他刚绕过三道弯，就察觉出不对。他踩下了刹车，把车停在路旁，摸出腰间的92式警用手枪，轻轻地搬动套筒，然后下了车。刚走出几步，他就愣在了原地。

在海城山六公里处的弯道旁，红蓝色的警灯闪烁，将黑夜照亮。悬崖一侧的隔离带损坏严重，就在十几分钟前，一辆白色的宝骏轿车撞毁了隔离带，冲下了几百米高的深崖。

上山的路已被交警拦住，为确保安全，事故现场周围也拉上了警戒带。董刃向下眺望，只能在黑雾中看到汽车的残骸。章鹏驱车赶来，马上安排力量下山勘察。

"找到张丽华了吗？"董刃问。

"开始行动了，定位在一个废旧的仓库里。"章鹏咬着嘴唇，显得有些紧张，"这是怎么回事？"他皱眉。

"不知道。"董刃摇头，"他最后的通话很怪，提到了白老大。"

"白老大？"章鹏皱眉，"怎么说的？"

"没说太具体，但明显是奔着富江来的。"董刃拿出手机，播放出录音。

"你忘了白老大的事了吗？你忘了，我可没忘！"

"你说什么？你是谁？你到底是谁！"

"我是谁，你最清楚！你欠下了什么债，早晚要偿还！富江，我们今天就是冲你来的！"

董刃给绑匪做了全程录音。

"如果是白永平的人，那有可能是……"章鹏看着董刃，没把话说完。

这时，章鹏的手机响了起来，他赶忙接通，"喂，什么？哦，太好了!"他拍着大腿,"人没事吧?哦,哦。"他点着头,"不见了?就人质在。哎,你们马上把她送到医院,务必保证安全。但其他人不能撤啊,继续开展工作,务必追到绑匪。"他说着就挂断电话。

"人找到了?"董刃问。

"找到了,但绑匪跑了。"章鹏叹气。

"绑匪跑了……"董刃默念着,他觉得越来越不对了。

章鹏没再多说,赶紧向警务支援等部门通报了情况,让他们尽快配合刑警抓捕余犯。

没过多久,远处又亮起了车灯,几辆警车开了过来。车门一开,郭局和江锋走到了近前。

"郭局,张丽华已经找到了。"章鹏跑过来汇报。

"我知道了。"郭局点头,"下面的情况怎么样了?"他抬手往深崖下指着。

"兄弟们已经下去了,车里有几个人还不确定。"章鹏说。

郭局用余光扫了一下董刃,"尽快核实身份,严格保守秘密,特别是对富江,不能透露。"他没把话说透。

"明白。"章鹏回答。

"哎,刀子,这次算你立下头功一件啊。"郭局说。

董刃尴尬地叹了口气,"我从来没想过能为这孙子挺身而出。"

江锋站在一旁并不说话,他用眼睛盯着董刃,流露出一种复杂的情绪。

又过了一会儿,几个年轻刑警将一具尸体抬了上来。车里仅有一人,已经身亡,身体扭曲着,面部也变了形。董刃赶忙查看,不是杜崽儿。他下意识地长舒一口气。但仔细看去,却感觉似曾相识。

"有随身物品吗?"郭局问。

"报告局长,目前只发现一部电台和手机,其他还在搜寻中。"一个年轻刑警回答。

"手机还能打开吗?"董刃问。

"能,还处于开机状态。"年轻刑警说着取过一个证物袋,里面放着一部老款的诺基亚手机。

董刃接过证物袋,操作了几下,手机显出了本机号码。

"138412……3612。"当他念到最后四位的时候,不禁皱眉,"老赵,你查查3612是什么号码?"他转头说。

"3612……"赵阔也觉得熟悉,他拿出手机,操作了几下,"哎,这个号码是……"他说着走到董刃身边,眯着眼仔细查看,"对,对!就是这个!这个号码曾经出现在那对母女出事的现场!"

"什么!"董刃愣住了,在场的所有人也惊得合不拢嘴。

"也就是说,这个嫌疑人可能与那对母女被害的案件有关?"郭局问。

"是,当时经过警务支援的核查,在母女出事当晚,曾有几个'信号'在'新新家园'小区5号楼周围停留,我当时就做了记录。"赵阔说着操作手机,"尾号分别是1177、4521、3612、4445、8014和3381。其中尾号3612的电话,正与这个死者的号码相符。"

"好,好。"郭局点头,"这是一条关键的线索啊。赶紧组织力量,核实死者身份,看来之前的案件,快水落石出了。"他边说边点头。

这时,悬崖下又传出了一个刑警的声音,"找到他的证件了。"

不一会儿,一个留着平头的刑警拿着证物袋来到近前。

"后备厢被挤扁了,刚才在初查的时候没有发现有个背包。这是我们从包里找到的。"刑警气喘吁吁地把证物袋递给章鹏,章鹏边看边念,"程新林,男,住址:海城市市西区三和里……"

"谁?你说这人是谁?"董刃听到这名字,耳畔仿佛响起一声炸雷。

"程新林啊,怎么,你认识?"章鹏皱眉。

江锋见状,赶忙走到近前,从章鹏手里拿过那个证物袋。他仔细地看着,又转头看向董刃,"董队长,这个人就是杜宝军手下的那个程三儿吧?"他冷冷地问。

董刃一时语塞,张开嘴却没发出声音。

江锋又拿过程新林那个老款的诺基亚手机,隔着证物袋操作了几下,"尾号2457是谁的号码?这个号码频繁地跟他联系。"他问董刃。

董刃一听2457,浑身不禁一颤。他当然知道2457的使用者是谁。

江锋看出了他的异样,"董刃,请你立即回答我的问题!2457是谁的号码?"他咄咄逼人。

"哎,江锋,你有什么权力跟他这么说话!"赵阔不干了,挡在董刃身前。

"他做的好事,让他自己告诉大家!"江锋高声说。

"刀子,这号码到底是谁的?说!"郭局叮问。

董刃下意识地咬住嘴唇,努力地克制住身体的颤抖,让自己显得平静。他抬起头,看看郭局,缓缓地回答:"机主是谁我不知道,但实际使用者是……是……"

"是谁！"郭局皱眉。

"是杜宝华，外号杜崽儿。"董刃说出了答案。

不只是郭局，赵阔、章鹏，所有人都愣住了。

"他人在哪里？你能找到吗？"郭局眉头紧锁。

"找不到，我最近一直在联系他。"董刃如实回答。

"章鹏，你马上通报刑侦支队，立即对杜宝军开具强制措施手续，组织力量对其进行抓捕。"郭局发令，"谭彦。"他回头对秘书说，"联系指挥中心、警务支援和技术部门，半个小时后到市局开会。"他说着转头就走。

"郭局，这……"董刃张开嘴，却又不知该如何解释。

"你和赵阔累一天了，先回去休息。这项任务就不要参与了。"郭局下了命令。

"郭局，您这是什么意思？难道怀疑我们跟他有勾结吗？"赵阔气昏了头，大声地说。

郭局停住脚步，转身看着他，"赵阔，在这件事没调查清楚之前，你们就是要避嫌！听从命令服从指挥是警察的天职，不懂吗？"他厉声问。

赵阔立马闷了。

郭局没再说什么，上了警车，离开了现场。而江锋却没走，带着"两把刀"站在路旁。

赵阔绷不住了，指着江锋就破口大骂，"你个舔狗，戳在那儿什么意思？看笑话吗？"

江锋冷笑着，"是，我就是想看他如何收场。董队长，我说这些案子怎么这么奇怪呢，原来都有内情……"他含沙射影。

董刃本来不想说话，但一听江锋这么说，转过身，木然地走到他面前。

"你再说一遍？"董刃看着他。

"我是说，想看你如何收场。"

他话音未落，董刃就猛出一拳。不偏不倚，正打中江锋的面部。他出手挺重，江锋一下鼻血横流。

"两把刀"不干了，蹿上去就把董刃按倒。赵阔见状也冲了上来。几人顿时乱作一团。

众刑警赶忙劝架，费了半天劲才将两拨人拉开。

"董刃，我会记着你这一拳。如果你被人拉下了水、湿了鞋，我一定会亲手抓你！"江锋捂住鼻子，咬牙切齿地说。

"江锋，你也别跟我这儿装孙子！我告诉你，少他妈含血喷人！要不我见一次打一次！"董刃也指着他喊。

江锋当众受辱，面子上也过不去了。他捂着鼻子，带着"两把刀"上了车，离开了现场。但董刃还直挺挺地戳在原地。

"王八蛋，王八蛋！"他大声地咒骂着。骂累了，就一屁股坐在地上，他望着雾气蒙蒙的天空，神情彷徨。王八蛋，你怎么这么糊涂啊！这种事也敢做！他的脑袋嗡嗡的，眼前不禁浮现出杜崽儿上次见面那慌乱的表情。他怎么也想不明白，杜崽儿为什么会让程三儿绑架张丽华，不是说找不到程三儿了吗？杜崽儿为什么要说谎？还有，程三儿为什么会出现在母女坠楼的现场，难道程三儿就是凶手吗？董刃感到一阵天旋地转，眼前发黑，仰头躺在冰冷的地上。

牌照尾号为7652的白色宝骏轿车和未悬挂牌照的昌河面包车均为被盗车辆，刑侦支队已经开始了立案调查。

经过法医鉴定，程新林血液中的酒精含量竟高达320mg/100ml，超过醉驾标准的四倍。以此推测，这应该就是他驾车坠崖的原因。但董刃却不认可这种推测，他跟绑匪周旋了好几个小时，为了获取赎金，绑匪思路清晰，语言表达准确，这显然不是一个醉酒者能干的事儿。董刃和赵阔都认定，程新林是被人裹挟进来的，有人在背后做局，他只是个替死鬼。但这种推测却无法得到印证，由于车辆损毁严重，尚未发现有价值的线索，只要不能证明车上还有第二个人，就无法洗脱程新林的嫌疑，推翻其酒驾坠崖的事实。

同时经过调查，尾号为2457的手机号码登记在宋小海名下。宋小海曾经是宝军中介的员工，现在众利集团任职。刑警连夜出动，在出租房里将该人抓获。经过对其突审，宋小海供述，2457的号码虽然登记在其名下，却一直由杜崽儿使用。经过搜查，刑警从其暂住地发现了大量偷拍的视频，视频内容大多与富江有关，但并未发现其参与绑架张丽华的线索。鉴于上述嫌疑，宋小海被采取了刑事拘留措施。

事发之后，杜崽儿如人间蒸发，销声匿迹。市局上报省厅将其上网追逃，在全国范围内进行通缉。与他相关的人员也纷纷被询问、讯问、传唤，海城刑警穷尽各种手段，要尽快将其抓获归案。

张丽华在医院经过治疗，身体并无大碍，但精神却受到了很大刺激，变得疯疯癫癫的。她蜷缩着身体，躲在病房的角落里，只要有人经过就大声哭喊。富江走到她身边，想拉她起来，她却拼命挣扎，让富江脸上都挂了彩。但富江却毫不在意，在众目睽睽之下温柔地抚摸着她的头发,轻轻拍她的后背。这一幕被某个医护人员"偶然"地拍摄下来,并传到了网上,富江的形象立马得到了升华。大部分网民表示同情,并痛斥绑匪的罪恶。富江也从一个曾经的作恶者、施害者,变成了被害者。他知道,舆情是需要引导的,就像表演老师说的那样,"演员演戏是先知先觉,但要演出后知后觉的感觉",富江觉得自己悟出了表演的真谛。

随着舆情的发酵,海城市局的压力越来越大,江锋作为省厅专案组的组长,正式进驻海城市局,督导、协调办案工作。经过对杜崽儿使用的尾号为2457号码的通话记录进行梳理,发现了董刃的痕迹。尾号为1680的手机登记在董刃名下,在几个月的时间里,与2457的通话记录竟多达百次。而且2457在登记后拨打的第一个号码,便是1680。与此同时,另一份劲爆的证据发到了海城市局纪委的邮箱,郭局查看之后,将证据转给了江锋,同时当即决定,对董刃和赵阔进行审查。

20
陷阱

清晨，在市局纪委的询问室里，董刃坐在一张冷板凳上。他无精打采地垂着头。对面的办公桌后，坐着纪委副书记沈政平和省厅专案组组长江锋。

"董刃，说说吧。"沈政平开门见山。

"说什么？案子？"董刃缓缓抬头，看着沈政平。

"都行，看你想从哪儿开始。"沈政平与他对视。

董刃点点头，"那我依照目前看上去的事实梳理一下情况。"他掏出一支烟，自顾自地点燃，"富江报案，称他妻子被绑架。实施侵害的嫌疑人分作了两路，一路在北郊负责看押，并用未实名登记的手机号给富江拨打了第一个电话；另一路为索要赎金，用另一个未实名登记的手机号拨打了第二个电话，然后引导富江去交付赎金。于是我方警员假扮富江，携带赎金前往东郊，经过对方一系列的指引之后，在马王庙换上了他们准备好的汽车，并使用他们的对讲机，继续保持联系。他们更换汽车、换上对讲机的目的，显然是防止被警方追踪。但在我方警员驾车，即将与绑匪接头时，绑匪却突然发生事故，坠崖身亡。而且在绑匪驾驶的轿车里，还发现了绑匪的身份证件。沈书记，是这样的事实吧？"他问道。

"是。"沈政平点头。

"那我倒想问，绑匪既然一直使用未实名登记的手机，那为什么还要随身携带自己的身份证件？"董刃看着沈政平。

沈政平没说话，看着他。

"第二，一个思路如此清晰，不断引导警员变换位置，同时驾驶车辆的绑匪，为什么会喝了那么多酒，血液中的酒精含量竟然超过了酒驾标准的四倍？"董刃又问。

"你接着说。"沈政平并不直接回答，抬抬手。

"第三，绑匪的目的到底是不是获取赎金呢？如果是，在整个过程中，他们为什么始终要兜着圈子，将警员一直从复杂的街巷引导到郊区，又从郊区引到海城山封闭的山路上。他们不知道那条路很容易被拦截吗？而且为什么在绑匪坠崖之后，他在北郊的同伙却并没有撕票，而选择逃逸并释放了张丽华呢？"

"董刃，你说的这都是案子上的疑点。我们要问你的，是你自身的问题。"江锋听不下去了，打断他的话。

"你先闭嘴！等我说完。"董刃一点没给他面子，"还有，你们对坠崖现场的附近做过勘查走访了吗？有没有可疑人员上山或下山呢？周围都是密林，如果有人踩踏，一定会留下痕迹的……"

"董刃，你说的这些侦查部门都在做。你不必担心。"沈政平开了口，"江组长说得没错，现在，是我们要对你进行审查。"他定了调。

董刃看着沈政平，一时语塞。

"董刃，你认识杜宝军吗？外号杜崽儿。"沈政平问。

"我……"董刃犹豫了一下,"认识。"

"你与他是什么关系?"

"我曾经跟你说过,在八年之前,我在市局刑侦支队任职,为了彻查刘涌的案件,我通过手段认识了杜宝军。他……算是我的'线人'。"董刃回答。

"你和他之间有什么利益往来吗?"沈政平重复着上次的问题。

"没有。"

"你收受过杜宝军的钱、物、车辆、房产、有价证券,或者其他有价值的东西吗?"

"没有。我也没给过他'线人费'。"

"杜宝军和刘涌是什么关系?"

"杜宝军曾是白永平的手下。白永平外号'白老大',因与刘涌发生利益纠纷被刘涌杀害。杜宝军为了报仇,一直在追踪刘涌。"

"杜宝军和乔慕华是什么关系?"

"他们之间认识,但具体有什么关系,我不知道。"

"杜宝军和富江之间是什么关系?"沈政平问。

"他和富江之间……"董刃犹豫着。

"他为什么会出现在富江的公司,而且还担任了众利集团的高管?"沈政平盯着问。

"这……"董刃语塞。

与此同时,在另一间询问室里,赵阔也在接受着询问。但与其说是询问,不如说是唇枪舌剑。

"我告诉你们,这就是有人在里面使坏、裹乱,想把水搅浑!

什么绑架啊，赎金啊，全都是扯淡，都是富江那孙子自导自演的一出戏，目的就是扰乱视听，想浑水摸鱼！"他边说边拍桌子。

"你有什么证据？"纪委干部问。

"证据是聊着就能出来的吗？得出去找啊！调查、走访、勘查、鉴定……一步步来，肯定能找到蛛丝马迹，光在这瞎聊，有意义吗？"赵阔质问。

"赵阔同志，请你注意自己的言行。我们是依法依纪依规对你进行审查，请你端正态度。"另一位纪委干部严肃地提醒。

"什么意思？拿我当嫌疑人了是吧？觉得是我和董刃在这儿放水？策划的这一切？"赵阔撇嘴。

"我不是这意思，我是问你，你和董刃在这起案件中，有没有向组织隐瞒什么情况。"

"你说呢？"赵阔昂着头问。

"我在问你！"纪委干部拍响了桌子。

"嘿！你还来劲了！"赵阔也拍响了桌子。

双方剑拔弩张，僵持不下。

"哎哎哎，你看这岁数刚过三十吧？"赵阔换了个语气，"哪毕业的？省警察学院、海城警校、公安大学，还是社招的？"

"你这是什么意思？"纪委干部皱眉。

"你知道富江是什么人吗？知道那孙子的手段吗？他为达目的不择手段，是个不折不扣的流氓、恶棍！所以在这起绑架案中，越是眼前看到的，就越不真实。要想获取真相，发现这幕后的一切，就不能纸上谈兵，必须脚踏实地去侦查、走访。平地抠饼、对面拿贼！时间不等人，再不做就来不及了，他一定在外面紧锣密鼓地毁灭证据。你们懂吗？"他焦急地说。

"赵阔同志，我理解你急切的心情，但现在你的任务，是配合我们的工作，查清事实。"

"怎么配合你们的工作？你们想让我说出什么？董刃是幕后指使吗？他跟杜崽儿串通一气？是他策划了这一切？"赵阔反问，"我要这么说，你们信吗？"

"但事实证明，董刃确实和杜宝军一直保持着密切的联系，而杜宝军则在富江的众利集团任职。杜宝军的手下程新林涉嫌绑架富江的妻子张丽华，而另一个手下宋小海则秘拍了大量涉及富江日常工作和生活的视频。这一切难道还不能说明问题吗？"纪委干部问道。

"这么多的事实难道都是巧合吗？你看看这个！"另一个纪委干部说着将一摞照片拍在桌子上。

赵阔拿起照片查看，脸色骤变。沉默了良久，抬头问："这是哪来的？"

"这是哪儿来的？"董刃拿着那一摞照片，抬头问。

"有人发到市局纪委的邮箱。董刃，你怎么解释？"沈政平问。

照片是一些董刃和杜崽儿接头、交流、互递物品甚至相互点烟的场景，拍摄者显然盯了好久。

"我承认，我是和杜宝军有接触。"董刃说。

"你认识宋小海吗？"江锋接过了话茬。

"不认识。"董刃摇头。

"你认识程新林吗？"

"不认识，但曾经见过。"

"在哪里？"

"有一次业主们到众利大厦维权，程新林曾带人闹过事。我在现场。"董刃说。

"你为什么在现场？"

"我……"董刃犹豫了一下，"我买了'新新家园'的房子，所以到了现场。"

"是你预知程新林会带人闹事，还是碰巧遇到了。"江锋引导的意图很明显。

"我当时在盯着杜宝军，所以到了现场。江组长，当天你不也在吗？"他反问。

江锋没接茬，继续发问，"那好。绑架案是昨天发生的，你与杜崽儿接触的时间是在绑架案发生之前的两天。你怎么解释？"他用手点着那摞照片。

"他找到我，说觉得有些不对，感觉富江在策划着什么事情。"董刃如实说。

"富江在策划着什么事情？绑架自己的妻子吗？"江锋皱眉。

"我不知道，我没有证据。"董刃说。

"那对母女是不是被程新林害死的，幕后指使是不是杜宝军？"江锋叮问。

"绝对不可能是他干的，一定是有人栽赃陷害。"董刃加快语速。

"那你怎么解释，程新林曾出现在新新家园小区的现场？"

"我……没法解释。"董刃摇头，"但我可以肯定，杜宝军他们不会干这种事。"

"你有证据吗?"江锋问。

"没有。"

"那你为什么要主动替富江去和绑匪见面呢?你是否明知对方是杜宝军的手下?"江锋盯着问。

"哼,我要说我不明知,你会相信吗?我要说主动替富江去和绑匪见面,是因为一个警察的职责和使命,你会相信?"董刃急了。

江锋看着他,眼神复杂。

"既然杜宝军和富江有仇,他为什么会到众利集团任职?"他换了个角度。

"这……"董刃语塞,看着江锋。

"在他到众利集团任职之前,曾在询问室跟你发生过冲突,还举报你刑讯逼供。而纪委上一次对你审查,就是因为此事。但私下里你们却联系密切。董队长,这是什么意思,演戏吗?一唱一和?"江锋咄咄逼人。

"我拒绝回答你这个问题。"董刃说。

"你必须回答!"江锋拍响了桌子,"董刃,这一切都是你自导自演!你一直在利用杜宝军做线人,先跟他合演一出苦肉计,让他潜入富江的众利集团。然后杜宝军才策动其手下程新林、宋小海等人伺机行动,做出了这些'好事'!董刃,你到底想干什么?"

"你……"董刃看着江锋,有口难辩,"我……"他不知该如何解释。

"还有,这个纸袋里面装着什么!"江锋又拍出一张照片。画面中,董刃正站在一辆灰色的大众轿车旁,手里拿着一个牛皮纸袋。

"我……"董刃犹豫着,"对不起,我现在还不能说。"

江锋看他这个样子,冷笑了一下,"你不会告诉我,不知道那里面装的是什么吧。董刃,你现在这副样子,怎么让我们相信你?"

"我不需要你们的相信,有一天该说的时候,我自然会说。"董刃低下头。

"七年前乔慕华逃走的事,你怎么解释?"江锋旧事重提。

"我不想解释。起码,不想跟你解释。"董刃压抑住情绪,一字一句地说。

"好。你可以不解释,但总会有个结果。"江锋点头,"我知道,你一定想告诉我们,发生的这一系列案件,跟表面看到的不一样,背后一定隐藏着什么阴谋。这点我相信。但是……"他拉长了声音,"我也相信,你还有许多藏在心底,不想跟我们坦白的情况。而这些情况到底为什么让你难以启齿、备受煎熬,你自己最清楚!你一天不说出实情,案件就一天不能水落石出,就会有更多人像苏晓雅一样被蒙蔽,被裹挟!董刃,我不想把话说得那么难听,我希望你清醒起来,正视自己的问题!"

"董刃,希望你始终记得自己的身份。你是一名人民警察,是一名共产党员。你要对得起自己的制服和头顶的警徽。"沈政平也说。

董刃看着两人,眼神中的抗拒渐渐散去,不再说话了。

对董刃和赵阔的审查,整整持续了十二个小时。董刃走出询问室的时候,外面已然变得漆黑一片,他从保密柜里取出手机,发现时间已经到了9点。昨天这个时候,自己还正和刑侦支队的同志们密切配合,追击绑匪,而今天自己却要面对纪委的审查。他低头思忖着,走出楼门,没想到赵阔正站在冷夜里,看着他。

"还没走啊?"董刃头也不抬地问。

赵阔没说话,伫立在原地。

"没事儿赶紧撤,回家陪陪老婆孩子。没什么大不了的,正好休整一下。"他随意地摆摆手。

他自顾自地往前走着,但没想到赵阔却拦在了前面。

"为什么?"赵阔问。

董刃抬起头,看着赵阔,"什么……什么为什么?"

"为什么背着我们干这些事?"赵阔加重了语气。

"什么事啊,我干什么了?"董刃不解。

"董刃!"赵阔一把揪住他的脖领,"杜崽儿一直跟你有联系,对吧?他到汕州你也知道,对吧?还有,他举报你殴打他,也是你的主意吧?"他大声质问。

"老赵,你给我松开,松开!"董刃攥住赵阔的手。

"董刃,你丫是不是一直拿我当傻子,觉得我头脑简单,好指挥、好驱使、好利用!"赵阔问。

"你这是说的什么话!老赵,你冷静点儿!"

"我冷静不了!"赵阔松开他的衣领,抬手就是一拳。

董刃被打蒙了,一个趔趄,摔倒在地。

"董刃,我之所以一直跟着你干,是因为觉得你是条汉子。不像那帮孙子,表面上道貌岸然一身正气,实际上心里打着算盘,干活儿是为了当官、为了表现,冲着目的去。我当初之所以干警察,就是要把社会上那些脏的、臭的、乌七八糟的垃圾给扫干净了,让老百姓清清静静、踏踏实实地过日子。咱们以前搭班子干活儿,我心里挺痛快,觉得凭着咱们哥儿几个的努力,能让那帮王八蛋付出代价,让他们以后再想作恶的时候,听见咱们的名字就肝颤!我觉得你和哑巴是最值得信任的兄弟、最能被托付的战友。但你呢?是怎么对待我们的?"赵阔越说越激动,声音颤抖。

董刃站起来,看着赵阔,"对不起,老赵,我这么做也是为了你和哑巴好。我不想让你们牵扯太深,不想毁了你们的生活。"

"你别跟我这扯淡。我们俩,包括江锋,现在被牵扯得还不够深吗?我们的生活还没受到影响吗?因为七年前那事儿,咱们都回不去了。别看表面上咱们能欺骗自己粉饰太平,说一些无关痛痒的屁话。但实际上呢,面前只有那么一条路,不往前走就一辈子陷在淤泥里,不能自拔,就一辈子不能为自己的荣誉正名!正因为此,我跟哑巴才不顾一切、不听劝阻,跟你绑在一块儿。但你呢?藏着掖着,一点不透亮,拿我们俩当工具!"

"你怎么说都对,都是我的责任。我不对。"董刃叹了口气,低下头。

"现在哑巴折了,家也毁了。我替他觉得不值啊!他那么信任你,你却跟他隔着心眼。你好好想想吧,自己干的都是些什么乱七八糟的事儿。这案子我不管了,爱谁干谁干,爱咋样咋样。你一个人算计吧!"赵阔说完,转身就走。

董刃伸出手,想叫住赵阔,却又不知该说些什么。

夜更深了,风也渐冷。董刃久久地伫立在黑暗里,像一座雕塑。

"对不起,对不起……"他默念着。

在高尔夫球场会所地下一层的楼道中,富江捂着手机接听电话,不远处KTV包间传来的音乐鼓点震耳欲聋。

"你怕什么?都提成副局长了,他们能拿你怎样?"富江说。

电话那头是聂维民,听声音就知道他很慌,"我能不怕吗?他们已经盯死我了!海城市局的那帮人虽然废了,但省厅的变本加厉。富江,你要想不出对策,就快安排我出去吧,这官儿我他妈不当了,再不走该出事了。"

"你现在还不能走!"富江冷下脸,"你忘了自己说过的话,要以静制动、以不变应万变?"

"别扯了,现在他们都查到高舲头上了,我再以静制动,肯定没好果子吃……"

"别急,别急,你听我说。"富江安抚住他,"我会尽快解决的,你一定要稳住,绝对不能慌。我既然能废了海城的董刃,就一定也能废了省厅的江锋。你要相信我,明白吗?"

电话那边沉默了许久,聂维民才长叹一口气,"那我听你的,先不走。你说过,咱们是互相成就、互相投资,你可别食言。我折了,你也好不了。"

"放心吧,一荣俱荣,肯定能峰回路转。"富江说。

他挂断了电话,在喧嚣的音乐鼓点中沉默了许久,才推开门,走进KTV包房。

三个西装革履的人正在群魔乱舞,一个右眼有伤疤的魁梧男子搂住女服务员的腰大声说,"哎,再来瓶洋酒,要最贵的!"

富江坐到沙发上,冷眼看着他们。

"哎，别再喝了，一会儿喝多了，误事。"他提醒道。

"嘿，怎么个意思？光让牛挤奶，不让牛吃草啊？不好好慰劳慰劳哥儿几个，怎么给房东干活儿啊？"那人正是"候鸟"团伙的工长，他此时的穿着打扮，和那天截然不同。

"哪儿弄的这一身儿，干吗啊，参加舞会啊？"富江皱眉。

"那你的意思呢？我们哥儿几个就得成天蓬头垢面、破衣烂衫的？"他不屑地摇头，拎着一瓶威士忌坐到富江身边，"衣服，阿玛尼的，鞋，登喜路的，连内裤都是CK的。好贵啊，一身几千块，弄坏了还得再买。哎，这钱你可得报销啊，都是为了工作。"他假装严肃地说。

"工作？"富江笑笑，"绑架，勒索，杀人，放火，用得着穿阿玛尼吗？"

"这你就不懂了。不穿阿玛尼，怎么接近你媳妇啊。不穿登喜路，怎么劫袁苑和程新林啊。你以为打扮成破衣烂衫才安全，扯淡啊，那套早就过时了。遇到警察，第一个查你，'身份证，拿出来！'"他模仿着警察的口吻。

一听这话，旁边的木工和瓦工都笑了。

"他，劫袁苑的时候，就站在酒店的外边。"他指着木工，"就抬抬手，那傻小子就自己过去了。还有他……"他又指着瓦工，"劫你媳妇的时候，说你家那条老狗漂亮，你媳妇就放松警惕了。"

"你别一口一个媳妇的。"富江皱皱眉，有些不爱听。

"哎哟喂，那我是……叫俗了是吧。对对对，得尊称夫人。你们老板的媳妇，都得这么称呼。"工长哈哈大笑。

富江不说话，拿起酒杯，里面却空着。工长挺会来事，拿起酒瓶将酒倒满。

"但说实话,你这人做事够狠的,为了设计那帮人,不惜对自己媳妇,不,对自己夫人下手。"工长坏笑着,"厉害,真厉害!"他竖起大拇指。

"别废话了,活儿干得利落吗?没留尾巴吧?"富江对他的调侃厌恶至极,但又不敢发作。他深知"候鸟"团伙的无耻和残忍,也心存忌惮。

"袁苑,我亲自碎的,钢锯、破壁机,人已经化成渣了。那个姓曹的,还有程新林,车毁人亡,干净利落,里面没有一丁点儿痕迹。瓦工是老手,干了十几年的'红案',穿着雨衣和手套干活儿,指纹、足迹、鞋印,连根人毛儿都没留下。"工长撇着嘴说,"木工呢,眼贼,手快,做事仔细,干活儿之前得踩上好几天的'点儿',监控根本拍不着。那对母女就是他动的手,临走时还不忘把所有痕迹都给清理了。哼,那事儿都算在杜崽儿身上了吧?"他问。

"你只管办事就行,多了别问。知道得太多,对你我都没好处。"富江提醒道。

"哦,也对。知道得太多,就不想下手了,就又该加钱了。"工长眯着眼,看着富江,"哎,你听过一个笑话吗?"他喝了口酒,自顾自地说,"说从前啊,有两个杀手在悬崖旁边相互追赶。一个杀手被逼到绝路了,就停下来拿枪指着另一个说,你干吗啊?为什么要追杀我?你猜另一个怎么说?他说,我就是你的委托人,是想看看你的活儿怎么样!"他说完就哈哈大笑。

"你什么意思?"富江看着他。

"哎哎哎,等我说完。"工长摆摆手,"还有一个啊,说一个老板出去遛狗，突然跳出来一个杀手，拿着手枪对着狗啪啪啪，狗就死了。老板都傻了，问为什么杀我家的狗啊。杀手说，有人出钱，让我要了你的狗命……"

他讲完，木工和瓦工也随声附和地笑了起来。

这时，工长突然凑到富江身边，压低声音问："能听懂吗？"

"什么？"富江不解。

"哎，富总。不瞒你说，我在弄死那个姓程的之前，问出了一些东西。呵呵，我终于知道你是谁了。"

富江一愣，笑着反问："我是谁？"

"我听出你的声音了，呵呵，你……就是那个刘涌。"他眯着眼，看着富江。

富江一愣，但表情却没有变，"我不懂你的意思。"

"呵呵……"工长笑了，"不懂我的意思，那你是'鸡屁股拴钢丝'——瞎扯淡！揣着明白装糊涂是吧？行，你够行的，是个干大事的人。"他摇头晃脑地说。

富江没说话，也并不躲闪眼神。他拍了拍手，进来一个黑衣人，把两个棕色的皮箱放在富江面前。

"五百万。"富江用脚踩住皮箱，对着工长说。

"不够了。"工长摇头，起身坐到对面的沙发上，跷起二郎腿。

"不是说好了吗？"富江皱眉。

"我靠，干这么多活儿，瓦工差点儿陪着那小子掉进悬崖，就这么点儿钱？"

他这么一说，其他两人也放下酒杯，虎视眈眈地看着他。

富江与三人隔着一个茶几，相互对峙，宛如谈判的双方。

"那你说个价儿。"富江也放下酒杯。

"一个整数儿。"工长抬起右手的食指。

"这……不合规矩吧?"富江冷下脸。他不再说话,包房里刚才还热烈的气氛一下降到了冰点。

"那我说个事儿,你就觉得合规矩了。"工长点燃一支香烟,"在那帮'搬家队'给曹丹搬家的时候,我收了两大包文件材料。这不看不知道,一看吓一跳!我让木工从网上查了查,这些材料牵扯到的可都是些大人物啊。哎,这个,值五百万吧?"他盯着富江的眼睛。

"你不是说没找到吗?"富江惊讶。

"嘁,我这不是留了一手吗?"工长笑。

富江看着他,身体抑制不住地颤抖。

工长叹了口气,拿起酒杯,缓缓地喝了一口,然后意犹未尽地打了一个响嗝。

"瞧你这不情愿的样子……"他摆摆手,"我这人啊,就不愿意逼人家。要不这样得了,咱俩再赌一把,谁赢了听谁的?"

他说着掐灭香烟,从口袋里掏出硬币,放在桌上,"让老天爷决定。要是字儿,我们就收你半价;要是面儿……"他看着富江,"我们就把你干掉。"他恶狠狠地说。

他说着就把硬币放到拇指上,用手就要弹。富江连忙抬手,"行,我答应你,只要你们把活儿干完,把那些文件材料还给我。我就付款。"

"哎,这才痛快!"工长点头,"我以为你又有什么'小乌龟的屁股——新规定'呢。你要装孙子,我就只能'小刀捅屁股——给你开开眼'了。"他说完就大笑起来,"放心,只要钱到位,我们肯定帮你把事办好。"

"但杜崽儿呢,找到了吗?"富江问。

"他?哼……"工长撇嘴,"你可得给加班费啊,电工一直盯着呢,没白没黑的。放心,他跑不了,什么时候想办,就一句话的事儿!"

"不,先留着他。"富江说,"等需要办的时候,手脚要利落,一定不能留活口。"

"呵呵……"工长又笑了,"你是个狠人,心狠手辣、不择手段,要不能挣这么多钱呢。"他盯着富江说。

"在江湖上混,不狠不行,都是逼的。"富江叹气,"来,哥几个儿,干一个,咱们一起富贵!"他说着端起酒杯。

"来来来,敬房东!"工长招呼着,木工和瓦工也举起杯,包间的气氛又热烈起来。

"房东,你放心,只要你合作,我们就绝不会拿枪要你的'狗命'。"工长说完,笑得歇斯底里。

冷夜里,董刃在街上木然地走着,一时竟不知道自己该去何处。时间已过凌晨,回顾晓媛那里,孩子早就睡了,他不想被她们看到自己成了这副德行。回单位,他又怕遇到同事。两难中,他索性找了张路边的长椅,坐了下来。气温已经很低了,不远处的红绿灯在当当当地响着倒计时的声音。风掠过,他觉得自己的嘴边湿湿的,用手一擦才发现,竟然流了血。想是刚才被赵阔打的。他也不擦,仰起头,长长地吐出一片哈气。看着那白色的雾气一点点地升腾,最后被黑暗吞没。

这时,他手机响了起来,是一个陌生的号码。他下意识地环顾左右,并没有人。

那边是杜崽儿的声音,声音有回声,像是在一个很空荡的地方。他的声音颤抖着,显得很慌。

"富江陷害我,袁苑应该也死了,都是他让人做的。"杜崽儿说。

"你在哪儿?"董刃急切地问。

"你别管,我暂时还安全。"杜崽儿说,"他下这么狠的手,一定是刘涌在指使。刀子,咱们要找到的人没死,刘涌肯定还活着!"

"你有线索吗?刘涌在哪里?"

"没有,只是一种感觉。刀子,我给你打电话没别的意思,这事儿自己能扛。我就是告诉你,那些东西别弄丢了。以后有大用。"

董刃知道,他指的是那个移动硬盘,"这些事都是什么人干的?"他问。

"不知道,但应该是一帮狠人。我也正在通过道上的人打听。他妈的!要是让我查到了,非给他们丫碎尸万段不可!"

"你别胡来!有事我们上,轮不到你!"董刃叮嘱。

"三儿是多好的一个兄弟啊,就他妈这么死了!"杜崽儿带着哭腔,"富江真是机关算尽啊,看上去是羊,实际上是披着羊皮的狼。但无论如何,我跟他的账也一定要算清!"

"你听着,现在你这么漂着是最危险的,那帮人肯定在满处找你。你马上到市局自首,我亲自带你去见领导,把这些事都说清楚了。"

"说清楚了？扯淡！程三儿死了，宋小海录的那些东西肯定也被发现了。我一旦投案，这屎盆子就得扣在我头上。再说了，你以为富江没准备吗？他早就打点好了，我不能自投罗网！"杜崽儿说道，"刀子，我知道你是个好警察，我欠你的早晚会还。你别拦我，也拦不住我，我这些年低三下四地活着，就为了给白老大要一个说法，无论是刘涌还是富江，结下的梁子该有个结果了。"他的语气十分决绝。

"你想怎么办？杜崽儿，你别胡来，一定要冷静！"董刃正说着，身后响起了声音。他一惊，忙用手捂住电话。但一回头才发现，是一辆夜班车驶过身边。

"喂，喂……"他再次拿起电话，那边却已经挂断了。他又拨了回去，电话已显示不在服务区。

"他妈的！"董刃用力地捶了一下长椅的扶手。他抬头望着漆黑的天空，长长地叹了一口气。

那辆夜班车渐行渐远，后座上一个乘客转头看着他，拨通了电话，"喂，锋哥，他刚接了一个电话，可以查一下对方号码了。"

仔细看去，那人正是"两把刀"之一的孔飞。

废弃的仓库，破烂的木箱横七竖八地堆放着，生锈的铁架子东倒西歪，上面挂满了蛛网。月光透过斑驳的窗户斜射进来，让飞舞的尘埃现出原形。

杜崽儿仰躺在一张折叠床上，缓缓地抽着烟，望着空中的尘埃。他坐了起来，点燃了三支香烟，掐在手中。

"白哥，三儿，对不住啊，我他妈废物，没把事儿办好。我轻敌了，着了那孙子的道。没想到他下手这么黑。"他摇头，"我打听到了，动手的是一帮北方来的王八蛋，七年前就帮刘涌做事。你们放心，冤有头债有主，我肯定让他们血债血偿。"他摸出一把匕首，端详着，匕首在月光下闪着寒光。四周死寂的诡异，只有远处隐隐传来"滴答滴答"的落水声。

正在这时，不远处突然传来一声异响，他警觉起来，反握匕首，缓缓起身。

声音是从门口那边传来的，杜崽儿绕过一堆烂木箱，来到附近。仔细看去，积满灰尘的地面上有几个清晰的脚印。他环视四周，举起匕首。

"谁？"他大声喊着。

没人回答。

他抬起一脚，将面前的木箱踹倒。轰隆隆，尘土飞扬。

"谁？"他再次大喊。

突然，一个黑影从他背后一闪而过。他回手就用匕首戳去，却不料那人动作很快，侧身闪过，一个肘击，正中杜崽儿肩膀。杜崽儿身体一歪，胳膊发麻，匕首险些落地。但他毕竟是个练家子，借势转身，猛地飞起一脚。那脚凶狠凌厉，对手躲闪不及，一下被蹬倒。

哗啦啦，一个铁架子被带倒。

杜崽儿乘胜追击，抬起匕首就冲了过去。他没有犹豫，手起刀落，一下戳中那人的大腿。

"啊！"那人惨烈地大叫。

杜崽儿仔细看去，那人穿着灰色的粗布工装，高大壮硕，目露凶光。

"说！你是谁？"他用匕首指住那人的脸。

那人捂住大腿，咬牙切齿地瞪着他。

"哦，是富江派来的吧？怎么着，想要我的命？"杜崽儿撇嘴，"不说是吧？那行，我就先拿你祭奠死去的兄弟。"他说着就抬起手。

但就在这时，仓库的铁门被打开了，从外面走进来三个黑影。

杜崽儿眯着眼看去，三人穿着一样的灰色粗布工装，背光站着，像行刑队一样。为首的一个胡子拉碴的，右眼有块伤疤，只能半睁着。

趁杜崽儿犹豫的工夫，受伤的男人突然起身，掏出了一把手枪，指住他的头，"别动！要不让你脑袋开花！"

杜崽儿瞥了那人一眼，"怎么个意思？想要我的命？哎，别仗着人多，以多欺少。有本事一对一地练练。"他叫嚣着。

为首的那人停住脚步，咧嘴笑了，露出一排黄牙，"行啊，练练就练练。"他说着就脱下工装，丢给身旁的一个瘦子。

"我知道你们是谁？候鸟是吧？专门干脏活儿的。"杜崽儿也脱掉了外衣，露出健硕的肌肉，"你就是工长？"他盯着对方问。

"嘿，消息够灵通的啊。"工长有些惊讶。

"就是你们不来找我，我也会找到你们。王八蛋，就是你们杀了程三儿？"杜崽儿质问。

"哦，那小子啊。他动的手。"他指着杜崽儿身旁持枪的男子，"他叫瓦工，专干力气活儿。程三儿很听话，没弄几下就服了。"

工长冲瓦工抬抬手，瓦工放下了枪。

438

"那袁苑呢？在你们手里？"

"他？已经没用了，碎成渣了。钢锯、破壁机……"工长轻描淡写，"木工，专干技术活儿。"他指着那个瘦子说。

"这么说，曹丹，那对母女，也都是你们干的。"杜崽儿倒吸一口凉气。

"哼，不光是他们，包括七年前襄城的冯岩、海城的白老大，也都是我们做的。"工长盯着杜崽儿的眼睛，挑衅地说，"我知道，你是那个白老大的手下，嘿嘿，他倒挺硬的，临死的时候还不服软。我亲自送他上路的。"

杜崽儿绷不住了，大叫一声就冲了过去。他猛地挥拳，冲着工长就打。却不料工长非常灵活，低头闪身躲过了进攻，同时猛地出拳，一下击中了杜崽儿的腹部。杜崽儿不敢怠慢，知道这人有些手段，于是闪后一步，与其对峙，想寻找破绽再行进攻。却不料工长并不等待，一个箭步就冲了过来。杜崽儿双手护脸，摆出防守的动作，但工长只是佯攻上路，实则攻其下盘，一个扫堂腿就将杜崽儿钩倒。杜崽儿猝不及防，刚想爬起，工长就扳住了他的右臂，狠命一掰，只听咔嚓一声，胳膊就折了。"啊！"杜崽儿疼得大叫。但工长却没停手，照着他的膝关节猛地一踩，咔啪一声，杜崽儿的腿也折了。

也就不过两三分钟的时间，胜负立现。杜崽儿知道自己难逃厄运，虽然痛苦地趴在地上，却没有求饶。他要像白老大一样，哪怕战败，也要维护自己最后的尊严。

"哎，这不算以多欺少吧？"工长俯视着他问。

杜崽儿挣扎着，用左手撑地想要爬起。工长却一脚踩到他的头上,他再次趴倒在地。

"雇你们的人,到底是富江……还是刘涌?"杜崽儿气喘吁吁地问。

"刘涌?哼,我们也在找他。他还欠我们钱呢。"工长撇嘴,"哎,房东让我问问你,那些东西在哪儿?"

"什么东西?"

"说是什么视频,你逼着袁苑说的。他在死之前,曾经提到过。"工长说。

"我为什么要给你?"杜崽儿问。

工长踩着他的头,笑了笑,挪开了脚。

瓦工和电工走过来,把杜崽儿架了起来。工长冷冷地看着他,猛地出拳,击中了杜崽儿的腹部。杜崽儿痛苦地弯腰折叠,身体像被压弯的树枝。

"不说是吧?那就再来。"他说着又是一拳。

杜崽儿撑不住了,跪倒在地,身体颤抖着,连呼吸都变得困难起来。

"要不这样……咱们……赌一把?"杜崽儿缓缓抬头,盯着工长。

"赌一把?有意思。"工长笑了,"你有筹码吗?"

"如果我输了,就告诉你视频存在什么地方。如果我赢了,你们就帮我干掉富江。"杜崽儿咧嘴笑了,"哎,你们敢吗?"

工长一听这话,大笑起来,"哈哈哈哈,你够狠,让我们把房东给办了?你可真是小刀刺屁股,让我们开了眼了。"

他一笑,另外三人也笑了起来。

"赌一把可以,但这规矩不能由你定。"工长说着从兜里掏出一枚硬币,"要是字儿,我们就干掉你;要是花儿,我们就放了你。"他说着用手一弹,硬币飞到空中,转了几圈,落到地面上。他抬脚踩住。

"怎么样,你们的命在老天爷手里了,呵呵,答案马上揭晓,激动人心的时刻到喽……"他缓缓地挪开脚。

"你们玩够了没有?"一个声音从门外传来。

几个人下意识地转头,来人是富江。

他缓步走到几人面前,俯视着跪在地上的杜崽儿。用脚一拨,将硬币踢走。

"怎么了,还不认命啊?还扛着?"富江皱眉,"我早就提醒过你,别投机、别赌博,把所有的赌注押在小概率的胜算上,最终肯定满盘皆输。只有愚蠢的、无知的人才会这么选择。"

"我输了,我认栽。"杜崽儿挣扎着抬起头,惨笑着,"我什么都能卖,但是卖不了灵魂,没你无耻、没你不要脸、没你丧尽良心!"

"呵呵,呵呵呵呵……你呀,终究要被这个世界淘汰。你以为自己是猎手吗?哼,从第一次见到你,我就知道你输定了!"富江笑着摇头,"我只是把自己伪装成猎物,懂吗?表演。虽然先知先觉,但要演出后知后觉的样子。嗐,说了你也不懂。"他摆摆手。

"就算我死了,那帮警察也饶不了你。你……一定不得好死!"杜崽儿咬牙切齿。

"我不信。不到最后一刻,谁也定不了输赢。"富江摇头,"海城的那帮警察废了,省厅的也挺不了多久。我明着告诉你,就算天塌下来也有人替我顶着,这么多年大风大浪我都没沉下去,这次也一定能全身而退。但可惜了，你是看不到了！"他走到杜崽儿面前，一脚将他蹬倒，"哎，你们，再给他'拿拿龙'，把牙掰碎了，也得撬开他的嘴。"他转头对工长说。

工长冲手下抬抬下巴，三人又将杜崽儿架起，折磨起来。

"为什么生活丑态百出？因为全是目的和企图。为什么艺术很美？因为毫无用处……"富江默默地看着，叹了口气。

"啪……"一声巨响，杜崽儿被重重地摔在地上。

"啪……"省公安厅的尤副厅长，重重地拍响了桌子。

那声音如同一道炸雷，瞬间让全场陷入死寂。时间仿佛凝固，会议桌旁的所有人都噤若寒蝉，连呼吸都不自觉地放轻，生怕稍有动静便会引火烧身。

"江锋，你这是胡搞！我三令五申地叮嘱你，到海城市局是督导案件，不能亲自上手，要稳中求进。"尤副厅长背着手在会议桌旁踱步，"这个案件有多敏感，你不是不知道。众利集团的问题不只是普通的刑事、经济犯罪，牵扯到方方面面的利益纠葛。如果贸然行动，必会引发连锁反应。而你呢？是怎么做的呢？"

"尤厅，我……是怕贻误战机，才……"江锋低着头，吞吞吐吐地说。

"战机不由你把握，由省厅领导抉择，你只是一个执行者，要搞清自己的地位！"尤副厅长打断他的话，"老沈，你要把控住案件的进度，所有情况要实时上报，不能自作主张。"

"是！"一个白衬衣的警官站了起来。他是省厅刑侦总队的总队长沈嵘。

"不谋全局者不足以谋一域，急功近利者不能担此大任！让孟晓亮接手吧，江锋，你尽快做好交接工作。"尤副厅长说。

"尤厅，这是为什么啊？我到底做错了什么？"江锋急了，"是不是有人给了压力，想把案件压下去？"

"你给我闭嘴！"尤副厅长怒目圆睁，再次拍响了桌子，"人民警察的天职是服从命令，听从指挥，没什么可商量的，执行命令！"

江锋垂下头，不敢吭声了。

在省厅大楼外，江锋风风火火地走着。身后跟着孔飞和张鸿。

"马上回海城，摸排几个最新的线索。一定要尽快将杜宝军抓捕到案。"他边走边说。

"但……锋哥，尤厅不是刚说让咱们交接工作吗？这案子由孟队接手了，咱们还能办吗？"张鸿犹豫着。

"你借调期过了吧？那行，不愿意干你就卷铺盖走人，回你的孟州去。"江锋说。

"我不是这意思……"张鸿语塞。

"你呢？还跟着我干吗？"江锋转头问孔飞。

"干！借调这么长时间了，回去又得从头开始。在基层再怎么努力，天花板也就是个'正科'。您说得对，只要有一线机会，就要去争取、抢夺。同样工作，让科长'看见'和厅长'看见'，截然不同。"孔飞说。

"好，那你就跟我走。"江锋加快了脚步。

"锋哥，我也干！"张鸿赶忙表态，"我懂了，这个案子是我最后的机会。我也没什么负担，大不了回孟州，还能把我警服给脱了啊。"

"想干就别废话,都给我打起精神来!现在董刃他们已经折了,能不能拿下杜宝军,挖出富江的事儿,就看咱们了。带上枪,准备硬碰硬!"江锋严肃地说。

21
对决

时间一晃就到了春节，满街张灯结彩，洋溢着喜庆的气息，鞭炮齐鸣，焰火绽放，海城迎来了最温馨最温情的节日。但刑侦支队里的气氛却异常压抑。市局纪委重启了对董刃等三人的调查和审查，七年前乔慕华的事件被重新提起，力度空前。董刃和赵阔被询问、审查，甚至进行了测谎，连病假休息的苏晓雅也被带回了市局。三人经历着身体、心灵的双重折磨，但却毫无反抗的能力。

省厅专案组更换了组长，由省厅刑侦总队一支队支队长孟晓亮担任。在他的主导下，侦查范围被进一步扩大，杜崽儿担任法定代表人的宝军中介被搜查，与其有关的人员被反复提讯，甚至连他曾经的狱友也不放过。而江锋则被排除在外，坐上了冷板凳。

在距离海城一百多公里的孟州小港村外，人山人海，一辆豪华的劳斯莱斯停在了村口。村里的父老乡亲都来围观，想目睹这位来自这片乡土的大富豪、大能人到底什么样。

小港村曾经是出了名的贫困村，三面环山一面临水，交通不便。曾有古语称，"家有一斗米，不嫁小港汉"。这是富江出生的地方，近些年在他的主导下，众利集团加大了对小港村的帮扶和支持，村民们的生活也有了明显改善。

富江下了车，他穿着一身灰色的羽绒服，非常低调，但走的每一步都透露出豪迈和自信。村干部早有准备，甚至为他的到来重新翻修了从村口到他家老宅的柏油路。

富江的阵仗很大，随行十多个工作人员，其中不乏举着摄录设备的。他边走边和乡亲们打招呼，显得十分平易近人。

"老富家三儿子，感谢你啊，每年都给我们送东西。"一个白发苍苍的老太太在旁边说。

"高婶儿，这不应该的吗？去年每家一千，我今年给两千。"他大手一挥。

"谢谢啦，好人有好报啊。"老太太抬手作揖。

"哎，听说你还送了老师一套房呢？"一个留着光头的村民问。

"你问的是哪个老师啊？"富江笑着反问。

一听这话，村民都笑了起来。

"大善人，大善人！"大家一起起哄。

而这一幕，则被跟拍的摄录人员精准抓取、全方位记录。

人群前呼后拥地随着富江涌动，而一个穿着黑色棉服的人却始终与人群保持着距离，观察着这一切。那人正是董刃。

从富江离开海城那一刻起，他便独自跟了过来。

富江没按照政府部门的安排到乡里、村里去座谈，讲什么推动家乡发展、改善村民生活等大话，而是直接回到了老宅，坐上了土炕。屋里屋外都是人，堵得水泄不通。要不是他二叔大声吆喝，一大碗滚烫的红薯几乎就贴到了村民的脑袋上。

为了助兴,二叔专门请了村里最会唱"坠子"的老汉,老汉拉着坠琴,摇头晃脑地唱着:

"弦子一拉,听俺歌,一番话语劝乡和。一劝世人孝为本,黄金难买亲恩多,孝顺之人出孝子,忤逆育得不义哥;二劝儿媳敬公婆,孝敬好处一大箩,替你看门又干活,还是看娃贴心婆;三劝兄弟要亲和,相互尊重情意合,莫信谗言受挑拨,坏了感情乱心窝;四劝众人莫斗恶,争强好胜灾祸惹,要学昔日张百让,百忍百让美名播;五劝夫妻恩爱着,两口相携共商磋,夫要良善妻要贤,夫善妻贤岁月歌……"

富江闭着眼用手打着点,享受着此刻被众人高抬、追捧、遵从的感觉。这就叫富贵不回乡如锦衣夜行,他扪心自问,也许自己经过这么多年的打拼、忍受、挣扎、煎熬,最后才获得成功的目的,就是此刻能坦然地坐在炕上。而他摆出来的那些低调、谦恭的姿态,则更让自己像一个得胜归来的英雄、一个德高望重的大人物。

"坠子"唱罢,富江端起酒杯,"乡亲们,我是从小在村里吃着百家饭长大的穷孩子。我爸妈死得早,是乡亲们把我拉扯大的。来,我敬大家一杯。"他由衷地说。

一呼百应,桌上的、桌下的、屋里的、屋外的,有酒的、没酒的,都跟着起哄。他们是真心实意地敬佩富江,为他头上的光环倾倒。

"第二杯,我敬我二叔。小时候我最爱吃他蒸的红薯,香甜啊,沾嘴啊,一下能吃好几个。来,我敬您。"他说着跟二叔碰杯。

"富总,感谢您对家乡的建设,我代表乡政府敬您。"一个干部模样的人探过身子，举起酒杯。

富江看了他一眼，表情冷了下来，"去年说把电缆都拉到每家门前，怎么还没弄完？还有，放水泵的钱我早就出了，怎么也没搞好？"他质问。

"快了快了，正在抓紧办理中。"干部有些尴尬。

富江轻轻抬手跟他碰杯，但杯中酒却没喝完。干部赔着笑，知趣地下了桌。

"二哥呢？怎么今天没来？"富江环顾左右。

"知道你来，杀猪呢。"二叔笑着说。

"嘻，没必要，有红薯就行了！"富江摆手。

"那不行，你是贵人。咱们村能出一个像你这样的人，是天大的福气。"二叔说。

"在哪儿呢？我看看去。"富江说着就披上衣服，下了桌。

而此时此刻，在与孟州小港村相聚百公里的海城东郊，江锋带着孔飞和张鸿"两把刀"已经摸到了一片仓库前。这里以前是一片物流园，如今已经荒废，杜崽儿的宝军物流就曾开在这里，至今还有一个仓库没有退租。

根据一个匿名电话反映，杜崽儿很有可能就隐藏在这里。江锋没将此情况通报给董刃，自然也不会上报省厅专案组。他已经不是组长了，之所以争分夺秒地办案，也是为了抓住最后的翻身机会。

月弯如钩，四周一片冷寂。江锋从腰后拔出92式警枪，带着"两把刀"缓步慢行，他微微抬手，三人便分开行动，逼近仓库。

风起了，荒草发出嘤嘤的声音，犹如夜莺在歌唱。

在废弃的仓库里，破烂的木箱横七竖八地堆放着，生锈的铁架东倒西歪，上面挂满了蛛网。月光透过斑驳的窗户斜射进来，让飞舞的尘埃现出原形。江锋隐身在黑暗里，仔细地观察着周围的动向，远处传来滴答滴答的落水声，让这死寂的空间显得诡异。

而在小港村，鞭炮已经点燃，震耳欲聋。富江披着外衣，在人群的簇拥下推开了一户院门。他走路的姿态很松弛，跟身旁的村民并无两样，一点不像百亿富豪、众利集团的董事长。

在院子里，一个留着圆寸的屠夫站在一头被捆绑的大猪面前。猪又肥又大，起码有二百斤以上，虽然被绑着腿，但还在奋力挣扎着。

屠夫身材不高，结实粗壮，脸上油腻腻的，眼睛不大却射出锐利凶狠的目光，拿着尖刀的手十分肥厚。他穿着一件皮质围裙，见富江来了，只是点点头，并不多言。富江也没说话，笑着冲他抬了抬下巴。

屠夫低下头，继续干活儿。只见他毫无表情地手持尖刀，摸到猪的喉咙位置，然后猛地一刺、一割，猪的喉管便被切断。鲜血顿时飞溅，屠夫拿盆稳稳地接住鲜血。几个村民见状，赶快过来帮忙。

屠夫扔了刀，将手中的鲜血抹在围裙上，走向富江。富江也不嫌脏，亲热地搂住他的脖子，出了小院。等再回老宅上桌的时候，火锅已经架好，几盘猪肉、猪杂都端上了桌。富江拿起筷子，看那些肉新鲜得都在"跳"。

二叔笑着端起酒杯,但刚才的二哥却并没上桌。

"老二说还得杀几头,让咱们先吃着。"二叔解释。

"没事,春节喜事多,他忙是福分。"富江笑,"我平时都吃素,今天破戒了,吃回肉。"

他加了一筷子鲜肉,放进火锅,然后在嘴里试探着嚼了几下,随即喜上眉梢,又下了一些猪肉,饕餮起来。他吃出了一头汗,酣畅淋漓,索性解开了衬衣的扣子。

"来,我给大家唱首歌。"他说着站了起来。

"好!好!"众人纷纷捧场,鼓起掌来。

富江抹了一把头上的汗,敞开了衬衣,半露出胸膛。他张开双手,深情地唱道:"Quando sono solo, sogno all'orizzonte, E mancan le parole, si lo so che non c'è luce, In una stanza, quando manca il sole, Se non ci sei tu con me, con me…"

这是安德烈·波切利的名曲《告别时刻》,歌中唱道:当你在遥远他乡的时候,我梦见了地平线,而话语舍弃了我,我当然知道,你是和我在一起的。你是我的月亮,你和我在一起;你是我的太阳,你就在此与我相随。与我,与我,与我……

董刃潜伏在不远处,隔着窗户看着富江的表演,若有所思。

而在海城东郊,江锋已经潜入仓库深处。他缓步前行,谨慎地双手持枪。仓库里一片漆黑,没有任何声音。耳畔只有风声吹动荒草的嗖嗖声和他自己的心跳声。这时,他似乎听到了远处的声响。他一闪身,藏在一排高达三四米的铁架之后,仔细地判断着出声的位置。

与此同时，孔飞也听到了这个声音。他是从仓库西侧的窗户潜入的，此时距离声音发出的地方最近。他没像江锋那样谨慎，而是用左手反握住警用手电，右手持枪搭在左臂上，快步向声源走去。

那里高堆着几米高的木箱，孔飞迅速绕到木箱后，"是谁？"他警惕地问。

后面并没有人，但地上似乎有个东西。孔飞下意识低头，眯着眼查看。但在这时，一个黑影突然从他身后蹿出，一刀就扎进了他的后背。

孔飞大惊，刚要转身，不料第二刀又扎中他的腹部。他张开嘴，想要大喊，却被那人掐住了喉咙，呼喊不出。

江锋在那边听到了声音，觉察出不对，立即持枪向这里跑来。

而从东门摸进来的张鸿也过来驰援。但还没跑出几步，就被什么东西绊倒，手里的枪也掉在了地上。他赶忙去捡，但就在这时，一个黑影突然袭来，他来不及多想，捡起枪就扣动了扳机。

"砰，砰……"火光将漆黑照亮。但那个黑影却很敏捷，一晃而过，并未被击中。

张鸿迅速爬起来，持枪警觉地环视着四周。但就在这时，那个黑影从天而降，用一个钝器狠狠砸在他的头上。张鸿顿时天旋地转，眼前一黑，倒了下去。

"孔飞！张鸿！你们在哪儿？"黑暗里传出江锋的声音。

"砰，砰……"他无助地抬手开枪，像一头挣扎的困兽。

但富江还意犹未尽，操着纯正流利的意大利语，模仿着波切利的表情，闭着眼睛继续吟唱：

"Time to say goodbye, Paesi che non ho mai, veduto e vissuto con te, Adesso sì li vivrò, con te partiro, Su navi per mari, che io lo so.

No, no, non esistono più…Che io lo so, no, no, non esistono più, It's time to say goodbye…"

一曲唱罢，他抬起右臂，挥动至胸前，做出一个绅士般的谢幕。周围随即响起了经久不息的热烈掌声。

"老富家三儿子，这唱的是啥意思啊？"刚才那个白发苍苍的老太太问。

"无论如何，总会有告别时刻，是时候说再见了。"富江笑着回答。

"哎，不能着急走，要多待几天。"老太太摆着手说。

"好，好。"富江笑着点头。

这时，他看到墙上挂着一副对联，上联是"牡丹富贵终无有"，下联是"松鹤长寿化日空"。不知怎么的，他心里突然一紧，涌起一种不祥的感觉。

在门外，董刃的电话振动起来。

他赶紧退到暗处，拿出电话，是赵阔的来电。

"喂，什么！"他大惊失色，"你说什么！省厅专案组出事了？"

董刃赶回到海城的时候，已经到了凌晨3点。他按照赵阔的指引，直接开车到了事发地点。远远地就能看到警灯闪烁，现场有大量的民警、刑警、特警和技术人员在忙碌地工作着。

经他询问得知,在几个小时之前,江锋带队到这里抓捕杜崽儿,没想到中了埋伏,受到重创。在黑暗中,孔飞和张鸿两名持枪民警身中数刀,倒在血泊之中,而杜崽儿却奇迹般地逃走。全局震动,出动了数百名民警进行追击,全城围捕杜崽儿。

董刃木然地伫立在仓库里,看着地上大片的血迹。觉得大脑一片空白,有些发蒙。他不能相信,这会是杜崽儿干的。

这时,江锋竟出现在他面前,迎着他走了过来。他刚张开嘴,想问些什么,却不料江锋猛地出手,冲他就是一拳。

"砰!"这拳打得结结实实,一下击中了董刃的脸。他身体腾空,躺倒在地。

身边的民警见状,赶忙过来阻拦。但江锋却不依不饶,骑在董刃身上,左右开弓地下着狠手。

"说!那个王八蛋在哪儿!说!"江锋咆哮着,几近疯狂。

董刃被打得眼前发黑,鼻子和嘴里满是鲜血。他试图反抗,却感觉浑身无力,软绵绵的仿佛沉进了水里。他承受着江锋接二连三的重击,觉得自己眼睛肿了、鼻子歪了,就连意识也逐渐模糊起来。这时,他听到了赵阔的声音,赵阔似乎在喊着什么。又模糊地看到,江锋被赵阔一下踹倒……

一切都安静了,董刃被黑暗吞噬。时间也停止了,身体松弛下来,很意外的一种舒服的感觉。身体似乎漂浮在水面上,整个人随着水的波浪轻轻摇摆,鼻子能闻到一种花香,淡淡的,沁人心脾,身体很暖,像在被阳光照耀。也许,这就是在天堂的感觉吧。

"嘀,嘀,嘀,嘀……"等他醒来的时候,发现自己正躺在病床上,身上连接着监控仪器。

他努力地睁开眼,看见赵阔就站在他床旁。

"我在……哪儿?"他恍惚地问。

赵阔看着他,面如土灰,张开嘴却没发出声音。

董刃挣扎着坐了起来,用手捂头,发现右边的半张脸都被缠上了纱布。

"出什么事儿了?杜崽儿呢?"他感到很慌,有种不祥的预感。

"杜崽儿的尸体被发现了,在距离仓库五公里的国道旁。"赵阔有气无力地说。

"什么?"董刃大惊失色,猛地站起身来,一下将连接在身体上的仪器拽落在地。

"同时发现的,还有苏晓雅。他的车被撞翻了,人也受了伤。"

"哑巴……哑巴怎么样了?怎么样了!"董刃激动地抓住赵阔的双臂,用力地摇晃着。

"他是在江锋他们出事之后赶往现场的,应该是与那帮人正面遭遇了。结果车被撞翻,嫌疑人急于逃跑,这才没对他下手。现在他还在昏迷之中,正在这里抢救呢。"赵阔叹了口气。

"哦……"董刃点头。他放开赵阔,光着脚走出病房,像个幽魂一样来到抢救室前。

门前站着十多个警察,郭局、章鹏和刑侦支队的众兄弟都在等待。

看董刃这样,郭局上前几步,刚想说什么。董刃却侧过身,不看郭局。他望着抢救室上的红灯,悲痛欲绝,涕泪横流,哭出了声音。

"啊……啊!"他缓缓地蹲在地上,无助地嘶喊着。所有人都为之动容。

手术做得很成功，苏晓雅脱离了生命危险。他身体缠满了绷带，静静地躺在病床上。董刃坐在他的床旁，一直守着。累了，就趴着眯一会儿，也不顾自己身上的伤。

过了一个多小时，麻药劲过去了，苏晓雅的手动了，他缓缓地睁开眼。

董刃见状，赶忙握住他的手。"哑巴，哑巴。"他轻声呼唤着。

苏晓雅一看是董刃，眼泪就流了下来，手也剧烈地颤抖起来。

"刀哥，对不起，这一切都是我的错……是我没用，被人利用，是我没用，拦不住嫌疑人……"他哭出了声音，像个孩子一样。

"哑巴，先不说了，先不说了啊。一切有我们在，放心吧。"董刃安慰道。

苏晓雅摇头，"不，不！是我一直在隐瞒着你们，是我一直在欺骗着自己。我早就该知道谢兰是做什么的，我也该清楚她那些钱是怎么来的。我是个警察呀！但我一直不敢面对，努力让自己忽略这一切，让自己相信，我跟她之间就是美好的情感，不掺杂任何别的东西。有时我甚至希望日子就能这么稀里糊涂地过下去，浑浑噩噩不也是一种幸运吗？但最终我还是吞了自欺欺人的恶果。刀哥，七年了，是我害了你们，是我把你们拖入了泥潭！我知道，乔慕华之所以能逃跑，就是因为我向谢兰透露了消息。这一切都是谎言，都是骗局！你跟组织说，对我采取手段吧，我愿意承担责任！"他激动起来。

"哑巴，组织会调查清楚的，你只要自己问心无愧，就不怕调查。一切等你伤好了再说。"董刃握住他的手。

"哼……我跟你说实话,我今天去就没想活着回来。"苏晓雅惨笑,"刀哥,我不想活了,真的不想活了。我没法面对自己和你们几个,装睡了这么久,我醒了,突然就醒了,发现是一场大梦,一切都烟消云散了。我没了办案权,失去了一个警察最珍贵的荣誉。大家都怀疑我、远离我、嫌弃我,看我像看陌生人的眼神。我也想过辞职、退出,脱下这身警服,到一个没人认识的地方苟且偷生。但我做不到啊,真的做不到!那不是我想要的结果,我不想那么浑浑噩噩地混吃等死。所以虽然我被停职了,但一直背着你们,在盯着江锋,打探着关于杜崽儿的消息。我在江锋他们的车上安装了跟踪装置,跟着他们一路到了现场。我什么都没拿,就带了一根警棍,我就想跟杜崽儿真刀真枪地干一场,哪怕同归于尽也要倒在进攻的路上!我是谁啊!海城刑侦支队'四大名捕'之一!"

董刃看着他,热泪盈眶。搂住他的头。

"但我还是失败了,不是吗?我既没有抓住罪犯成为英雄,也没壮烈牺牲成为烈士。我甚至没看清他们的相貌,就被他们连人带车撞翻了,像垃圾一样被丢在了路上。我是个废物,无用之人,不配当一个刑警,我给你们丢脸了……"苏晓雅哭出了声音。

"哑巴,这些都不怪你。无论胜负,你都尽全力了。你没有辱没刑警的荣誉。"董刃说,"其实我跟你一样,这么多年,始终没走出那个房间。我曾经也心灰意冷过,曾经也想认命,但我知道自己迈不过那道坎。咱们为什么干警察啊?就是为了每个月那万把块的工资吗?还是图有点儿小权力公器私用?我想都不是。咱们干警察,初衷都一样,就是能惩恶扬善、帮扶弱者,让那帮践踏别人权利的恶棍付出代价。这就是我们迈不过的坎!"

苏晓雅一震,望着董刃。

"所以我们活着,不光是为了自己和家人,还为了那些弱者、那些需要我们挺起胸膛去保护的人们!要想查出真相,让案件水落石出,我们就要坚强地活着,无论遇到什么压力,遭遇什么冷眼,受到什么威胁,我们都要保持警察的尊严!不能忘了从警的初衷!所以哑巴,无论我们现在的境遇如何,是不是拥有办案权,只要我们心存正义、问心无愧,哪怕脱了警服,我们也是刀尖和利刃,也能让那帮家伙闻风丧胆!"董刃也激动起来。

苏晓雅长长地叹了口气,"刀哥,谢谢,我懂了。"他停顿了一下,"她总是劝我,人活一辈子就得及时行乐,抓住生活中每一个能让自己快乐的事物,想做什么就去做,不要一直停留在过去,学会遗忘才不会让自己后悔……"他惨然一笑,"我曾以为她在帮我疗愈,给我'安慰剂'。但如今看来,那却是麻痹我的'麻醉剂'。"

董刃一时无语,拍了拍他的手,站了起来,"好好休息吧,等伤好了,归队。别忘了,咱们是'四大名捕'。"

"刀哥,你一定要小心,杜崽儿找了一帮狠手,很难对付。"苏晓雅提醒。

"杜崽儿……"董刃犹豫了一下,"已经死了。"

"死了?"苏晓雅愣住了。

"在江锋赶到现场之前,就已经被害了。"

"那……撞我的人是?"

"我说过,在情况被查清之前,一切都不是定论。谁在注水、谁在放水、谁在搭台、谁在拆台、谁是善、谁是恶,眼见未必为实。"

"懂了……"苏晓雅点头,"他们的车是一辆白色的小型货车。没有挂牌,司机戴着墨镜和口罩。"

"情况我都知道了,海城所有的警察都在忙活这事儿。你好好休息,尽快恢复。"董刃说完,离开了病房。

在病房的楼道里,江锋正低头坐在长椅上,双手都缠上了纱布。见董刃出来了,他站起了身。

董刃没看他,擦身而过。

"哎,你等等……"他从后面叫住董刃。

董刃回过身,并不说话。

"对不起,我冲动了。"他叹了口气,嗓音嘶哑。

"没什么对不起的,每个人都要为自己的行为负责。"董刃一语双关,语气很冷。

"我一直觉得凶手是杜宝军,甚至在孔飞和张鸿遇袭后,还认定是他在设局。我太愚蠢了,几乎被蒙蔽了。"江锋摇头。

"从母女跳楼到曹丹自杀,从袁苑失踪到程新林绑架,所有证据都无一例外地指向杜崽儿,从表面上看,他确实有巨大的嫌疑。但干刑警的都应该知道,搞案子不能被别人牵着鼻子走,报案人有时也会贼喊捉贼,越是看着对的,越有可能是错误的陷阱。你看到的一切,是他们想让你看到的,你看不到的一切,才是他们真正的手段。"

"是啊……按照他们设计的阴谋,应该是把所有罪行都嫁祸到杜崽儿身上,然后制造他袭击我们的假象,再让他彻底消失。没想到哑巴半路杀出，撞了他们的车，破坏了他们的计划，所以他们才无奈抛尸，驾车逃离。"江锋长长地叹了口气，"因为我的冒进，付出了惨痛的代价。我太想得胜了，急功近利，才在准备不足的情况下，贸然带队行动。私心让我的动作变形，导致行动惨败。我对不起孔飞和张鸿啊，他们现在还躺在ICU里，不知道还能不能醒来……"他泪流满面，"但我太想要一个结果了，太想挖出案件的真相了，我不想再重复七年前的失败，不想活得像一条狗一样，被人看不起！"他加快语速。

董刃看着他，脸上的表情丝毫未变，"江锋，这就是我最看不起你的地方。在案子面前，别人的眼光重要吗？你受过的委屈、冤枉甚至践踏重要吗？你是省厅专案组的组长，肩负着办案的大局！如果一味地陷入个人私利，你就不配当这个组长！"

"我已经不是组长了。省厅发令，撤销了我的职务。"江锋摇头。

"你好自为之吧。"董刃不想多言，转身离去。

案子向着最坏的方向发展。因为江锋的冒进，孔飞和张鸿身受重伤，省厅不仅撤销了他的职务，还剥夺了他的办案权。

专案组的工作由孟晓亮接手，但进展得并不顺利，在案发的仓库并没获取有效的指纹和足迹，几个凶手的身份依然成谜。虽然交警支队启动了全市的"天网"和"鹰眼"，却依然未发现那辆白色小型货车的踪迹。

经过法医鉴定，杜崽儿于傍晚时分死亡，也就是说在江锋等人赶到之前，他就已被杀害。尸体多处骨折，体表有多处青瘀，可以确定杜崀儿在死前受到了残酷的折磨。致命伤在其颈部，是被绳索勒住造成的窒息死亡。尸体被丢弃在距离仓库五公里的路旁，大概是因为在途中遭遇了苏晓雅，凶手们才未能进一步对尸体进行隐藏和处理。凶手们的目的很明确，就是将所有罪行栽赃在杜崀儿身上，然后让他"消失"！

董刃坚信，幕后的始作俑者就是富江。但由于富江近期接连遭到"杜崀儿"等人的"不法侵害"，并且在省厅专案组遇袭时正在老家过年，有充分的不在场证明，所以警方找不到任何理由对其进行审查。

这便是富江的高明之处，以退为进，反客为主。

天气很好，碧空如洗、万里无云。阳光照耀在大地上，让一切阴霾、灰颓都烟消云散。旷野宁静，河流解封，春光在不远处的河面上荡漾，冬天就要过去⋯⋯

在蜿蜒的道路上，一辆黑色的小型货车已经驶出了海城地界。车漆很新，刚刚喷过，但车头却有一处凹痕。

车里播放着一首激亢的歌曲，名叫 *Johnny Boy*。歌中唱道："正是出海的时候，出发吧我的少年，船帆已经高悬，来和我们一起冒险。一起乘风破浪，我勇敢的男子汉，你有自己的选择，决定了就跳上甲板⋯⋯"

车里坐着四名男子，他们穿着冲锋衣，一副要去野营的样子，正是候鸟团伙。他们随着音响大声地唱着，手舞足蹈、忘乎所以。

"嗷嗷嗷⋯⋯"坐在副驾驶位置的木工脚踩座椅，从天窗里探出头，摇着毛线帽子大喊着。

"嘿，你丫站稳着点儿，掉到河里可没人捞你。"开车的工长大笑着，嘴里露出一排黄牙。

"放心吧，老大，我现在可惜命了。咱们发财啦，这一笔又能逍遥几年。"木工大声说。

"咱们先避避风头，过几天舒坦日子。等风平浪静了，凭着后备厢里的两袋子材料，还能吃他一笔！"工长笑，"以后，咱们不叫'候鸟'了，叫'饕餮'，吃死那个不仁不义的王八蛋！"

"对，吃死他！"后座的瓦工和电工也大叫着。

"嗷嗷嗷……"木工脚踩座椅继续高喊，他仰起脸，闭上双眼，展开双臂。阳光照耀在他身上，风从脸庞掠过，他感觉自己正在乘风而起、扶摇直上。

但就在这时，他听到了车里几个人的狂叫，"啊……啊……啊！"

他猛地睁眼，发现一辆泥头车已经冲到了面前。

"砰……咚……哐……"还没等他反应过来，几十吨的泥头车像一颗巨大的高速炮弹，重重地击中了他们。黑色的货车腾空而起，翻了几个跟头，重重地砸在了地上。

木工被甩了出去，倒在河道旁，像个被丢弃的垃圾。

货车严重变形，玻璃爆碎，在巨大的冲击力下，车里的人无一幸免，遭受了难以想象的重创。后座的瓦工胸骨撞断，口中不断涌出鲜血；电工手脚扭曲，意识模糊，嘴里发出微弱的呻吟；工长虽然系着安全带，尚有一丝气息，但生命也如风中残烛。他挣扎着睁开眼，用最后的力量看着窗外。

那辆泥头车也损坏严重，但却并没有停下。只见它急速倒车，又猛地给油，冲了过来。

"砰……砰……"几声巨响,黑色货车又翻了几个跟头。工长彻底失去了意识。但泥头车再次重复着倒车、冲撞,一直将货车抵到河畔。

车门开了,下来一个戴着口罩、穿着黑色雨衣的人。他身材不高,结实粗壮,眼睛不大却射出锐利凶狠的目光,用肥厚的手提着一桶汽油,走到尼桑车旁。

货车已然被撞得破烂不堪,他费了好大一番劲才打开后备厢,把四个深色的皮箱提了出来。打开一瞧,里面装着满满的现金。他又探身掏出两大包文件材料,翻了翻,正是富江想要的东西。

他拉开车门,里面一片狼藉,到处都是玻璃碴子和斑斑血迹。车内的四人惨不忍睹,死相难看。但他仍不放心,从口袋里掏出一把尖刀,毫不犹豫,一人数刀,刀刀致命。之后又到河道旁,冲着木工的喉咙刺去,鲜血顿时飞溅。

他拿起汽油,洒在货车内外,然后退后几步,掏出一个Zippo火机,点燃,抛起。"嘭……"货车顿时被火焰吞没。不一会儿,火苗燃烧到油箱,又发生了爆炸。

残肢和碎片四处飞溅,他抬手掸了掸雨衣上的污渍。这时,一枚烧焦的硬币滚落在他脚旁。他俯下身,捡了起来,用手一弹,硬币飞到空中,又落到他手心。是字儿。

他抬手将硬币扔进火焰里,上了泥头车,轰鸣启动。货车剧烈燃烧,不久就和那枚硬币一起,成了一堆黑漆漆的废铁。

碧空如洗、万里无云,阳光照耀在大地上,旷野又恢复了宁静。

在高尔夫球场上，富江独自一人仰躺在辽阔的草坪上。四周空无一人。阳光刺眼，他却直视太阳。

他已经好久没这么放松了，好久没一个人静静地躺在这片草坪上了。太多的事务需要他去应对和处理，太多的人需要他去应酬和周旋。他拿出手机，想要播放音乐，却发觉手机竟然连不上网，5G信号时断时续。他索性扔掉手机，将四肢最大限度地伸展开，闭上眼，体会着与大地融为一体的感觉。但隐隐地，总觉得有什么声音在耳畔回响，可一睁眼却又想不起来。

他叹了口气，捡起手机，打开"提醒事项"。里面有许多条记录已经被画去，"银行贷款、过桥经费、法院官司、民事诉讼、保交楼会议、省里专班……"他伸出手指，又画去了"母女""官员""杜崽儿"三个记录。但在"警察"的记录上，又犹豫起来。最终在后面画了一个问号。然后他又操作起来，设置了几条诸如"资金转移"的新记录。

他放下手机，长长地叹了口气。一切都将要结束了，正如波切利唱的那首歌一样，It's time to say goodbye，不管怎样总会有告别时刻，是该说再见了。他在海城拼搏奋斗的这十多年，即将画上句号。

他坐了起来，望着眼前一望无际的草场，感慨万千。记得自己刚租下这儿的时候，想法很简单，就是想找个无人打扰、能安静睡觉的地方，却没想到这里成了人来人往的声色场、官商勾连的利益场。他不相信在这个世界上有人能独善其身，如果有，那他肯定是个匍匐在地、任人践踏的失败者。人注定是要被欲望驱使、怂恿、裹挟的，要想活下去就必须巧取豪夺，只有变得强大，才能减少对自己的伤害。

这时，他的手机响了，拿起一看，是条短信，只有两个字，"解决"。他打开"提醒事项"，将"候鸟"画去，然后又躺在了草坪上。但这时，那耳畔的声音又渐渐地袭来，他赶忙闭上眼，让自己平静下去，去寻找那声音是什么。

"弦子一拉，听俺歌，一番话语劝乡和……"竟是那天听到的"坠子"。

他睁开眼，只觉得脑袋"嗡"的一声，又疼了起来。耳鸣响起，将那声音掩盖。不知为何，他感觉那古老的唱腔，似乎每一句都在嘲笑自己、讽刺自己。墙上的对联也浮现于眼前，"牡丹富贵终无有，松鹤长寿化日空。"他妈的，真不吉利！他咒骂着。

那种习以为常的压抑再次袭来，他再无闲情逸致在这里停留。他站起身来，用手掸了掸衣服上的草屑，向着会所走去。

海城市公安局法医鉴定中心，杜崽儿的尸体被摆放在解剖台上。他身上盖着白布，双眼紧闭，面容平静，像睡着了一样。

董刃站在解剖台旁。眼前不禁浮现起曾经的场景。

"嘿嘿嘿。你最好别用这种语气跟我说话，我不是你的线人了！我受够了，靠你们什么事都办不了。"那是他嚣张的样子。

"刀子，我知道你是个好警察，我欠你的早晚会还。你别拦我，也拦不住我，我这些年低三下四地活着，就为了给白老大要一个说法，无论是刘涌还是富江，结下的梁子该有个结果了。"那是他决绝的表情。

董刃伫立了很久，向法医道别，出了门。

在法医中心楼外,他点燃了三支香烟,掐在手中,祭拜杜崽儿。

"兄弟,你好好走吧。你干不成的事儿,我来干。刘涌、富江和那些王八蛋,一定会被绳之以法!七年前是我将你拉进来的,七年后,我一定会给你个交代,不然就不配再穿这身警服。"他举着香烟,深鞠一躬,表情坚毅。

22
刀刃向内

春节过后，冰雪还没完全消融，一场沙尘暴便遮天蔽日地袭来。整个城市仿佛被一只无形的手拖入了昏黄的混沌之中。狂风呼啸着，像猛兽般横冲直撞，街边的树木痛苦地摇曳，枝丫被扯断，发出嘎吱嘎吱的哀鸣。漫天的沙尘无孔不入，就算紧闭大门也无济于事。街头的车辆都打开了雾灯，缓慢前行，喇叭声此起彼伏。天空一片昏暗，连城市的轮廓都变得模糊不清。

警方在距离海城五十公里外的茵果山河畔，发现了被烧焦的货车残骸，车里的三具尸体已然成了焦炭。另外还从河里发现了一具尸体，由于长时间浸泡已呈巨人观。经过勘察，从这些死者身上发现了多处刺伤的痕迹，能确认为他杀，但尚未核实出身份。经过对车辆轨迹的还原及车辆轮胎的勘察，确认该车就是曾出现在案发仓库、被全省追踪的作案车辆。四名死者很有可能就是杀害杜宝军、攻击江锋等人的凶犯。但因为车辆及尸体被焚烧，虽经反复勘察，依然没有获取有价值的指纹、足迹等线索。

富江一直在小港村过完了正月十五才返回海城。他斥重金展开"危机公关"，让一些"名嘴"在各个媒体平台传播众利集团的正面信息。一时间，电视里、广播中、自媒体上纷纷播报利好消息，诸如海城即将解除限购，房地产将触底反弹，房价也会终止阴跌；众利集团获得银行支持，在"都市阳光"重启之后，"巴黎水岸"和"新新家园"也将复工，众利集团"从一张蓝图到幸福交付"的承诺必定会兑现……

在省里某领导、高龄副市长以及聂维民副局长等人的压力下，省公安厅专案组及海城市公安局对富江的调查工作被暂时搁置。长达一年的"刀尖行动"在春节后收官，海城市公安局对社会发布了战果，共破获刑事案件381起，抓获犯罪嫌疑人578名……但并未提及母女跳楼、副局长自杀等具体案件的结果。在遮天蔽日的黄沙中，新的信息接踵而至，而旧闻则很快就被人们忽略、遗忘、掩盖。

在海城医院的泌尿科碎石中心，一个冷面孔的女医师拿着病历，站在董刃面前。

"左侧输尿管结石，继发肾盂、输尿管扩张积水，双肾结石、胆囊结石……这么严重，为什么这么久才治疗？"她问。

"哦，工作忙，没有时间。"董刃应付地回答。

"你是干什么工作的？"

"我……市公安局的。"

"哦，警察啊。"女医师微微皱眉，"你们局有好几个得这毛病的。就算工作再忙也得注意身体啊。"

"哦，是。"董刃点头。

"体外碎石前注意事项都知道了吧？治疗前一晚服用番泻叶10克，排出粪便和肠内积气；治疗前一日不能进食牛奶、豆浆、汽水、啤酒等易于产生气体的饮料；治疗前12小时不能进食，少量饮水……"

"都照做了，没问题。"

"那就行，"她合上病历，"这个病你应该早治疗，结石虽然不是什么大病，但如果堵塞了输尿管，也会影响肾脏造成危险的。术后会出现血尿，不必害怕，三至四天就会自愈；还会有一些皮肤损伤，一般不用处理，不会出现内脏损伤；如果结石没有碎裂，则需要多次碎石治疗，或者改为手术切开取石。"

"会有什么后遗症吗？"

"如果结石顺利排出，一般不会留下后遗症。但以后要忌口了，少吃钠盐，忌食草酸类的食物，比如苋菜、菠菜、芒果、草莓、巧克力……要保证健康的生活习惯，充分饮水，适量运动……"她介绍着，"碎石的时候会有明显的疼痛感，如果受不了就跟我说。"

"没事儿，我不怕疼。"

"是呀，你们警察都好面子，就算疼也能强忍着。不像其他病人，吱哇乱叫的。"女医师笑着说，"但我还是得告诫你啊，一定要重视起来。你的结石之所以这么严重，肯定是没按时体检，要是按时体检早就发现了。我真是不明白，工作就这么重要吗？少了你不行吗？体检是福利呀，不能把它当成麻烦和负担。"

"明白了，谢谢您的提醒。"董刃点头。

"你得端正自己的思想，身体的病也是心理的问题。刚开始都是回避，虽然觉得疼，但想着忍一段时间就过去了，自欺欺人；然后就是有病乱投医，满处瞎查资料、瞎找药，结果耽误了病情。要敢于直面问题、直面病症，先对自己开刀，才能解决问题。你说呢?"她苦口婆心。

"对，您说得都对。"董刃叹了口气。

他上了手术台。女医师操作了一番，体外冲击波碎石机便工作起来。

啪，啪，啪，啪……碎石机有节奏地叩击着董刃的肉体，也敲打着他的灵魂。他闭上眼睛，忍住疼痛。

他不禁想起顾晓媛说过的话——"你一直在逃避，对别人，对自己，对所有重要的事情。"

他又想起女医师的话——只有刀尖向内，才能刀尖向外。

夜晚，董刃静立在一个粉红色的房间里。没有开灯，月光透过窗户照进房间，让墙面上的镜子反射出他的身影。他不禁注视着镜中的自己，也注视着镜中的另一个人，江锋。

"你脸色怎么这么差?"江锋站在他对面问。

"做了个小手术。"董刃转过头，看着他。

江锋环顾四周，"如果当时我在岗，应该在这个房间值守。"

"但你当时没在岗。"董刃说。

"是啊，历史没有如果。"江锋感叹，"你没怀疑过我吗？跟刘涌、富江那班人暗中勾结?"

"从来没有。"董刃说。

"为什么?"

"我知道你一直怀疑我。"董刃说。

"是，在事情没有查清之前，我有理由怀疑所有人。你是带队的，嫌疑最大。"江锋说。

董刃捂住腹部，坐在椅子上，又抬抬手，示意他也坐。

两人隔着一米多的距离，对视着。

"你知道撒哈拉银蚁吗？它们能在烈日下承受高温炙烤，秘密武器是身体上的'防护层'银色细毛，可以反射阳光、避免过热。"董刃看着江锋，"每个人都有自己的防护层，心底都有不想被外人所知的秘密，都有自己的难言之隐。"

"但真相永远不会被掩盖，只是时间的问题。"江锋说，"你说的那些不想被外人所知的秘密、那些难言之隐，其实就是我们内心里的恐惧。董刃，你怕过什么吗？"

"当然。怕被误解，怕被孤立，怕失去尊严，怕不能再当这个警察。"董刃回答，"江锋，你有吗？"

"我……当然有了，很多。"江锋停顿了一下，"我一直挺自卑的，怕自己的付出没有回报，怕得不到别人的重视，怕一生虚度光阴庸庸碌碌。我知道你们看不起我，觉得我一直在跪舔别人，活得像一条狗。其实我一直在伪装自己，在你们面前挺直腰杆，摆出一副自信的模样。我不想被你们看不起，不想成为别人眼中的失败者，所以才披上'防护层'。你知道吗？这些年我有多努力。我一直在寻找机会，想抓住机会，把自己从命运的谷底拉上来，走上生活的正轨。但命运不济，机会总是擦肩而过，我几经努力却还在原地踏步，似乎掉进了一个陷阱……"他叹了口气，"你说得对，在案子面前，别人的眼光并不重要，即使受到过委屈、冤枉甚至践踏，作为警察都要默默承受。但相比你，我确实难堪重任，总是用力过猛，结果适得其反。"

"无论你是不是还怀疑着我，与我有什么分歧，在当下，作为警察，我们都已经没有退路了。我知道你不喜欢和我并肩在一起，但除此之外，没有别的办法。"董刃说。

"是。我一直很讨厌'双刃剑'这个叫法。"江锋苦笑。

"你有你的怕，我有我的怕，每个人都有自己的弱点。同样，富江也是，那些被他拉下水的人也是。"

"我明白，所以我才会来见你。"

"你上次不是问我那个纸袋里装着什么吗？就是这个。"董刃说着拿出一块硬盘。

"是什么？"

"杜崽儿录下的证据，袁苑的口述视频。我当时之所以没给你，是怕泄露了情况。袁苑供述，富江和副市长高龄等人有利益关系，结成了攻守同盟。"

"高龄？"江锋皱眉。

"所以我才需要你的帮助，你要把这个证据交给省纪委。"董刃说。

"证据留备份了吗？"江锋问。

"我复制了一份，富江最近有大动作，我要用这个做做文章。"

"你该知道，这案子要继续搞下去，肯定会杀敌一千自损八百。这不是个好买卖。"江锋提醒。

"如果警察办案还像商人一样，只能获利，不能亏损，那这个社会就没有底线了。"

"你不用在这儿讲大道理，说说怎么干吧。"

"我干明面上的事儿，吸引富江的注意力，搅乱他的阵脚。你在省厅做好自己该做的事情，你的级别和平台都比我高，应该知道自己该怎么做。"

江锋看着他,眼神复杂,"你跟我说句实话,你在刘涌的案件中,到底'湿没湿过鞋'?你跟杜宝军有没有过其他的交易?"

"你说过,真相永远不会被掩盖,只是时间的问题。如果有,我早晚会受到惩罚。"董刃看着他的眼睛。

"好,那你好自为之。"江锋说着站了起来。

"江锋,如果你没那么多想法,凭你的头脑和能力一定是个好警察。我刚才一直在想,一个警察的正轨到底是什么呢?可能并不是最终的立功受奖、升职加薪,而是在有限的警察生涯里,踏踏实实地把每个案子办好,让自己问心无愧。"

江锋苦笑了一下,"如果这些年我都误会你了,那我向你说声对不起。"

"你不必相信任何人,但要相信当初对国旗和党徽说过的那些话。我知道,这个案子搞下去肯定会杀敌一千自损八百,但给我做手术的医师说过,要敢于直面问题、直面病症,先对自己开刀,才能解决问题。"

江锋皱眉,"直面问题、直面病症,先对自己开刀……"他不禁重复着。

几日之后,众利大厦五层的会议厅里人头攒动、座无虚席,众利集团的"新闻发布会"在这里隆重举行。会场里灯光璀璨,台上一块巨大的屏幕格外引人注目,上面播放着众利集团的宣传片,展示着复工项目建成后的盛景。海城市处置及化解工作专班的高舲副市长、聂维民副局长等相关领导,几十家新闻媒体,以及都市阳光、巴黎水岸、新新家园等项目的几百名业主代表坐在了台下。

富江在台上声情并茂地演讲，目光坚定而自信，每一句话都充满激情和力量。他的声音时而高亢，承诺着完成"保交楼"工作的必胜信心；时而舒缓，诉说着业主们安居乐业的美好畅想。他的手势随着演讲有力地挥动，仿佛正亲手绘制着那令人期待的蓝图。他早已把表演老师教授的方法融会贯通了，入戏、变脸，说的每句话不仅要让自己相信，还要让别人相信。台下的业主们为之倾倒，仿佛看到了未来家园清晰的模样。

但这时，音响突然发出了吱吱的噪声，屏幕上的宣传片也停了。富江愣住了，转头查看。就在这时，巨大的屏幕被切换了画面，开始播放出一段画质粗糙的视频。画面是从下向上仰拍的，一个三十多岁的男子身形消瘦，头发微谢，眼睛细长。富江认得，竟是袁苑。

"富江这孙子跟政府里的哪些人有交道？"画外音是一个男人的声音。

"省里的、市里的，他有很多关系。在海城主要是副市长高舲、住建局的曹丹和金融监管局的聂维民。"袁苑愁眉苦脸地说。

"富江给他们送过钱吗？"那个男声问。

"他送钱的手段很隐秘。曹丹喜欢字画，他就花三百万买了一幅蔡曾的字画，然后放到他控制的字画行里，只标价三千，曹丹就以这个价格购买了，而且还开了发票。这样就算以后有人来查，曹丹也可以免责。"

"那另外两个人呢，富江送过什么？"男声问。

"那个高副市长比曹丹鬼多了，他让家人在境外开设了账户。

富江给他的好处，应该都直接转到境外去了。他们相识多年，据说曹丹、聂维民等好几个干部，都是富江经过他运作上去的。聂维民起初并不敢收，后来恰逢他家的一个亲戚卖房。富江就让我找人装扮成买家，跟对方签了合同，付了定金。合同约定，如果超期不付尾款，定金不退。我记得当时付的定金是二百万，我们就故意超期，让聂维民家的亲戚收下了这笔钱。之后富江以此为突破口，一来二去就把他也拿下了。"

现场一片哗然，高舲副市长和聂维民副局长更是如坐针毡。富江大喊着，让工作人员去阻止视频的播放，自己也跑到了操作台前。但仔细一看，操作者竟是董刃。

工作人员扑了上去，拉扯住董刃，操作台的控制权才被夺回。

视频中断，富江赶忙拿起麦克风解释："各位不要轻信视频里的谣言。说话的人从众利集团挪走了巨款，现在正在被警方通缉。他是诬蔑、诽谤、栽赃陷害，一派胡言！"

高舲和聂维民坐不住了，率先离场。人们交头接耳，质疑声此起彼伏，现场人声鼎沸、一片嘈杂。新闻媒体更是实时进行着报道。富江见场面失控，赶忙吩咐手下结束了发布会，将人群驱散。但刚才大屏幕中播放的视频却被不少人拍摄下来，传到网上迅速扩散。

十几分钟后，人群散去，会场变得冷清。桌椅东倒西歪，宣传资料散落在地，一片狼藉。富江失神地站在操作台前，看着对面的董刃。

董刃坐在椅子上，身边站满了虎视眈眈的工作人员。他自顾自地抽着烟，悠然自得。

"董警官,你这么做不仅是对众利集团和我个人的诬蔑和诽谤,更是对当下保交楼工作的严重破坏!你这是知法犯法!徇私枉法!"富江爆发了。

董刃抬头看着他,扑哧一下笑出了声,"呵呵,富江,你也有绷不住的时候,也有怕的时候?"他说着站了起来,"是不是诬蔑和诽谤,相关的部门自会去查,是我知法犯法,还是你违法犯罪,也总会有一个结论!"他走到富江面前。

"我觉得你对我有很大的误解,我没有违法,我是个受害者。是杜宝军在做局侵犯我、威胁我,一切都是他们施加在我身上的罪。"富江说。

"所以你才将他干掉。对吗?"董刃问。

"你有证据吗?凭什么这么说?"富江皱眉。

"母女跳楼、曹丹自杀、袁苑消失、程新林坠崖,还有杜宝军的死,都是你做的,对吧?"董刃看着他的眼睛。

富江与他对视着,身体抑制不住在颤抖。表演老师教授的方法全部失效,他虽然没有回答,但眼神和表情已经暴露出答案。

"这些罪孽深重的手段、恶贯满盈的罪行、天理难容的阴谋,你就是始作俑者!你雇凶杀人,在做完之后又把那些凶手灭口。富江,你可真是心狠手辣呀!"董刃点着头,"做了这么多亏心事,难怪晚上睡不着觉呢。就算雇了主播现场表演吃播,又有什么用呢?"

富江一愣,知道董刃做了功课,但依然嘴硬,"你……血口喷人!"

"你以为自己做得天衣无缝对吧?杀人放火,毁尸灭迹。但很可惜呀,你百密一疏。我们在茵果山的河畔,发现了几张遗留的现金。我给你普及一下啊,只要从银行取钱,冠字号都会被记录下来。经过我们调查,现场遗留现金的冠字号和你支付给吃播主播现金的冠字号,是同一批次取出来的。富江,这个你怎么解释啊?"董刃问。

"仅凭这些能说明什么?是我取的钱吗?你能证明是我把钱给了他们吗?"富江反问。

"哦,对,你很善于给自己设置隔离带和防火墙,袁苑不就是个例子吗?用完即弃。但我告诉你啊,编得再好的故事也不会是事实,假的,总会被真相戳破。"

富江停顿了一会儿,抬抬手驱走了那些手下,操作台旁只剩下富江和董刃两人。

"说说吧,你想干什么?或者,想让我干什么。"他问。

"这还用我多做解释吗?我刚才的行动不就是最好的答案吗?"董刃反问,"很简单,我就是要戳穿你的假面,让你的罪行曝光于阳光之下,让所有人看清你的丑恶嘴脸,让你为自己的恶行付出应有的代价!"董刃抬手指着他说。

"哼,哼哼……"富江冷笑,"你真的认为能扳倒我吗?你以为凭借这些没头没尾的所谓证据就能将我拉下马?我问你,袁苑在哪呢?杜宝军在哪呢?两个已经无法再张嘴说话的人,怎么成为证人?他们的话又怎么成为证据?"

富江用手抚摸着操作台,长舒了一口气,"我知道,你是新新家园的业主,付了款收不了房,还得每月交房贷,所以才记恨我。这我能理解,但你不能公器私用、公报私仇啊。这个社会啊,总有一些人看不得别人成功。你知道吗,如果把一只螃蟹放在盆里,它很有可能会爬上来,但如果把一群螃蟹放在盆里,它们肯定爬不上来。因为它们相互拉扯,谁也不让谁上位,这就是底层!就是你这种人的见识!所以可怜之人必有可恨之处,你们这些底层不值得可怜。"他目露凶光。

董刃看着他,双拳紧攥。

"我是开发商,你是业主,咱们之间是买卖关系,说白了就是生意、交易。"他背着手走到董刃面前说道,"在这个世界上有四种方法可以获利:套利、生意、投资和投机。什么是生意呢?就是有买有卖,利益互换。只要愿意,一切都可以买卖,不仅是物,人也可以。人可以出卖体力、脑力、智慧、经验、灵魂甚至生命,但每个人的标价不同,那要看他能创造多少价值和利润。所以既然是生意,只要签了合同,就得认,就得愿赌服输。我不怕你录,也不怕你扩散,这些话是我对你的善意提醒,真理总会无情地戳破虚幻的美好。清醒,是残忍的。"他大言不惭地说。

"这就是你做事的逻辑?你和高舻、曹丹、聂维民做的都是这种生意?"董刃问。

"哼……"富江冷笑一声,"我无论和谁做生意,讲究的都是平等互利。哼,你根本不懂这个世界真正的规则。你以为自己是'甲方'?是发号施令者?你们警察不过是维护现行秩序的国家机器,是工具而已。只有我们这类人,才能为社会创造价值,是我们解决了底层民众的温饱,是我们让这个世界变得更加美好!优胜劣汰、新陈代谢是这个世界冷酷的法则,你不明白这个道理,就永远无法通透,就永远会戴着有色眼镜看待我们这些成功者。"他越说越激动。

董刃看着他,表情毫无变化,"行,我都听清、听懂了。当然,我也更清楚自己该怎么做了。富江,我希望有一天你在法庭接受审判时,能再重复一遍刚才的话,并且还能如此理直气壮。我坚信,这一天很快就会到来。还有,我明确告诉你,我盯死你了,不管我穿没穿着警服,都要把你拉下马,让你摔得头破血流,接受关押、审判,被世人唾弃。一天不将你绳之以法,我心中的'刀尖行动'就一天不会结束,好人受欺负,坏人得好处,绝不会是常态,你和那些所谓的既得利益者,必定会付出代价!"董刃抬起手,指着他说。

与此同时,在省公安厅十层的主任办公室里,劳明晖坐在办公桌后,正低头批改着一份材料。桌上摆放着党旗和国旗,他身后的书柜里陈列着在北京接受公安部领导接见的照片。

江锋坐在他对面的沙发上,坐姿端正,显得毕恭毕敬。两人之间丝毫不像翁婿的关系。

劳明晖放下笔,合上材料夹,俯视着江锋:"我不是提醒过你吗?工作时间不要来我的办公室。"

"爸,不,劳主任,但这是工作上的事情。"江锋说着起身,将一份材料递到他面前。

劳明晖拿过材料,翻了几页,眉头紧锁:"这是哪里来的?"

"一个涉案人提供的。"

"他能做证吗?"

"他死了。"

"死了?"劳明晖皱眉,"那提供证据的证人呢?"

"也死了。"

"那这些材料有什么意义?"劳明晖坐正身体。

"我知道,这些材料无法作为证据使用,但起码算是重要线索。"

"里面供述的可是海城的主要领导,同时还有省里的一些人。仅凭这些材料,可动不了他们一分一毫。"劳明晖皱眉。

"所以我才需要您的帮助。"江锋急切地说。

"江锋,你应该清楚工作纪律,也该知道我并不分管刑侦工作。按照规定,这些材料我是不该看的,案件由尤副厅长分管,你应该直接向他报送才行。"劳明晖说。

"但是……我……"江锋欲言又止。

"我知道,你在办案中遇到了困境,也听说了你现在的处境。但我想,无论尤副厅长做出什么样的决定,也一定有着通盘的考虑。几年前,我曾跟他在治安总队搭过班子,了解他的行事作风。他做事缜密,有大局观,在大是大非面前立场坚定,做事很少出现纰漏,是个经得住考验的好干部。"

"劳主任,我向您保证,我参与办案不掺杂任何个人私心,只是想踏踏实实地把案件办好,挖出真相,给被害人一个交代。这个案件很复杂,牵扯到很多人的利益,如果不抓紧行动,很可能会贻误战机,让犯罪嫌疑人逍遥法外。我当然知道工作纪律,我只是希望能重新加入专案组,哪怕当一个普通的侦查员,只要能参与办案就行。"

劳明晖看着江锋,点了点头,"如果我没有记错,这是在你和小婕结婚之后,第一次来求我。我知道,你借调到省厅工作之后有很大压力,许多人误解你,甚至诋毁你,说你是在借助我的关系。江锋,我不会看错人,你是个立场坚定、善恶分明的好警察。你有着自己的底线和坚持,不会被外界的杂音干扰。这件事我会支持你,但案子上的事我是不能过问的。我会给你创造一个机会,让你直接去跟尤副厅长汇报。好好把握,我要求你所做的一切都必须出于公心,都必须对得起头上的警徽和身上的制服!"

"谢谢您。"江锋起身,深深鞠了一躬。

他走到门外,突然抑制不住情绪,泪流满面。似乎在胸中积攒、压抑多年的委屈情绪一瞬间都爆发了出来。

傍晚时分,夕阳的余晖给海城森林公园披上了一层柔和的面纱,远处的湖面如镜,偶有几只水鸟掠过,留下圈圈涟漪。脚下的草坪褪去枯黄,周围的枯枝已发新芽,微风轻拂,迎面而来的是一股花草和泥土混杂的清香。

但在凉亭里,两个隐身在黑暗中的人,却表情阴郁。

"纪委找我谈过了。"一个戴口罩的人说。他穿着一身运动服,望着亭外的湖面。

"有问题吗?"另一个人眉头紧锁,仔细看去,是富江。

"能有什么问题,无凭无据,纪委只是例行谈话。但聂维民……"他欲言又止。

"放心,境外的事情办得很稳妥,一时半会查不出来。"富江说。

"一时半会是多久?我要的是万无一失。"那人加重了语气。

"要不我送他走?让他避避风头。"富江问。

"不能走,一走就等于变相承认了。"那人摇头,"一定要安抚好他,用你的手段,懂吗?"他转过头,看着富江。

"明白,我会做好的。"富江点头。

"你有什么打算？"

"我？"富江一愣，"还能有什么打算，以不变应万变，按兵不动呗。"

"不行。办完事之后，你得出去。"那人说。

"出去？老大，我走了公司怎么办？项目怎么办？"富江皱眉。

"项目可以烂尾，但我们不能倒。你走了，大家都安全，你出了事，会牵连到太多人。"那人叹了口气，"这是我们共同的决定，没有商量的余地。"

富江看着他，一时无语。

"还有，谢兰要被取保候审了。"那人又说。

"取保候审？专案组为什么会放了她？"富江惊讶。

"是我找人运作的，省公安厅里也有我们的关系。"

"那就好，那就好。"富江连连点头，心里有了底。

"她出来之后可不能乱说，现在是关键时刻，再出什么乱子，我也保不住你。"

"放心，我知道该怎么做。"富江点头。

"你一定要做得天衣无缝。"那人叮嘱。

23
刀尖向外

在海城市公安局刑侦支队重案一队的办公室里。董刃、江锋和赵阔坐在一起。桌上的烟灰缸里插满了烟蒂，桌旁的白板上画满了各种线条和标记。

"那四个人的身份已经摸出来了。他们来自北东市，为首的叫霍强，现年45岁。五年前在老家开了一家拳馆，后来因经营不善，欠了一屁股债。另外三人分别是刘超、田宁和路长广，都没有固定职业。他们的信息很少，行动轨迹也不多，看来平常非常谨慎。从这四个人的通讯记录来看，他们联系得并不紧密，我判断他们应该有着隐秘的联系方式。"赵阔介绍道。

"他们就是'候鸟'团伙？"江锋问。

"是。"赵阔点头。

"从案发现场找到他们的'工作号'手机了吗？"江锋问。

"没有，应该是被杀害他们的凶手拿走了。"

"他们到海城这么久，就没有住房记录和轨迹情况吗？"江锋问。

"他们没开过房，也没被核查过，他们的行动应该非常谨慎。"

董刃接过了话茬。

"现场还有其他的证据吗?"

"找到了一些被遗漏的散落的钞票,根据上面的冠字号追踪,这些钞票应该来自富江那里。我们找到了一个给富江表演吃播的主播,他收到的现金钞票上面的冠字号和散落钞票的冠字号是同一批次取出来的。"董刃说。

"但这依然不是什么关键证据。"江锋说。

"是啊。'候鸟'团伙是专门给富江干脏活儿的,但富江用完即弃,撞车、杀人、毁尸灭迹,为了掩盖真相无所不用其极。"董刃感叹,"从刀口上看,凶手出刀迅速、果断、凶狠,毫不拖泥带水,应该是熟练掌握技巧的老手。"

"凶手开着一辆重型自卸车,俗称泥头车。交警支队已经从系统中发现了那辆车的轨迹,但车牌是伪造的,车在逃匿中途变了路线,藏匿的地点还没追踪到。但按照方向估算,应该是孟州小港村的方向。"赵阔说。

"孟州小港村?富江的老家?"江锋皱眉。

"对。我们怀疑,作案的凶手是富江的熟人。"董刃说。

江锋缓缓点头,"这人太阴险了。层层设置隔离带。机关算尽啊。"

"经过法医鉴定,从曹丹、程新林和杜宝军身上,分别发现了这四人的DNA。以此判断。他们应该就是作案的凶手。"赵阔说。

"袁苑呢?找到他的尸体了吗?"江锋问。

"还没有,应该是被'候鸟'团伙处理掉了,和白永平一样。"赵阔说,"哎,还有啊,白永平很有可能也是被他们杀害的。"

"有证据吗?"江锋皱眉。

"我们调查了霍强等四人的行动轨迹,还用他们的人脸信息进行了视频识别。发现在七年前,他们曾到过海城。白永平居住在市南区菜园里的镇国小区,在他失踪前,这四个人曾频繁在小区附近出现。"董刃说。

"所以他们自称'候鸟'。干一笔就销声匿迹一段时间,等钱花完了,就再出来作恶。"江锋说。

"是的,我们也这么认为。"董刃点头。

"那母女的跳楼也是他们干的?"江锋问。

"应该是他们干的。至于那个尾号为3612的手机,应该是富江为了把罪责嫁祸给程新林使用的诡计。"董刃说。

"这样就串起来了。看来母女跳楼、曹丹自杀、别墅被窃、袁苑程新林被害,包括富江妻子张丽华被绑架,这一系列案件都是'候鸟'团伙干的。而幕后主谋,一定就是富江。"江锋说。

"他这么做的目的,是搅乱局面,栽赃杜崽儿,浑水摸鱼,为求自保。他不惜雇人绑架自己的妻子,真是个禽兽啊。"董刃感叹。

"他现在的动向怎么样?"江锋问。

"看似按兵不动,实则在大肆转移财产,试图逃离。市局经侦支队上周破获了一个以虚拟币为媒介向境外转移资金的案件。其中的五千多万资金就来自众利集团的隐秘账户。"赵阔说。

"你们的工作做得很细。"江锋点头。

"你呢?让你办的事儿怎么样了?"赵阔不客气地问。

"我找过劳主任了,他同意帮助我。但尤副厅长那边还没有动静。"江锋说。

"劳主任……"赵阔不屑,"别跟我这儿装孙子,你天天跟他闺女一块睡觉,让他使使劲儿有那么难吗?"

"赵阔,你给我放尊重点。我和劳明晖的关系不是你想象的那样。"江锋正色。

"老赵,说正事儿。"董刃提醒。

赵阔撇了撇嘴,不说话了。

"还有,在孟晓亮接手省厅专案组之后,许多的工作都停止了。同时谢兰,也将在今日被取保候审。"江锋说。

"孟晓亮要把谢兰放了?"董刃皱眉,"她是关键证人,当初之所以对她采取强制措施,除了案件需要之外,更是保护她的人身安全。一旦她回到社会上,富江那帮人肯定会伺机而动。"

"你说的那个孟晓亮是什么来头?"赵阔皱眉。

"他是刑侦总队一支队的支队长,立过好几个二等功、三等功,业务应该没问题。同时,他还曾是省厅尤副厅长的徒弟。"江锋说。

一听这话,董刃和赵阔都陷入了沉思。

"他……不会也和高舫、聂维民一样,湿了鞋吧?"赵阔问。

"没证据别瞎说。"董刃提醒。

"但要是省厅的两个关键人物被富江那帮人拿下了,这案子可就真没法搞了。"赵阔叹气。

"无论谁被拿下了,这案子也得继续搞下去。"董刃说,"我已经跟富江亮明底牌了。他和他的那些保护伞肯定会穷尽一切手段对咱们进行反扑。开弓没有回头箭,既然破釜沉舟了,那就跟他们干到底。"董刃说。

"对,开弓没有回头箭,既然破釜沉舟了,咱们就跟他们干到底。"江锋重复着。

"我还是那句话，干警察的就是要把那帮脏的、臭的、乌七八糟的混蛋玩意儿给扫干净了。多关他们一天，老百姓就能多清净一天。现在你们'双刃剑'凑齐了，再加上我这个'混不吝'，我就不信，干不赢他们！"赵阔说到激动处。一抬腿儿把脚踩在了桌面上。

这时，江锋的电话响了。他拿起一看是省厅的座机，尾号是0004。

"喂，我是江锋。"他毕恭毕敬地接听，"好，好，我马上就到。"他说完就挂断电话，站起身来。

"招你回去？"董刃问。

"是尤副厅长，让我立即到省厅找他。"江锋说。

"走，咱们一起去。"董刃也站了起来，"我倒想看看，他葫芦里到底卖的什么药。"

在省厅顶层的楼道里，江锋在警容镜前整理着衣装。他长舒了一口气，稳了稳神，走到了尤副厅长办公室门前。

"报告。"他敲响了门。

"进来。"里面传来的却并不是尤副厅长的声音。

江锋推开门，顿时愣住了。在办公室里除了尤副厅长之外，还坐着郑厅长。

郑厅长是省公安厅的党委书记、厅长，一把手。见江锋站在那里，抬抬手，示意他进来。

江锋反手带上了门，紧张地站在两位厅长面前。

"你就是江锋?"郑厅长问。

"报告厅长,我是省厅刑侦总队的借调民警,江锋。"他挺直着腰杆回答。

"劳明晖主任是你岳父?"郑厅长又问。

江锋身体一紧,心也提到了嗓子眼,"是。"他如实回答。

"你曾经是众利集团富江案件的负责人?"

"是。"

"专案组组长换成孟晓亮了,你有意见吗?"郑厅长问。

"我……"江锋犹豫了一下,"我没有意见,服从组织决定。"他大声说。

"没意见?"郑厅长皱眉,"把你换下去,是我的决定。"他说。

"您的决定?"江锋愣住了,"郑厅长、尤副厅长,由于我的冒进,造成了孔飞和张鸿受伤,行动失败。我愿意接受处分。"他郑重地说。

"是,你干得太快了,虽然是一把尖刀,能把敌阵搅乱,但没有瞻前顾后、考虑大局。"郑厅长说,"这就是我把你撤下来的原因。"

江锋额头冒汗,手也不禁颤抖。他自然清楚直接受到厅长批评,意味着什么。

"那帮人神通广大啊,可谓无孔不入。我明说啊,有人已经找过我了,给他们说情,还拿省里的领导压我。"郑厅长说。

"也有人找到我了,还让我放了谢兰。"尤副厅长说。

"放了谢兰……"江锋不禁重复着。

"也有人找到你岳父劳主任了,是他的党校同学,现在比我职位还要高。"郑厅长抬手往上指了指,"江锋,他没让你手下留情,网开一面吧?"郑厅长问。

"我以党性保证,劳明晖同志绝对没有为谁说情,或者打听案情。"江锋回答。

"嗯,那就对了。"郑厅长点头。

"江锋,你记住了。单打独斗不是本事,形成合力才能摧枯拉朽。长期以来,咱们人民警察之所以能攻无不克、战无不胜,就是因为背后依靠着党和人民,身边与各兄弟单位协同作战。只要能形成合力,无论多狡猾的犯罪嫌疑人、多凶狠的罪犯,最终都会被绳之以法,接受法律的审判。所以在专案的工作中,不仅要突出个人能力,更要讲究集体配合,要时刻从大局上着眼,与兄弟单位并肩战斗,才能法网恢恢、疏而不漏。之所以把你撤下来,是还没到收网的时机,把富江逼得太狠,不仅会让他狗急跳墙、犯罪升级,还会让他的那些保护伞偃旗息鼓、藏匿起来。我现在告诉你,省厅专案组只是突破敌阵的一把尖刀,真正的专案组是在省委、省纪委。"尤副厅长的话掷地有声。

江锋恍然大悟,"明白了,我都明白了。"他连连点头。

"现在到了收网的时候了。"郑厅长站了起来,"纪委监察部门已经出手,海城副市长高龄、聂维民即将被留置审查。众利集团那边,要看你们的了。"

"看……我们的?"江锋愣住了。

"你不是曾经被称为'双刃剑'吗?打起精神,拿出本事,亮出锋芒,和你的战友形成合力。咱们已经撒下大网了,一定要给对手予以全方位的打击,让他们插翅难逃!"

郑厅长说着,便推开门,走了出去。尤副厅长紧随其后。

"还愣着干吗?"尤副厅长冲他招手。

"哦。"江锋赶忙跟了过去。

在省厅的大会议室里,上百名刑警正在等候。见郑厅长和尤副厅长走进会场,全体人员齐刷刷地起立,敬礼。

"同志们,'刀尖行动'还没结束,众利集团的富江团伙是咱们省厅专案组重要的目标。你们都是从全省各地市刑侦系统抽调的骨干和精英,能不能将犯罪嫌疑人一网打尽、除恶务尽,就看你们的了!"郑厅长高声说。

"请领导放心,一定完成任务!"刑警们的回答雄浑响亮,透出必胜的信心。

江锋心潮澎湃,他明白了,面前的才是真正的省厅专案组。

"什么是刑警的精神?是调查取证、剥丝抽茧、夙兴夜寐,几十年如一日,用青春去获取线索的坚守!什么是刑警的精神?是缉捕凶犯时不胜不休,用生命与罪恶搏杀的勇气!什么是刑警的精神?是面对黑洞洞的枪口、血淋淋的匕首,毅然冲锋向前,用胸膛保护背后百姓的忠诚!让死者安魂,给生者安慰,给百姓安宁,让社会安定!这仗必须要打赢!"郑厅长振臂高呼。

现场响起雷鸣般的掌声。

"好,第一组,负责查封、冻结、扣押工作。有关富江和众利集团一切的动产、不动产、资金和有价值的财物,不能遗漏。省厅经侦总队和海城经侦支队会予以配合。"尤副厅长开始布置任务。

他话音未落,会场最左边的二十名刑警立即出列,离开会场。

"第二组，负责对富江团伙涉案成员的侦查和抓捕。涉及外地的，襄城、孟州、北东市的兄弟部门会予以配合。记住，一定要互通有无，团结协作，形成合力！"

"是！"会场中间的四十名刑警离席出列，离开会场。

"第三组，海城行动组。"尤副厅长刚点出名字，十几名全副武装的重案刑警站了起来，其中为首的就是省厅刑侦总队一支队支队长孟晓亮。

"你们都是干重案的，政治坚定、作风过硬、经验丰富、战斗力强。所以才把最重要的任务交给你们！你们的组长是……"尤副厅长停顿了一下，"江锋。"他转过头说。

江锋愣住了，一时怕听错了，"尤厅，我？"

"怎么了？没信心？"尤副厅长皱眉，"江锋，既然是'双刃剑'，就把自己给'擦亮'了，让我们看看你的本事！"

"是！"江锋磕响了后脚跟，抬手敬礼。

"但尤厅，我还想加几个人手。"江锋说。

"谁？"尤副厅长问。

几分钟后，董刃、赵阔和苏晓雅走进了会议室。一进门，就看到十几名全副武装的重案刑警已经列队完毕，齐刷刷地看着他们。

"这是……"董刃愣住了。

"你们是省厅专案组的成员了。拿装备，跟我走！"江锋冲他们招招手。

"那三个是海城市局的？"郑厅长背着手站在台上，问尤副厅长。

497

"是的。他们曾和江锋在一个探组,被称为'四大名捕'。"尤副厅长说。

"四大名捕?"郑厅长轻笑。

"那个站在中间的就是董刃,郭俭的得意门生。"

"哦,他就是'双刃剑'的另一半。"郑厅长点头。

"对,现在他和江锋双剑合璧了。"尤副厅长笑着说。

清晨,看守所的巨大铁门缓缓开启,谢兰走了出来。她身着米黄色的风衣,脸色苍白,头发凌乱,再无往昔的妩媚。她双臂环抱,走到路旁,等了一会儿,才搭上了一辆出租车。

在金色的晨光中,眼前的道路蜿蜒曲折,宛如一条绸带。路旁新叶随风舞动,仿若孩童在招手。远处山峦连绵,广袤田野中鸟儿欢歌,成片的绿色与蓝天相接,犹如一幅田园风光画。

谢兰看着窗外的美景,恍如隔世。

这时,她的手机响了,上面是一个陌生号码。她犹豫了一下,接通了电话。

"喂。"那边是一个男人的声音。

"你是谁?"谢兰皱眉。

"我是富总的人,他让我联系你,带你离开海城。"男人说。

"离开海城?要去哪儿?"谢兰问。

"具体见面再说。你尽快往海孟高速赶,快到了给我打电话。"男人说。

"你怎么证明你是富总的人,我凭什么相信你?"谢兰问。

"你能被取保候审,就是富总和上面的人安排的。还不明白吗?难道真想把牢底坐穿?"男人威胁道。

"哦,明白了。"谢兰点头。

"抓紧时间,千万别给任何人打电话,要是被警察发现,就走不了了。"男人叮嘱。

谢兰把大概的位置告诉司机,出租车在最近的路口掉了头,向着海盂高速的方向疾行。在半个多小时后,谢兰即将到达。她回拨了电话。

"不要走大路,也不要被探头拍到。从距离海盂高速三公里处的霞云岭出辅路,看到一片被拆迁的村子往前走。"男人指挥着。

谢兰没有犹豫,把下一步的位置告诉了司机。

天渐渐阴了,刚才还柔和的晨光暗淡下来。乌云如汹涌的海浪翻滚着,从天边悄悄聚拢过来,仿佛要将整个世界吞噬。但旷野上却显得格外宁静,只有那逐渐增强的风声,预示着一场大雨即将落下。

在男人的指挥下,出租车驶出霞云岭、驶过拆迁村,眼看就要到达孟州地界。前面是一条荒野窄路。路旁的指示牌上显示,前方的岔路口通向土陵路和小港村。

雨落了下来,打在车窗上发出叮叮咚咚的声音。雾气弥漫,司机打开了雨刷器,又摇开了车窗,一股混杂着花草和泥土味道的湿气涌进车厢。谢兰觉得有些冷,抱紧双臂。

正在这时,前路突然驶来了一个庞然大物,仔细看去,是一辆泥头车。它开得很快,呼啸而来,像一颗巨大的高速炮弹。

一百米,五十米,泥头车逐渐逼近,即将与出租车会车,却丝毫没有停下来的迹象。

就在即将遭遇之际，出租车司机猛地打轮，瞬间右转，驶进了路旁的旷野。谢兰大惊，拉紧扶手，出租车剧烈地颠簸起来。

泥头车猛地刹车，发出了刺耳的声音，之后也转向掉头，驶进了旷野，绿色的草场顿时被压倒一片。在广袤的旷野之上，泥头车如同一头狂暴的巨兽，发动机发出震耳欲聋的咆哮，司机仿佛失去了理智，疯狂地追逐着前方的出租车，横冲直撞。车轮轧过草皮，掀起"巨浪"，沉重的车身每一次颠簸都像引发一次地震。出租车在前方疾行着，宛如被追逐的猎物，司机虽然将油门踩到底，却依然无法摆脱身后的威胁。泥头车咆哮着，不断缩短着与出租车的距离，眼看就要追上，泥头车猛地加速，车头几乎要撞上出租车的车尾。但出租司机一个急转弯，车突然"漂移"，躲过了撞击。泥头车不依不饶，也猛地掉头，车轮在草场上划出两道深深的痕迹。

雨越下越大，乌云如墨，雷声似鼓，豆大的雨点密集地砸落。远处的旷野和山峦变得模糊不清，一层层雨雾在草场上汇成水流，肆虐奔涌。但这场惊心动魄的追逐仍在继续。

眼看着出租车就要驶回土路，泥头车再次加速，几乎与其并行。出租司机下意识地转头，一瞬间看清了对方的模样。那人留着圆寸，结实粗壮，眼睛不大却射出锐利凶狠的目光，正直勾勾地盯着他。与此同时，出租车的后窗被摇开了，穿着米黄色风衣的"谢兰"突然伸出双手，手里竟拿着一把枪。

"嘭，嘭……"两声枪响。"谢兰"向泥头车射击。

司机猝不及防，一个急刹，泥头车险些侧翻。他定睛看去，出租车上的女乘客根本就不是照片上的目标，他被骗了！

这时,警笛声从四面八方响起,红蓝色的警灯在黑雾中闪亮。

司机大叫不好,掉转方向,猛踩油门,想要逃走。

"我们是警察,现在命令你立即停车,否则后果自负!"一辆黑色的大吉普疾驰而来,开车的警官用车载扩音器大声警告。

"我再重复一遍,命令你立即停车,否则后果自负!"开车的人是江锋,他猛踩油门,大吉普如离弦之箭,冲了过去。

而在出租车上,董刃也把油门踩到了底。后座坐的当然不是谢兰,而是女刑警徐蔓。真的谢兰早就在中途下了车。

"瞄准了,打他的轮胎。"董刃说。

徐蔓双手持枪,眯着眼瞄准,"啪,啪……"又是两枪。然而,由于雨势过大,依旧未能打中。

从省厅决定对谢兰取保候审的那一刻起,一场请君入瓮的"捕狼行动"便正式拉开帷幕。

此时,海城行动组的十多名重案刑警正驾驶着六辆大吉普,在旷野中追逐着前方的"巨兽"。警笛撕破雨雾的沉寂,车轮溅起一片片水花。两辆大吉普一左一右冲向泥头车两侧,试图将其逼停,可泥头车司机仿佛发了狂一般,猛打方向盘,凭借车身的优势左突右撞,硬是从两辆吉普中间挤出一道缝隙,继续狂奔。

"砰"的一声,右侧的大吉普被泥头车撞翻,在草场翻滚。

其余的吉普立即重新摆开阵形。刑警们摇下车窗,手持枪械,朝着泥头车的轮胎射击,"啪,啪,啪,啪……"枪声震耳。

但此刻,泥头车已经冲上了土路。它撞倒了指示牌,驶过岔路口,朝着小港村的方向疾驰而去。吉普车只得排成一列,顺势追击。

董刃和江锋在小港村的村口，发现了那辆泥头车。他们持枪逼近驾驶室，却发现里面空无一人。附近几个派出所的警力也前来支援，董刃立即和江锋分工，分组到村中进行追捕。

土路泥泞不堪，身上的衣服瞬间就被浸湿。但刑警们却斗志高昂，誓要将凶手绳之以法。十多分钟后，进出村的几个路口都被派出所的制服警设卡堵截，小港村被专案组围得如铁桶一般、水泄不通。刑警们则分成四组，手持枪械，踏入暴雨中的村庄。他们迅速分散开来，有条不紊地进行侦查。村民们被这突如其来的情况吓坏了，纷纷关门闭户。狂风呼啸，暴雨如瀑，天空被一层厚重的乌云笼罩，谁也不知道下一秒会发生什么。

但刑警们却不知道，虽然小港村三面环山，仅有的几个路口都被设卡堵截，但临水的那面却有一条隐秘的小道，可以直接上山。此时此刻，那个粗壮的男人正披着黑色的雨衣在小道上蹒跚而行。他走得不快，压低着雨衣的帽檐，袖口隐藏的一把尖刀不时泛出冰冷的寒光。眼看就快到山底，没想到对面竟出现了一个人。

那人也穿着雨衣，伫立在他对面。

"哎，朋友，我野营迷路了。小港村怎么走啊？"他缓步上前。

男人停下脚步，注视着对方。两人的距离逐渐拉近。十米，五米，一米。

临近之时，男人突然掏出尖刀，猛地刺去。来者迅速躲闪，"哗啦"一声甩开警棍，冲着他的手臂就砸。

"孙子，你跑不了了！还不认栽！"来者揪下雨帽，正是赵阔。

男人并未停手，冲过来继续猛刺。赵阔赶忙用警棍格挡，"啪"

的一声，利刃划过，电光火石。

雨水模糊了视线，男人面目狰狞，眼神中透出野兽般的凶狠，利刃闪着寒光在狂风中上下飞舞。赵阔左躲右闪，找准机会用警棍猛砸，几下都重重打在了那人身上。但男人却像铁打的一般，毫不躲闪，亡命地发起致命的进攻。

两人在暴雨中展开殊死较量，险象环生，谁也不肯退让半步。

咔啦啦，一声炸雷。此时赵阔已被男人逼到了山脚，再无退路。男人大叫一声，咆哮着朝赵阔冲了过来。但随即只听"啪"的一声，男人瞬间倒地。

赵阔左手持枪，枪口冒起一缕青烟。

董刃在远处高喊："老赵，你有病吧！有枪不用，玩棍子？"

赵阔叉着腰气喘吁吁，看着倒在地上的凶手哈哈大笑："我就想试试，自己这身手还行不行了！"那模样仿佛一个武侠小说里行走江湖的侠客。

"哎，你就是那个屠夫吧？"赵阔上前，一脚将尖刀踢远。

屠夫躺在地上，痛苦地捂住手臂，一言不发。

董刃也走到近前，"富海，你被捕了。"他说着掏出了手铐。

暴雨如注，那声音像千军万马在冲锋。董刃和赵阔给屠夫富海戴上了背铐，两人一左一右架着他走到村口。江锋拿起电台，向尤副厅长报告：

"海城行动组的'捕狼行动'，成功！"

24
真相

在省公安厅专案组捷报频传的同时，省纪委监察部门也开始了行动。海城市副市长高龄、金融监管局副局长聂维民等十余名领导干部接受留置审查。省里的某领导受到牵连，由中纪委进行调查。经初步工作发现，高龄利用远亲在境外开设账户，涉嫌受贿的款项高达1.2亿余元，另有房产、车辆、有价证券、金银制品价值1亿余元；而聂维民在境外的存款也达5000余万元。在专案组对其住所进行搜查的过程中，在厨房的烟道里发现了成捆包装好的现金，经过清点，足足有500多万。

在谢兰被取保候审之前，她就已经供述了相关的案件事实。

几天前，在郭局的特批下，赵阔带着苏晓雅在会见室见到了她。

两人隔着铁窗，相对无语。赵阔和另一个女民警退出了房间。

会见室的气氛压抑得令人窒息。谢兰望着苏晓雅，嘴唇微微颤抖，昔日的浓情蜜意仿佛还在眼前，可如今却已物是人非。

"晓雅，我对不起你，许多事都瞒着你。但我向你保证，我和曹丹没有其他乱七八糟的关系，我是清白的。"她解释着。

苏晓雅看着她,眼眶泛红,泪水打转,"谢兰,我这些年虽然表面上很放松,但其实心里一直紧绷着。我刻意让自己忽略很多重要的事情,让自己变得麻木,总是说'只要不当回事儿就行,没追求就行,不拿人当人不拿事当事就行,操着随时可以撤退的心态就行',还美其名曰是'松弛感'。哼,不过是自欺欺人罢了。"他叹了口气。

"但我对你的感情是真的,在感情上我从没欺骗过你。七年前我接近你,确实是富江的主意。但在认识你之后,我的想法变了,我真的是想和你好好相处。"谢兰说出了真相。

苏晓雅心里一疼,手也不禁颤抖起来。铁窗的阻隔,让他们近在咫尺,却又远在天涯。

他紧咬着嘴唇,内心进行着激烈的挣扎,犹豫良久才问道:"乔慕华的逃跑与你有关吗?"他鼓足勇气,直视着谢兰的眼睛。

"我告诉过富江一些关于乔慕华的事情,都是听你告诉我的。比如……乔慕华涉及什么案件,他的身份如何重要,等等。"她回忆着。

苏晓雅知道,自己当年因为参与侦破了几个大案,春风得意、志得意满,曾拍着胸脯向谢兰吹嘘,只要拿下乔慕华就能循线追击拿下黑老大刘涌。不料却间接地泄露了案情。

"富江是怎么找到你的?"苏晓雅问。

"我当时到一个剧组串戏、做群演,他当时和剧组的'群头'认识,经常带着我们出去吃饭,一来二去就熟悉了。有一天他找到了我,让我帮着去盯一个人,探听消息。那个人就是……"

"就是我。"苏晓雅点头,"富江当时跟刘涌是什么关系?"

"应该是在帮刘涌做事,但具体做什么我不知道。这些都是我很久之后才知道的。"谢兰解释。

"刘涌后来去了哪里,为什么消失了?"

"不知道,我从没见过刘涌。"

"你为什么要帮富江做事?"苏晓雅声音颤抖。

"我……不就是为了利益吗……"谢兰感叹,"刚开始是演出机会,后来是能不能当主角、能不能上好戏,再后来就直接用钱交换了。"她惨笑,"你知道的,我从小学习舞蹈。舞者是辛苦的,清晨,在大多数人还在熟睡的时候,我已经在练功房里热身了;压腿时,就算疼得撕心裂肺也要忍住眼泪;下腰,看似简单的动作,我却一次次摔倒、扭伤,浑身上下都是瘀青;旋转,为了达到老师要求的速度,头晕目眩甚至呕吐是家常便饭。每次演出后,当舞台的灯光熄灭、掌声消失、人群散去,我都会痛哭一次,看着镜中伤痕累累的自己,我发誓,一定要通过努力登上更大的舞台!但社会的舞台太现实了,台上都是残酷的优胜劣汰,幕后充斥着赤裸裸的利益交换,理想主义被撞得头破血流,无情的竞争让同僚尔虞我诈。晓雅,我不想让你看到这些东西,所以才会隐瞒许多。我其实很累,很累……特别想靠在你身边,什么都不做……"她泪如雨下。

苏晓雅深吸一口气,努力平复着自己的情绪,"你什么都不用说了,我知道,也相信。就当那一切都是一场梦吧。醒来后,总要面对现实的。"他说着从口袋里掏出一个东西,放在手心,"我等你,无论何时,我都会等你。"

谢兰仔细看去,苏晓雅手中的东西是一枚六爪的钻石戒指,并不大,也就有30分左右,虽然切割的工艺一般,但在灯光下却闪烁着璀璨的光芒。她点点头,长长地舒了一口气,抬起手放在了铁窗上。

苏晓雅也伸出手。两人的手隔着铁窗贴在了一起。

噩耗不断传来,富江知道,一切都完了。房产被冻结,账户被查封,公司的主要成员被控制,省里、市里的保护伞被留置审查,连老家那边的堂兄富海也出了事。眼看着一条大船就要沉没了。

他穿着一身舒服的运动服,缓缓地围着别墅走了一圈。回到门厅,就让女侍者给自己磨上一杯咖啡,陪着张丽华看《汪汪队》的最新剧集。故事里的几只小狗由于陨石坠落获得了超能力,正在齐心协力对抗着大反派。张丽华看得津津有味,不时笑得前仰后合,富江也想笑,但几经努力却流出了眼泪。

他拿过一个隔音耳机,连上电视,给张丽华戴上。张丽华拉住他的手,让他别走,但他却温柔地拢着张丽华的头发,说"乖,听话",然后就出了门。

在别墅的门外,专案组的刑警们如临大敌,第一组已经攀上了高墙。

富江喝完了最后半瓶威士忌,叼着一支高希霸世纪6,站在地下一层的藏品室里。他走到那些古董和艺术品面前,小心翼翼地用手抚摸,像对待自己心爱的恋人。他缓缓地坐在地上,慢慢地舒展身体,躺在藏品之中,仰望着天花板上的水晶吊灯,长长地舒了一口气。终于要结束了,一切都将画上句号。他起身抄起墙边的一根高尔夫球杆,猛地向那些古董、艺术品砸去。

"啪……啪……"碎片四溅。

房间里弥漫着一股绝望的气息，富江面容扭曲，几近疯狂，像一头失控的野兽，疯狂地摧毁着他昔日引以为傲的珍藏。那曾是他财富与地位的象征。一幅幅古老的画卷被撕毁，一件件雕琢的玉器被砸碎。他喘着粗气，汗水浸透了他的衣服，但他的动作却依旧不停，仿佛只有这样，才能宣泄他内心的痛苦。但就在这时，他听到了门厅那边的声音，他知道，警察已经破门而入了。

门开了，董刃和江锋持枪冲了进来，但富江已用手枪顶住了自己的额头。

"一切不属于我的东西，也不能再属于别人。"他狂笑着，一闭眼就要扣动扳机。

"啪……"枪响了，富江应声倒地。但响的却不是他手里的枪。

董刃开枪击中了他的腿部，富江在地上痛苦地呼号着，"啊……啊……啊……啊！"

他看着董刃，咬牙切齿，那样子像一只受伤的饿狼。

初春时节，万物复苏。海城森林公园湖面上的最后一块坚冰融化了，湖水在阳光下跃动起来，湖边的柳树也抽出新芽，枝条随风轻摆，像个晨跑者般松弛悠闲。小港村前的田野里绿意盎然、鲜花盛开，蝴蝶在花丛中翩翩起舞，鸟儿在枝头歌唱，歌声传到很远的地方。天使恋人酒店门前的步行街渐渐有了人气，新的商铺开业了，行人们的脸上洋溢着平淡的幸福；新新家园小区的泥土里钻出嫩绿，春风拂面而来，带着花香和泥土的气息，让人心旷神怡。新的一年开始了。

在海城看守所的审讯室里，一个消瘦的男人低着头，蜷缩在审讯椅上。他的眼神空洞，颧骨高耸，脸色蜡黄，身体在微微颤抖，一双修长的、纤细的、白净的手拿着一张A4打印纸，眯着眼辨认着。

打印纸上印着十多张年龄相仿、容貌各异的男性照片。男人看了一会儿，用手指向其中一人，"对，就是他。"他抬起头，正是富江。

坐在他对面的是海城市公安局的副局长郭俭和刑侦支队的章鹏。两人穿着警服，凝视着他。

"你确定吗？"章鹏问。

"确定。"富江轻轻点头。

与此同时，在看守所的监控室内，省公安厅的尤副厅长与专案组的其他负责人聚在一起，目光紧紧地注视着屏幕。

章鹏起身，从富江手里拿过打印纸，"你确定他就是刘涌？"

"我还有撒谎的必要吗？所有的事情都承认了，最终肯定难逃一死。"富江惨笑，"其实这些天啊，我想了很多。你们在抓我的时候，我没想跑，船已经沉了，就算逃到天涯海角，最终的命运也会像刘涌一样。我以前是不信命的，觉得自己能凭借手段改变一些事情，掌控一些东西，但到头来却被它玩弄于股掌之中。"

"走到这一步，都是你自己的选择，是罪有应得！"章鹏俯视着他。

"是，是。"他点头，"但命运的旋涡，一旦陷入就再难挣脱。所有人其实都生而被动，无法决定自己的基因，无法选择出生的时代和地点，被动地接受外界赋予的各种要求和期许，努力去迎合他人对自己的设定，就像被抛入一条奔涌向前的河流，只能随波逐流。而如果不甘于此,也只能被动应对稍纵即逝的机会、突如其来的困境。直至死亡,都要努力去抵抗、躲闪和逃避,减少对自己的伤害。"

"你别给自己找理由了。雇用'候鸟'团伙杀害那对母女是你的被动选择?杀害曹丹、袁苑、程新林还有杜宝军,都是你的被动选择?"章鹏听不下去了,拍响了桌子。

"对不起,那是我的应激反应。我不想失去得到的一切,是万般无奈才出的手。就像谎言,当撒下第一个谎之后,就开启了一场可怕的连锁反应。为了圆谎,不得不编造一个又一个的谎言,犯下一次又一次的错误。每一次试图掩盖真相,都只会陷得更深。"他叹了口气,"我知道自己罪不可恕,也情愿接受一切惩罚。我只是在想,如果当初没认识刘涌,没引狼入室,没对那笔钱动心思,没遇上房地产高歌猛进的时代,自己是不是就不会变成现在这个样子……"

"让他说下去。"郭局抬抬手。

章鹏停顿了一下,坐回到审讯台后。

"折在你们手里,我服。你们和那些人不一样,软硬不吃,油盐不进,用什么手段都拉不下水。特别是那对'双刃剑',难对付啊。"富江摇头苦笑。

"你是怎么认识刘涌的?"郭局问。

"是通过乔慕华介绍认识的。"富江回忆着,"那还是八年之前,他是海城涌江集团的财务总监,外号'乔四儿',实际上是帮着刘涌洗钱的。记得第一次见刘涌,是在涌江集团的办公地正业大厦十层。那间办公室很大,足有一百多平米,里面摆着香案,供着关公，哪像个正经做生意的。接我的是刘涌的司机范军，他说话咋咋呼呼的，长得也像凶神恶煞，一看就不是什么善茬。我知道他们的底细，明面上是经商办企业，但私下是拉帮结伙垄断市场，干着一些游走于法律红线之外的勾当。当然，也只有他们这种人才会找到我，我当时开着一家所谓的金融服务公司，实际上就是帮人洗钱的。乔四儿是我的重要客户。他说涌江集团有一大笔钱要洗出去，还答应了我提出的'茶水费'，但刘涌却说要见见本人。说实话，一般干这种活儿都不能见面，背靠背的才安全，但那笔钱足有三个多亿，所以我才铤而走险。"

"你通过什么手段洗钱？"郭局问。

"方法很多啊，比如娱乐业务、影视制作、演出经纪，通过虚假合同和账目洗钱；或者通过慈善机构接受捐款把黑钱混在里面，再以合法形式支出。我是干这个的，方法很多。"

"接着说。"郭局用手指点了点桌面，章鹏在电脑上噼里啪啦地输入着。

"刘涌和我想象的不一样，个子不高，面色白净，说话很客气，穿上西装挺像那么回事的，一点不像个黑老大。他跟我聊了一个多小时，说明了需求，也探听了我的底细，之后就派范军送我回家。我故意编造了一个地址，不想让他们知道我的住处，却不料刚进家门，就发现桌子上摆着一个大果篮。我妻子张丽华说，是两个男人送来的，说是我的朋友。我觉得不妙，拨开篮里的水果一看，篮底放着两个东西。一张银行卡和一把匕首。我知道，这是刘涌对我的提醒。"

"他为什么要把钱洗出去？"郭局问。

"他那时挺危险的,听说公安局的'双刃剑'正盯着他,满处搜集证据,想找涌江集团的麻烦。而且还有一帮人在跟他抢夺生意,带头的叫白永平,外号'白老大',杜崽儿就是他的手下。那帮人挺狠,搅得刘涌鸡犬不宁,他应该是权衡利弊,才想暂避锋芒,把钱洗出去的。"

"钱进账了吗?"

"进了,三个多亿,全打进了我指定的账号。但就在这时,出了事。"富江说,"白老大为了逼刘涌退出海城,动了刘涌的家人。具体情况我不知道,但听说刘涌的父亲受了伤。刘涌为了反击,从北边雇了一帮人,对白老大下手,没几天白老大就消失了。我听乔四儿说过一嘴,白老大被那帮人给'碎了'。刘涌因此惹上了嫌疑,被公安关了一个多月,打到账户里的钱我也不敢动了。"

"为什么不敢动?"

"怕出事啊,怕牵连上自己。我只是个洗钱的,就算公安抓到我也判不了几年,我可不想惹出大麻烦。"富江说。

"接着说。"郭局抬抬下巴。

"在刘涌被抓之后,乔四儿没几天也被公安抓了,动手的应该就是那对'双刃剑'。我很害怕,连续好几天都不敢出家门,听到警笛响就坐立不安,同时也怕白老大的手下找我麻烦。但没想到又过了一段时间,刘涌竟被放了出来,听说是公安找不到证据。刘涌出来后立即找到我,问钱的事。我告诉他现在风声太紧,如果一次性洗出去风险太大,得分期分批,而且乔四儿在警察手上,如果他招认了,就一切都完了。于是刘涌就让范军等手下盯住我,自己去解决乔四儿的问题。后来没几天,乔四儿就跑了。"

"你说刘涌自己去解决乔四儿的问题,他是怎么解决的?"郭局皱眉。

"具体的情况我不知道,但后来听说,乔四儿是在一个雨夜,从华仁宾馆逃走的。当时有四个警察负责看押他。"富江说。

"你在里面起过什么作用吗?"郭局叮问。

"我帮着刘涌找过一个女孩,让她去探听消息。你们知道的,就是谢兰。"富江说。

"说说具体的情况。"郭局说。

"当时我为了洗钱,认识了一些草台班子的剧组,通过一个'群头'找到的谢兰。她当时刚从学校毕业,在组里当群演,挺缺钱的。我就给了她两万块钱,让她贴靠一个姓苏的警察。但说实话,她虽然反馈了一些情况,比如乔四儿住在华仁宾馆最里面的套房、有四个警察在看押他,但实际并没起到什么作用,和乔四儿逃跑可能也没有直接的关系。"富江说。

"你通过谢兰向苏晓雅行贿了吗?"郭局问。

"没有,我只是将情况透露给了刘涌,他也没让我继续往下做。谁能想到,后来谢兰和那个警察还真好上了。哼,这不也是命运吗?"富江摇头。

"那乔四儿到底是怎么逃跑的?"郭局皱眉。

"我不知道,真的不知道。但听传言讲,是刘涌找了你们内部的人,行了方便,但具体是谁,我不清楚。"

"你之后还和乔四儿有过联系吗?"

"有过,在三年前。"富江点头,"当时我已经改头换面了,成了海城的知名房地产商,那时'都市阳光'几个楼盘还没烂尾,一切都在高歌猛进，向着最好的方向发展。我甚至都忘了曾经的那些烂事。但有一天我接到了一个电话，来电人自称是乔四儿，说钱不够了，让我资助他一百万现金。我权衡了一下，让人提出钱，通过隐秘的方式给他送到了汕州。"

"能确认那人就是乔四儿吗？"郭局问。

"肯定是他。他说了好多当年的细节，而且还威胁我，如果不给钱就把所有事抖搂出去。"

"既然知道他在汕州，就没想过灭口？"

"我是商人，轻易不会动这种念头。能拿钱摆平的事儿就犯不上动刀动枪。这次找'候鸟'那帮人，也是被逼无奈。但请神容易送神难，我也差点被他们反噬。"富江叹了口气。

"乔四儿死了，你知道吧？"郭局问。

"知道。但他的死与我无关。我如果想杀他早就杀了，犯不上等到这个时候。"

"好，继续说说你和刘涌的事吧。"郭局说。

"刘涌在捞乔四儿的那段日子里，几乎都住在我家。明面上跟我称兄道弟，实际上是盯着我，怕我跑路。张丽华本来在一家外贸公司上班，那段时间也被刘涌等人看在了家里。有天刘涌和范军在我家喝酒，直至酩酊大醉，吩咐我出去买烟。但没想到我回来的时候，范军却站在了门外，我预感到不对，就往家里闯，却被范军拦住。我跟他扭打起来，踢开门冲进去，发现张丽华竟被刘涌强奸了。刘涌这个王八蛋，看上去人模狗样，但脱了西装露出文身，真他妈是禽兽不如！"富江咬牙切齿。

"所以你就杀了他？"郭局皱眉。

"我？哼，我可没这个能力……"富江苦笑，"我当时为了自保，甚至连一个脏字都没骂出口。我只是呆呆地站在那里，一动不动，任凭这一切发生。我知道，只要我动手，甚至只要表现出仇恨和愤怒，刘涌就会对我们下手，我们最终会像白老大一样消失，尸骨无存。所以我选择了沉默，任由妻子被蹂躏、折磨、践踏。我不是个男人！是懦夫，是无能之辈，猪狗不如！"富江说到激动处，流下了眼泪。

郭局转头看着章鹏，章鹏会意。

"所以你雇人杀了刘涌？"章鹏问道。

"哼，呵呵……是他自己雇人杀了自己。"富江泪流满面，却笑了起来。

"什么意思？"章鹏皱眉。

"刘涌在清醒之后，又披上了西装，从禽兽变回到人模狗样。他跟张丽华道了歉，声称是酒醉无德才冲动冒犯，并主动赔偿了我们五十万现金进行安抚。我想他这么做的目的，也是怕我跟他撕破脸，彻底闹翻，从而影响他的那些黑钱。在威逼利诱之下，我表面上选择了隐忍，但内心却萌生出报复的念头。于是我便开始寻找机会。我曾想过到公安局报案，跟他鱼死网破；也想过找到白老大的手下，比如杜崽儿，借他的手除掉刘涌；甚至想过自己动手，趁其不备，要他的狗命。但考虑到自己的未来和张丽华的安全，我最终还是放弃了。但命运弄人，没过多久我就找到了一个机会。"他叹了口气，"警官，我能抽根烟吗？"他抬起头问。

"富江，我们的烟档次可不高，抽不起雪茄。"郭局说。

"哼，您就别逗我了，我也是苦出身，抽那玩意儿是为了装。"

富江撇嘴。

章鹏递给他一支红塔山。富江狠狠地吸吮着,缓缓地喷出烟雾。

"在几天之后,刘涌放松了对我的警惕,他为了捞出乔四儿,时常会出去运作。一次偶然的机会,我发现了他的秘密。他平时用的是一个三星手机,但随身还携带着一部诺基亚。他有次出门,忘了带诺基亚,我就偷偷查看里面的信息,一下就被震惊了。那部手机里只有一个号码,上面标注的名字是'候鸟'。在短信记录里,刘涌跟'候鸟'说了许多关于白老大的信息,还提供了几张他的照片。我突然意识到,这个'候鸟'很可能就是杀人的凶手,像乔四儿说的一样,他们应该是一个团伙,收了刘涌的钱把白老大给'碎了'。我预感到危险,巨大的危险,既然刘涌能让'候鸟'碎了白老大,那他为除后患,完全可能在钱洗出去之后再如法炮制,让'候鸟'碎了我们。我惶惶不安却束手无策,仿佛一只待宰的羔羊,但转念一想,既然刘涌能雇'候鸟',那我为什么不能雇呢?于是我试着用他的诺基亚给'候鸟'发了信息,让他们再干掉一个人。'候鸟'立即回信,提出要五十万的定金。我当时手里正好有刘涌给我的五十万现金,于是就承诺可以付给'候鸟'。我几经试探,发现'候鸟'虽然帮刘涌办事,却并不与其见面,他们之间的联络人应该是乔四儿,于是我便借着这个漏洞,冒充刘涌给'候鸟'发去了刘涌的照片。告诉'候鸟'目标就是照片上的人,而且动手越快越好。'候鸟'问我,尸体是不是按老规矩'碎了'。我回信要求,尽量做成意外或自杀,轻易不要'碎'。于是'候鸟'就动了手,如你们所知,刘涌没几天就消失了。他驾驶的汽车后来被路人从东郊的一个湖里发现，里面还有血迹。我推测应该是'候鸟'在路上对他下的手，本想伪装成坠湖身亡，但由于刘涌反抗，他们这才杀人灭口，之后把尸体'处理了'。哼，刘涌这个王八蛋或许到死都没想到，是他'自己'花钱干掉了自己！"富江一口气说完，脸上竟浮现出一种得意的神情。

郭局和章鹏都不说话了，审讯室里安静下来，只有微弱的灯光在头顶发出嗡嗡的电流声。他们怎么也想象不到，追踪了七年的重要嫌疑人刘涌竟是这么死的。

郭局拿起水杯，喝了口水，"刘涌被杀的时候，乔四儿已经潜逃了吗？"

"没有。"富江摇头，"那段时间社会上有许多人都在找刘涌，以为他离开海城了，谁也想不到他被杀了。乔四儿是之后的一周才逃跑的。"

"那范军呢？怀疑过你吗？他是否知道你手里有刘涌的钱？"郭局又问。

"他只是个开车的，什么都不知道。在刘涌消失之后就离开了。"富江说。

"之后呢？那三个多亿你怎么处理的？"郭局问。

"在乔四儿逃走之后，刘涌把黑钱转给我的情况便再无人知晓。那段时间我很惶恐，一直不敢动那笔钱，怕被人发现将自己牵连进去。大概过了有半年的时间，黑道、白道都没人来找我的麻烦，我意识到自己安全了。就算乔四儿知道那笔钱的事，但也肯定想不到刘涌会被我干掉。于是我便将那笔钱洗白，归拢到自己控制的账户里。那几年，房地产市场在经过短暂的低迷之后快速发展，房价持续上涨，投资项目增加，市场异常活跃。我就是那个时候入的局，正好赶上房地产业的红利期。我将那些钱作为本金，建立了众利集团。我找到了当时还是处长的高舫，借助他的关系拿到了一块发展潜力巨大的地块，就是现在的'精华国际'和'风貌时代'的位置。那块地虽然地处城市边缘，但周边的基础设施已经在规划之中，即将成为海城疏解人口的'后花园'。不负众望啊，那两个项目一建成就被追捧，资金迅速回笼。我得到了数倍的回报。我乘势而上，又借助银行的关系，运用金融杠杆，将资金再次投入新的项目中，不断扩大规模。几年之间啊，我创造了神话，从一个无名之辈成为海城的成功房地产商。哼，现在想起来都像梦一样。"富江感叹。

"之后你又涉足了艺术品收藏领域，比如那个三千多万的古董茶盏。"章鹏说。

"嘻，那不过是营销手段罢了，为了包装自身、吸引眼球，那些所谓的古董和艺术品虽说不是假的，但也远远不值那么多钱。"富江说，"但那句话怎么说来着，时代给了你机遇，也同时会给你陷阱，那些看似充满诱惑的捷径，其实隐藏着太多未知的风险。为了获取暴利，我不断地加杠杆，不再追求项目的品质，推出了以小户型为主的'都市阳光''新新家园'等项目，而且采取'预售制'，在项目还没完全成型，甚至只有一块荒地的情况下就开始预售。只要购房者交了预付款，大笔的资金就进入'资金池'，我就可以操控那些资金了。于是数以亿计的资金被我投入债券、股市等风险投资领域，就算项目无法交付，购房者也要按时向银行缴纳贷款。我一直以为自己能长袖善舞，玩好这个击鼓传花的游戏。却不料风向一变，房地产的泡沫就被戳破。最后，一切繁荣的景象不过是浮光掠影，未建成的多个项目都烂尾了，银行断贷，树倒猢狲散。我从赢家又成了输家。命运弄人啊，让我升到巅峰又坠到谷底，不属于我的，终究都要还回去。我总对别人说，想要获利有四种方法，套利、生意、投资和投机，只有愚蠢的、无知的人才会把所有赌注押在小概率的胜算上。没想到，我就是那个愚蠢、无知的人……"他长长地叹了口气。

"富江，你不只愚蠢、无知，还贪婪、无耻，你为达目的不惜使用卑劣、残忍的手段，拉拢官员、蒙蔽世人、巧取豪夺，无所不用其极！让那些本来憧憬美好生活的人花光了积蓄，却住不起自己的房子，还要艰辛地还贷。为了自保，你还疯狂地雇用凶手，扫清一切挡在你面前的障碍。你的失败不仅是因为时代的变化、命运的作弄，更是因为你罪行累累、罪无可恕！无论你怎么机关算尽，使用什么肮脏的手段，最终都会一一被揭穿，你的名字也将被钉在耻辱柱上，成为人们唾弃的对象。听过一句话吗？叫邪不压正！正义或许会迟到，但永远不会缺席。"郭局拍响了桌子。

富江愣住了，停顿了良久，然后惨笑起来，"对，你说的一切都对。我总在怀念曾经的时代，但时代毕竟一去不复返。牡丹富贵终无有，松鹤长寿化日空。我罪有应得，罪无可恕。"他低下了头。

为了避嫌，董刃、江锋、赵阔和苏晓雅没有参与富江的讯问工作。

案件结束了，省厅专案组搞了庆功会，特意叫上了海城的参战民警。尤副厅长以茶代酒，敬了同志们一杯，但席间却没见到董刃。赵阔跟郭局说，董刃带女儿去看电影了，估计他和前妻有复合的可能。

在电影院里，董刃和顾晓媛坐在俏俏两侧，看着宫崎骏的电影《千与千寻》。俏俏被电影的剧情感染了，当看到结尾处白龙并没有死，带着千寻飞回自己的世界时，哇哇地哭了。顾晓媛笑着搂住俏俏，说电影是假的，都是人编的。但董刃却欣慰地看着女儿，告诉她，悲悯如同一束温暖的光，能穿透黑暗，照亮那些被遗忘的角落。俏俏问什么是悲悯。董刃说，悲悯是一种力量，无声却强大，它能触动人心底最柔软的地方，让人变得善良、勇敢，让这个世界更好。

"爸爸，你们警察就是悲悯的人吧？因为你们抓了坏人，好人就不会挨欺负了。"俏俏看着董刃，眼里闪着光。

"是的。"董刃也流出了眼泪，轻轻在俏俏额头吻了一下。

他没有送顾晓媛和俏俏回家，自己开车去了天使恋人酒店。他跟领班经理要了房卡，最后一次走进"热情似火"套房。他开了灯，拉开了窗帘，让屋里变得明亮。他注视着镜中的自己，中等身材，长着一张大众脸，属于那种扔人堆里找不着的类型，满脸中年人的麻木疲惫，一点儿没"刑警范儿"，但眼中却有了光。

他关了灯，锁了门，交了房卡，离开了酒店，在步行街上买了一串糖葫芦，有滋有味地吃完。他看着熙攘的人群和他们的笑脸，突然释然了，觉得什么都值了。

他回到车里，穿上警服，驱车前往了纪委。沈政平一直在等着他。

"都安排好了？"沈政平问。

"都安排好了。"董刃回答。

"你本可以不说的,不说,也没人会知道。"沈政平说。

"我是个警察,不是在表演警察。刀刃向内,才能刀尖向外,我要承担自己的责任。"董刃一字一句地说。

"好,那就说说吧。"沈政平示意身边的纪委干部进行记录。

"是我放的乔慕华,因为我想通过追踪他,来找到刘涌,将其绳之以法。"董刃缓缓地说,"当时我牵头刑侦支队重案队的工作,负责侦办刘涌涉黑团伙的专案。刘涌涉嫌多起大案,是当时盘踞在海城的毒瘤,特别是他和白永平犯罪团伙的争权夺利、相互撕咬,严重危害了社会秩序、百姓安全,挑战了法律底线。我通过手段,发展了白永平的手下杜宝军成为'线人',试图通过他获取证据,将两个团伙一网打尽。却不料在此期间,白永平人间蒸发,社会上传言,他是被刘涌雇凶给做掉了。于是我们立即将刘涌刑事拘留,并监视居住了其公司的财务总监乔慕华,进行审讯深挖。但由于没有找到白永平的尸体、无法获取关键证据,刘涌在被刑拘的37天头上,被取保候审。他出狱后立即逃匿,尽管我们穷极手段却依然没有发现他的下落。于是乔慕华就成了我们手中唯一的突破可能。"

"乔慕华为什么没被刑事拘留,而被采取监视居住措施?"沈政平问。

"没有证据证明其参与刘涌团伙的犯罪,他把自己洗得很干净,只参与涌江集团的财务工作。"

"你为什么要放了他?"沈政平叮问。

"在监视居住乔慕华期间,他并不配合。我知道,一旦监视居住到期,乔慕华被释放,案件必会陷入死局。"董刃叹了口气,"我当时虽然牵头重案队,却并没有被正式任命,刘涌专案的成败将决定我的升迁。当时我和江锋被同事们戏称为'双刃剑',我们组也被冠以'四大名捕'的称号,因为功利心的作祟,想在警界'更上一层楼',我急于求成、急功近利,想找捷径曲径通幽,于是便和'线人'杜宝军设计了一个计划,想拿乔慕华当'饵',钓出刘涌。于是在那个雨夜,我故意批准了江锋的请假,然后分散警力,任赵阔在房间里看球,然后趁着苏晓雅去门外接电话的机会,打开了本被锁住的东侧房门。我佯装在浴室里洗澡,眼看着乔慕华逃走,最终酿成了大祸。"

"这个情况,江锋、赵阔和苏晓雅知道吗?"沈政平问。

"不知道,只有我和杜宝军知道。"

"你为什么不告诉他们?"

"这是一着险棋,如果失败了,我不能让他们承担责任。"

"但最终他们还是承担了'责任'。"沈政平看着董刃。

"是。"董刃点头。

"在乔慕华逃跑之后,你为什么不向组织说明情况?你被询问、讯问甚至测谎了这么多次,为什么要隐瞒事实?"

"我……"董刃停顿了一下,"因为我知道,一旦说出事实,自己就会彻底失去办案权。我不是害怕承担责任,而是想亲手抓住乔慕华、挖出刘涌、破获案件。"

"但你这么做的结果,是让案件走了弯路,也让你的兄弟们付出了沉重的代价。"

"是……"董刃重重地点头,"我对不起他们,辜负了他们的信任,更违反了工作纪律,对组织撒了谎。"

"你如何能确定乔慕华在逃走之后会去找刘涌,又怎能保证他不会逃脱?"沈政平再次问道。

"据我们调查,乔慕华这个所谓的财务总监,实际上是刘涌洗钱的帮凶。同时根据杜宝军提供的线报,涌江集团的一大笔钱都在乔慕华手里。所以我当时才认定,在他逃跑后一定会与刘涌接触,想借此机会一网打尽。因为杜宝军的老大白永平被刘涌杀害,我借助他报仇心切的心理,让他在华仁宾馆外开车等待,只要发现乔慕华就要死死跟住。我在杜宝军的车上安装了定位器,想以此螳螂捕蝉黄雀在后。却不料在追踪途中,杜宝军的车辆意外发生了事故,他心急如焚,在交警拦截的时候又撞了警车,最后被围堵抓捕,乔慕华也趁乱潜逃。之后的事情您都知道了,虽然我们几个人一直在苦苦追踪,但无论是刘涌还是乔慕华,都如人间蒸发,消失不见,这一晃就是七年。"董刃说完,长长地叹了一口气。

"七年了,你终于说出事实了,也终于敢面对自己了。"沈政平点点头,"董刃,你还记得我上次跟你说过的话吗?"

"记得,您让我始终记住自己的身份,是一名人民警察,是一名共产党员,要对得起自己的制服和头顶的警徽。"董刃郑重地回答。

一周之后,赵阔离开了刑侦支队,回警察学院重归了学生干事的岗位,苏晓雅没有辞职,被调到警务支援部门干起了技术;江锋被任命为省厅刑侦总队一支队的政委,和支队长孟晓亮搭班子工作,而伤愈归来的孔飞和张鸿,也如愿留在了省厅。

在此期间,汕州刑侦支队的老高和林大到海城出差,赵阔经过报备，张罗了一次大酒。那次人很齐，除了董刃，昔日的省厅专案组和海城刑警兵合一处，跟老高和林大"用胃握手"，让他们吐得七荤八素。赵阔搂着老高，高喊"天下刑警是一家，肝胆相照，要把后背交给对方"。老高听罢痛哭流涕，说这是自己退休之前最后一次出差，回去就要脱下警服，到聚仙楼给老婆打下手。

董刃被暂停了职务，接受纪检监察部门的留置审查。

某日，海城市局在大院召开活动，国旗和警旗缓缓升起，雄浑磅礴的警歌奏响，所有警察身着警礼服，列队向着国旗敬礼。

在某个无人关注的角落，身着便服的董刃也昂首挺立，默默地抬起右手，敬礼！

一个赎罪的刑警，在此刻，警服已经穿在了心里。

春天的田野，不知名的野花竞相绽放，五彩斑斓，充满生机。微风轻拂，新绿的麦苗如波浪般起伏，田边的桃花粉如云霞，与洁白如雪的梨花交相辉映。河水欢快地流淌着，嫩绿的柳枝随风飘舞，与阳光共舞。万物更新，一切旧事总要尘归尘、土归土，但唯有真诚的信仰如同璀璨的星辰，在黑暗中指引着方向，唯有悲悯的善良似温暖的阳光，照亮世界的每一个角落。一个老汉坐在村口，拉着坠琴，摇头晃脑地唱着：

"弦子一拉，听俺歌，一番话语劝乡和。一劝世人孝为本，黄金难买亲恩多，孝顺之人出孝子，忤逆育得不义哥；二劝儿媳敬公婆，孝敬好处一大箩，替你看门又干活，还是看娃贴心婆；三劝兄弟要亲和，相互尊重情意合，莫信谗言受挑拨，坏了感情乱心窝；四劝众人莫斗恶，争强好胜灾祸惹，要学昔日张百让，百忍百让美名播；五劝夫妻恩爱着，两口相携共商磋，夫要良善妻要贤，夫善妻贤岁月歌……"

声音随着风，飘过田野、跨过河流，传到了很远的地方。

素材积累：2017年《三叉戟》完稿后至2024年初

一稿、二稿、三稿：2024年3月23日至7月25日，

部分写于北京电影学院课堂

四稿：2024年8月至9月底

图书在版编目 (CIP) 数据

双刃剑 / 吕铮著. — 北京 ： 北京十月文艺出版社,
2025. 9. — ISBN 978-7-5302-2484-7
Ⅰ. I247.5
中国国家版本馆CIP数据核字第2025VK6325号

双刃剑
SHUANGRENJIAN
吕铮　著

出　　版	北 京 出 版 集 团
	北京十月文艺出版社
地　　址	北京北三环中路6号
邮　　编	100120
网　　址	www.bph.com.cn
发　　行	新经典发行有限公司
	电话 010-68423599
经　　销	新华书店
印　　刷	北京盛通印刷股份有限公司
版　　次	2025年9月第1版
印　　次	2025年9月第1次印刷
开　　本	850毫米×1186毫米 1/32
印　　张	16.75
字　　数	367千字
书　　号	ISBN 978-7-5302-2484-7
定　　价	68.00元

如有印装质量问题，由本社负责调换
质量监督电话 010-58572393

版权所有，未经书面许可，不得转载、复制、翻印，违者必究。